主编／张祖立　执行主编／吴金梅

学海文心

大连大学文学院
互联网+新文艺智匠创意写作课（2018）

中国青年出版社

图书在版编目（CIP）数据

　　学海文心：大连大学文学院互联网+新文艺智匠创意写作课：2018 / 张祖立主编.
—北京：中国青年出版社，2020.6
　　ISBN 978-7-5153-6016-4

　　I.①学… II.①张… III.①中国文学–当代文学–作品综合集 IV.①I217.1

中国版本图书馆CIP数据核字（2020）第074019号

书　　名：	学海文心：大连大学文学院互联网＋新文艺智匠创意写作课（2018）
主　　编：	张祖立
执行主编：	吴金梅
责任编辑：	庄庸　陈静
特约策划：	张瑞霞
出版发行：	中国青年出版社
社　　址：	北京东四十二条21号
邮　　编：	100708
网　　址：	www.cyp.com.cn
门 市 部：	（010）57350370
印　　刷：	三河市君旺印务有限公司
经　　销：	新华书店
开　　本：	787mm×1092mm　1/16
印　　张：	28.75
字　　数：	400千字
版　　次：	2020年11月北京第1版
印　　次：	2020年11月河北第1次印刷
印　　数：	0,001~1,000册
定　　价：	98.00元

本图书如有印装质量问题，请凭购书发票与质检部联系调换。

　　联系电话：（010）57350337

序　学海文心，智匠创意

这些饱含文采情愫的创意文字，是一个个泛舟学海的青年学子的思绪与倾诉，充溢着真挚的情感，跳宕着青春的灵动：有感伤，有欣羡；有对逝去的不舍，亦有对过往的决绝毅然；还有少年的忧患、奋斗的不甘……青春如歌，韶华璀璨，却也时有无助迷茫、愤慨叹惋。

这是一群思绪飞扬的青年。他们或安静地沉浸在自己静谧的情感世界，或奋力奔跑在追梦向前的坎坷征途。

互联网+时代的一代青年，既重任在肩，也生逢其时；既要做奋斗的追梦者，也要做新时代的圆梦人。正如"横渠四句"所言：为天地立心，为生民立命，为往圣继绝学，为万世开太平。如何勤学苦练，成为有理想、有抱负的社会主义新时代的建设者和卓越人才，"立时代之潮头、通古今之变化、发思想之先声"？"文脉与国脉相牵，文运与国运相连"，如何以"智匠创意写作"来书写自己的"第二人生"，以"作品为时代立法"，创造"美丽新世界"，重建"世界新秩序"，从而为自己、为中国、为全球、为人类"书写"出一个更好的未来？

互联网+新文艺智匠创意写作课，就是要直接面向中国青年，培养下一代"中国智慧，下一个全球大脑"的智识阶层，从中国国家治理体系现代化到全球治理体系变革，"作品为世界立法"，重建"世界新秩序"。①

智匠创作，如何探求"爆款创作秘籍"？如何精致入微发掘超级IP"好故事密码"？如何全方位思考互联网＋新时代全球—中国青年"故事革命"新时代？如何探索建构从新主流文学到新主流文艺精品力作理念与生态系统？这就需要永字八法的"智匠创作"金三角：

第一，以智匠创意写作"讲好故事"（把一个"好故事"讲"好"和讲"好看"）的操作技术、技能和技法为"切入点"，以小见大，学习互联网＋时代标杆性作品，学会讲故事，把好故事讲好看。当下的网络文学率先恢复讲故事的传统、本能和冲动，并迈上从"故事学徒"到"故事工匠"进化、进取和进击的引领型之路，从而表明：讲故事也是一门技术活，需要技能训练，需要技巧、技术和艺术的结合，需要"熟技"和"优术"。

第二，当下互联网＋超级IP时代，需要梳理"从好网文到好故事"的优秀作品创作和内容生产机制体制，探求优秀作家作品群的转场（从故事场转到人生新场景）、升维（从生活维度升至时代新维度）和跨界（跨越产业和时代新界域）的"好故事密码"。

智匠创意写作如何映照、重组和建构现实？

从小说到影视，再到泛文化娱乐全产业链，如何"王者归来"？

---

① 参见吴金梅、庄庸著《互联网＋新文艺创意写作理论与实践——作品为世界立法》，中国广播电视出版社，2017年版。

从穿越"她世纪"到草根写史和全民造史，女性如何寻梦、奋斗和追爱？

从《扶摇皇后》到《知否？知否？应是绿肥红瘦》，女汉子潮流中的两性差异、性别革命和女性自我意识与身份重塑，何以成为畅销驱动力？

如何创作优秀的"讲故事的社会教科书"？

从"把老公当老板"到"追求势均力敌的爱情"，从自我PK世界，如何洞悉人心、人性、人际关系和人际伦理，到掌控整个世界的方圆和规矩……

如何在时代潮流中，在不同场景之中把好故事讲好看，在不同维度中把好故事讲好，在不同跨界之中讲一个好故事？

讲故事也需要精益求精的工匠精神——优秀文艺"作品"的精品化（思想精深、艺术精湛、制作精良），IP产品从转型升级到迭代更新和跨界衍生，年轻主流新受众和新需求"三品"——品质（讲究品质）、品味（审美格调）、品格（思想内涵）——审美消费升维……新场景、新维度、新跨界需要新物种，网络文学亟须解构和重构"好故事密码"。

第三，以全球—中国故事革命"从网络青年到中国好故事"的新文艺潮流、新文创集群、新文化运动为"大格局"，如何全方位思考和挖掘在全球新一轮故事革命、中国新时代、新主流文艺发展趋势之中，贯通泛文化娱乐全产业链、新文创集群全平台链、网络青年全价值链讲故事的核心能力建设？如何建构现实主义和新时代感？

从"主角为王"到"配角经济"，重塑泛文娱带货力指数和粉丝经济；

从穿越"她世纪"到重生"第二人生","W概念股"引爆新潮流；

从争爱到争宠到争自我的独立与梦想，从不婚到不爱等"否爱论"回归"女性之所以为女性的本质"、重塑"三有"（有爱、有信、有希望）……情感潮流的一波三折之中，隐藏着争权、确权和平权等女性核心权益的诉求与运动；

从"货币战争阴谋论"到"国家核心利益链"，从"意见领袖"到"文化领导权之争"……重构知识谱系、中国话语体系运动席卷而来；

从"人情练达、世事洞明之'知否知否'"，到"规矩人心"，小说映照现实，"作品为世界立法"，成为社群自治/社会治理体系创新、国家治理体系现代化、全球治理体系变革的隐喻、象征和先兆……

故事革命，需要从"术"到"道"的变革与创新；从精益工匠到思想巨匠，"智匠时代"未来已来；从大神到大师，智匠创意写作直面"中国故事家"的全新时代理念、创作哲学和生态系统。

我们在创意写作课中研讨互联网＋新文艺潮流中的中国文艺智匠时代的元概念、根命题、树逻辑，并将其提炼和命名为"智匠创作"：明道（如时代感），取势（如IP化），乘时（如W概念股），优术（如性别革命），熟技（如技术活），微雕（如人性细胞）……以及"人、事、钱"和"气运"（个运与时运、文运与国运）——文运同国运相牵，文脉同国脉相连——这便是新时代迎接全球故事革命、讲好中国故事、重塑中国青年的"永字八法"。

明道、取势、乘时，此为培养"智"（智慧）；

序　学海文心，智匠创意

人、事、钱、运等，此为培育"创"（创意力、创造力、创新力）；

优术、熟技、微雕（深耕），此为培训"匠"（工匠技能）。

以上三个层面合为一体，便为"智匠精神"。

以此为出发点，我们将编撰系列作品研讨，持续深入进行从"华语网络文学智匠创作"到"互联网+新文艺智匠创意写作课"的理论和实践研究，本部作品即为其中之一。以训练为基础，以"微雕"深耕技艺，基于智匠创意写作的创作实践、创新风潮、创生机制体制、重大理论和评论评价体系建构等时代土壤和内生能量，希望从实践到理论，再从理论到实践，与中国青年创意写作者同频共振、同情共理、共生共融，培育和创作真正无愧于这个伟大的时代、无愧于这个伟大的民族、无愧于伟大中国的"高水平创作人才"和"精品力作"。[1]

这部大连大学文学院汉语言文学及汉语国际教育专业学生的创意写作课作品集，字里行间跳宕着大黑山下这群莘莘学子泛舟学海的文心和诗情。一颗文心，一双文瞳，花开花落，四年匆促，岁月倏忽。这些文字，是一群大学生生活与生命的印记，也是一部激发当代青年创新创意与展现文采和情怀的创意写作实践指南：

一、借大连大学文学院青年学子的智匠创意写作文字，展示一代青年的情感世界与精神面貌，使广大师长了解当代青年大学生的思想情愫、激扬理想，增强青年一代的信心和

---

[1] 参见吴金梅、庄庸著《华语网络文学智匠创作研究》，吉林大学出版社，2020年版。

希望。

二、借这些洋溢着青春况味的文字，寻找智匠创作与创新创意的星星之火。期待在这本文集的青年创作者与读者身上，点燃互联网＋新时代青年世代智匠创意写作的星星之火，进而形成燎原之势，抒写生命思索、生活印迹、奋斗身影、生命之美。

三、将智匠创作融入青春创新创意，以此提升青年一代的创新、创业、创意实践能力，能够在互联网＋新时代中，成为具有智匠创作意识的卓越人才，"书写"美好未来。

正因这些具有强国心态、时代共振、科学情怀、切问力行、理性思考、互联网精神、重塑偶像等特点的"强国一代"[①]，中国的时运和文运可待，世界的未来可期。

创新创意，智匠微雕，书写第二人生，作品为世界立法，当代中国青年应当向世界"讲好中国故事，发出中国声音"。这是当下互联网＋新时代赋予"强国一代"青年的重要使命。

以智匠创意写作火种，燃爆"强国一代"中国青年的巨大潜能，让他们懂得：我愿！我能！使其成为驰骋的骏马和翱翔的雄鹰，创造美好新世界。

学海无涯，文心有智，做一叶飘摇知识海洋的扁舟，怀一颗创新青春的文心，立足时代，智创人生，创新世界，创意未来！

---

① 《中国青年》杂志、中国青年报、ofo小黄车联合出品《"强国一代"数据报告揭示当代青年的七种未来品格》，2018年5月4日，https://www.sohu.com/a/230387704_610901。文中提到"强国一代"已开始呈现的七种未来品格。

目录

上篇　非虚构

壹　荏苒流年
今夜的月章 / 003
给你写一封信，春天 / 006
夏韵 / 009
秋 / 012
秋 / 015
时光谣，岁月悠扬如歌 / 017
匆匆那年 / 021

贰　思绪点滴
感谢生命中的所有遇见 / 026
感谢有你，生命变得有意义 / 028
沧海一粟 / 031
我 / 033
记言 / 036
石缝间的生命 / 040
闲看花开，静待花落 / 043
雪夜小札 / 045
雪后 / 048
或许他现在不喜欢读报纸了 / 051
一本书的日子 / 053

叁　寸草春晖
你们是我最遥远的想念 / 056

VII

离家那天 / 059
送别 / 064
路 / 067
远行 / 069
回家 / 072
有些东西，不必言语 / 075
院外的老榕树 / 078
我只是看起来不难过 / 081
我在他乡望着月亮 / 087
人在天涯　春在天涯 / 090

肆　韶华有你

你与你的青春理想 / 093
人生若只如初见 / 096
与你相遇　何其有幸 / 100
散落在青春里的音符 / 104
错过就过，你是不是会难过 / 107
简单 / 110
回不去，也带不走…… / 112
我认识三先生 / 117
一个人的约会 / 122
红子 / 125
小燕 / 129

伍　味道情远

香油面 / 134
阳春面里的情怀 / 138
有一种味道，藏在记忆深处 / 142

记忆中的味道 / 145
　　红心番薯 / 149
　　停在美味一刻 / 152

陆　岁月印痕
　　青春之花，绽放旅途 / 156
　　第三只眼 / 159
　　拉萨记忆 / 164
　　记一棵松 / 167
　　老井 / 170
　　广袖飘飘，今在何方 / 175
　　你是不一样的金色 / 178
　　阿凉 / 180

柒　光影情心
　　《一个陌生女人的来信》影评 / 185
　　人生自是有情痴，此恨不关风与月
　　　　——评《一个陌生女人的来信》/ 190
　　我爱你，和你无关 / 193
　　《共同警备区JSA》/ 196
　　只有你身临其境 / 202

下篇　虚构

壹　诗韵华章
　　早 / 209
　　夜 / 211

离 / 213

想 / 215

念 / 218

红 / 220

无题 / 222

雏菊 / 224

喜欢 / 226

路上 / 228

等待（外一首）/ 231

夜海 / 234

情雪 / 236

伤逝 / 238

老了 / 241

一颗绚烂的流星 / 244

假如我是一座小岛 / 246

秋叶的葬礼 / 248

你的名字 / 252

当我老了 / 254

冬天里出生的孩子 / 257

牵手　放手 / 259

还好我有你 / 262

倘若生活 / 265

深夜呓语 / 269

不愿离开 / 272

你的名字 / 275

落雪的伤悲 / 278

相思令人老 / 280

十三月 / 282

贰　离合悲欢

爱与坚强 / 285

父亲的散文诗 / 299

全家福 / 302

圆月 / 305

看起来很美 / 310

归宿 / 317

再见，我们该走了 / 322

叁　逐梦青春

狼牙 / 328

梦 / 335

终有弱水替沧海 / 340

高考体验日 / 346

与风共吟 / 350

英雄 / 355

岂曰无衣，与子同袍 / 372

肆　情归何处

悲伤的故事 / 378

木偶 / 381

前世今生 / 385

人生若只如初见 / 390

无归 / 393

月凉未央 / 398

意外 / 404

雪 / 408

未央冰凌花 / 413

伍　巷语众生

一只草鞋的独白 / 419

邻居 / 423

这就是江湖 / 431

老汉治病 / 434

逃 / 438

迷途 / 442

上篇

非虚构

荏苒流年中的点滴思绪，
既有「谁言寸草心，报得三春晖」的亲情感恩，
亦有韶华有你相随的珍惜与不舍，
更有乔家学子对家的味道的深情悠远怀念。
流年荏苒，岁月有痕，人有情。

壹　荏苒流年

月圆月缺，
春风夏韵，
秋实冬雪。
荏苒的光阴里，
时光流，岁月老，
匆匆那年。

今夜的月章

中文153班 杨珣

我深情的文字里有你在吟唱着我的愁绪和我的无可奈何。没有你的日子,我像伏尔加河的纤夫,步步维艰。岁月看你我在对岸苦苦煎熬,然后寸寸老去。文字堆积起来的情感在流年中慢慢憔悴,被光阴的箭射穿一盏又一盏挂着希望的心灯,莫非你我终要成为过客……

空寂的夜晚,轻抚思念的琴弦,宛如行云流水,推动着心海泛舟,荡漾深情。

是你,这样逗留在我的文字里不肯离去,成为我蓦然回首时的那盏灯火;是你,这样舍不得远离,在我的文字里成为亘古不变的痴情;是你,美丽了我的文墨,温暖了我的心河,让我把文字写进月光、写进喜悦、写进离愁、写进思念、写进红尘滚滚。

昨夜的一场雨,迷离了我苦等的眼睛。恍惚间,伊人伫立彼岸,与我深情痴望。或许,前世奈何桥上的回眸,喝下孟婆汤前的誓言,都只是为了今生的相逢与不愿错过。三千青丝如这细柔的雨缠绵成帘,湿润着思念的心情,陪伴着寂寞的漂泊。青丝是前世的印痕,你却是我再也无法遗忘的今生。瓦檐下滴答的雨声,是我在梦中想你的呓语。它如泣如诉,唯你可知唯你能懂。文字都无法描绘那是何等美妙的瑰梦，我只愿沉睡在破晓前永不醒来，哪怕千年！只可惜梦醒情未了，我仍然无法确定这份等待的情缘，无法看清那瞬间的情殇。

如果我的今生你不曾来过，那将是我流年中最苍白的一幕。或许，风雨中我依然跌跌撞撞一路漂泊，像一只大海中孤零零的小船，无岸可靠。是不是我的天涯终要等你来挽留？

给你的爱，在我的文字里静静地敲击心灵的门窗，一扇接着一扇。为着那所谓今生注定的宿命，我站在岁月的风口承受狂风暴雨地吹打，执着地相信你不远的归期。每个孤独的夜晚，将对你的思念写进一弯清冷的月光。透过窗外如水的月色，看到的是满眼繁华，仆仆红尘。心，却在体会着似乎遥远的虚空，为你留一方清雅的角落，让纯真的爱驻留。不需任何繁华装点，只愿与你此刻或是多年以后，真实地淡着，相濡以沫直到老去。

岁月在指缝间如沙滑落，我疲惫的手指无法挽住流年。昙花在午夜暗自绽放，短短一现，莫非只是为了与美丽相逢？谁来怜惜它的短暂，挽留它曾经的芬芳？是否，我和你，真的只是隔着一朵花的距离？花开的一瞬不是为着相逢，而是为着不曾错过的欣喜。为着这一刻，所以忍受分离，且不惧这分离是天各一方还是终将遥遥无期。因着这无期在心中有期，所以甘愿等待；因着这等待，凋谢了多少季花期，所以满头青丝鬓白，岁月萧萧落地。再读给你的文字，心中有疼痛在悸动。常在叩问自己，应该将你放于何处，又将自己放在哪里？文字因谁而美丽？文字为谁而哭泣？为谁而写下永远的忧伤，为谁而注入快乐的音符？为谁在春天里播下承诺，为谁誓言要在风雨中携手前行？

耳旁有风拂过你幽怨的声音，突然沉默如空。

或许你不懂得我的感伤，常常困惑于我的优柔寡断；或许，你永远触摸不到我心底的这份宁静。那么我无语亦无言，心已疲惫，只能让我文字的幽魂寂寞地在你心上空空萦绕。

今夜又在为你写下忧伤的篇章，我的思念与你的泪水在字里行间浅唱低吟。我的手指飞舞于灰白的键盘，为你碾尽一池墨香，记录我们的爱恨交织，那些流逝了永不迂回的情节，一段，一段。即便在那个飘着细雨的日子，泪眼中模糊了相背而去的身影。若干年后，偶尔轻轻地想起，这些文字还能缤纷，还能在记忆中铺展——因为是曾经爱过的见证；因为是别后思念的延续；因为是当初某时经过的一场风花雪月，短暂得像昙花一样，却如此刻骨铭心。

今夜有风，吹散月亮的脸……

师评·智匠创作微论

夜，月，是静谧的意象，也是丰富的意象。夜的寂然无声，月的清冷如洗，是一份曾经刻骨铭心而今悄然远离的情感的最好写照。每个月夜，对于离人，都是一个满怀深情的故事，既有千年吟唱，更有至今沉吟。正如"但愿人长久，千里共婵娟"，又如：

> 今夜鄜州月，闺中只独看。
> 遥怜小儿女，未解忆长安。
> 香雾云鬟湿，清辉玉臂寒。
> 何时倚虚幌，双照泪痕干。

"嫦娥应悔偷灵药，碧海青天夜夜心。"月章，是嫦娥的寂寞，一如"我"的落寞。月华如洗，物是人非，要怎样呼唤才能挽回的情愫——这些文字会与生命缠络、缤纷、铺展，因为"是曾经爱过的见证""是别后思念的延续""是当初某时经过的一场风花雪月"，短暂，却如此刻骨铭心。以经典意象"月"为元点，从古典诗词中寻求印证，从细腻情愫中见微知著，呈现智思，微雕情愫。

给你写一封信，春天

中文153班　后琪琦

最美的你——

该怎样称呼你？过去的漫长岁月，我都未曾发现你的美，大约只因为，在那个我熟悉的地方，你和你的兄弟姐妹并没有任何区别；

该怎样诉说对你的爱？也许你只是个顽皮的孩子，天真烂漫；

该怎样表达对你的珍爱？也许你只是一句话，大自然把你呼了出来，又把你收了回去，藏在她的心房里。

饱受严冬的煎熬后，你带来了一片生机勃勃。鸟儿像有灵机触发似的，你追我赶，啾啾着，嬉戏于复苏的林间；杨树、柳树、桃树，你不让我、我不让你，争先恐后地展露自己妩媚的容颜；阳光也变得分外暖和了，天空显得澄碧高远，解冻后的土地散发着一种扑鼻的土腥味道；风吹来，弥漫全身的是花木的芳香和土地的腥味；渐渐的，小草半遮半掩地展现出自己的笑容，给大地渲染上绿的新意。

看花，心中的喜悦感，如四月一样明媚，随着春的高潮，而愈加浓深。我喜欢那些开在你心间的白色花朵，即使在如此绚丽的季节，依然保持着本色，开成自己的模样；即便是花期短暂，也要走得决然，风一吹就落了，不留痕迹，相当真实地活过，坚定而美丽。常常在你的芳香里流连，阳光一如既往的温暖。

"草在结它的种子，风在摇它的叶子，我们站着不说话就十分美好。"在清晨，徜徉在诗的意境中，心是喜悦的，连空气中都有着阳光的气息，仿佛你的手轻轻地抚过山峦，与红尘俗世相约一场岁月的美。如果一场风景曾定格在眼中，若一个名字曾在另一个人的心中，即便有一天想起，亦能静好得如山水花木，又何尝不是岁月留下的美！

推开窗，入眸，在你的笑颜里花都开了。时光，温婉而清寂。天空飘过大朵的白云，那是心素静的影子。风过，一帘小草淡淡的清香沁人心脾。抬头，伸手，采撷一缕芬芳入墨，你的明媚便婉约在我的文字中。仔细聆听，心语的呢喃。是谁，在诗句中，书写着与你初相遇的欣喜？是谁，在画卷中，将你生机盎然的美好描绘？有你的日子里，就着半盏茶，和着阳光，抛开美丽和忧伤。在风里，心情在一片叶子、一朵花中舒展，喜悦铺及每一个角落；和你一起的光阴总是含香的，一念风起，便想起墙头探头的桃花；一念阳光，衣襟上便粘满花籽的香；青绿的诗行里，写满了希望。我喜欢你，不仅是因为有花开、有蝶舞、有清风、有白云，更因为你是明媚的——暖暖的阳光照耀心扉，那些平日里积攒的忧伤，便会被赶得无影无踪。牵着你的手，可以在陌上散步，在檐下听燕子呢喃，在院子里看桃花盛开。路边的小草充满生机，那一树的繁花让人心生喜悦。喜欢这样的晴朗，养一颗淡定的心，保持着对生活的温度，行走在四月的芳菲里，微风不燥，阳光正好，我们，在路上。

这个春天，看过最美的花开，经过最美的绽放，我用笔墨沾染了太多的花色，唯愿能留下一点美好，明媚自己，也芬芳他人。忙忙碌碌的生活，让我没有太多的心情，去品味、去欣赏、去润笔。字终是薄了，一如我的心情。这一路上，也许是走得太匆匆，真的该停下来，看看身边的风景。

一切终会离去，只有岁月带着你如约而来，生死不离。俗世沉浮里，愿人生如你……

师评·智匠创作微论

"你"是谁？可以是你想向之倾诉的宇宙万物，可以是交流思想的每一个人，甚至可以是自然的一株花草、一块顽石、一缕清风。写一封信，不求回音，不求送达，只为倾诉生命过程中的点滴思绪。所以，你可以写给整个春天，也可以写给四季。这，就是"给你的一封信"。无论何地，无论何物，每一个春天，都美丽无比。写一封信，你眼中、心中、身畔的春色春景如许，随风捎去，对春临的赞美，对春来的欣喜。

"我喜欢你，不仅是因为有花开、有蝶舞、有清风、有白云，更因为你是明媚的——暖暖的阳光照耀心扉，那些平日里积攒的忧伤，便会被赶得无影无踪。牵着你的手，可以在陌上散步，在檐下听燕子呢喃，在院子里看桃花盛开。路边的小草充满生机，那一树的繁花让人心生喜悦。喜欢这样的晴朗，养一颗淡定的心，保持着对生活的温度，行走在四月的芳菲里，微风不燥，阳光正好，我们，在路上。""一切终会离去，只有岁月带着你如约而来，生死不离。俗世沉浮里，愿人生如你……"春的美，在景，在心，在前行的身影中，在美好的祝福里。大自然是每一个生命一直的陪伴，春来，万物生。以"你"为爱，同"我"而在，是智者对热爱自然、更是对热爱生活的美好情愫微雕细琢。

夏韵

中文152班　李晓彤

　　被寒风肆虐过几日，再被雨水打湿过路沿，最后终究还是要在一场突如其来的暴风雨中，撕扯着，送走一场莫名其妙的春天。果断地将那些个优柔寡断的花儿打湿在黑夜的雨水里，在泥土里翻滚着。不自觉的，被迫着的，和那黏稠着的泥土融为一体，顺着斜坡就一起流远了。远一些的车灯拉着刺眼的亮光，碾过流动的泥水。在背后溅起的水花像飞起似的划出一道长长的曲线又落下。

　　阳光出来的时候，像是什么也不知道，似乎什么也没有发生过。它就不带一丝羞愧地从东边骄傲地升起来了。春，就在人们还没意识到它来过的时候就被带走了。夏，就在一场残酷的洗礼中毫无顾忌地出现了。

　　又是一季的花在酝酿着盛开。树叶早就在风雨中褪去了懵懂的嫩绿，扇乎着硕大的身躯在枝头享受着初夏。喜鹊怕是懒得不想动了，就那样迈着悠闲的步伐在树下走着。人群走过，它也不害怕，拖着肥胖的身躯，扭一扭尾巴，跟人抢占着道路。阳光照到的空地，说不出的温暖，就像是儿时糖果里的甜蜜。猫儿眯着双眼，霸道地趴在路中间，竖着耳朵听远处微风的声音。

　　我想起那年的初夏。

春天也是莫名其妙地来过，然后不知所以然地消失。日子压抑在一场持久等待着雨水的沙尘暴里。试卷和书本堆积在眼前，遮挡了窗外漫天的黄沙。抵挡不住的，是内心无止境的焦灼和麻木。突袭黑夜的暴雨就在睁眼后的亮光里丢了，像是一场噩梦，却好似身临其境一般。夏天就透明着来了。什么都是清晰的，不带一丝灰尘，容不得一点污浊，眼前的一切都像是在发光。视野延长到远方的远方。可是偏偏那一年的夏天，我的心看到的比任何时候都迷茫。我眺望不到远处的路，甚至是方向。像是有一层迷雾，遮在我和未来之间。所有脑海里的幻想，总是义无反顾地拜倒在笔下的数学题里，再被晃眼的光亮惊醒。

那一年的初夏结束得像一场救赎。笔下流动的仅存的墨汁带走了我最后的挣扎和忧虑。我逃脱着钻进了盛夏的烈日里，感觉自己的青春年少都像是一场春末的沙尘暴，被自己无情地抛在了最后的风雨中。

现在回过头再去想想这些，便可以在午后的阳光里笑出声来。曾经以为的那些懵懂的、肆无忌惮的、年少轻狂的、无所顾忌的一切，都是该死的青春惹的祸。感觉自己结束了成人礼就再也不是一个依赖青春期说话的毛头小孩了。就像是小的时候极力地想要摆脱幼稚的称号，以为戴上了红领巾，就成为一个大人，不用再被大人们嘲笑了。那时挣扎着脱离幼稚，就像现在挣扎着脱离年少无知的青春。都是孩子般的心态，都是成长里的记忆。

年长的人们常常感叹，若是青春能重来一遍得有多好啊！青春的时光是多么美好啊！他们感叹的同时一再劝诫着我们珍惜，不要让青春白白溜走。我们又为何要那样努力逃脱？就像你会在童年消逝了的时候去感慨和怀念，那时的你多么无忧无虑，多么可爱调皮。人的成长都不尽相同，但总是会在失去的时候才懂得珍惜的重要。又何必要在自己而立之年时才幡然醒悟？那种极力逃脱、迫切地想要迈进成熟的冲动，是多么莽撞啊！青春啊，不是一首永远唱不完的歌，让你可以听着安心地入眠。它可能就像一场春末的暴雨，不知何时就席卷而来，卷土而归了。就像人生只有一次一样，青春也只有那么一次，在你最烂漫的豆蔻年华、最肆意挥洒性格的年代，敢向着太阳张扬。露水打湿的清晨，梦一般甜美的青春啊，伴着那初夏风里翻动的树叶沉醉在夏日的光影里。

毕业的时候，我们喊着，青春不老，青春永不散场。我们高举着懵懂时期青春的记忆和对未来的无尽幻想憧憬，无所畏惧地前进着。不怕犯错误，不怕受伤害，因为那是青春啊！那是最好的时节。我们可以拥有像暴风雨过后的那个太阳般的温暖。像什么都没有发生，像什么都不知道，掸一掸身上的灰就又可以席卷下一个干涩的季节；带着夏日的余晖，在夏夜泛着萤火的蝉鸣里，听见自己青春的韵律。

师评·智匠创作微论

"夏韵"，就是绿树浓荫夏日长，就是东边日出西边雨的日子；是玩笑嬉闹中的懵懂和肆无忌惮，是年少轻狂和迫切地想要迈进成熟时那样的莽撞。每一个青春的身影都是夏韵中的一场暴雨、一树浓荫。写一写，你的夏韵，温暖而张扬。

"毕业的时候，我们喊着，青春不老，青春永不散场。我们高举着懵懂时期青春的记忆和对未来的无尽幻想憧憬，无所畏惧地前进着。不怕犯错误，不怕受伤害，因为那是青春啊！那是最好的时节。我们可以拥有像暴风雨过后的那个太阳般的温暖。像什么都没有发生，像什么都不知道，掸一掸身上的灰就又可以席卷下一个干涩的季节。带着夏日的余晖，在夏夜泛着萤火的蝉鸣里，听见自己青春的韵律。"那些怀念的过往，就像这些句子，是一首散文诗中的竖行。夏是自然物候变幻，对于莘莘学子而言，却意味着一场场别离的到来。智者忧思，微雕一夏，是微雕友情、青春、奋斗拼搏的身影。

秋

中文153班　杨含

秋天是一个总能让人莫名伤感的季节。它让我想到了一个月前坐着飞机从中国西边飞到了东边的经历。这一次我带走了一家人的思念。伴随着我的是从未有过的依恋感。也许正是因为这里的秋足足比家乡的秋迟了一个月。

忙碌是一个让人忘记思念再好不过的方法。然而，军训后大把的时间和对家人浓浓的思念，使这整个秋变得与众不同。干燥，没有雨水。这里的秋天似乎有些反常。阳光不是特别充足，不足以穿透这雾糟糟的空气。没有了往日爽朗的蓝色天空，有的只是愈加浓烈的伤感。

秋的美在于落叶。午后漫步在东校区的小路上，一阵阵瑟瑟的风吹过。就这样，夏走了，秋来了。树叶由原来的繁茂到枯黄再到落下。这是一个十分美丽的过程。小路被密密落下的枯叶铺就得一片金黄。漫步其中，真希望与自然融为一体。秋的美在落叶里。

秋天收敛了往日的燥热，变得宁和淡远。如果把它比作乐曲，秋一定是一首舒缓又使人宁静的古典音乐，让人感到温情却不火烈。我认为秋是人的心灵与自然最为贴近的季节。在这个季节里，秋风似歌，落叶如蝶。秋天有果实压弯枝头的辉煌，也有秋风瑟瑟、秋雨绵绵的哀怨，更有盼望果子成熟、成熟了又怕掉下的无奈。秋让这个本应与家人团聚的月份变得更加伤感。秋天，这个萧索的季节，不似寒冬的死寂，不似夏日的活力，但总能使人感慨万千。那淡淡的、淡淡的红色枫叶串成线，与秋雨谱写着诺言。

秋天的到来给天涂上了灰褐色的颜料，为地也涂上了偏冷色的颜料。天，时常是灰蒙蒙的，分不清哪里是蓝色、哪里是白云的轮廓，像是盖在空中的一块帷布。天，有时也会万里无云，碧蓝碧蓝，仰望天空不免有些刺眼。秋的夜是那么宁静，静静的、清清的。伴随着月光，草丛中传来阵阵昆虫的鸣叫声。

秋天并不低调。仔细观察它，品尝它——纵观历史长河，多少佳词妙句以秋为题？从"风急天高猿啸哀，渚清沙白鸟飞回"，到"多情自古伤离别，更那堪，冷落清秋节"……它独特的气质唤起了无数游子对家的怀念，对亲人的思念。

秋有"霜叶红于二月花"，有"洪波涌起"。静下心，用心体会秋的韵味，会有意外的收获。

师评·智匠创作微论

与"自古逢秋悲寂寥，我言秋日胜春朝"不同，"我"感觉"秋天是一个总能让人莫名伤感的季节"。因为"我"不同，我念起的是"多情自古伤离别，更那堪，冷落清秋节"。所谓以我之情观物，物皆着我情怀。你的情如何，即是你的秋如何。一年四季不同，不同年份的同季却同样缤纷各异。写下你的秋，便是你的情。

因为离家，因为这里的秋"足足比家乡的秋迟了一个月"。秋的落叶、秋的果实、秋的冷色的"灰褐色"，但，"静下心，用心体会秋的韵味,会有意外的收获。"是因为秋的丰富、萧瑟与丰收并存,艳灼与枯黄同在。微雕秋色,也是微雕善于思索者对生命的感触,微雕细碎而悠长的生命时光。

秋

汉外 151 班　马英

提到秋天，不禁让人想起秋风萧瑟、落叶纷飞的景象，心中或许有一种寂寥、落寞的悲秋之感油然而生。而我眼中的秋却不是这样。我所感受到的秋是恬美而宁静的，就如诗中所说：自古逢秋悲寂寥，我言秋日胜春朝。我心中的秋亦如春一样美。

秋天的景象是一幅笔墨淡染的山水画；若有秋风的叠奏，则是一曲清远悠扬咏唱的诗歌。风和落叶是我在秋天最好的伙伴：起风天走在一片树林中，片片叶落于手——拿来细细端看，就会看到它的另一种美；在秋风中翩翩起舞的落叶也如一个个小仙子般曼妙美丽。在这一片宁静美好中，你一定舍不得离去。这时，你就不会觉得秋天是冷落、寂寥的代名词了。你的心里一定如眼前所见的这片美景般安静美好。

秋天一到，万物凋零，叶落归根。这会让很多人觉得秋是一个万物衰败的季节。而我却不这样觉得。在我看来，秋天是一个万物生长的季节。在秋天，人们会得到许多大自然的馈赠，享受丰收的喜悦，而落叶掉落也是为万物生长所做的准备。这样的馈赠是其他季节无法带来的。在秋天，你若走在丰收的原野旁，便会感受到那份大自然所奉献的真切的美。也许你会看到秋天如一位魔法师般，给大地披上金色的外衣，在那片丰收的原野上遥望着人们的欢呼雀跃。

秋风萧萧，吹近了天空与大地的距离；野菊绽放，点饰了原野旁泥泞的小路；落叶纷纷，摇曳了青山绿水间的距离。

师评·智匠创作微论

"自古逢秋悲寂寥"是无数人的秋之情怀，而"我言秋日胜春朝"也是无数人的秋日情怀。但每个人的"寂寥"自是不同，每个人的"春朝"也是别有情怀。你的眼中、心中"秋日"与"春朝"是否有相同之处，又是怎样不同？这，就是这篇"秋"的创意与启迪。

"我心中的秋亦如春一样美。"在"我"眼中，恬美宁静的秋，如"秋天的景象是一幅笔墨淡染的山水画；若有秋风的叠奏，则是一曲清远悠扬咏唱的诗歌"，会带给人"丰收的喜悦"。春花秋月，无不如诗如画，是自然的美好馈赠。如此美如国画的秋景秋色，是大自然的赐予，是智者的看见，更是生命的感恩。请微雕对自然的爱，微雕对生命的爱！

时光谣，岁月悠扬如歌

中文151班　李文君

"摇啊摇，摇啊摇，摇到外婆桥。"街边红薯的香气，玉米蒸熟的甜糯……这是鼻尖与味蕾对冬天的记忆。也许，时光会老去，但对于味道的眷恋，却丝丝缕缕，不曾断绝。时光谣，岁月老，我有一段记忆想与你分享。我没有酒，你愿意听我的故事吗？

奶奶的味道

如果我有时光机，奶奶可以再给我做一顿好吃的吗？身高不高，却撑起整个家庭。黑黑的皮肤，上身略胖，天生一副热心肠，四邻八舍相处融洽——这就是我的奶奶，一个20世纪40年代出生、一生丰富的妇人。

奶奶有着一手好厨艺。简单的蔬菜在她的烹饪下就像是施了魔法一般。疙瘩汤、蛋炒饭是我儿时的最爱。小时候的我是个不折不扣的小吃货，体重比同年龄段的小朋友着实胖了不少，是个超重的小胖子。奶奶却还总是惯着我。九岁时，我让奶奶做了许多蛋炒饭，把自己活活吃吐了。奶奶很是无奈地说："喜欢吃也不能一直吃呀！什么事情超过了限度都不好。"我泪眼巴巴地点点头。之后，很长时间没有吃过蛋炒饭，也许是有了阴影。时间是治愈恐惧的良药。十九岁，我又爱上了蛋炒饭。

即使奶奶老了，饭里会不小心有头发，但疙瘩汤、蛋炒饭永远是奶奶的味道。那是一份爱，丝丝缕缕不能断绝。

奶奶，你听得见吗？我还想吃您炒的蛋炒饭！我不会再吃吐了。但，如果可以的话，我还想再吃吐一回。2015年7月，高考的夏天，肝癌带走了奶奶。火葬场的最后一面，由于癌细胞扩散，奶奶的肚子已经肿起来。无法抑制的眼泪，像洪水猛兽。"奶奶起来呀！奶奶，我还等着你给我做好吃的呢！我想吃蛋炒饭了。你不是还说等我结婚时，要穿得漂漂亮亮来参加我的婚礼吗？"奶奶你能听到吗？

如果我有时光机，奶奶能再给我做一次蛋炒饭吗？

总有一些人会远去

记忆总是会模糊，在哪儿看过一句话或是听人说起过："边走边爱，反正人山人海。"朴树低沉的嗓音娓娓道来："我曾经跨过山和大海，也穿过人山人海。我曾拥有着的一切，转眼都飘散如烟。"一些人来来回回，兜兜转转，带给你最鲜活、最难忘的回忆，现在却只能埋藏在记忆深处。总有一些人会远去，不仅仅是爱情。

2003年，学校旁边的小店，五角钱可以买两个圆葱牛肉馅的包子；好吃的红豆雪糕、石头糖、小当家、辣条、阿衰的小人书，也只要五角钱。五角钱就能幸福满满。2016年，学校旁边的小店早已不见。红豆雪糕要一块钱，却再也不是从前的味道。总有一些东西渐行渐远。班级里曾经最调皮的小男孩，现在，在哪里呢？传言小学的农村同学已经结婚生子了。天涯四散，来来回回。

夏至未至，小时代。那是青春的记忆。每天侃天侃地，不知疲乏，凑在一起就会有很多话。四个人就是一个小天地。如今，兜兜转转，天南海北。谁忘记了谁？也许只有记忆不会老去。学习，考大学。一群追梦的孩子在奋斗。暗恋时的心动、努力过后的欣喜、离别的泪水……一场考试,梦想变成一棵会开花的树。随后各奔前程。

总是不想失去一些人,点开微信:"老朋友,最近过得好吗?"却又一个个删除。害怕记得,也害怕被忘记,我们曾经也是闺蜜呀!害怕,如今一见,无法言说。刷着朋友圈,我可能不点赞,却知道你们各自安好。不论是远在异国他乡的人儿,还是进入军营的战士,心之所念,各自安好。

人生就像一辆列车,走走停停,兜兜转转。每段旅程都会有不同的人,上车下车。不同的生活,会有不同的人陪你走过。没有一个人必须在你的生命中永远停留,因为你们的目的地不同啊。你会经过皑皑雪山、茫茫草地。总有一些人会远去,何不就此珍惜?

恋旧,我很恋旧。小学的小礼物到现在都还留着。看见它们便像看见了生命中的你们。打铃了,吃饭了,多希望现在是大梦一场。室友会叫我起来吃饭,一路拉着手跑。我拿餐盘,她拿筷子,说着:我今天要吃烧茄子。

时光谣,总有些人会离你远去,记忆却不肯老去。

"摇啊摇,摇啊摇,摇到外婆桥。"时光谣,岁月悠扬如歌。时光慢慢老去,珍惜身边的每一点小确幸吧。它一直在不紧不慢的生活中发光。

师评·智匠创作微论

创意时光与创新岁月,总会伴着丝丝缕缕的记忆。就像奶奶和曾经的学生时代。奶奶被病魔带走了,留下只能回味的疙瘩汤、蛋炒饭的香味。那些一起读书的伙伴也风流云散,各奔前程,是否也各自安好?时光和岁月属于每一个人,但每一个人的岁月和时光中却有着不同的故事、不同的亲人和生活。无论怎样,那都是温暖的一份生命过往。笔和情,使这些情愫得以流淌成深情款款的涓涓细流。

"即使奶奶老了，饭里会不小心有头发，但疙瘩汤、蛋炒饭永远是奶奶的味道。那是一份爱，丝丝缕缕不能断绝。如果我有时光机，奶奶能再给我做一次饭吗？"这是对奶奶永远的怀念和不舍。"人生就像一辆列车，走走停停，兜兜转转。每段旅程都会有不同的人，上车下车。……总有一些人会远去，何不就此珍惜？"人生难以追随的太多，无法握持的太多，珍惜时光流逝间的点点滴滴，就是时光不老、深情永恒。或许生命就是如此暖，却又如此苍凉。那些舍不得的、心疼的，总是不得不在悄怆中渐行渐远。微雕细碎的光阴中的一些人、一些事，也是微雕生命的点点滴滴，恰又深情如许！

匆匆那年

中文151班　陈雅斐

偶尔会回想起那年，似乎那段努力的时光格外美好。高四，并不是每一个人都会经历的。可以成为其中之一，我一直相信这是我的幸运。因为在这条特别的路上，总有一些飘香的风景。

还记得当时和妈妈整整僵持了一个月，我口口声声坚定地拒绝复读。然而，其实我一直都知道，我一定会去复读的！否则，我不会一次也没有翻开过那本《招生之友》。或许表面的对峙只是因为我不想承认即将复读的事实。或许我的咄咄逼人、寸步不让，只是因为对复读恐惧和怯懦。

终于，有一天，在歇斯底里地大哭之后，我选择了坦诚地面对自己。2014年7月6日，距离高考结束一个月，我在微博里写道：只为遇见最好的自己。是的，准备去复读了。现在想来，这应该是迄今为止我做的最不后悔的一个决定。大概是八月初，到复读学校去报到。那时候，我无论如何不曾想到，之后我会对这所学校怀有多么深的热爱。毕竟，在第一眼看来，它只是一所一眼就可以将教学楼、宿舍楼、餐厅、操场尽收眼底的学校。然而在这一年，在这小小的复读学校里，却有着我太多太多的泪水与记忆、汗水和成长。

报到的第一天,在一张大大的张贴榜上面寻找自己的名字。从左看到右,一个个毛笔书写的名字安安静静地躺在榜上;从左走到右,夹杂在一群报到新生的复杂心情里。噢,是在32班,抱着课本入班报到,下午便正式开始入班学习。

复读的紧张节奏从报到的第一天就开始了。八月份的天气仍是酷暑,然而大家也似乎做好了这样的心理准备。教室里,每个人都低着头,各自沉迷于学习。破旧的吊扇在呼呼地转动,似乎想帮大家赶走哪怕一点点炎热也好。我坐在窗边,偶尔会抬起头望向窗外,放空片刻。有时候猛地回过神来,还要责备自己两句。

就这样,日子如流水一般。每一个早读我们都在用心记忆;每一个清晨我们都会奔跑着前行;每一个课堂上都会有人站着听讲;每一个深夜都会有人挑灯夜战……一张张试卷、一本本笔记、一次次考试,都在见证着我们进步。一次次哭泣、一次次跌倒、一次次失败,都在见证着我们成长。在这里,我看到每个人的梦想与渴望温柔地盛放在这小小的复读学校里、每个人的展翅与腾飞姑且卧薪在这短短的一年里。在这里,我收获了一群并肩作战的伙伴。在迎着星辰去往教室的路上,我们永远不孤单。在这里,我学会了自己独自承受。多少次哭泣在日记里,就有多少次擦干眼泪重新拿起试卷。

时常和复读的朋友提起这段时光。我说:好怀念和你们在一起的日子——那些或欢笑或流泪的日子。不知疲倦的我们,日复一日,彼此间的互相鼓励、加油的话语写满了整个本子,布满了我们年少的记忆。还记得,我们第一次抱成一团,哭成一片,相互诉说着自己的梦想和抱负,说着永不言弃。还记得,我们一起奔跑着冲向食堂,一起在课间急速冲到水房洗头,只为多几分钟留给学习。那时候,青春的我们浑身散发着梦想和朝气。在这里,我收获了你们,也收获了回忆。

也时常和自己回忆起那段时光。我说:谢谢你勇敢走了下去。在经历了高三一年的起起伏伏、跌跌宕宕,高四,我终于不再惴惴不安、彷徨迷茫。我开始有了自己的坚定步伐。虽还稚嫩,但我不再原地哭泣,而是选择从头来过。虽然刚开始的几个月，我的成绩一直不见有什么起色，难免有些心烦意乱，可是我一直相信有一个成语叫作水到渠成，只要我不放弃努力，结果自然会遂人意。所以，不再执着于分数、名次，我把重点放在了学习本身上，关注自己真正学到了什么。终于，一切的努力都没有白费。在最后的两个月，付出得到了回报。在这里，我收获了自己，也收获了蜕变。

匆匆那年，不过四季。很快，又一次高考！四张卷子，加上一腔渴望的热血，结束了我高四复读的这一年。坐在离开考场的大巴上，心里格外平静，亦无怨无悔。因为我知道，一切都值得。

师评·智匠创作微论

"匆匆那年"，不是每个人都有。因为不是每个人都有高四的生活经历，而"我"有。一年的光阴很短，或者说感觉很短，因为"匆匆"。每个人的生活中会有无数个"匆匆"。一年，一月，一天，甚至几个小时或者几分钟，却可能会在这"匆匆"间发生巨大改变。最重要的是，"我"想改变。所以，去追忆那些曾经对你而言产生巨大变化的"匆匆"瞬间，去书写，去怀念——感谢那些瞬间，也感谢自己。经历过岁月，经历过我们的思想，我们迎来更好的自己。匆匆，也是奋斗的样子，是一种奔跑，是一种拼搏。

当同龄人已经开始在祖国各地的校园里读大学时，"我"似乎却还在原地踏步。真的是"原地踏步"吗？虽然"我"的生活轨迹没有能和同龄人一样走进那个叫"大学"的校园，但在"我"的心里，却同样有着更丰富的对于生命、对于生活、对于自己的未来、对于自己的追求、深深思考。思绪的飞扬,一定比实地的奔跑,更远,更有深度,更能带来生命和生活的变化。身影在奔跑,思绪在飞扬,谁说"我"在原地踏步?当"我"来到大学校园的时候,"我"的思想,已经奔跑在了你的前方。所以一时的成败,并不能决定一生。只要你不放弃,你的生命一定会迎来精彩的明天。一次次经历,让我们懂得:人生的成功,不在一时,而在一世;拼搏前行的奋斗者,一定会迎来美好的未来。微雕生命旅程中一次重要的失败,就是微雕生命的一场破茧成蝶。

贰 思绪点滴

感恩生命中所有的遇见，
即使沧海一粟，
也是「我」独立的存在……
闲看花开，
静待花落，
珍爱石缝间的生命，
读一本书的光阴流转，
点滴思绪，
青春流连。

感谢生命中的所有遇见

中文151班　王颖丹

小时候，总是希望时间走得快一点，这样就可以快快长大，爸妈不会再管着，可以自己选择爱做的事。当还是孩子的时候，我们爱憎分明：喜欢就是喜欢，讨厌就是讨厌，不用掩饰。没有人会去责备你，因为还小，所有的一切都可以被宽容。不想长大，成了许多成人回不去的痴想。

长大意味着：责任多了，面对的事多了，你必须学会自己去与这个世界对抗，与周围的人相处。高中毕业，所有人欢呼着跑进大学；大学毕业，很多人却哭倒在酒桌上。倒不是，大学的生活美好到让人哭着喊着不愿离开。而是从此以后，许多人都必须迫不得已走进残酷的现实生活里。我们每一个人都知道，这是一次多么残酷的考验。谁也无法预测自己在这场残酷的考验中，是否能够全身而退，从此荣耀一生。没有人知道结果，但是我们却可以预见我们将要面对的是怎样的不易。复杂的社会，使我们明白，在大学浪费青春是一件多么愚蠢的事情。我们应该在这里抓紧时间，充实自己，让自己变成一个更好的人，以便以后进入社会，进入职场。

进入社会后，各种人和事使我们迅速成长，我们变成一个能与命运抗争的人。尽管这个过程充满了泪水和汗水。因此，我感谢生命中遇到的每一个人，每一份不同的境遇，无论好的还是坏的。人这一辈子，会遇见很多人，会错过很多人，也会有一些人始终陪伴在你我的生命里。生命里出现的那些好的或坏的事，都是合理的，都有它的道理。一切已发生和正在发生的事，没有所谓的对错之分，只是在不同程度地充实个体生命的轨迹而已。感谢生命中遇见的每一个人，你们使我难过、使我快乐、使我成长，是你们塑造了如今的我，独一无二的我。

愿大家今后都有故事有酒，也有诗和远方。

师评·智匠创作微论

心存感恩，是我们面对这个世界时最美好的态度。一声"谢谢"，送给你每天生活中，那些带给你帮助，带给你快乐，带给你成长的人。可生活中，我们需要感谢的，不仅是那些给我们帮助过的人，还有每一阵清风，每一朵白云，每一个让我们会心一笑的瞬间。是所有的这些，成就了你生命的美好。所以，写下你生活中的感谢吧！清晨唤醒你的鸟名，烈日下的一树浓荫，口渴时的一杯清茶，莫不应该道一声感谢，莫不是一篇深情的文字。

"感谢生命中遇到的每一个人，每一份不同的境遇，无论好的还是坏的。""你们使我难过，使我快乐，使我成长，是你们塑造了如今的我，独一无二的我。""愿大家今后都有故事有酒，也有诗和远方。"感谢，同着祝福，给每一个值得记忆的过往。正像诗人海子的"面朝大海，春暖花开"诗中所吟。感恩的心，感谢有你，微雕一份值得自己感恩的温暖，是对美好情愫的懂得，是微雕给世界一份明媚和温暖。有智者，在感恩中，成就自己。

感谢有你，生命变得有意义

中文151班　孔青华

人的一生会遇到形形色色的人，每一个人都不只是过客，他们或多或少都会给你的生活增添色彩。不管增加的是什么颜色，都会在一定程度上让你成长。所以我们要谢谢他们。

致父母

父母是我们最大的恩人。

在母亲青春的时候，我们还不懂事；当我们懂事时，母亲却已慢慢老去。我如何能遇到你，在你最美丽的时候？你见证了女儿最美丽的时刻，却隐藏了自己的美丽。

母亲的爱是显而易见的，而父亲在家庭中似乎都是在扮演"慈爱与严厉"的矛盾体。我们小的时候总是在他挺拔厚实的肩膀上玩闹；可是我们长大了，懂事了，却发现那个"巨人"也倒下了。

我的父亲是挺可爱的，只不过是压力太大了。一天晚上，我爸给我打电话，问我什么时候回家。我就问他怎么了，还有半个月才放假呢。然后他特别小声地说有点想我了。妈妈前几天还告诉我，爸爸因为我只给妈妈打电话，很少主动给他打电话而吃醋。当时我就很不好意思，似乎真的把爸爸忘了。

我知道爸爸是爱我的，但是他总是不愿意表达，但是妈妈这个中介人做得很好，从小时候，妈妈就会告诉我，爸爸很爱我，就是嘴太笨了。

爸爸妈妈是那个对我们百依百顺的人，无论我们犯多大的错，他们都会原谅我们。现在我们长大了，也该懂事了，也该为家里分担一些了。

致朋友

朋友，就是当你说早上没吃饭时，把你训得狗血淋头，然后特地去给你买最爱吃的，不管多远，都会热乎乎地送到你面前，然后不停地啰唆，记得要吃早饭，早饭很重要的那个人……你会很享受这个过程，满满的都是爱。

我是一个很幸运的人，身边的朋友很多。有时，我只是发一个朋友圈矫情一下，电话立马就会被打爆。当我恋爱了，他们会吃醋，怪我重色轻友，其实打心底里祝福我；当我分手了，他们会安慰我，陪我傻陪我闹。他们就是这样，看不得我受半点委屈。那时的感觉，好幸福。

我很感谢他们不是像社会人那样考虑我有没有利用价值，有没有家庭背景，而仅仅是因为我是他们的朋友。我很庆幸，有了他们，我不再感到孤单，也让我在别人面前有了炫耀的资本。

致尊师

父母给了我们生命，而老师不仅传授我们知识，还教会我们做人的道理。我们在学校和老师待的时间比和父母在一起时间都多。

老师，感谢您的耐心，在我们叛逆的时候，包容我们，陪我们走过那段时间；感谢您在我们迷茫的时候，开导我们，为我们指明方向。感谢一路有您。

也许，将来我也会选择做一名人民教师，因为我觉得这很神圣，很光荣。

致过客

在我的生命里,你们可能只是路过,但是既然留下过痕迹,既然来过,我就感谢你。例如,社团的工作伙伴教会了我团结,生活中的各种伙伴带给我快乐,谢谢你们。也感谢那些曾经让我刻骨铭心,如今记忆犹新的人,是你们让我在痛苦中迅速成熟长大。

我们需要铭记在心,我们身边的任何人,都没有义务毫无条件地去帮助你,照顾你,容忍你。所以当别人帮你一次的时候,一定要认真地说谢谢;当别人不想帮你的时候,也不要心怀怨恨。

师评·智匠创作微论

"感谢"的是你,有意义的生命是"我"。不同于上一篇更多的是在成长中的思考,这一篇则更多是对于那些成就自己幸福生活的人的感谢。所以,同是感谢,不同的是自己的感悟与思绪。不同的父母、师友,带给一个人的成长和幸福不同,就是不同的感谢。"感谢",需要你的创新,你的创意!

生活中那些让自己感动的小小瞬间,是不善言辞的父亲,因为想念而主动打电话中"有点想你了"的低声呢喃,是絮絮叨叨不停地啰唆的好友的早餐,是每一位恩师在自己成长路上的传道、授业、解惑,无需华丽的辞藻,真挚的情愫便是最美的文字。父母、朋友、师长、过客,每一个相逢、相识、相聚,都是生命值得珍藏的如许。懂得,是智慧,是成长。微雕感谢,微雕遇见,微雕自己生命的一场场温暖。

沧海一粟

中文153班　李嘉琳

那夜，我躺在床上，翻来覆去睡不着。

有人说，不要在晚上做决定。可是，人不都是在最安静的环境中才能静心地思考一些事情吗？即使这可能是庸人自扰，可能是幻想，但到第二天醒来，这或许会改变你的生活。

倘若把地球看成一片汪洋大海，我们也只不过是海面上小得不能再小的一叶扁舟。而我们这叶扁舟，最多也只在周围的一小片海域飘来飘去，未曾欣赏过远方的景色；也没有感受触摸过远方的水温；更无福把玩远方那遥不可及的美丽的珍宝。是我们真的没有能力做到这些吗？其实不是的，所谓的没有钱，没有时间，那也不过是借口，倘若你真的想去看看，又有什么能成为阻止你的理由呢？

我们不过是这沧海中的一粟。有时候想，这一生是短暂的，何不让它变得精彩呢？你无法改变生命的长度，却可以尽己之能来拓宽它的宽度。

安稳可能是有些人一生的追求。就像那一叶扁舟，总在这一小片海域不会出什么意外。可是，要想活得精彩一点，势必要去更远的地方抵御那猛烈的狂风与海浪。当然最后得到的也远远多过安稳。

世界那么大，为什么不去看看呢？人生苦短，及时行乐吧少年！

师评·智匠创作微论

"沧海一粟",当我们看到这个词语的时候,每个人都会想起自己是这个世界上芸芸众生中的一个,像沧海一粟。作者的"沧海一粟"要写什么呢?一个晚上,入睡前的瞬间。这份"沧海一粟"的碎碎念,是你,是我,是我们生命中无数瞬间的碎碎念。写出来,就是有远方的诗意的文字,就是生命走向远方的样子,就是生命中的无数个远方,风景旖旎。创意,就在你每一次飞扬的思绪中。思绪成为文字,就是一篇散文诗,"沧海一粟",美好若此。

辛涅科尔(法)曾说:对于宇宙,我微不足道;可是,对于我自己,我就是一切。这句话道出了每个人生命和存在的意义。所以,有梦想,有愿望,就一定要去做。即使不能实现,也要去试一试。想各种办法,做各种努力,才不会有遗憾,才会看到更多的风景。微雕小小的自己的小小的奋斗、小小的心愿,是智者给自己的希望,是微雕自己浩瀚的世界和无尽的未来。

我

中文152班 程阳

喜欢阴天的我,是喜欢凉爽的天气,可以避开骄阳的烦躁;喜欢雨天的我,是喜欢清新的空气,可以冲刷心情的烦闷。我是一个北方女孩。很多事情大大咧咧、不拘小节,但是性格却偏内向。矛盾的我也不知道怎么解释。我在熟人面前很开朗,在不熟悉的人面前又变成一个很陌生的我。

一个"我"字,可能几秒就与纸张契合在一起,哪怕写满楷书、篆书、隶书、草书等各种字体。可是最可怕的是,你仅仅把它当作一个字。撇、横、竖钩、提、斜钩、撇、点,一共七画,构成"我"字。

大多数人是按照笔画顺序一样过着中规中矩的人生,似乎这才是完美的;少部分人可能像最初习字时,练习有误,稀里糊涂地一直按照那个顺序写,但最终也还是"我"字。二者似乎没有什么不同,但又有一种说不清道不明的感觉。我就是少部分人之一,一直搞不清楚笔画顺序,也没有纠正的意愿,甚至于,对它的定义也不十分清晰。

撇、竖、撇、横撇、竖钩、撇、点,也是七画,构成"你"字,和"我"字笔画数一样。在自我的世界里,我是"我";在社会里,我是"你"。常常在自我的世界里迷失自己，或者说，不知道自己真正想要的是什么；而在社会中往往忘掉自己的角色责任，忘记"你"与"我"的区别。我想强调的是，自己要搞清楚自己应该做什么，想做什么。

如果喜欢就去做，有梦就去追。你想沉浸在自己的世界，那就尽情享受；你想赏月，那么不必拘泥于形式，完全可以坐在窗边，仰望栅栏外的月亮；你想倾诉自己说的话，那么不要在意成功与否，请流水倾泻一般尽情畅所欲言。

看过很多书，例如《二十岁应该做什么》《什么事情在一生当中是一定要做的》等等心灵鸡汤类的书。我在看过之后，经常热血沸腾，觉得：哦，这些事情是我一定要做的呀。但往往在我冷静之后才觉得其中有的东西不适合我。每个人都是独立的个体，没有一模一样的人，适合某个人的标准并不一定适合所有人，这就是我不喜欢心灵鸡汤文的原因。真正需要我去思考的是，我适合去做什么，我应该去做什么，我喜欢做什么。

很久以前，每晚入梦后，总是朦朦胧胧，醒来怅然若失，难以从悲伤情绪中自拔，一个人暗暗啜泣。那时候的我，经常会一个人裹着被子，双手抱膝，蜷缩在床角边，或塞着耳机，什么都不想，就那样安静地望向窗外，仿佛只有那样我才能得到安慰。

如果可以，我想用更长的时间去思考我的理想状态，去达到我想要的高度，真正意义上的开心。

我的一生或长或短，或平凡或精彩，我都不在意。我真正想要的是确切地知道自己想要什么，知道自己是谁，自己在做什么。

穷极一生也要去探索"我"的意义，耗尽所有力气也要不留遗憾。

云端之上，彩虹之巅，愿我初心不改。

师评·智匠创作微论

世间有多少人，就有多少个"我"；有多少个"我"，就有多少个不同的人。每一个"我"都是一个世界，一片海。你的世界是怎样的平凡而独特？你的大海又是怎样的波涛澎湃？抒写一个你，描摹一个"我"。

"如果可以，我想用更长的时间去思考我的理想状态，去达到我想要的高度，真正意义上的开心。

我的一生或长或短，或平凡或精彩，我都不在意。我真正想要的是确切地知道自己想要什么，知道自己是谁，自己在做什么。

穷极一生也要去探索'我'的意义，耗尽所有力气也要不留遗憾。

云端之上，彩虹之巅，愿我初心不改。"

这样一个有着自己的思考，追求和梦想的"我"。探索一生，不留遗憾！

"小小的我，小小的我，谱写一首爱之歌。"微雕自己的一份执着，一份坚持的初心，便微雕出汇聚成这个世界前行的洪流。而执着，更是智者的选择。

记言

中文152班　杨桃灵子

下雪了，端着一杯刚热好的热巧克力，倚在窗前，循着初雪后的记忆，提笔写下回忆……

你会不会突然想起一段旧事？是苍白如雪的缄默，还是光怪陆离的笙箫？我总是捉摸不透这些，它们就像星星流过天河，在你清醒后就会稍纵即逝。而青春，也正是如此。它是我们漫漫人生中的前行站，会迷失，会失去，会怅惘……它是失去后的落寞感；是抉择后的偷偷留恋；是执着前行时的勇气；是披荆斩棘后的欣喜感……这应该就是青春留下的抵齿留香了。

每一本毕业册都是告别一段岁月最糟糕的纪念。告别了青涩与幼稚，告别了连笔书写的潮流，我们都在未来吸取养分，却总要回到曾经去找寻记忆。

小时候的操场永远是那么大，总是要跑到喘息才能到它的尽头。我们会因为一朵小红花而兴奋，会因为举手回答一次问题而骄傲。那时，我们会因为一根棒棒糖而满足。那时的青春，是麦芽糖浓烈的香甜，是远方带着期待的目光。后来卷卷书籍画下了藏匿着的青春言语：是带着薄荷糖味无法消失的夏日；是树荫下留不住的思念；是相看无言的各奔东西；是永远无法探知的未来。我和你有个思念的结，它变成了不问归期的秘密，或许就这样隐藏在了青春诗篇之中。我终是遗失了你所有的联系方式，再也无法和你有一丝一毫的因果……这是苦涩，也是遗憾。

  大学中的你我他，是擦肩而过的某某某，是图书馆里小憩的那个午后。这里是东南西北的感知，我们尝试着将青春的卷轴永远定格在散发热情的那些瞬间。大学赋予我们的能力是自我选择的放大化，能够去实现所追求的价值。但与此同时，我们也是孤独者，我们在他乡、在异处，我们会真正地成为自己。我们在交错的路上行走着，在来来往往之间做出选择。我们是在主宰青春，也是在追随自己的脚步。我们是在喧闹中寻找安静？还是在喧闹中放肆喧闹？逆风的方向，终归更适合飞翔。没有过不去的曾经，也没有到不了的明天。所有的苦难，所有的挫折，所有的痛楚都是人生留下的财富。城市终究是那么大，你的归途不是十字路口，也不是春夏秋冬的轮回。如果时光可以倒流，我想再拥有一个小时候的暑假。那是不谙世事、懵懂无知的孩提时代。我还在外婆家的小院里享受无忧的午后，徜徉在缱绻的夜。那个夜，是童言无忌的纯纯画布，画下的是一颗心，一颗向往光明，期待未来的心！

  二十年光阴瞬时而过，青春的步伐越发快速，我们是行路人，也是造路人。即使不愿，越是荆棘的路越容易开出盛夏的花朵，越是热血的青春越应该勇于挑战。每一日新升起的太阳都无比炙热，似火一般笼罩着，笼罩着这个世界。或许我们常常疲惫于早晨的清冽，习惯于冬日里围巾所带来的温暖。是不想再改变的从一而终，还是留恋温存的不愿放手？雨落窗前，感慨于世事万千，青春在律动中充满惊喜，在似水年华之间，爱恨情仇终究是浩瀚人生路中转角处的惆怅。时光是这个世界上过得最快的东西，只待珍惜青春的我们，演绎一场永不谢幕的舞台剧。就算跌倒，也要笑着爬起来！

    明日复明日，明日何其多？
    我生待明日，万事成蹉跎。

世人若被明日累，春去秋来老将至。

朝看水东流，暮看日西坠。

百年明日能几何？请君听我明日歌。

青春是没有尾声的，它依旧存在于每一个人的内心之中。积水成海，积石成山。青灯伴读，寒窗十年为的即是那浅蓝色的明天。是烟波缥缈的虚无或是坚定不移的存在，选择权终究在你。心头始终拥有胜利殿堂阳光的照耀才能在失败的低谷时，给自己再来一次的机会。但不要放纵自己的欲望，那犹如一个漩涡，会将你卷入无底深渊。要记住，只有不断前行，你才能在生命的鸿沟前，不退却，找到最勇敢的自己！扬帆远航才能勇闯天涯！心中带着光明，就算黑暗无边，你也能冲破阻力，到达你的目的地！

今夜的小楼又是东风，窗沿上隐着薄薄的雾。手里的热巧克力已经转凉，四处黑暗，走进深夜，归于平静。

可是，我所想要的青春，一定不能平静。

师评·智匠创作微论

每个人的思绪总是在灵动地跳跃着。即使一瞬，即使数分钟，思绪可能已经飞至万里之遥。记言，不只是依字记下视线可见的一言一行，记下心领的脉动，记下思绪飞扬的点点滴滴情愫，同样会是灵动的心情文字。当你喜悦时，当你焦灼时，当你伤感时，当你孤独时，点滴情绪，记下来，就是深情的文字。

在短短的一杯咖啡从刚热好到转凉的时光中，倚在窗前，思绪飞扬。关于点滴旧事，关于儿时记忆，关于大学时光，关于青春，每一个跳动的词汇，无不包含着丰富的故事和情感：留恋不舍，奋斗不息，孤独与徜徉。而最终停驻在心间的，是青春，是拼搏，是默默告诉自己："不断前行，你才能在生命的鸿沟前，不退却，找到最勇敢的自己！扬帆远航才能勇闯天涯！心中带着光明，就算黑暗无边，你也能冲破阻力，到达你的目的地！"夜色如水，静谧如常，"可是，我所想要的青春，一定不能平静。"微雕一寸光阴的万千思绪，是微雕一段生命的真实痕迹。人生漫旅，意义在最终，更在每一寸的时光里，是领悟的睿智。微雕一杯水，杯水有涟漪。

石缝间的生命

汉外151班 黄荣荣

没有肥沃土壤的栽培,没有晶莹甘泉的灌溉,没有充足养料的滋养,天地间却有如此顽强的生命伫立在石缝间——那棵樱桃树。那是经历风刀霜剑的一棵树;那是生长在不毛之地的一棵树;那是不畏环境恶劣的一棵树。有的人不正是这石缝间的生命吗?

不知何时,一颗樱桃核落在石缝间。经过风吹日晒,暴雨雷电,樱桃核奇迹般地孕育出了新生命,从此生根生枝,以光为伴,随风起舞。贫瘠的石缝间,它略显孤独,但它并不畏惧,用不屈的斗志书写生命的凯歌。

每逢早春时节,它从冬的寒意中苏醒,伴着微凉,它伸出嫩嫩的芽儿,来试探生命的力量,然后任意舒展枝叶,接受阳光的普照。就这样日复一日,终于长出可以装扮枝条的绿叶。然而它的叶子不像其他樱桃树那样繁盛,也没有其他樱桃树那样墨绿的叶子。年复一年这样轮回,今年却长出绿绿的小樱桃,略显青涩却不失傲然之态。经过一个季节风雨的洗礼,它显得更顽强了。樱桃红了,在阳光的照耀下美丽极了,像玛瑙,像红珍珠一样明亮,闪闪发光。仿佛樱桃露出它甜美的笑脸一般,讨人喜欢。摘下一颗,细细品尝,酸甜可口,恰到好处,回味无穷。我不禁感慨，天地间竟会有这样一种生命，即使在荒凉贫瘠的石缝中，没有发达根系的樱桃树也能顽强生存，用自己的努力开花结果，呈现给人晶莹的果实，完成生命的价值。

大千世界，芸芸众生，何尝没有"石缝间的生命"呢？没有很好的家庭背景，没有完善的学习设备，没有贵人的鼎力相助，只能凭借自己的努力、不懈的斗志在生活的长河中奋力挣扎，创造自己的小天地。日积月累、埋头苦读、焚膏继晷、锲而不舍，这些都是他们的代名词。有一句古诗说得好："宝剑锋从磨砺出，梅花香自苦寒来。"是的，不经过磨炼，怎么能有不屈的斗志？不经过努力，怎么能实现目标？不经过拼搏，怎么能散发出人生的芳香？我赞美石缝间的生命，更赞美那些像樱桃树一样，拥有顽强生命，并用不屈的斗志书写人生凯歌的青年！

师评·智匠创作微论

"石缝间的生命"，是什么？一颗樱桃。每个人的路上，都会遇到无数的石头和石缝间的生命，一株无名小草，一朵无名小花，还有这样的能给人甜甜果实的樱桃树。留意生活，欣赏前路，你一定会看到不一样的风景。石缝间的樱桃，会让人想起石缝间的人的生命。草可以青青，花可以绽放，你，一定也能够"用不屈的斗志书写生命的凯歌。"

"没有肥沃土壤的栽培，没有晶莹甘泉的灌溉，没有充足养料的滋养，天地间却有如此顽强的生命伫立在石缝间——那棵樱桃树。那是经历风刀霜剑的一棵树；那是生长在不毛之地的一棵树；那是不畏环境恶劣的一棵树。有的人不正是这石缝间的生命吗？""我赞美石缝间的生命，更赞美那些像樱桃树一样，拥有顽强生命，并用不屈的斗志书写人生凯歌的青年！"每个年轻人，应一如这株樱桃树。微雕一个石缝间的生命，是智者微雕给自己的一场不服输的人生。

闲看花开，静待花落

中文151班　代韶军

闲看花开，静待花落，冷暖自知，干净如始。

我希望，今后能以一朵花的姿态行走世间，穿越季节的轮回，在无声中不颓废，不失色，花开成景，花落成诗。

有些事，有些人，有些风景，一旦入眼入心，即便刹那，也是永恒。

在浮华的岁月里安之若素，在寂静的流年里人淡如菊，在苍茫的浮尘中素心如兰。唯愿岁月静好，现世安稳。

在人之上，要把人当人；在人之下，要把自己当人。

每天把牢骚拿出来晒晒太阳，心情就不会缺钙。只要你的心是晴的，人生就没有雨天。

最勇敢的事莫过于：看透了这个世界，却依旧还爱着它。

回忆中，总有一些瞬间，能温暖整个远去的曾经。

世界上唯一的你，就算没有人懂得欣赏，也要好好爱自己。

不忘初心，方得始终。只有走过弯路，才更确信当初最想要的是什么。

真正重要的不是生命里的岁月，而是岁月中的生活。

当一个人最看重的东西是面子，那他为此失去的一定很多。

时间，让深的东西越来越深，让浅的东西越来越浅。

不想难过，不想流泪，就不要去好奇那些不该看的东西。

聪明的人，总在寻找好心情；成功的人，总在保持好心情；幸福的人，总在享受好心情。

有时我也会难过，只是骄傲不让我说。

时间很短，天涯很远。今后的一山一水，一朝一夕，安静地去走完。

在这个浮躁的社会，宁可装傻，也不要自作聪明。

破碎不是最残酷的事，最残酷的是，踩着这些碎片假装着不疼痛，固执地寻找着。

做自己生命的主角，而不是别人生命中的看客。

师评·智匠创作微论

没有任何的故事和情节，只是一些小情绪的抒写。文字朴素，却真实动人。因为是自己最真切的生活感受和生命体验，是自己作为普通人最真实的想法和小小心愿，却也是每个同龄人的真实情感和内心小小愿望的代表。花开可观，花落有时，花开花落之间，思绪万千。关于时空，关于自然，关于人生，关于追求，世界有多丰富，思绪就有多飞扬。

"闲看花开，静待花落，冷暖自知，干净如始"是思绪之开始，"做自己生命的主角，而不是别人生命中的看客"是思绪的暂驻。如此思接千载，视通万里。是智者小思绪，亦是微雕大世界。闲与静中，智由心生。

雪夜小札

中文 151 班　景钧

> 夜晚，飘着小雪的夜晚。
> 我，行走在这飘着小雪的夜晚里的我。
>
> ——题记

今天晚上的校园格外不平静。所有的一切都被一场突如其来的肆虐的寒风所扰乱。或许是压抑得太久了，它竟一刻也不肯安静下来，一直在吹着、追着、赶着。我走在这寒风肆虐的夜晚，清晰地感觉到裸露在外的肌肤被寒风狠狠地撕扯着，而这种撕扯所带来的明显的疼痛感足以使我无时无刻不保持清醒。直到，它的来临。

我所有的感觉器官都在它来临的时刻失灵了。直到此时此刻，我依然找不到任何合适的语言去描述它的到来所带给我的震撼。或许，对于它，所有语言都显得太过苍白无力了。那是怎样的一幅画面啊？正如波德莱尔所说，"在浩漫的生存布景后面，在深渊最黑暗的所在，我清楚地看见那些奇异世界……"而在这个夜晚，我清楚地看见，柔软轻盈的雪花如一个个跳跃的音符，从容不迫地降落在这个奇异世界。在漆黑的夜幕下，每一片晶莹洁白的雪花都像训练有素的舞蹈家尽情地舞动曼妙的身姿。黑与白的对比，又奇异般和谐，构成了这个鲜明而又生动的世界。或许是因为雪花的美，就连路边光秃秃的枝丫都努力地重现它年轻时的活力。即使那随风飘扬的枯叶，也静静地观赏这场盛大的舞会。甚至这肆虐的寒风，竟也收敛起它那恶狠狠的嘴脸，露出它那不为人知的一面——如新嫁娘般娇羞柔弱。雪的来临，仿佛是在告诉世人，即使在这个寒风凛冽的夜晚，自然生命的律动也从未停止过。而我，驻足仰首，被这个奇异世界深深折服。

很快，地面上有了一层薄薄的积雪，如同有人为它用亮粉化了一层美丽的妆容。这让我不忍行走。在路旁昏暗的路灯的照射下，"沾满亮粉的脸庞"折射出晶莹的银色，如水如珠。传说，湘水旁的竹林里的露水是湘君的泪水所化；深海里的珍珠是鲛人的眼泪所化；而今夜的雪花又会是谁的眼泪所化呢？

自古，元亮喜菊，太白喜酒，东坡喜竹，敦颐喜莲……凡是名士大家，多数都情有所系，志有所托。无论是旁人看来多么荒诞的事物，都有可能成为他们的钟情之物。而雪花成了我的情志之物。雪花它洁白晶莹，而又璀璨耀眼，同时它又易惹尘埃，不能长久保存。但是如若细细思虑一番，个体的生命又何尝不是这样。每个人都是清清白白来到这个世界，然后在这个世界里摸爬滚打、百炼成钢，终于不复当初的模样。日子就这样一天天地过去，也许某一天就猛然发现已经到了和这个世界说再见的时候了。一片小小的雪花，也有它最不能忽视的地方。而我最欣赏的一点，是它展现给世界的只有美丽，没有痛苦，没有黑暗。即使是一片雪花，也有它的生命轨迹可寻，也有它的梦想可说。而我们呢？无论遇到怎样的痛苦，生活依旧在继续，我们前进的脚步依旧走得坚定。做一片雪花吧，将痛苦和不堪默默地掩盖，努力把生命用最美的姿态展现出来，让世界看到我们的光彩！

昏暗的路灯，光秃秃的枝丫，晶莹的雪花。一切的一切，都交织成我记忆中的雪夜，成为我无数记忆碎片中的一个，沉淀在我的生命里。或许某一天，我会发现，记忆早已模糊，但是大梦初醒时，我知道它曾经来过，在我的记忆里，在我的生命里，无影无踪，但却留下了永不消散的铭记。

师评·智匠创作微论

狂风肆虐，冻彻肌肤，寒夜漆漆，夜幕笼罩，"我"却遇到了令人欣喜若狂的精灵——雪。于是，记下这篇雪夜小札，一份永不消散的印记。雪，是寒冷，也是轻盈，每个人对于雪的感受不同。一样的狂风肆虐中的雪夜，一定有不一样的雪夜小札，一定有不一样的青春和生命印记。你的，我的，他的……

"这个夜晚，我清楚地看见，柔软轻盈的雪花如一个个跳跃的音符，从容不迫地降落在这个奇异世界。在漆黑的夜幕下，每一片晶莹洁白的雪花都像训练有素的舞蹈家尽情地舞动曼妙的身姿。黑与白的对比，又奇异般和谐，构成了这个鲜明而又生动的世界。"这就是"我"的雪花，我的雪夜。"昏暗的路灯，光秃秃的枝丫，晶莹的雪花。一切的一切，都交织成我记忆中的雪夜，成为我无数记忆碎片中的一个，沉淀在我的生命里。或许某一天，我会发现，记忆早已模糊，但是大梦初醒时，我知道它曾经来过，在我的记忆里，在我的生命里，无影无踪，但却留下了永不消散的铭记。"雪或许终会无影无踪，但智者却自会永远铭记，微雕出一场自然之美！

雪后

中文153班　王莹莹

"叮咚，叮咚咚……"一阵熟悉又闹心的旋律传进了她的耳朵。她揉着双眼挣扎着坐了起来，关掉闹钟躺回床上想继续眯一会儿，可第二个闹钟又响了起来。当然，在关掉接下来的一连串闹钟后，她已毫无睡意。起身走到窗前拉开窗帘，她发现今天的天气在冬天里是极少见的——空气被昨夜的大雪冲洗得很干净，被雪地反射出的光线很刺眼，但很舒服。

"这样的天气真不适合上课！"她小声念叨着。

"一一！快来吃饭，不然要迟到了！"

固定的时间，固定的声音从门外传了进来。她恋恋不舍地离开窗前，迅速地收拾了起来。洗漱完毕，走到餐桌前，看着那些丰盛的早餐却也没有什么胃口。她的早餐很特殊，每一份的温度都可以让人直接下咽，这样就节约出了晨读时间。她在妈妈的唠叨声中随意扒了几口饭便出了门。

路边的麻雀叽叽喳喳地叫着，一阵风吹过，书上仅剩的叶子也像是飞倦了的蝴蝶似的落下。

"逃课吧！"

当这个大胆的想法出现在她脑海中时，自己也被吓了一跳，毕竟她做了十七年的乖乖女。也不知道是不是叛逆心理作祟，在犹豫了片刻后，她走向了学校的反方向。

阳光很灿烂，但依然抵挡不住这冬日里的习习凉意。就这样一个人不知在路上走了多久，只知道身边形形色色的路人换了一批又一批。抬起手腕看了看时间，"这会儿大家应该在上课了吧。"也就只是想想。在今天，那些无聊的阿拉伯数字也好，英文字母也罢，都和她没有任何关系了。

明明可以好好疯玩一天的她，却不知怎么了，只想去那个小时候妈妈常带她去的甜点屋看看。远远地就看见了那扇粉粉的门。那里面藏着太多她小时候的甜蜜回忆，那时妈妈说得最多的一句话还是：乖乖吃饭，一会儿带你去买糖糖。

忘却了瑟瑟的寒风，心中不由得生起一丝暖意。可是，她知道那再也回不去了。距离甜点屋不远的游乐园像是她童年的全部。漫无目的地随意找到一个长椅坐下，紧了紧棉衣的领口，她好想就这样一直坐着，坐着……一股倦意涌了上来。在梦里，也是这样一个雪后阳光明媚的早晨，叫醒她的是妈妈甜美的声音，窗外的阳光好像更柔和一些。她们去了甜品屋，去了游乐园。她似乎知道那里是梦境，但却迟迟不愿醒来。那里有她最快的时光，那里有她对未来最美好的憧憬。

硕大的游乐场随处可见的是满脸笑容的小孩。蜷缩在长椅上熟睡的她，显得那么格格不入。只是因为今天星期一，该出现在教室中的她，却出现在了这里。

师评·智匠创作微论

雪后，一定有很多故事。打雪仗，堆雪人，当然还有雪后的冰冷和泥泞。但在作者笔下，这些，都很远，却是一个雪后突然萌生的"逃课"念头，付诸了实施。她在雪后的逃课中，回到了儿时的甜点屋，看到了旁边的游乐场。这就是对于作者的雪后的意义。记不记得你的某个雪后做了什么？想了什么？无论如何，每一份情愫，都是记忆的瑰宝。

面对妈妈细致入微的照顾，却难以抑制想要逃课的冲动。而在逃课的时光里，看到了儿时的美食、妈妈曾经的宠爱和自己曾经的快乐。微雕生活中一次小小的叛逆，却让自己重逢曾经的美好旧时光，懂得了母亲给予的那份温暖的美好与深沉的爱。

或许他现在不喜欢读报纸了

中文153班　马楠

出门散步，视线锁定在一位一瘸一拐的卖报老爷爷身上。崭新干净的唐袍上，斜挎着个镶着银丝边的藏蓝色布包，里面还平整地塞满了报纸。

他走得很艰难，可他的眼神里却闪着光亮。

他为什么要带那么多报纸？

或许他曾经喜欢读报纸，后来退休了，眼睛也看不清了，读报纸对他来说太费力了。于是，他现在喜欢带着它们走街串巷、送给别人。当然，或许不是，这只是我的猜测。但人的喜欢总会改变，这一点猜测多半是正确的。

你一直在长大，你的喜好也一直在改变。甚至你仍然清清楚楚地记得，之前对某个人近乎奋不顾身的喜欢。可是，你如今的心却明明确确、深深刻刻地告诉你：你不再喜欢了。或许，你是曾经，说起他，眼睛里就闪现光芒；或许，你曾信誓旦旦地要与他相守一生；或许，你曾经为他翻山越岭、翘课熬夜……但不再喜欢了，就是不喜欢了。甚至你也不知道究竟，到底是什么原因。

于是你再也不会去做那些被大多数人称作"傻子"的事情了，再也不会被大多数人叫作"脑残"了，再也不会被大多数人不理解了。可是，我知道你也一作仍旧会留有某些东西。你不再喜欢那个作家，但你依旧热爱文字；你不再喜欢辛辣的食物，但你依旧热爱美食；你不再喜欢读报纸，但你仍然喜欢带着它们走街串巷、然后送给别人；你也不再喜欢那个人了，但是你啊，还依旧笑得温暖、还依旧热爱生活。

师评·智匠创作微论

"他"是谁，其实不重要。"报纸"也只是一个道具，作者真正要说的，是"喜欢"，是"喜欢"的会"变"，而且，常常是没有理由的变。"不再喜欢了，就是不喜欢了。甚至你也不知道究竟，到底是什么原因理由。""变"，是常数，人生中会变的事物很多，恒久的事物也有很多。你对"喜欢"最深切的感受是什么？你体会到的"变"是什么？这些都是富于哲理的思索，写出来，就是你的哲思文字。

"于是你再也不会去做那些被大多数人称作'傻子'的事情了，再也不会被大多数人叫作'脑残'了，再也不会被大多数人不理解了。可是，我知道你也一定仍旧会留有某些东西。你不再喜欢那个作家，但你依旧热爱文字；你不再喜欢辛辣的食物，但你依旧热爱美食；你不再喜欢读报纸，但你仍然喜欢带着它们走街串巷、然后送给别人；你也不再喜欢那个人了，但是你啊，还依旧笑得温暖、还依旧热爱生活。"

微雕一份"依旧笑得温暖、还依旧热爱生活。"这就够了。懂得这就是生活中的"常"与"变"。时时可微雕，事事见智慧。由喜欢到不喜欢，或由不喜欢到喜欢，是常常的"变"；而"笑容温暖，热爱生活"是每一个人应该的"常"。

一本书的日子

中文152班 王婧怡

几天前，我这个从来不肯走进图书馆的人，无聊到跟着室友走进这个用一只手都数得出来去过几次的地方。来到书架前，满眼迷茫。眼睛扫过两排书架，随手取下三本看着可能还不错的书：一本《我在北京有张床》；一本冯小刚的《1942》；还有一本，翻了两下觉得政治性强到无法理解，便没有再翻下去。这三本书，可能读得进去的人会觉得还不错，但对于我来说，读10页左右已是极限。就这样，我开始不耐烦了，时而趴下，时而张望。对面的室友可能也是对我无语了，走到书架前，熟练地随手拿了一本书扔给我，也就是我现在想要介绍的这本书——《破碎的时光》。

从小到大，能吸引住我的书不多，这算一本。从拿到它开始，就有些贪婪地读着。三天时间，几乎所有的空闲都给了它。它或许真的就像书的自序中说的那样：这本书只送给值得被认真对待的你。

读的过程中，像是有一种莫名的力量，让你跟着主人公一起幸福。我仿佛看到了永远不会坍塌的爱情，跟着主人公一起经历刻骨铭心的悲伤：爱人善意的谎言和死亡；最心爱的弟弟在抑郁症的折磨下离开人世；身世揭开的瞬间，仿佛世界上没了光，一切都陷入死亡的寂静；最好的朋友，像姐姐一样的亲人，却一手策划了这一场又一场的悲剧。但令人感到温暖的是记忆深处不曾磨灭的爱的温度，像是繁星中最亮的那一颗，照亮着未来，让她始终看得清前方的光，和心中的爱。

师评·智匠创作微论

读一本书的日子，似乎有些意犹未尽。书很多，书也太多，你觉得可读的那本是什么？它告诉了你什么？触动了你什么？这就是一本好书的意义。无论是遥远的过去，还是切近的当下，你的一本书，在哪里？

从"从来不肯走进图书馆的人"因为"无聊到跟着室友走进这个用一只手都数得出来去过几次的地方"；"来到书架前，满眼迷茫"捡了几本，都看不进去，"我开始不耐烦了"；直到室友"熟练地随手拿了一本书扔给我"，于是有了我"一本书的日子"。"这本书只送给值得被认真对待的你"，而"我"被"一种莫名的力量"吸引。无论怎样的磨难，"心中不曾磨灭的爱的温度，像是繁星中最亮的那一颗，照亮着未来，让她始终看得清前方的光，和心中的爱"微雕偶遇一本书的一幕，是一本书的日子，也是智者收获的一本书的温暖、爱和力量。

叁　寸草春晖

「慈母手中线，游子身上衣」，
一株老树，
一场送别，
一段陪伴，
一次次的相聚与别离，
家，是最温暖的港湾。

你们是我最遥远的想念

中文152班　麻双迎

曾经偶然间在网上看到过一个广告，大约两分钟的一个街头采访。平时我是不会看这种广告的，但这次，我很庆幸我看到了。

采访的问题只有一个：你最想和谁一起合照。

一开始采访的都是一些年轻人，他们的回答都不一样，但又有一个最大的共同点——他们说的都是一些明星，例如李易峰、彭于晏、吴彦祖等。等后来采访到一些老人时，他们的回答也都一样——是家人，是儿女。

是呀，我们的世界很大，有太多精彩要追逐；他们的世界却很小，甚至只有我们的位置。随着我们对别的东西的不断追逐，我们渐渐忘了，他们曾是我们最亲密的人。很多我们以为一辈子都不会忘记的事情，就在我们念念不忘的日子里，被我们遗忘了。我们曾经和他们离得那么近，当我们小的时候，吃饭、走路、说话……父母一遍又一遍地教我们，乐此不疲、从不厌烦。

有时候，我们总爱文艺地去高喊享受孤独，可是我们饱经风霜的父母，他们才是真的孤独。人们总有很多理由把老人放在家里，父母们也会觉得很苦，却从不说苦。父母就这样默默奉献着。我们也会老的，我们喜欢人群簇拥，如果面对这样的生活，可能会觉得受不了。即便现在我们面对着手机、电脑，几天几夜都不会觉得无趣。可等到那一天，我们开始看不真切、听不清楚、手脚无力，想想都觉得日子难熬。

人生天地间，忽如远行客。感觉自己突然之间就成了一个大学生，就这样离开了家，独自一人在外。在我印象中，爸爸一直是精力充沛的样子。直到上次回到家，仔细观察爸爸，才发现，原来他也长了白发。以前看到别人描写自己父母头上生白发时的感触，并没有太大的感觉，认为人终会老，这是不可避免的结果。直到那次亲眼看到爸爸头上的白发，我才终于明白那是一种什么样的感受。现在的我，很珍惜和他们在一起的每一分、每一秒。在学校里，我经常会和他们打电话聊天，给他们讲一些有趣的事。假期回到家，也会常常和他们聊天。其实有时候，他们不需要你做什么惊天动地的大事，只要你不忘记他们，常常关心他们就好。

向之所欣，俯仰之间，已为陈迹。所以，正如一部电视剧中所说的，人们终究会离散于世界的尽头，但是，我不会忘记，在这段路上，你曾经温暖过我的岁月。人离开家的时间越久，距离越远，才越觉得父母的爱弥足珍贵。所以，我们必须足够努力，才能配得上这份爱。

我一直都知道，从小和别人相比，我就不是最优秀的。但在父母心中，我一直都是最棒的。所以，为了不辜负这份爱，我会努力变得更好一些。你们一直是我前进的动力，我们现在虽然有着最遥远的距离，但我们一直有着最近的想念。

师评·智匠创作微论

你们是我最遥远的想念，这样的文字，会让我们一瞬间就想到是父母。否则，不会是你们。和父母的情有千丝万缕，而对于常常需。在外求学或打拼的人来说，和父母的分别更是千种万种。别离伴随着想念，无论远近，只要不在彼此的身边，思念和牵挂，便会不绝如缕。写下你与父母的情与牵挂，无论遥远，还是近在咫尺，一定也是最深切的情意。

  一个一两分钟的短暂的街头采访广告，一个很简单的问题"你最想和谁一起合照"，答案却有两种人的两种不同回答：年轻人的答案是明星等不同的公众人物，而年长的人的答案却都是家人、孩子。小小的广告，触动了"我"的想念。懂得了父母的白发，是他们辛苦劳作的岁月痕迹。父母的疼爱，是每个人闯荡世界的最大支撑，"你们是我最遥远的想念"，彼此，彼此。微雕一己的亲情，是思索给这个世界上每个人对于亲情的启迪。

离家那天

中文153班　高丽华

辗转了一夜，夜幕悄悄地被掀开，天开始亮了起来。我起身，摸索着将脚塞进弟弟的毛拖鞋里，忍着几分寒意去拿了手机。六点，离闹钟声响还有半个小时。看看对面沙发上熟睡的弟弟，我悄悄开了灯，不过还是惊醒了他。他半梦半醒的样子，强撑起身子，睡眼惺忪："姐姐，你要走啦？"

"没有，收拾一下，你继续睡吧。"

他躺下，却感觉没了睡意。睁眼看着我收拾。父母房间里也传来了低低的说话声。

说起这个弟弟，他小我十岁。没他的时候，我感觉自己就像一个小公主，集万千宠爱于一身。因为我是我这一辈最小的一个，而且从小学习还不错。但我也要下地干活。我去一天，给我五毛钱。尽管如此，当时我还是特别羡慕邻家姐姐。她有个弟弟，可以在家带，不用下地干活。我也想有一个弟弟，我嫁出去后，他可以照顾父母，最重要的是我不用干活。

后来，他降生在那间小小的黑黑的房间里，和我一样，不过他好像比我壮实。我的愿望实现了，但这才是苦难生活的开始。从此，不但我自己的衣服要自己洗，还得帮他洗尿布；他没有奶粉可以吃，我就把自己一个星期两块的零花钱攒下来买五毛一小板的奶片糖给他泡水。那时候我背后背着他，身边挎着个小包，里面就装着两个人的粮食，上午出去，下午回来。我看他牙牙学语，蹒跚学步。现在想想他调皮做的坏事，会有点哭笑不得：比如，放水冲了人家晾晒的玉米；和小孩子撒尿在米里和着玩；罪行滔滔。现在，他却快有我高了，而且他还那么瘦，这让我很不爽。我不回家的时候说想我；等我回家两个人又吵个不停。争吵的焦点不过是遥控器的所有权了，还有沙发的所有权。农家老鼠多，今年格外多。我是有自己的房间的，不过总被老鼠闹醒，细想还是沙发舒坦。弟弟没有自己的房间，以前和父母挤在一块儿，现在大多数时间住校，回家就睡沙发，矛盾就这么发生了。母亲总说我们争吃打闹的。

天大亮了，父亲西装革履地从房间出来，那套西装是我上大学前带他去买的。他说要送我去上大学。我是村里第一批大学生，虽然现在大学生比比皆是，但在那个落后的小山村，能坚持读书不容易。这是他第三次穿这套衣服送我：我刚入学的时候；去年回家过年走的时候；现在要走的时候。他推开玻璃门，那双劣质的皮鞋布满了褶皱。父亲身子骨不似以前么硬朗了，手缓慢地掏出一个塑料袋包着的东西，一层层小心翼翼地打开。我知道，那是我的学费、生活费，他们一年的血汗钱。

"你看，又要给你发工资了，回来一次就把家里的都带走了。"父亲开玩笑地说，"你自己数数，多退少补啊。"

我有点无奈，有多少就用多少就可以啦，不过我还是数了数，比父亲说的多一张，他就是这样。

"弟，发工资了，来来，姐姐给你几张。"

"咦？不要。"

"那给你一张。"

"拿来。"

"想得美。"这时就会响起他不屑一顾的声音。

母亲也进来了，穿得挺整齐。

"妈，你也要去？"

"去和你爸看车，他总是想让我和他凑钱买个摩托车。给你，省得你整天念叨不给你压岁钱。"

"这么大的人了，还要压岁钱？哈哈，都该我给人家发了。"嘴上这么说，不过手上收钱的动作可一点也不含糊。

"妈，你去我也要去。"一旁的弟弟开口了。

"你也去，那谁来喂猪呢？和你闹着玩呢，我不去。"可是这招对于现在不是三岁小孩子的弟弟来说不管用了。看着他那委屈的样子，没办法，只好屈服了。

收拾好东西，和母亲告了别，父亲就送我去坐客车，而他们骑车。以前是没有客车的，现在修了路，一天有一趟，方便了许多。车上只有几个人，其中就有我舅舅。他是去看看工作的，帮人家守苹果园，村里的年轻人就是这么出去打工的，不过确实比种田来的钱多。

"哎呀，你怎么也在这里？"一个声音打断了我的思绪。一个黝黑的面孔出现在我面前。短短的络腮胡子，一惊一乍的说话语气，加上他有点跳跃的动作，让人感觉活脱脱一个孙猴子，可他已是两个孩子的爸。

"我去读书了。"

"这么快？还没回来几天吧？"

"回来一个多月了，路远，提前走。你去干吗？"

"送户口本，离婚。"我的话接不下去了。好几年了，还没离婚。

几年前，他家还是一个令人羡慕的家庭。有一天，他媳妇上山被熊瞎子抓掉了一块头皮。我父亲带着他去各个村子募捐钱给她治，这事还上了新闻。后来，他媳妇好了以后进城打工，就跟人跑了，留下一儿一女。前两天，我弟弟突然问我，"姐姐，你知不知道，小惠跳河了（小惠就是她女儿）。"我一脸惊奇，前两天见那个女孩还好好的啊，怎么会想不开？

"怎么会？"

"好像是他哥哥骂了她两句,现在被她奶奶拉上来了,在骂呢。"这件事令我很震惊,她和我弟弟一般年纪,不过从小由奶奶带大。可见父母对于一个孩子的成长至关重要。可是,村里有多少是没爹没娘的孩子?这些孩子的性格养成、价值观的形成就成了一个令人担忧的问题。父母的为人处世对孩子的影响也很大,村里又有多少女孩子,小小年纪就辍学?背着孩子回来,自己都还是个孩子。村里有一家人,女的到处赚钱,男的不说无所事事,却也有点好吃懒做。他家的那双儿女,乖得让我难过,每次见到,我都会心疼。他们总是远远地跟在我后面不停地喊姐姐,姐姐先喊,弟弟再学着喊,一声又一声。

我小时候是不是也是这个样子的呢?虽然我不知道我是怎么长这么大、学习到这么多东西的,但我无疑是幸福的。每个人的活法都不同,我只是选择了我想要的那种,这点应该由衷地感谢我的父母。我爱我的家乡,只是我不想再回去辛苦地种田。

车缓缓开动了,开往未知,身后是那片熟悉的土地。我选择未来,自己选的路,跪着也要走完的。

师评·智匠创作微论

虽然,我们现在很少"少小离家老大回",但也不会一直守在家中父母身边。只是,每个人有每个人的"离家"况味。不同的环境,不同的天气,不同的亲人,不同的离家路,不同的思绪,便是一个个不同的"离家那天"。你的离家求学或闯荡天下,是否有人送行?是否邂逅故友旧识?那些故乡的人事风波,如何不是你思绪涟漪的一颗颗小小石子?感他人之事,思自己的人生,即蕴含一份无尽创意。

父母的含辛茹苦，弟弟的顽劣可爱和手足情深，邻人的不幸婚姻、不幸儿女，那个试图跳河自尽的小女孩，我的远方……在身边人的生活和生命中，看见曾经的自己和自己未来的路，更加坚定自己的路和选择。这是无数农村学子的生活和情愫的写照。善良和坚定，是内心最倔强的持守。微雕自己和亲人的一次记忆深刻的分别，是告诉每个人都要珍惜亲人的一份智慧和美好情意。

送别

中文152班 赵蕾

慢慢地，慢慢地了解到所谓父女母子一场，只不过意味着，你和他的缘分，就是今生今世不断地目送他的背影渐行渐远。你站在小路的这一端，看着他逐渐消失在小路转弯的地方，而且，他用背影默默告诉你：不必追。

——题记

每次读到龙应台的《目送》，心里都会有一种说不出的滋味。像一口气，闷闷地积压在胸口，上不来，下不去。每次胸口积着这口气都会想到我的爷爷，一个老实、少言寡语的人。

翻开儿时的相册，每张照片都显得岁月久远，却又历历在目。那时，最喜欢的玩具是一辆三个轮子的小车和一只紫色的小兔子。每次拍照最喜欢坐在车上做向前蹬的动作，手里还要拿着念念不忘的小兔子。这张照片上，我依旧做着这两个动作。不同的是，我在院子里，而爷爷在屋子里透过窗子看着我。虽然那时像素有限，照片又经过时间冲刷，照片里爷爷的面庞模糊了，但是依旧可以看清他那上扬的嘴角、淡淡的微笑。这是记忆中爷爷第一次看着我的背影，也是现在我们唯一的合照。

高二那年，我很幸运地被选中去参加区里组织的一个活动。据说每个学校的名额少得可怜！那天，一切如旧，我推着自行车准备出门，您也依旧跟在我身后去为我开门。走之前，我照常说："爷爷，我走了啊。"您也答道："慢着点儿，看车。"边说边把门轻轻打开，把门闩别好。我迫不及待夺门而出，应和着知道啦！一天时间，有时候能做很少的事，少到写不完一篇文章，甚至没有丝毫头绪；一天时间，有时候又能做很多事，多到带走一个你重要的人，丝毫不留痕迹地带走。直至今日，回想起来，我已经不能确定被选中参加活动是幸运的。如果重来一次，我想我会放弃这次参加活动的机会，至少让我们之间最后的对话长一点，再长一点。

可惜，没有如果。

爷爷奶奶是老一辈的农村人，他们对土地的热爱是我们无法理解的。任何事情他们都能从土地中找到答案，当然也包括让我不受蚊子的困扰。夏天的空调固然凉爽，却远远不及院子里清凉的风让人觉得舒适。在院子里，点上一根火绳，独特的草香不仅可以防蚊咬，还充满童年的味道。小伙伴们追追闹闹、嘻嘻笑笑。大人们总会叮嘱几句不要跑太远，会被蚊子咬。童年的每个夏季，爷爷都会早早备好火绳挂在院子里，既防蚊子，又可乘凉消磨时间。

高考结束后，拿到去大连的录取通知书，姑姑带我去墓地看了看爷爷。走到墓地后，姑姑说："呀，怎么这么多草啊！"我心头一阵酸楚：总觉得这些草是制作草绳的工具。临走前，姑姑又说："你孙女马上去外地了，她身体不好，您多保佑她。"我想如果您在天上看得到，一定像以前送我上学一样，看着我离开吧！

人的一生时常经历离别、相聚、又离别。每一次的惦念，每一次的送别，每一次的回归都会在我们的脑海中留下或深或浅的记忆。在适当的时刻，脑海里的浪花会带着它们一层层地浮现！

师评·智匠创作微论

　　时光总会带走一些在自己的生活中很重要的人，比如：亲人，师友。生命中也会有很多遗憾。那些故事，让人心痛，也让人学会珍惜。你的岁月里，有着怎样的悲欢离合，生离死别？每一个重要的人，我们都希望能够长久相伴；那些别离，如果还能相逢该多好。不妨写一写你的岁月，你的离别。

　　"人的一生时常经历离别、相聚、又离别。每一次的惦念，每一次的送别，每一次的回归都会在我们的脑海中留下或深或浅的记忆。在适当的时刻，脑海里的浪花会带着它们一层层地浮现！"微雕生离死别，永别的送别，智者自会留驻心中的悠长回忆，深深念起！

路

中文153班　王琪琪

我从来没觉得送别一个人有那么难，直到那天。

即使看着妈妈迅速转身，我也没有太大的感伤。我觉得妹妹只是走了，一周；再久一些，两周；更久一些吧，三周。她总会回来的，不用带行李，不用经历太久的长途跋涉。况且她不是个性软弱的人，还带了那么些倔强。

我跟上妈妈的脚步，探头随口问一句，怎么走了？才发现她满面的泪和通红的眼眶。心疼是心疼，但我觉得她太感性，"没事啊，她走了也就两周就回来了，哪怕再一些，三周就回来了。有啥好哭的？"她狠狠地瞪了我一眼："你说呢，我哪能不操心！我看着我的孩子那么一点点，和别人说话都要抬着头说。我，我心撕扯着疼。"

她没再说，就在寒风中，任眼泪肆虐，任寒风呼啸，只是加快了脚步。我看着她渐渐超过我后那蹒跚离开的背影，突然间心头一疼，眼睛也一下子就红了。

我的妹妹，我肯定是疼爱的。我会怕她迷路、睡不好、吃不好、学习压力大、被人欺负、心情不好，甚至晚上盖不好被子、自己洗不干净衣服。还有各种各样我担心的地方。即使这样，我还是能看着她离开，因为我知道她会回来。

可我的妈妈，她的担心必然是比我多的，忧愁的也比我更甚，所以老得那么明显，青春逝去得那么快。然而这一切，她从不跟我的妹妹说，也不让她看见她流泪。她在妹妹面前永远像个战士，阳光、积极。

我不知道怎么劝慰妈妈。从四年半前我离家开始，我曾看着她送走我的背影，慢慢变成小黑点，最后消失不见，那么多次。甚至，我还会有些恼，当她不出门送我的时候。如今，我也只有跟着她的背影默默哭的份儿了。

在她身边的时候，我调皮捣蛋、叛逆、无恶不作；到了不得不离开时，才开始看到那些以前不屑一顾的爱，并为此痛心难受。可谁又能有后悔药吃呢？如今，能做的也只是照顾好自己，多跟他们打个电话发个信息罢了。

师评·智匠创作微论

路？什么样的路？往哪里走的路？原来是回头的路，送别之后的路。其实，是妈妈送"我们"姐妹离家的路。路有千万条，而在每一条路上，都有一个来处，都有一个归途。你的路来自何方？去向何处？平坦抑或坎坷？萧瑟抑或旖旎？无论怎样，都是你生命的征途，带着你的情意、奋斗、汗水和喜怒哀乐。世上哪一条路，都是可抒可写的风景。这，就是《路》的创意。

面对母亲"满面的泪和通红的眼眶"，"我"开始"觉得她太感性"，到后来看着"那蹒跚离开的背影，突然间心头一疼，眼睛也一下子就红了。"姐妹在母亲的呵护下，虽然不是羽翼丰满，但也可以离家求学。母亲的心疼、不舍、牵挂，铺满了送别后返回的路，也渐渐铺满了一颗女儿理解和感恩的心。微雕母亲"满面的泪和通红的眼眶"，由不懂到深深理解，是对亲情的由懵懂到智者，由不解到感恩

远行

中文152班　马卢娇

　　临行时分，满眼家中熟悉的一切：熟悉的路径、熟悉的生活习惯、熟悉的一草一木。临走的不舍与悲切开始在心头蔓延，从心底发散，怀念直冲脑海，连每一丝头发都充斥着对家和父母的不舍。这才深深感知时光真如白驹过隙，悄悄地将我推着向前。

　　母亲一大早就做好了饭，待我吃上两三口的时候，她已经将我的行李箱塞满，不停地嘱咐着，在人多的地方不要多停留、安全最重要等等。我隔上两三句话回上她一句，让她也有了一种我在认真聆听她的嘱咐的感觉。她在里屋，虽不见她忙碌的模样，但也想象得出她紧皱的眉头。

　　拎上母亲准备的大包小包的行李，在她的目送下出了门，我装似不经意地挥手告别："我走了呀！再见！"她亦心神淡定地回我："走吧，让我清静段时间。"但就连电梯门的最后一丝缝隙都合严时，我也未看到挪动的身影，没听到家门关上的声音。我当远行，她却只能目送我的身影。

　　母亲很节俭。小时候家中并不富裕，虽未到家徒四壁、温饱不够的地步，却也过得实属不易。所以母亲很省，家里的每一分积蓄，她都会用在刀刃上。虽对我不曾吝啬，却也不会让我随意挥霍，所以我们很少出去旅游。每每提出这样的想法时，母亲都会婉言说服我。到了现在我都十分佩服母亲的谈判能力。

母亲是一个只拥有小学学历，但却有一肚子道理的女人。母亲深知文化对于我们这代人的重要性，所以她很注重我的教育。母亲很想让我看看生活的地方以外的世界，所以在提升我的生活质量上，她不曾有过半点犹豫。她所希望的只是我能看到外面更精彩的世界，飞上她所不能够企及的天空。或许是因为知识有限让她吃了许多苦，所以她并不希望我重走她的路。为我，她耗费了太多的心力，只愿让我漂洋过海地看到与众不同的世界。我能够远行，她不曾有半点犹豫。而她却连一个离家不远的城市都未曾随心所欲地去过。

而后，父母创业，家中也开始有了些许能力，他们开始在外奔波，但多为他们的远行，我却从未参与过。家中等待的时光很漫长，父母经常出差，多则半月，少则一个星期。本以为长大后的日子与父母同行的时光会增多，谁知却未曾有。幼时，我守在门前目送他们远行；长大后，他们眼含泪意目送我远行。

我们迄今为止唯一的一次一同远行，是送我去求学。和其他同龄人的父母不同，他们从不排斥我报外地的学校，只要那是我愿意去往的地方。报名的路途很波折。我们乘坐了一夜的大巴，又多次换乘，由一个城市到另一座城，只是匆匆，也算是来过。最后又乘了一夜的船，总算是漂洋过海。母亲贫血晕车，所以她从来忍受不了封闭的船舱、车厢。下船后，她苍白的脸色也未掩藏住她的喜悦神色。这一次的远行，遂了父亲的心愿。回家的那天，嘱托完一切事宜，我们便分开了。这一次，他们目送着我的身影远去，我一步三回头，相隔百米，父亲两鬓斑白的痕迹、母亲耷拉下的眼眶仍依稀可见。大连靠海，空气很湿润，湿润了我的眼眶。后来，很长时间以后，母亲告诉我，那天是她见过父亲最颓然的一天。那样坚强的一个男人，那样一个最厌烦号啕大哭的一个男人，流下了比滚烫热血还要珍贵的两行清泪。

我渐渐明白，在远行中，我们渐渐转换了角色。所谓父女母子一场，不过是在远行中目送着彼此的背影，渐行渐远。幼时，我扒着门栏张望他们远行的背影；长大后，他们依着彼此张望我远行的背影。

走的那天清晨就没看到父亲的踪迹，或许是害怕自己难过心酸的样子太过狼狈，再被母亲看了去。而我却从不知晓，这个一直为我遮风挡雨的男人，有一天会如此脆弱。所谓"父母在，不远游，游必有方"，我想与你们一同远行，这一次，我带着你们。

师评·智匠创作微论

远行，或许不是在余华的"十七岁"，却也是羽翼未满的时候。人生的远行，不只是年幼的求学者，更是年长的闯荡者、打拼者，亦如"我"和"父母"的远行。你的远行，又是去哪里？你的父母，又有着怎样为养家糊口、衣食无忧的远行？千万次的远行，千万次的亲人离别。借此抒写，即是对自己的一份鼓励，对父母的一份感恩，是深埋在心中的一份真情、一种挚爱。

"我"为求学远行前的不舍；母亲为衣食无忧的辛苦而节俭；父亲为别离的隐忍不言；微雕每一个小小的场景，每一件小事，都是一次次真情的表达。即使明知"所谓父女母子一场，不过是在远行中目送着彼此的背影，渐行渐远"，长大的我，终于明白，所谓爱在哪里，家就在哪里。

回家

中文152班　王升雲

离家已经有四个月了，转眼这学期就要结束，离回家的日子越来越近，心中对家的思念也就越来越浓。

四年级便开始上寄宿制学校的我，在高考结束后，倔强地在高考志愿表上写下了北方这座滨海城市的名字。本以为自己早已习惯了一个人独自在外的日子，习惯了父母不在身边，可是当自己一个人拉着笨重的行李箱来到这儿的时候，才发现自己其实没那么勇敢和坚强。生病嗓子发不出声音的时候，自己也曾默默哭泣；在别人都拉着箱子回家，而我只能在宿舍静静地待六七天的时候，自己也曾在心底羡慕。

家是一个神奇的地方。每次回家前，我总习惯于把所有的坏心情、坏脾气都收起来，把自己打扮得漂漂亮亮的；每次打电话回家也都是报喜不报忧。当电话的另一端传来他们的笑声时，即使再不开心，愁云也都被此刻的满足驱散。

前几天打电话回家，和妈妈说了自己放假的具体时间，之后的每一次通话，她在挂电话之前都会说一句：离你回家还有几天几天。那几天，她就是活生生的一个倒计时器，不断地提醒着我回家的时间，还有回家路上要注意的事项。每一次我都耐心地听着，因为我知道，那是来自一个母亲内心最深处的关怀。

印象最深的是去年寒假回家。第一次离家那么久，我即使每天晚上都打电话回家报平安，可母亲依旧不放心。父亲相对比较平淡，没什么事基本不打电话，有事的时候也是三言两语把事说完，也就挂了，偶尔也捎带着两句嘘寒问暖的话。回家的路上，母亲的电话连番轰炸，不是怕我东西没带好，就是怕我地铁坐反了方向——即使她从未出过远门，也没有坐过地铁，却也不忘提醒我，别坐反了方向。

因为时值寒冬。我便和父亲说，不用来县城接我了，我自己回去就行。但是我知道不管天气多么恶劣，他都一定会来。果不其然，大巴还没穿过秦岭，就接到了父亲的电话，说是已经到了县城，就在车站等我。

车子一到站，我一眼就在人群中搜索到了父亲那佝偻着的身影。是啊，五十多岁的人了，身板自然不似从前了。由于我的位置靠后，要等前面的人都下了，我才能走出去，恰巧，车窗上的玻璃又是单向玻璃，我能看到人海中的父亲，但父亲却看不到坐在后面的我。我看到父亲佝偻着腰，不住地向人群中张望，每一眼都满怀期待，却又都是失望。我随着人群的尾流走下了大巴，一下车便向父亲冲过去，父亲也是满心欢喜地帮我拿着大大小小的行李。我看到了他那冻得通红的鼻子，还有那胡须上的点点冰晶，顿时心中涌入一股洪流。

回家的路上，天空还飘起了小雨，我坐在爸爸身后，寒风在耳边肆虐着，雨点更是狂乱地拍打着。因为我晕车，爸爸在接我的时候，骑着摩托车来，但冬天真的不是一个坐摩托车的好季节。我的手不自觉地抱紧了父亲的腰，他为我挡住了前行路上的风雨，而我也要为他做点什么。

师评·智匠创作微论

对离家的人而言，回家，是最幸福的一件事——妈妈的美食，爸爸的眼神。人的一生，会有无数次离家。时间不同、年龄不同、心境不同、目的不同、回家的情形也不同。追忆你的无数次离家和回家，感受旅途中的种种境遇和回家时的种种心情，你会追寻到情感深处的点点滴滴。

"回家的路上，母亲的电话连番轰炸，不是怕我东西没带好，就是怕我地铁坐反了方向——即使她从未出过远门，也没有坐过地铁，却也不忘提醒我，别坐反了方向。""因为时值寒冬。我便和父亲说，不用来县城接我了，我自己回去就行。但是我知道不管天气多么恶劣，他都一定会来。"

微雕这样的一份疼爱，用语言，更用行动。就像一次回家途中母亲的唠叨和爸爸寒冬的摩托车。长大的我，终于懂得，父母之爱，处处深情，自在不言。

有些东西,不必言语

中文153班 罗德敏

  春来秋去,夏至冬离,孩子在慢慢长大,爱也慢慢难以启齿。有些东西,你不必说,我们都懂。

  父亲是一个平时就爱与好友小酌一杯的人。有一天,刚刚放学回来的我,看见父亲躺在沙发上,心中就微冒怒火——总是醉醺醺的算个什么事啊!静下心来,听到父亲微醺的言语中透露出这些年生活的不易。家道中落,就在所有人都在感叹我家垮了的时候,父亲却在默默承受着,咬牙坚持把我们养大。父亲是一个很实诚的人,在说这些的时候,他提到了妈妈,那个在他最落魄,甚至一无所有还带着一大家人的负担时,却依然选择不离不弃的妻子。记得有一次堂哥还开着玩笑说:"三叔,你咋还像个小孩子一样,去哪都要带着我三叔娘呢?"可是却一直等不来父亲正面的回答,他只是笑笑不说话,依旧去哪都带上我的母亲。

  2017年,我有一半的春节假期都在医院度过,期间见过很多人,有一对夫妻最使我印象深刻。那个妻子在病床上向丈夫撒着娇,"药好苦,我想兑着柜子里的芒果汁喝,不然太苦了,人家喝不下。"看到这一幕,想到父母这几年细致入微地照顾着外婆。父亲作为一个"外人",虽然常被外婆数落,但是却从来没有停止过尽孝。那一天,到医院送完饭,我问父亲,"父亲大人,你这样两边跑不累吗?外婆还老说你,我都替你委屈。"父亲骑着车淡定地回答道:"那又能怎么办!不可能让你母亲一个人照顾啊,累就累点吧!谁让她生了个好女儿,还有个好女婿呢。"突然一阵暖意涌上心头,像家里的老话说的:三岁看大,从小看老。心底暗暗下了一个决定,我以后也要好好孝敬我这么好的父母。

在我记忆中,父母只吵过一次架,但隔天就好了。因为父亲喝酒伤胃这些问题,妈妈有时候也会任性地发发脾气,而父亲也会顺着她,不停地保证不会有下次。想着陪伴若不是一辈子,那就不要给予,父亲给的爱,是无言的,是一份默默的陪伴。我觉得父母这样真的挺好,她陪他路过繁华,他守她任性如花。

然而,这一次我没有问,父亲独自坐在沙发上微闭双眼说道:"你母亲在我最落魄的时候没有弃我而去,今天我定会守她寸步不离。所以我去哪都带上她,因为我很骄傲她是我老婆。"听到这句话,我不由得热泪盈眶,可惜母亲当时不在场,但是我想如果母亲在,父亲也不会说,而是埋在心底。

父母在外受到的委屈,回家从来不会提起。因为父母的努力,我的童年无忧无虑,十分幸福。孩子渐渐长大,他们不说我们也都明白,有一些东西不能用言语来表达,就像父亲爱着母亲,我也爱着他们,爱着我的家人。默默地陪伴,虽然无声,但是刻骨。

师评·智匠创作微论

正如俗语所说"父爱如山"。沉默无言,却有一腔深深的爱在心中。是的,有些爱,自在不言。生活中常有急不可待的表白,更有一往情深的守护。除了爱,还有什么?一个眼神,一个拥抱,都是彼此的心领神会。你的生命中,有没有无声,却让你铭记的瞬间?再一次忆起,写下，会有再一次的记忆，悠远。

"父亲大人，你这样两边跑不累吗？外婆还老说你，我都替你委屈。"父亲骑着车淡定地回答道："那又能怎么办！不可能让你母亲一个人照顾啊，累就累点吧！谁让她生了个好女儿，还有个好女婿呢。"这是怎样的一种理解、包容、感恩和温暖。"你母亲在我最落魄的时候没有弃我而去，今天我定会守她寸步不离。所以我去哪都带上她，因为我很骄傲她是我老婆。"对老人、对妻子、对儿女，山一样地坚定屹立，坚强承担。微雕一个普通的男人——作为女婿、丈夫、父亲的仁爱如山，默默无言，让人懂得父爱的伟大，普通人的不平凡。

院外的老榕树

中文151班 陈娟娟

院墙外面的老榕树不知道何时长得那么高,而且它枝繁叶茂,一点都不像是无人照看的样子。

你知道吗?在这里,榕树的生命力很旺盛。到夏天,它那一簇一簇的浅绿色的花朵便会绽放。花朵刚刚长出来时,可以直接摘来吃,味道甜甜的。等过一段时间,花朵会慢慢变老,这时,里面的榕树籽会慢慢长出来。榕树籽经过时间的洗礼会慢慢成熟,然后随着微风飘散到世界的各个角落。一旦落地,它那庞大的根系会紧紧抓住脚下的土地,贪婪地吸收土壤里的水分。接着,在雨量充沛的季节迅速生长,一不留意,它便长得如成人那样高了。

但是,它有一个令人讨厌的地方——特别招蚊子的喜欢,有榕树的地方就会有许多蚊子。如果你想被蚊子咬,那你尽管让它生长吧;可是,人们不喜欢被蚊子咬,所以通常榕树都是生长在距离房子比较远的地方。

院外的行人行色匆匆,拉着架子车、赶着一头毛驴,车的咕噜声、人叫骂牲畜的声音、牲畜的嚎叫声伴着晨露叫醒熟睡着的太阳。

院里的人,在清晨的鸡鸣声里开始了一天的生活。妇女照顾好孩子,喂养牲畜，按时做饭；男人则去田地里打理庄稼——正是日出而作，日落而息的日子。

家里新盖了房子，房子朝西，夏天的时候很凉爽，便于乘凉。那时候刚刚开始流行有图案的瓷砖，爸爸便很早就买好了。等到房子落成，就把那华美的瓷砖贴上去了，很讨人喜欢，邻里赞不绝口。我们在父母细心的照料下一天天长大，那些美好的日子，滋养了我的童年，简单、快乐、纯净。

长大后，因为我们要去远方读书，加上近些年来经济迅速发展，父母也为了改善家里的经济条件，便开始了漂泊他乡的生活。

很久没回去了，爷爷坟头的杂草蓬蒿已经很茂盛了吧？也许院墙上已杂草丛生，院外的老榕树也不知道如今是怎样一番光景了……

师评·智匠创作微论

重要的，不是老榕树，而是那个院落，是那个院外的那棵老榕树。离家的人，思念亲人，还有家中每件具有标志性的一桌一树。你家的庭院中，或者楼宇前，是不是也有一棵南方的老榕树，或者，北方的白杨树？春叶秋实，夏凉冬枝，岁月变换，物是人非，而我们唯愿，物是人是。让你记忆中的"老榕树"在笔端舒展枝叶、开花结果、飘风拂雨，便可梦回那个温暖的庭院，父母膝前。

微雕一棵老榕树的生命力很旺盛，四处飘散的种子，落地生根，却因为蚊子的喜欢，不能够与房屋亲近。微雕出"院外的行人行色匆匆，拉着架子车、赶着一头毛驴，车的咕噜声、人叫骂牲畜的声音、牲畜的嚎叫声伴着晨露叫醒熟睡着的太阳。"是眼中的景，是耳畔的声，是心中的情，是记忆的模样。"很久没回去了，爷爷坟头的杂草蓬蒿已经很茂盛了吧？也许院墙上已杂草丛生，院外的老榕树也不知道如今是怎样一番光景了……"此时此刻，恍然明白，所谓的想家，就是一种蓦然升腾的深念！是远行游子的真情所系。

我只是看起来不难过

中文152班　沙晓钰

我想，我是有问题的，不然我怎么会偷偷摸摸地去找学校里的心理老师？不然我怎么会在那间心理咨询室门外胆战心惊了那么久？不然我怎么会在推开门的那一刻情绪就开始颤抖？不然我怎么会在一个素未谋面的陌生人面前哭得不能自已？不然我怎么会变得不像平时的我自己？我又想，我是没有问题的，我只是有些难过。

我和一位陌生人相对坐了下来。现在这里屋只有我们两个人，这里摆着简单的桌子沙发。我看到瞭目既望的窗外的楼——那座楼是我最常去上课的地方；还有左侧那面隔断玻璃，它把这里面的整间屋子分成两个房间。那隔断玻璃有印上去的大片图案，一丛一丛缠绕在透明的玻璃上，以起到阻挡人们视线的作用。可是只要我愿意，我就完全看得到隔断玻璃那头的一切。当然里面的人也一定会清晰地看到我，这使我很不高兴。

我尽量使自己看起来很轻松，我开口说："老师，我没什么事，就是对心理咨询方面的事情很感兴趣就来了。我之前也读过一些书，我知道一些相处模式，比如说你我之间应该斜对而坐，这样更有利于交谈开始……"这话更像是和自己说的，我安慰自己似的，反复、颠三倒四地说着这几句话。我发觉我的眼睛多少有些不自然地望了她几眼，但她一直很平静地看着我。终于，我的声音有了些许发抖，我开始质疑起自己：我为什么要来？来这要干吗？这样的质疑一经产生便立刻令我局促不安、焦灼万分起来。我羞窘得脸涨红。我知道此刻我再也说不出什么话来了。我的眼眶一瞬间便湿了。我觉得这个突发情况真是滑稽。像个小丑，我的嘴角一定不留情面地嘲讽了自己。幸好我头低得很低，我猜测这些一定没有被她看到。

只剩下沉默……我还没来得及想清楚该怎么给自己救场，逃出时该怎样才能不显得狼狈，对面的声音缓缓飘荡了起来。只是很平静的问候，只是很温暖的女声。只是我怎么就情绪失了控，像山洪一般、汹涌的阻挡不及地冲了下来的眼泪，我紧张的双手举在半空便放弃了。这突如其来的眼泪着实把我自己吓到了，一时又忘了该放下。

明明筑起了城墙，拿上了武器，穿戴盔甲，一切就绪地前来，却不承想那么不堪一击，不曾开战便溃不成军。只是因为她的身份，她的这样一个身份便可以叫我拿足够的信任去给这只见过一次面的陌生人吗？

如果不是，怎么又会流下眼泪？承认吧，随便看到的人们怎么想，认认真真地、好好地哭一次。当终于这样安慰自己时，我的心底就已准备好了让我足够狼狈哭泣的大把力气。我把头深深地埋下去，像是一个犯罪的人在忏悔自己的罪行一样，抽泣地说着一切。不该说的、不能说的、不想说的、甚至快忘了的，都混着我的眼泪，在我的颤抖的声音里飘出来。它们像是一个个老旧的底片，没有颜色、没有顺序，断断续续又有残缺，有的底片竟会让我破涕而笑。几次接过她递过来的纸巾，听着她的只言片语，顺着她的引领，我和她说了好多，我爱的人、爱我的人、我的亲人……小小的屋子里，我的哭泣静静地绵延了很久很久。直到我的脖子酸得都要抬不起来了，我的衣服袖子都蹭上了鼻涕，直到我再偶尔抬起头来时，看到她身后的光景都变暗变模糊了，我才恍觉惊醒，时间走掉了那么多。

我慌乱地收拾满脸的残局，又尴尬又羞愧地同她道了抱歉与再见。临走前，她叫住我，她说要和我订下一个约定，下个星期这个时间还希望在这里等到我。我感觉得到，我起身离去的身体有一刹那的不连贯。我只轻轻地点了点头，直至走出了门。我径直来到了拐角处的那扇反光窗户前，拢了拢头发，用纸巾把泪痕收拾干净，扔掉了它，重又抬起了头来，像来时那样走了出去。

一个星期后，我重又坐在了这里。这一次，我有些拘束，最狼狈的样子被她看尽，最私密的东西被她挖透，这种单向的了解让我不免惊慌。我小心翼翼地为上一次的表现对她道歉，说：“上次……有点……抱歉，我也不知怎么莫名其妙地就很想哭，止也止不住。然后你陪着我，听我说那些……"我絮絮叨叨了一会儿，不过最重要的"谢谢"两个字我到底没说出口，我到底羞于表达我的谢意。但我觉得这一次我可以和她好好交谈的，我甚至确定我们可以交谈得很愉快。

不过，我又错了。当敏感的词在我们的谈话中一经出现，我又一次循环了上周的事情。我的泪腺喷涌出来，那些恼人的泪珠、这该死的眼泪，又一次让我失控！我懊恼着却越发泪流满面。我记得上次情绪失控时，她和我聊过。我告诉她我有一个大家庭，我和爷爷奶奶、叔叔婶婶、妹妹、爸爸妈妈他们住在一起。他们所有人都很爱我，甚至比爱妹妹还要爱我。我还说在我小时候爸爸有些忙，他是像大部分可以描述的中国男人那样沉默却很能干的人，这样的他和朴实的妈妈不会随便轻易地吐露情感，也绝不经常吵架。哦，就是我记得小时候有一个晚上，他们很凶地吵起来了，让我蛮害怕的。对了，前些日子我回家，他们居然又吵了一次架，爸爸脸上有擦伤，这让我胆战心惊。尽管爸爸一直试图讨好着妈妈，但妈妈只是爱搭不理。家里的氛围开始怪异起来，我想妈妈是需要我的安慰的，她情绪很低落，她等着我拍拍她，问问她的难过，让她可以像个女孩一样在女儿的面前倾诉，哪怕哭泣。可我什么也没做。

从小我就听过女儿是妈妈的小棉袄，执拗如我，那些可以说的话、可以温暖人心的一切事情，对我来说既艰难又生硬。可是我怎么那么悲伤，为我的这种无能难过，为这里摇晃不定的空气而害怕。在我不被看见的时候，我找来悲伤的文字，找来苦情的电视，在那里理由充分地流下我要流的眼泪，这种感觉让我一度绝望又窒息，让我崩溃。

好像再也不能忽视某些东西了，那个让我敏感不已、让我泪流不止的词——争吵！

时隔多年，那些不太记得的都渐渐淡化，那些印象深刻的却经过一年年地描摹使得一切变得变本加厉般清晰。

那一晚，沉默的男人成了魔鬼，把一切摔碎。他拿着打火机和纸把被子拖在地上，歇斯底里地向全世界宣誓着要烧了这一切。温柔的母亲英勇般制止了一切。然后呢，之后的事情是什么呢？

"如果爸爸妈妈离婚了，你跟谁呢？"

大片大片的沉默，搅不动的要窒息的空气……记忆里的我有生以来面临了最大的恐惧，唯有本能教我抱紧自己，缩成最小最不起眼的样子，去找那最不起眼的角落钻进去。哭这件事情不能做，会被发现的，不能被发现。之后我呢？似乎被放置在了一旁……再然后，很多都不清晰了，模糊得甚至没有了记忆……再有记忆的时候，一切又归于平静、恢复原状了。

窗里的一切有些暗了，太阳要休息了，窗外那栋楼却仍美美披上太阳落下前的那最后一层橘黄色的光辉。

我还没有走，此时，她的脸在我的泪眼朦胧中更是看不清楚，只有一个轮廓，该像是熟睡的美人置身在晨光前的暗黑。我无比渴望听到她的声音，像虔诚的教徒渴望得到救赎一样。到底她给了我宽慰，也给了我责备。

为什么不呢？像是巨大的岩石重压后的放松，从未有过的坦然和接受。

在这场父母与孩子的感情戏里，我从来只认定孩子是唯一受伤的人，一味地舔舐放大她的伤口，却顾不得看一眼父母的眼泪。在这个家庭里，爱从来都是存在的，但支撑爱的方式绝对无法靠单一方面的给予。孩子的身份会让我得到的很多，可身为孩子的我，在爱的传达遇到了危机时，只顾抱怨与哭泣。为何不在他们的"悲伤"偷偷掉下来之前去陪陪他们，或许只要走上前轻轻地拍拍她和他的后背?

告别前,她如上次一样安静地同我说:如果你愿意,我依旧会在这里等你。我终于肯把满是泪痕的脸面向她,满怀感激地说了声谢谢。

我想我恐怕还是会笨拙又固执,但多少会有些不一样的。就像现在的他们,爸爸会讨好,妈妈会闹小脾气。就像现在的我,至少不会找角落钻进去。那么,就让我一点点慢慢积攒着这勇气吧!像你我所期待的,某一天走上前去拍拍他们的后背,以一个足够大人的姿态,以一颗足够平静的心,和他们坐在一起,亲吻灌注了一生的我与他们之间这无私的爱,谈谈那些有趣的过去,还有小时候那许多温暖的、模糊的故事。

现在,我还留着她送给我的奶糖,再没去见过她。我觉得不管怎样,现在我还是要把眼角擦擦,不然任谁看到了都该多羞涩啊!

师评·智匠创作微论

"我只是看起来不难过",是不是因为这个世界,还没有一个可以让我真实地表达难过的人?生命有酸甜苦辣,怎会没有悲欢离合。只是,"我"的难过,无人能懂。只是,没有人告诉"我",没关系,每个人都有每个人的"难过","流泪",是因为有真情几许。那些生命中难以抹去的瞬间,定格记忆,总会铭记。

"我想我是有问题的,不然……",或许,没有一个人没有问题,也没有一个人全是问题。"我尽量使自己看起来很轻松",这几个字让人觉得有点心疼。"明明筑起了城墙,拿上了武器,穿戴盔甲,一切就绪地前来,却不承想那么不堪一击,不曾开战便溃不成军。只是因为她的身份，她的这样一个身份便可以叫我拿足够的信任去给这只见过一次面的陌生人吗？"或许，我们每一个人在难过时，需要的不是"上帝"，而是一个人——可以让你做真实的自己。微雕一个家，微雕一种对于家的情愫，让世界知道，在爱的漩涡中，或有，不得已的如许沉浮！

我在他乡望着月亮

中文152班 胡群

离开的时候，我在很认真地思考旅行的意义。每次看到月亮的时候，我都觉得那些困扰我和让我喜悦的失落和成就都好像一样，根本什么都不是。

——《陪安东尼度过漫长岁月》

2015年安东尼的同名小说改编为电影，一部标签为都市爱情的小清新电影收获一茬又一茬影院满堂。短短两个小时，走马灯一样管窥了角色的人生片段，影片没有什么跌宕不平让人辗转反侧的情节，随人潮走出影院时，恍惚间听到身边有人微不可察的一声叹息，他说叹的不是未完成的初恋，是感同身受的成长。

"花落的时候，懂得了青春。"时隔两年，每每想起这部电影画面仍是漫天樱花飘落，安东尼——一个重要的角色就此郑重退场。我喜欢这部电影，因为同意安东尼的人生选择，或是同意他经历的所有迷茫与摸索。安东尼不酷也不特别，怀揣做自己人生主角的想望离开了故乡。他的世界既敏感又细腻，积极昂扬也简单纯粹。无论是到墨尔本后水流朝南的漩涡，还是两个半球互相偷走的时间，我同安东尼一样意外和欣喜。去远方，对于青年人而言本身就是为了去感受不寻常。这个世界有千种风情，好像要走远才能领略一二，唯有如此人生才不会遗憾。

于是"以梦为马，仗剑天涯"成了我出门远行必要的行囊，无论是肿胀的渴望还是多情的诗行都促成了我割断与故乡的脐带。辗转千里，绿皮火车又把仅存的眷恋都挤压打包寄放在沿途经过的村庄和山野。自小熟悉的城市不断倒退，睡去时却连梦都只剩不知哪本杂志描绘的北国纷纷扬扬的鹅毛大雪。十六岁许下的愿望，十八岁终于出门远行，以为人生就是一辆不知疲倦的列车，未知的风景才值得期待，不留恋才是真正的洒脱。

"江畔何人初见月"，我一直在想谁会如此在意漫长的人生里第一次望月。直到那个仲夏静谧的海岛之夜，我独自爬上护栏，微腥的暖风吹来，不远处的海浪拍岸声清晰可闻。迷离的路灯下早已没有了行人，四周安静得像是只剩我一人，一抬头便只有月。世界隐去，欲望消散，我才忽然初见月。那时月光皎洁如凝练，举世再无双。我忽然意识到，这是古人诗句常常读罢就泪沾襟的月；是属于寂静星夜的月；兜兜转转也是故乡的月。这个世界那么大，城市如此喧嚣，人来人往多么匆忙，有人这一秒才相逢有人下一秒就已经在背道而驰的路上，时间转瞬即逝，永垂不朽听起来才荒唐。可眼前月，是天上月，是旧时月，任斗转星移光阴荏苒，终坚若磐石不改分毫，宽厚待世人。"青山一道同云雨，明月何曾是两乡"，这其间微妙的联系让孤独的人终于有了安慰和寄托。

原来古人写月，一笔一画全是相思，思亲亦思乡。原来，我对故乡马不停蹄的远离只是以明月为证的一次又一次归去。

师评·智匠创作微论

故乡与他乡，明月何曾是两乡？不同的地方，不同的心境，不同的月，又是同一轮月。以月为题，为故乡写意抒怀，是思乡，是游子，是远行人的心头情愫，是他乡月的萦绕情丝。

"'江畔何人初见月'，我一直在想谁会如此在意漫长的人生里第一次望月。直到那个仲夏静谧的海岛之夜，我独自爬上护栏，微腥的暖风吹来，不远处的海浪拍岸声清晰可闻。迷离的路灯下早已没有了行人，四周安静得像是只剩我一人，一抬头便只有月。"世界隐去，欲望消散，我才忽然初见月。微雕一句诗，一个身影，一份情。

人在天涯　春在天涯

中文153班　刘峰瑜

"若待明朝风雨过，人在天涯！春在天涯。"前些日子，我看到了这样一句诗，大概是因为和作家当时的心境相似，联想起即将离家的自己，产生了些许共鸣，有一些感触。大多数人都是在长大后离开家，或是求学，或是工作。小时候还不懂得什么是天涯，长大了才明白，离家即是天涯。

回想小时候在家中过春节的情景，印象最深刻的便是爷爷还在的时候，一家人围坐在平房当中，屋子中间升起一盆炭火，电视上放着我喜欢看的动画片，外面积着厚厚的雪，不时传来炮仗声。大人们说笑着，声音很大，虽然我听不懂他们在说什么，但是心里却很甜很暖：这大概就是年的味道。一直到现在，那时的年味我再没有感受到过。

前些年，每逢春节，大街小巷还会有炮仗声，尤其是在除夕夜和元宵节夜晚，天空中会有多彩绚丽的烟花。现在，家乡的春节听不到炮仗声，看不到烟花了。有些人说现在的年味越来越淡了，其实，变淡的不是年味，而是逐渐消磨的人情和亲情。人情在，亲情在，年味就永远不会变淡。

不知从什么时候起，本该是避风港湾的家，逐渐成了那些在外上学、工作和拼搏的人的驿站。一年回一次家，歇息一阵子，陪陪父母，转眼又要回到岗位上去。之前在一次街头采访中听到过这样一句话：每一位漂泊在外奋斗的人都是梦想家，梦碎了，就只剩下想家了。无论是避风港湾，还是驿站，家永远都是给人聊以慰藉的地方，离家也是为了更好地归家。

今天是元宵节，是我不在家中过的第二个元宵节。和那些在外漂泊打拼的人相比，我是幸运的。虞集曾道：随意且衔杯，莫惜春衣坐绿苔。如果你也这样觉得，请珍惜和父母、朋友在一起的时光，因为"若待明朝风雨过，人在天涯！春在天涯。"再相遇，不知又要过多久，而岁月，却从不为任何人驻留。

师评·智匠创作微论

"长大了才明白，离家即是天涯。"人与春，都在遥远的天涯，是在外打拼的人的心情和心境。儿时的春节，越来越少次数和时间的归家，是游子的生活，更是为了更好地归家。家的温暖，春的美好，都难抵挡梦想中天涯的魔力。

"不知从什么时候起，本该是避风港湾的家，逐渐成了那些在外上学、工作和拼搏的人的驿站。""每一位漂泊在外奋斗的人都是梦想家，梦碎了，就只剩下想家了。"微雕一个打拼的人的心境和情愫，微雕人生的家与天涯。

肆 韶华有你

青春,因有太多不可言说的梦,
而孤独、迷茫和无助,
恰同学少年,
你便是我最温暖的陪伴。
一场懵懂的情,
一个易碎的梦。

你与你的青春理想

中文152班　王铭翌

当你童稚时,我曾问你:"你的理想是什么?"你咬着樱桃似的嘴唇,小手儿攥得紧紧的,睁着若一汪泉水似的眼睛坚定地说:"我要当天天在家写字的人。"

当你正值青春,我再一次问你:"你的青春理想为何?"你缄默不语,似乎在沉思,在用沸腾的血液和力量思寻。你还是你,偶经十年春华岁月,白云苍狗,唯有沉默。一会儿,你温热的手握着我的手对我说:"我要当一名作家,用笔尖的流年缓缓写出尘世年华。"那一刻,我便懂得,这才是你,这才是青春的你,这才是浪漫韶华的你!

你便开始匆匆起来。一个早晨,我问你:"为何如此执拗于一个分数?"你放缓了步子,扭过头对我一个字一个字地说:"攀登知识的顶峰不是为了刷新分数,而是为了看尽海角天涯。"你的脸上浮出了自信且灿若夏花的笑容,一蹦一跳仿佛鸟雀呼晴之态爬上了图书馆的大门。我目送你进入图书馆,馆外春花正烂漫。

后来,我看见你来来往往在出版社之间。每次,你从信筒中抽出的总是退件和提出希望下次能够合作云云的信件。一次午后，你躲在绿树成荫的梧桐树下面嘤嘤地啜泣。从远处看去，你的背影那么单薄、那么瘦小。我担心你，便走上前去，轻轻地拍了拍你的肩膀。你说："我相信，只有经过地狱般的磨炼，才能练就锻造天堂的力量；只有流过血的双手，才能弹奏出世间永垂不朽的乐章。"我点了点头，又不知道说何为好。你抬头望着碧蓝无云的天空，宛若你那透彻追逐理想的心。我拉着你冰凉的双手，从青翠的苔上站了起来，你破涕为笑。还记得那时，清风徐来，阳光正好。

后来很长一段时间未见，我再见到你的名字时，是在某个知名杂志上。人生不复见，动如参与商。今夕复何夕，共此灯烛光。在街上的偶遇拉近了我们的距离。你告诉我，你刚从某个学术研讨会上离开。畅谈中，你微微地抬了一下眼镜，似乎眼中闪烁着激动的泪光说："后来，我才明白，青春是唯一有权力编织理想的时光。从小时到现在，我未悔。"相逢后，又匆匆分别。你抱着几本厚厚的书再一次去延续你的青春理想。我目送你离去，恍若多年之前的那个早晨。但此时的你和我，青春已逝。幸好，你为青春理想所做的每一分挣扎，每一分坠落，每一分渴望都在涅槃重生。

千千万万之你，与千千万万之我同样在青春的逝水中逆着风、逆着光、逆着尘，在漫漫长夜中飞翔，寻找属于我们的那道点点星光。人生如逆旅，我亦是行人。但愿初相遇，莫负有心人。

唯愿每一个你和你的青春理想清浅安然。

师评·智匠创作微论

"青春"，是每个人都会拥有或曾经的拥有；"理想"，是从心灵之中飞翔而出的梦愿；而"你"，则是那个从不服输，执着向前的身影。青春，每个人都会有；理想，也会闪烁在每个人的心头；但不是每个人都会为理想而执着向前。你，我，我们每个人，都可以是追梦人。所以，写下你的青春，你的理想，为一颗青春的心。

"千千万万之你，与千千万万之我同样在青春的逝水中逆着风、逆着光、逆着尘，在漫漫长夜中飞翔，寻找属于我们的那道点点星光。人生如逆旅，我亦是行人。但愿初相遇，莫负有心人。"微雕青春和理想，而理想无论高远还是切近，总是一颗青春的心应该拥有的瑰丽的梦。"唯愿每一个你和你的青春理想清浅安然。"是突然长大和懂得，是给自己一份希冀和信念。

人生若只如初见

中文152班 范颖

于灯火阑珊处蓦然回首，自己最初的模样可还记否？

回想当年，我们穿着呆板俗气的校服，埋头于一摞摞的课本资料中争分夺秒；教室里挂着"革命尚未成功，同志仍需努力"的横幅，鼓励大家再接再厉；宿舍的墙上都被自己贴上类似"被窝是青春的坟墓"之类的小纸条，激励我们早起奋斗。那是我们的青春，我们在为青春而战。曾几何时，拥有雄心壮志、怀揣理想抱负的我们拖着满载希望的行李箱，以一名大一新生的身份来到这片圣地，在心中默默地坚定决心要书写未来。那是我们的青春，我们即将在这里精彩地演绎青春。却看如今，褪去几分青涩的我们，变成了温水中气息尚存的青蛙，沉浸在游戏与八卦营造的温室中无法自拔，最终"光荣"地沦为一名"低头族"。那是我们的青春，只是变得面目狰狞、朴素不再了。

纳兰容若说：人生若只如初见。因为初见时的样子最美好，最难忘。同样，我们的青春亦应该永远是我们最初的模样。韶华易逝，容颜易老，无关风月，或是流年。莫让红颜随风逝，勿让青春变狰狞。

我们不一定能改变世界，但是至少不要让世界改变我们。

"生活像一把无情刻刀,改变了我们模样",筷子兄弟的《老男孩》如是说。夜深人静时,听听自己内心深处的声音,现在的自己可还是当初的自己?当年的壮志豪情,是否已经消失于宿舍和网吧?我们是否在一点一点被同化,变得碌碌无为、安于现状?"青春如同奔流的江河,一去不回来不及道别。""当初的愿望实现了吗,事到如今只好祭奠吗?"当我们的身影渐行渐远,难道真的忍心让我们当初的梦想未曾绽放就直接枯萎吗?当时光缓缓流逝,难道我们真的无关痛痒于热血青年变得空洞麻木吗?

那年为了理想的挑灯夜战、全力拼搏是我们的青春;那时我们积极向上、充满斗志、精彩演绎是我们的青春;如今沉迷网络、迷失自我、甘于平凡是我们的青春。只是很显然,不同的征途会有截然不同的人生和大相径庭的结局。

心中永存一片净土——用来安放我们的青春;心中铭记一句话——我们也曾是少年。

"当青春耗尽,只剩面目可憎。"S.H.E的《你曾是少年》如是说。那时的我们都曾是个朴素的少年,想要看遍这世界,去最遥远的远方;那时的我们都拥有隐形的翅膀,能穿过高山飞跃海洋;那时的我们单纯天真,只为了心中唯一的梦想……或许现在的我们宛如一匹匹脱缰的野马,可以肆无忌惮地在这片圣土上无拘无束,但是,无论何时都不能忘记自己当初充满热血的那颗跳动的心脏和那跃动的脉搏。简而言之,就是——记得要走心,无论何时何地何事。

倘若我们不抓住有限的青春躁起来,又如何去到达下一个人生巅峰呢?当这宝贵的青春耗尽,只愿不留一丝遗憾,而不是面目可憎,满盘皆输。

当我们背起行囊踏上旅途,一定要双手紧握最初的梦想。

"实现了真的渴望,才能够算到过了天堂。"范玮琪的《最初的梦想》如是说。小时候我们一群人走,长大了就变成一个人走。但是无论是并肩作战还是单枪匹马,最初的梦想,最想要去的地方,怎么能在半路就返航?我们要做一个向着阳光生长的人,如同向日葵一样,无论生命的起点、终点或是每分每秒,都无惧风吹雨打,无畏黑夜寒冷,不忘初心,执着生长,永远记得自己最初的样子。

做一棵执着的向日葵，不忘初心，方得始终，朝着心中虔诚的信仰，默默地执着前行，坚定地走自己的路。

"不忘初心，方得始终。"慧月法师如是解读：它是我们踏入佛门之始，心中秉持的那份当仁不让的成佛利生之心，那份最真诚质朴的求法向道之愿。在纷扰变化的世界之中，发心最真实；一切发心之中，菩提心最稳固；相续的菩提心中，初发之心最珍贵。只有怀着这份初心，我们才能成为真正同心同愿的人，一起穿越生死。由此可见，在佛门之中，初心是一切的根本，其实我们的人生亦是如此。

不忘初心，如同爱一个人要从一而终，忠贞不渝；如同河流始终会汇入大海，不会被任何阻碍改变方向；如同向日葵对太阳神的执着，不离不弃……当我们从纷扰的世界中沉淀自己，洗尽铅华，不急功近利，不大喜大悲；当我们从拒绝成长到接受成长，宠辱不惊，心如止水，坦然面对，不改本色；当我们可以闲看庭前花开花落，坐观天上云卷云舒，淡泊名利，宁静致远……人生若只如初见，再回首，看着自己最初的模样，莞尔一笑，你还好吗？

师评·智匠创作微论

"人生若只如初见"，你会不由自主地接上"何事秋风悲画扇"？人是"我"，事是"青春"。如何面对青春，如何坚持曾经的拼搏和追求？是"不忘初心"。你的青春在哪里？温暖的被窝还是游戏机前？回首你的岁月，寻找你的青春，描绘一下你日日生活的身影吧。

"人生若只如初见"是今人广为传诵的一句清人词句。人是如此，青春又何尝不是？从高中到大学，从拼搏到安于现状，微雕"当年的壮志豪情是否已经消失于宿舍和网吧？我们是否在一点一点被同化，变得碌碌无为、安于现状？'青春如同奔流的江河，一去不回来不及道别。'"所以"不忘初心，如同爱一个人要从一而终，忠贞不渝；如同河流始终会汇入大海，不会被任何阻碍改变方向；如同向日葵对太阳神的执着，不离不弃"，所以，要"从纷扰的世界中沉淀自己，洗尽铅华，不急功近利，不大喜大悲；当我们从拒绝成长到接受成长，宠辱不惊，心如止水，坦然面对，不改本色；当我们可以闲看庭前花开花落，坐观天上云卷云舒，淡泊名利，宁静致远……人生若只如初见，再回首，看着自己最初的模样，莞尔一笑，你还好吗？"种种思绪，是青春，是思索，是不甘，是徘徊，然后，青春的你，终于明白，一定要好，一定要炫舞青春，不忘初心。

与你相遇 何其有幸

中文152班 郝彤

我想我永远也不会忘记2016年的夏天。

因为在这个夏天，我认识了你。

待在家里百无聊赖的我，承受着夏日的炎热，烦躁地翻看着电视，想着正是里约运动会期间，就换到了CCTV5，然后，就看见了你。

我从来不看乒乓球比赛，对乒乓球的印象也仅限于父母辈的口中。只知道它是国球，只知道中国在这一项目上很强大，仅此而已。

那是我记忆中看的第一场完整的乒乓球赛，是你与老萨的男单半决赛。

你穿着绣着中国龙的红色球衣，驰骋在赛场上，眉眼间是说不出来的坚定与张扬。

那是一场很艰难的比赛。虽然你最后是四比一晋级决赛，但每一局你赢得的都很辛苦。有一分你为了救球，还抻了一下腰，让我不禁为你倒吸一口凉气。还好，你不负众望。

获胜后，所有人都在为你欢呼，为你鼓掌，而你只是把食指放在唇上，以无比自信的态度绕场一圈，似乎在向所有人展示你赢得理所应当。

那个时候网络上早已遍布你的各种消息，可我从没注意。直到这场比赛，我才知道网络上传疯了的张继科究竟是谁。

原来是你，果然是你。

当金银牌已被中国包揽后，我再也没有担心。因为第二天的决赛时间在黎明，自知起不来床，就没有。然而，心里却迫切地希望冠军是你。

可惜，冠军不是你。

也许是那个时候开始，我的心早已被你捕获，可我还不自知。我不停地刷着网上关于你的消息，想尽快地认识你，想更进一步地了解你。

史上最快的大满贯，仅用了445天；011年世乒赛的黑马；获得过五项重要的世界冠军；如果获得里约奥运会的男单冠军，就是乒坛史上唯一的一个双满贯。然而，你输了。

那个时候，我只感觉到无比可惜，却不知道你有着严重的腰伤和肩伤，能走到这一步，已属不易。

真真正正让我爱上你，是你在里约奥运会的那一场经典一役。团体的半决赛上，你三比二艰难战胜了郑荣植，看着你怒吼的样子，我激动地流下了眼泪。

郑荣植一直用你擅长的反手压制着你，几次大角度变线，利用你的腰伤，让你不得不满场子跑着去救球。好几次，你都扶着腰，咬着牙，眉头紧皱，有时还摔倒在地，腰伤早已让你难以忍受。你的衣服被汗水浸湿，时不时用手去擦额头上流下来的汗水，可这些早已阻挡不了你。

你清楚地知道自己必须要拼，必须要赢，还要赢得漂亮。

让一个人彻底崩溃的办法，或许就是用他最擅长的去打败他。你一直坚持用反手去拼，终于，郑荣植的防线被你攻破！你赢了，你使劲地呐喊，你伸出双手，问现场的观众索要掌声。你终于笑了，笑得那样灿烂，宛如一个孩子一般。

下场后，你瘫在椅子上，仰着头，终于松了一口气。坐在电视机前的我却无比心疼，心疼这个一身伤病却还在拼搏于赛场的战士。

之后你发了一条微博：呼喊是爆发的沉默，沉默是无声的召唤。身在逆流险境之中，跌倒了，必须站起来；疼痛了，必须拼过去。我知道，不远处的兄弟们，正等待着我……决赛终于打响。队友输了后，你一个劲地拍着他的肩膀安慰他。因为紧接着就是双打，你们努力地调整着刚输了上一场的心态，认真地对待着接下来的每一球。因为你们的默契，赢下了重要的双打。

最后，当你们获得胜利时，四个人抱在一起的样子，在我看来，是如此美好，如此幸福。

赛后采访时才知道，你早已被腰伤折磨得睡不着觉，大半夜给跟了你很久的记者姐姐发短信："姐，这一次，我是为国而战，死在场上也无所谓。"

刘指导说："张继科，你已是球队的灵魂。张继科，因为有你，我可以睡个好觉。"

运动会结束后的直播中你问我们，"如果我和马龙退役了，你们还看乒乓球吗？"我想我会继续看下去吧，因为这是你忠于一生的运动。为了你，我也会看下去吧。

你说："太累了，我打不动了。"

你又说："为了你们，我还会打下去。"

因为你，我早已泣不成声。我后悔，后悔为什么没早一点认识你，为什么没有在你巅峰的时候认识你，为什么没有陪你一路走来，为什么没有见证你的荣耀，为什么没有在你陷入低谷时陪伴你、信任你。

可我又无比庆幸，接下来的日子，我还可以陪着你。这一次，绝不会再让你孤身一人。

有一句话叫始于颜值，陷于才华，忠于人品。你二十几年的体育生涯，却依然保持一颗赤子之心，我终于知道我为什么会爱你了：因为你是张继科，因为你值得。

这个夏天，带给了我无数美好的回忆，因为有你。

我的意中人，是个盖世英雄。这句话用在你身上无比贴切。

张继科，我想陪着你从天光乍破，走到暮雪白头。

张继科，这个夏天，与你相遇，何其有幸。

师评·智匠创作微论

  茫茫人海，会有无数次的相遇。或擦肩而过、或相伴而行、或欣逢知己、或话不投机，皆是人生漫旅的一场印痕，可圈可点、可思可想、可书可写。正如这场"何其有幸"的遇见。你生命中的每一个重要的相遇，从陌生到熟悉，从相识到相知，或许，又会分道扬镳。无论怎样，都会有一个只属于自己的故事。分享，也是思想；抒写，亦为思绪。

  很喜欢的一个词语——撞见。人的一生，不经意间，就会撞见那个或那件会让自己发生巨大变化的人和事。正如"这个夏天"的"我"，撞见大满贯的张继科。这个夏天，让一个人从从不看乒乓球，到开始关注张继科的球赛，进而了解张继科的思想和观念，训练中的伤痛和输赢间的身影、心情，一直到最终，决定要陪"我"心目中的这个"盖世英雄"，走到"暮雪白头"。微雕种种思绪的变化，也是让一个人在思考中成长和明白，这不只是对一位运动员的崇敬，更是对一个人的"始于颜值，陷于才华，忠于人品"的懂得。

散落在青春里的音符

中文153班　王平

鹌鹑，不知道你是否还愿意让我这样叫你。

高二时，学校文理分科，我在原班级收拾好东西早早地来到新班级门口等待。我虽然来得很早，却只抢到了倒数第二排的座位。而在我这一列第一排坐着的则是你，一个瘦瘦的，梳着黄色卷发的女孩。那种发型是学校明令禁止、却在学生间最流行的。所有爱美的女生，都会偷偷地在发梢烫上一个卷，而你的似乎比别人多些。

之后的日子里，我每天上课、自习、买材料、做习题，简单、机械地重复着一个"好学生"的行为。成绩虽不是出类拔萃，却也还算可以。而你上课睡觉、偷玩手机、与校内几个出了名的大家避而远之的学生一同玩耍。我们就好像两条平行线，虽然离得很近，却不会也不应该有任何交集。

直到一次考试，你的名次排到了我的前面。我感到很惊讶。一个同学对我说，不用当回事，你肯定是用手机抄了。我虽没有说什么，却也在心里默认了这个原因。

进入高三楼的一次换位后，一些事开始有了变化。我们四个人一起，坐在第一排。我们虽不是同桌，却也彼此挨着。记得有一次我要出去补课，而政治老师却要在晚自习讲题。你为了让我能听到课，在晚一课的时候问老师，可不可以晚二节课讲，说晚二时我能回来。而向来脾气古怪的政治老师，却因为此事说了你一顿。但其实，那个时候我们并不是很熟。

随着时间的推移，我对你有了全新的了解。你并不是我以前认为的那种不务正业的学生。你会利用空闲时间拼命补课；你会做很多英语卷子，即使自己根本不喜欢；你会将一本历史书翻看很多遍，以求记住每一个时间点发生的大事；你也会每天学到凌晨，导致第二天无法抑制地打瞌睡。

而慢慢地，我们之间的关系也从最初的"相敬如宾"变成了每天的吵吵闹闹。因为有人说你长得像鹌鹑，我便一直这样叫你；而你则说自己的偶像是刘欢，还说你的头发为他而留。我们会在下午放学后，飞奔去买凉皮（因为去晚了就买不到了），记得你喜欢多辣多醋的；会把水装进瓶子里，然后将瓶盖扎上眼，互相攻击（有时也会伤及无辜）；会在走廊里乱跑乱叫，在引来领导后马上跑回教室；会在晚自习时，将跳跳糖放入水中，噼噼啪啪的声音顿时打破夜的宁静。你是一个性格开朗的人，可我，并不是。但在你的影响下，我变了好多。因为有你的存在，让我觉得高三不再那么黑暗，不再那么有压力。而在那段充满梦想与努力的日子里所发生的每一件小事，在现在看来都是那么美好。

高考前的一次平常打闹中，我说出了你的糗事，你生了我的气，而我也坚持自己没错，不肯道歉……

许多关于青春的记忆，散落在课间校园内匆忙的人潮里，隐藏在与我们一同长大的梧桐叶上。而我记得的是，直到毕业，我们再也没有说过话。

或许，我们注定无法成为对方的主旋律，我们都只是散落在那段岁月里的音符。又或许我们之间的事，不能够怪谁，要怪只能怪我们都太年轻、太骄傲、太要面子。于是我们就这样高昂着头颅，保留着我们所谓的尊严，不说一句再见，就各奔东西。

如今，我们即将离开这座小城，去另外一个陌生的城市，开启我们崭新的生活。而我，也只能默默地祝愿你在另一个城市，一切安好。

师评·智匠创作微论

"散落""青春""音符",是蕴含不同倾向的动词、名词,三个词的组合,异常巧妙:"散落"蕴含着失去、不舍、遗憾;而"青春"又是五彩缤纷的,喜忧参半,诸多况味交织,有飞扬不羁,就有无意间的擦肩;"音符"是跳宕的,但有高有低,有欢快有低沉,组合成"我"与"鹌鹑"的相识相伴,又渐行渐远。这是一份把深情说得云淡风轻,用貌似洒脱来追忆不舍的文字。题目含蕴丰富,种种"散落",你我"青春",高低"音符",每个人都有每个人的"散落在青春里的音符",等你絮语,等你追忆……

这篇小文,以朴素的文笔讲述"我"和好朋友"鹌鹑"从陌生到熟悉,到成为好友,一起相伴走过高中的读书岁月。又因为一件小事而在高考前结束联系,微雕出一份"许多关于青春的记忆,散落在课间校园内匆忙的人潮里,隐藏在与我们一同长大的梧桐叶上"的细部场景,是一种对岁月的感喟!而"默默地祝愿你在另一个城市,一切安好"则是天涯咫尺,珍藏一场深沉情愫的永恒!

错过就过，你是不是会难过

中文152班　辛明月

"秒速五厘米，那是樱花飘落的速度。那么，怎样的速度才能走完我和你之间的距离？"这是新海诚的电影《秒速五厘米》中的一句话。

青梅竹马又怎样？两小无猜又如何？年幼时的贵树和明里对未来充满渴望，他们相信他们会一直在一起。但是，这种信念始终敌不过世事无常。最终他们还是分开了，长大后的贵树和明里还是在铁道旁擦肩而过。我为他们的错过而悲伤，也感到可惜。我们每天走在路上，我们和无数的人擦肩而过。那么，到底是无缘无分的走过，还是有缘无分的错过？

我想，也许我们每个人都曾和贵树与明里一样，有着年少时错过的那个人。少年时的我们那么美好，我们也曾说过，以后要上同一所初中、同一所高中，甚至同一所大学。我们曾那样坚信着、盼望着。但随着世事变迁，我们还是走散了，我们终究错过，成了彼此生命中的过客。每当想起这些，我都会不自觉地落泪，果然是往事有多开心，回忆就会有多酸楚。我还记得我们曾在院子里一起打打闹闹的日子，曾一起捉弄、欺负女生的小男生的伟大事迹，曾把五毛钱的棒冰分开吃的事情……而如今，这些事仿佛已过去了好久好久。我曾想过，如果你没有搬家，我没有因病休学一年的话，是不是我们现在还会在一起，还是最好的闺蜜呢？是不是我们就不会错过了？但是，我清醒地认识到，没有如果，错过就过去了。

"是否，你也会偶尔想起我，像我时常也把心事轻轻诉说，我们在春风秋雨里无话不说，却在春去秋来中失去了联络。是否，你也会偶尔想起我，还是你在过着与我无关的生活。幸好彼此的青春没有错过，我的年少有你，你的青春有我。"这是我最喜欢的一段歌词，它仿佛在诉说着每个人的那段难以忘却的回忆。有人说这段歌词是在写错过的爱情，而我想，错过的友谊又何尝不是一样。我很庆幸，年少时有你的陪伴。现在的我，也有了很多朋友，我想你也一样吧！也许我们也曾在某个地点重新相遇过，但是我们早已没有了"众里寻他千百度，蓦然回首，那人却在灯火阑珊处"的默契，所以我们注定错过了。你比我小一岁，我们也分开近十年了。我还记得你那时家里的电话号码，现在却早已成了空号。你现在该是上大三了吧！活泼可爱的你应该会有很多好朋友，应该会很开心吧！我曾想试着联系你，但却无从联系。也许是上天注定，我们只存在于对方的那段回忆里，只是不知道你还记不记得，不知道你回忆起我的时候，是不是也会难过。

有人说，"有些事，错过了就无法挽回；有些人，一转身就是一辈子。"但我始终相信我们会再次遇见，因为我们不是苦苦痴缠的恋人，也不是不可化解的仇敌，我们是小时候彼此生活中的那一点羁绊，我们的生活还未完待续。所以，我相信，终有一天，我们会在某个熟悉的地方再次相遇。

我们之间的距离有多远呢？我要用怎样的速度才能走完呢？我想，时间会告诉我们答案。终在某一天，在那个熟悉的地方，曾经的两个小女孩会看着彼此，微笑着道一声——好久不见。

错过还会有相遇的一天，我想你也曾因错过而难过吧！若再遇见……

师评·智匠创作微论

"错过就过,你是不是会难过"?是面对过往的洒脱,却也是一声没有回应的叩问。错过后的情愫种种,写出来,就是属于你的情绪和文字。一样的错过,不一样的我和你。创意,是人人心中所有,笔下所无。创新,是我与你的情同此情,心有戚戚。

往事随风,故人难寻,是人生的一场场错过。错过一场演出,错过一个朋友,错过一道风景,错过一场花开……你,曾错过了什么?过去已去,未来还未来。只要记住那些美好的过往,不错过今天的种种,心怀一份浓浓的对未来的期盼,就一定是真真切切的生命。微雕一份细腻的情感——错过,启迪一种宝贵的品质——珍惜。懂得珍惜,会有人生的无数美丽!

简单

> 中文153班 刘晓

一眼，一辈子，他成了她的简爱、纯爱。

那时的她，只是一个小女孩而已，对一切新鲜事物都揣着颗好奇的心。隔壁迁来的人家对于那时的她来说，是陌生、奇特、遥不可及的。而那家的主人，也不断撩拨着那颗青涩稚嫩的心。

他与她的相遇在陋巷。她在玩耍，他出门归来。只那一眼，他便埋藏在了她的心底，变成了她的一个梦，成了她心底最深的秘密。而她房间的那扇破旧的窗、窄窄的门缝成了那时她的全世界。在她的全世界中埋藏着一份简单、真挚的爱恋，留下了人生中一笔抹不掉的纯爱，一份珍贵稀少的记忆。

简简单单最真也最深，它有着最美丽的倩影，也有着道不完的情思。

简单不是敷衍，不是搪塞，更不是无动于衷。它平凡也不平凡，它可能是有些人追逐一生都无法到达的想象。

师评·智匠创作微论

简单,不是一件事情的简单,而是一份情愫的简单。生活中,你会无数次地说"简单",每次的简单却各个不同。简单,不一定是轻而易举,而抑或是一生的遥不可及。这份"简单",关乎爱,关乎真,关乎童年,关乎记忆,关乎珍藏。你的"简单",是什么?

"而她房间的那扇破旧的窗、窄窄的门缝成了那时她的全世界。在她的全世界中埋藏着一份简单、真挚的爱恋,留下了人生中一笔抹不掉的纯爱,一份珍贵稀少的记忆。""最真也最深""最美丽的倩影"和"道不完的情思","不是敷衍,不是搪塞,更不是无动于衷",是"我"追逐一生都无法到达的想象。珍惜那些生命中的"简单"。微雕一场"简单"却"不简单"的情事,开启一扇"无法到达的想象"的门……

回不去，也带不走……

中文153班　王纯

在懵懵懂懂的青春之际，我们生活和学习中会留下点点滴滴。翻阅着一页一页过往的故事，有很多想法：有的时候会嗤嗤地笑出声，也会有很多难过的故事。不过，流逝的过往都一去不复返，就像扬起的一粒粒沙尘一样，被风轻抚而去，不管好的抑或不好的，都不会再回去。

几年后，再一次走在那条熟悉得不能再熟悉的路上，突然间觉得有点陌生。原来用青砖铺成的路，现在已被平坦的水泥路所覆盖，再也看不到原来的一点样子。建筑物变了，原来的教学楼变了，食堂的二楼也变了模样。仰望着道路两旁金黄的枫树，随着一阵长长的叹息，仿佛一切都随之消散。

现在想想，那3年的一切都是那么崭新——踏足未踏足过的地方，欣赏未欣赏过的风景。天空依旧那么湛蓝，像是刚刚刷过漆一样清新、透亮；看到的一切都是新鲜的：新鲜的景色，还有新鲜的人。

记得那天有风，是他们第一次相遇。清风拂过她两鬓的刘海，她慌忙地整理着微乱的头发。只见他走过身旁，微微地笑着，这也是她与他的第一次相见。她怔在那里许久，莫名地有种说不出的感觉，一瞬而过又仿佛被定格了好久。突然，一阵急促的铃声响起，回过神的她便跟随着匆匆的脚步，一同走进了这陌生的教室。周围陌生的面孔让她有些不安，周围的一切都是陌生的。她知道这里会是她人生新的起点，她需要通过3年的努力，在这里实现属于她自己的梦想。这个梦想里好像有他，但又好像没有。

进到班里，看到其他人都是有说有笑的，她不知道该怎样去合群。正当她有些不知所措的时候，就像上天安排好的那样，他又一次走入了眼帘。她凝视着门外一脸朦胧的他，此刻，身高与他稍有些差距的中年女人，用手稍稍扶了一下厚厚的眼镜，快步走上了讲台。只见他再次看了看班级的牌号，当他眼光回到那讲台上正扫视他的女人身上时，他低着头一脸不好意思地离开了。班里所有人的目光都跟随着门外离开的男孩。

此刻，台上的一声润咳，打破了见到此状神情沮丧的她，她便把注意力转移到正在演讲的老师身上：老师大概三十出头，皱纹不多，语气平缓，和蔼可亲。她深舒了一口气，遇到的老师挺好。

一晃就是几节课，她记不清有多少铃声响起、多少老师自我介绍，也记不清是什么时候，周围人的嘈杂，淹没了他的存在。一位女孩靠了过来，迎着面笑着。短暂的交流过后，那女孩便又介绍起了其他的同伴。她们热情的感觉使她露出了久违的笑容，但又像是很牵强。和着她们的聒噪，她也在讲述着她的故事，只是只字片语的概括总述。周围基本上都是在这所学校附近生活的人，这小小的隔阂也许是她不怎么喜欢说话的原因吧。只听得一群人都在纷纷议论着那个女生，她下意识地把目光转向了她的后排。一位女生还在那座位上坐着，稳稳地、神似游走着。"也许是时候未到吧，时间长了自然会合群的。"她就像是看到了自己的影子，舒了一口气，便又把目光回到了她们这群人之中。

她深深地吸了一口气，露出了久违的笑容，远方一缕炊烟伴着颗颗露水游弋飘荡。她飞快地奔跑着，想快一点回到家中与爸妈团聚。她不知道自己跑了多长时间，只见天空乌云密布，大雨倾盆而下……她用力睁开了双眼，望着上铺的床板许久，她感觉到了眼角的泪花。她没有擦去眼眶的泪水，而是又想起了家人，和着梦中的泪水一倾而下。此刻的窗外正被大雨冲刷着，噼啪地敲打着玻璃。一晚，她不知道自己做过多少梦，当她醒来时已是明媚的清晨。一阵清脆的起床铃声响起，一阵洗漱之后，快步地下了楼梯，一阵匆匆忙忙，就这样在转角慌不择路时，遇到了他。此刻，她慌张的神色显得有些暗淡，倒像是一点羞涩，微微地低着头。一大早，班级显得空荡荡的。她一个人坐在座位上，思绪游走着，嘴角微微地泛起微笑，也说不出什么，只是觉得心满意足。

时光匆匆流逝，新鲜的一切不再勾起莫名感，很快一年悄悄溜走，认识了一切，也从未认识一切。就这样，班里上上下下开始有些躁动。即将面临高二，需要融入一个新的班级，班里成员个个打乱重新分配。然而一切都还未来得及留恋不舍，新的一切便已到来。

这一天的氛围，就像是新生报到的那年：人群密集着，同学们看着班里墙上的人员名单，有的兴奋、有的失落；在一起的好朋友，就像是尝尽了悲欢离合，拥抱、不舍。她已经变了许多，不再像刚入学时那么腼腆。她静静地找到了一个位子坐下，环顾着四周，熟悉的面孔再一次映入眼帘。是他！她愣了一会儿，好像是想起了什么，微微地笑着。也许是她想起了那一年门外傻傻的他。依然是那熟悉的场景，他看了看门外的班级牌号，确认无疑后，舒展着走了进来。轻轻的脚步，在她右手边停下，她的目光始终没离开他，而他的微微一笑又仿佛是被深深地定格在那一年。

时间总能冲破一切屏障。由于成绩相近，那一天，他们的座位被分到了一起。从不经意的一瞥到无话不谈的朋友，有时，时间真是让人捉不透它的中心思想。然而，每天要寒暄些什么，变成了他们最头疼的事。为什么会那么在乎，也许他们自己也并不清楚。一阵寒暄后，他不经意间提到自己喜欢赖床，总是睡过头。只是无心的一句话，第二天早上一阵丁零的电话声把他叫了起来，电话那头传来熟悉的呢喃。就这样，天天早晨她打电话叫他起床，她在楼下静静地等着，他们一起手牵着手，一路有说有笑地享受着清晨的寂静。然而，她并不知道，那年他是提前被闹钟叫醒，然后，静静地等待着那熟悉的声音到来……不知这样经历了多久，他们只知道每一天都是崭新的，每一天都不再孤独。然而，这样的美好，最终也只能短暂地停留幻想，不管有多少不舍，最终都将回归各自的生活。

3年的时间，说长挺长，说短也很短，转眼间就到了毕业季。那年高考，她落榜了，时间和空间把他们之间的距离越拉越远。他们再也不是像原来那样，每天都是有说有笑的日子。每个人都有了新的生活，他们也不例外。他上了大学，电话从每天数不清，到每天一个，再到没有。时间真的是个很可怕的东西，能把距离拉远，能让感情变质。他们都明白，原来的样子，不论是她抑或是他，都再也回不去了。懵懵懂懂的时期，全部都是最美好的回忆；长大了，这些回忆也只是回忆，回不去，也带不走……

也许是曾有过美好的幻想，这里的每一刻都是那么的熟悉，那么的感伤，最后不曾有眷恋，也不曾有彷徨。微风拂过，一片金黄的枫树叶飘落在她的头上。此刻，她回过神来，只见空旷的操场上只剩下她孤身一人，还记得几年前的似乎似曾相识却又无可奈何。

师评·智匠创作微论

时空，是不是真的可以阻断一切？人生，是不是总有遗憾相随？永远，有多远？拥有与失去，舍得舍不得，都会在缘聚缘散与冥冥天意中，不期而遇。你的过往，你想回去的曾经；你的未来，你想一直拥有的美好；文字，是你最好的朋友。你的世界，唯有你最懂。

微雕关于时间的丝缕。"时间真的是个很可怕的东西，能把距离拉远，能让感情变质。他们都明白，原来的样子，不论是她抑或是他，都再也回不去了。懵懵懂懂的时期，全部都是最美好的回忆；长大了，这些回忆也只是回忆，回不去，也带不走……

　　也许是曾有过美好的幻想，这里的每一刻都是那么的熟悉，那么的感伤，最后不曾有眷恋，也不曾有彷徨。微风拂过，一片金黄的枫树叶飘落在她的头上。此刻，她回过神来，只见空旷的操场上只剩下她孤身一人，还记得几年前的似乎似曾相识却又无可奈何。"

　　微雕一场无可奈何的心事，终于明白：世上总有不完满，美好的过往，只可深埋，最终，还是要风雨前行。有些伤，让你成长。

我认识三先生

中文151班　杨欢

"新海诚又出新作了。"

"《你的名字》吗？"

"国内上映的时候去看？"

"好。"

就在《你的名字》在日本创下票房新高时，我和三先生约定了一场电影。那个时候，我觉得等待这场电影就是2016年剩下的月份中最美好的事情。毫不夸张地说，没有之一。同样没有之一，最遗憾的事情发生了。12月2日，这场约定的电影在国内被搬上荧幕，那时那刻，我和三先生绕过渤海湾相距839.8公里：他在北京，我在大连。三先生说，他可能天生就不适合跟"约定"扯上关系，就像当初失约的那个喜欢吃冰糖葫芦的姑娘一样。

《你的名字》在国内上映的时间比我们预料的提前了一个月。2日凌晨，我告诉三先生，首映马上就要开始了，可我却要睡觉了。3日中午，坐满了人的电影院，捏出了汗的电影票，所有的场景都对得上，唯独我一个人在男女主人公的故事中度过107分钟。我想说我和三先生不是相互最喜欢的人，却是待在一起最有话说的人。

第一次遇见三先生的那天，我提着两个还带着标签的热水壶在校园里四处寻找热水接口，心里正盘算着如果找不到接水口就不洗衣服了。就在这时，我看到了把面条吸得滋溜响的三先生。他嘴里挂着不忍心咬断的面条，抬起半只眼睛盯了我一下，然后在半秒钟内允许面条快速滑进嘴里，用筷子末端指了指身后的方向，努力动了动塞满面条的嘴，挤出两个含糊不清的字："那边。"

在迟到一周报道的新学校里待了一个小时二十七分钟，我记住的人，除了班主任就是三先生了。后来，班主任也记住了窝在墙角看动漫的我俩。我起初对动漫热爱不起来，可在数学老师夹杂着唾沫的兰州方言版《试题调研》讲解中，我还是屈服于让三先生沉迷其中无法自拔的动漫里。不知道你们的高中是不是也会有一个经常趴在后门窗口的班主任，反正动漫、三先生和我就是被这样一个班主任给逮住的。那部存着三先生大部分动漫的手机，算是找到了最终归宿——办公室的杂物抽屉。后来的后来，那里就像是哆啦A梦的神奇口袋，满载着我们的大把时光，那些爱或不爱的。

我们最喜欢把班主任称作"老饭"，这可不仅仅因为他姓"范"，很大一个原因是：他对学校教职工食堂每一个窗口的饭都了如指掌，并且还给我们推荐他最爱吃的炖鱼头和凉拌胡萝卜——即使他后来发现，我们的学生食堂没有他推荐的两样菜。于是，"老饭"这个名字就被称呼得毫无违和感。我再次被"老饭"传唤是一周以后的事情了，面对始终都自带一股饭味儿的"老饭"，我是没办法如实告诉他我和三先生逃课，仅仅是因为一个冰糖葫芦的。每次和三先生打赌都会输的我，从来也没有向他兑现过什么，可偏偏这次，他不依不饶说什么都要让我去买他打赌赢到的冰糖葫芦。我当然不会一个人冒着逃课的风险去买，所以我拉着三先生说："要死一起死。"直到高中毕业，我才知道，三先生对吃冰糖葫芦这件事并不热衷，那支付出惨痛代价换来的糖葫芦被他拿去送给了喜欢的女同学。

我和三先生总能在学习之余找到点有趣的事来做。尝试给"老饭"的茶杯里丢粉笔；悄悄留给漂亮的历史老师一个草莓味儿的阿尔卑斯；偷偷笑话地理老师口误讲错了的大气洋流……我们也喜欢在中午的太阳下分享一碗他爱吃的面条，或者为了争夺一颗玉米糖使尽浑身解数。我从来没有告诉过他，我不喜欢吃面条，也不喜欢吃玉米糖。

　　三先生的姐姐出嫁了。三先生说姐姐是他这一生最重要的人。向我提起姐姐的他总会变得更加骄傲，是从眼睛里放着光芒的那种骄傲，从来都不会假装。他说他很遗憾姐姐没有嫁给自己最喜欢的人，他说他很遗憾姐姐还没有好好谈过一次恋爱就结婚了，他说他很遗憾没有和姐姐待够就要分开了……其实，我想告诉三先生，姐姐永远不会因为这些而遗憾。他写给姐姐的"情书"被我偷看了无数次，虽然那仅仅是三先生和姐姐的日常而已。我时常骂三先生是个矫情过头的人，可我也是从那个时候开始，已经知道，他是个重感情的人。

　　三先生的爸爸去世的那天，正是离高考100天的日子。誓师大会的内容被大脑强行截断，只记得礼堂外的天蓝得格外爽朗，让我觉得不冲着太阳微笑一下都是一种罪恶。那次，没有一点点不好的兆头，可是生离死别哪会顾及这些，那些永远不想面对的事情还是会发生。葬礼后，三先生回来了，就在那一秒钟，我听到他说："我没有爸爸了。"三先生回来后的一个星期里，天，断断续续一直在下雨。那些日子里，天阴沉得像是要让每一个人的指缝都发霉，可你注意不到三先生没有为爸爸流过泪的眼睛也在发霉。三先生告诉别人，不喜欢雨天只是因为不喜欢带雨伞。他就是这样一个看起来很洒脱却比谁都庸俗的人。在最后一个有雨的下午，三先生打了整整四节课的篮球。这是唯一一次逃课没有被"老饭"发现，或许是因为"老饭"也不敢直视他那对已经发霉了的眼睛。那时我就知道，心情不好的人是值得被原谅一会儿的。我一直在等，等着他说想去看看机场起飞的飞机和火车站开走的火车。

　　距离高考还有整整一个月。教室里压抑的氛围像是从天而降的穹顶，包裹着这里每一丝气息和每一粒灰尘。三先生总是埋头写着东西，似乎他要将毕生的精力都融进那些纸里，纸张变得越来越厚……直到"老饭"要求我换座位去第一排的时候，他才告诉我，他请了假去看姐姐。直到现在我也不明白，他是用什么招数让"老饭"在高考之际批准了这些理由简单的假。三先生带给姐姐的礼物是被我偷看过的"情书"。我想，大概这次会增添许多姐姐的感动和眼泪。我总是在他离开时后知后觉他的事情和他的心情。虽然始终讨厌这样的感觉，但也无济于事，就像三先生所说的那样，我是个慢热的人。我们没有在冬天的午后一起晒一次太阳；我们也没有在兰州的清晨看一次日出；我们还是没能理解要离开的人是什么心情，所以，在最后也不知道会以什么方式来向这段难熬又有趣的岁月告别。是一碗面条？还是一颗玉米糖？

我和三先生以一个拥抱结束了我们的高中。他不是州状元，却也去了自己喜欢的城市和学校。只是，那个最初答应和他一起去北京的姑娘失约了。那个姑娘不是我，却也是一个喜欢吃冰糖葫芦的女同学。我们在不同的城市里开始了自己不同的生活，许久之后，也还是互道一句："老友，珍重。"

师评·智匠创作微论

就像刘若英在演唱会上所说"每个人的生命中都有他的克星"，或许每个女孩的生命中都会有一个"三先生"，陪你闹、陪你哭、陪你笑。点点滴滴的过往，是一幕幕定格的瞬间，也只是在别离后，埋在心头。"我"认识的三先生，是"我"的青春中的一个渐行渐远或时隐时现的影子。你的"三先生"，是不是也依然在你的生命中？

不期而遇的相识，不谋而合的爱好，毫无征兆的悲痛，各奔东西的别离。微雕一份或朦胧或只是自在不言的情愫。

"三先生说姐姐是他这一生最重要的人。向我提起姐姐的他总会变得更加骄傲，是从眼睛里放着光芒的那种骄傲，从来都不会假装。他说他很遗憾姐姐没有嫁给自己最喜欢的人，他说他很遗憾姐姐还没有好好谈过一次恋爱就结婚了，他说他很遗憾没有和姐姐待够就要分开了……其实，我想告诉三先生，姐姐永远不会因为这些而遗憾。"

从陌生变成老友，如此。许久之后，终于明白，互道的一声"珍重"，最是情长漫语，也只合惺惺而惜。

一个人的约会

中文153班　梅立欢

她踏着别人的晨梦飞一样跑着。虽然还在爬楼梯，但她的心仿佛已经飞上天台，迫切地想找出是否有哪里和去年有所不同。

冬天的南方湿冷湿冷的，还伴随着不太刺骨的风。屋顶的门被风吹打出时开时闭的声音。这声音仿佛是他走上楼顶所发出的。女孩一次次看过去，可是却没有看到他的身影。

这栋楼的旁边是另一栋差不多的楼，一群白鸟绕着那栋楼的屋顶游戏般掠过又回来。女孩就好像这群白鸟，似乎在默默地等待着什么。如果你仔细看她恬静的面庞，你会看到她时不时扬起的嘴角又时不时垂下。你会明白她心里的雀跃，也会看到她内心的纠结。这一群白鸟飞了好久，渐渐地散了。只剩下最后一只。为什么它还在这里？是在等着什么？她和它好像，总抱着一点点的希望而守候，就算不知道自己在守候着什么。

女孩静静地站了一会儿，同样的画面在女孩的脑海中像画卷一样展开，无数的回忆和数不清的想法一闪而过，又不断闪回。她就那么站着，她究竟在想什么？她还是一个人孤零零地站在天台，除了楼旁休息了的白鸟，已经没有活物。

终于，女孩踱开步子。她在想她是不是可以留下什么，证明她曾经来过。

留什么呢？是"某某到此一游"的字样？还是她独有而他熟知的特殊标记？或是他给她的那枚廉价的戒指？踱来踱去，她觉得"到此一游"不妥，不够文明；而那枚戒指也不行，她舍不得。那么，标志吗？标志可以，但她没有工具可以用来画这个标志啊。用什么画呢？女孩环顾四周，发现天台地面因为雨的缘故布满青苔。于是，她细心找来一块细长条的瓷砖片，瓷砖片也布满了青苔。她拿卫生纸包裹着瓷砖片的一头，开始在地面上颤抖地划拉。地面并不好画，必须来回描绘才能明显。她的手因为拿着瓷片来回描摹而发麻，可是她接连画了三个，大小不一。她希望他即使看不见小的图案，也能看到大的，从而知道她曾经来过，知道她曾到此缅怀过他们的曾经。尽管她也知道天台的地面不会亘古不变，甚至也许很快就会不同……这一切她都不在意，她想只要她来过就好。

她依然在楼顶吹着风，默默看着周围的风景，好似他就在风景里。她不知道的是，其实他就在她上楼前，离开了这栋楼，乘车远去……

师评·智匠创作微论

约会，一定是相约；一个人的约会，一定别有不同。生活中那些应该和某某人一起，却没有和某某人一起发生的故事，就像这样"一个人的约会"，让人怅然若失。生命一定会有遗憾，也会有错过。是刻意，还是无意？值得思索，铭记。

像一幕短短的哑剧，无声无息，却又情绪汹涌。希望、失望与绝望的交织，是一个等待而落空的心路历程。一个女孩，一只白鸟，抱着希望，在守候着什么，是什么？微雕"她依然在楼顶吹着风，默默看着周围的风景，好似他就在风景里。她不知道的是，其实他就在她上楼前，离开了这栋楼，乘车远去……"一场无果的约定和痴痴的等待，终于明白，世上事，终难定！一份情，未了？已了？留待时间流逝，岁月的消息。

红子

汉外151班　赵宁

空气有些沉闷。红子安静地望着远处笼在薄雾中的后山，她对我说，她看不出这山的悲喜，就像看不透生命一样。时光太过短暂，她近来疲惫得很，实在找不出这无聊生活的一点意义来。我看着她消瘦的脸，一时竟无言以对。

红子与我许久未见了。我们是高中同学，我们曾有着相近的梦想，那时的我们意气风发，立志要为梦想奋斗一生。我记得那时的她，一双熠熠生辉的眼，闪亮如同耀眼的星，因为那双浅浅的酒窝，她笑起来很甜。我们曾一起领略塞外大漠孤烟；一起看小桥流水人家；一起探讨多情的徐志摩；一起感叹湘西边城的朴素美好。我记得她曾对我说：将来你攻读古代文学，我攻读现代文学，我们一起畅游古今，逍遥人生。谁都不许忘记这个约定。可如今我还记得，她却不肯记着了。

欢乐的时光是那么短暂，我们很快迎来人生的第一道分水岭——高考。我考上了，她却落榜了。知道结果的那天，她抱着我哭到天明。我劝她复读，给自己也给梦想一个机会。她只是摇摇头，笑得发涩。她对我说：不是所有人都能有重来的机会，她恐怕再也没有机会了。她很小的时候，父亲就去世了，母亲改嫁，无法顾及她，是年迈的祖母养大了她。可是，祖母年事已高，怕红子走了没人照料。同村的人也说，女孩子读那么多书没用，还不如早早嫁了人享福。她祖母听信了，执意要她嫁人。她好说歹说才说通祖母让她参加高考，可是她却落榜了。雪上加霜的是，她祖母又患了一场大病。她无奈，只得与人订婚，拿彩礼的钱给祖母治病。

  我大二那年，她嫁人了，我没能赶回来参加她的婚礼。我记得那晚的月，比以往任何一天都亮，我在心底默默祈祷，祈祷她能幸福。她已经失去了梦想，就让她过得顺遂些吧！在她新婚后的第三天，我接到她的电话，她说："安子，我被毁了。我的世界只剩灰暗了。你一定要好好的，千万不要放弃梦想，连带着我的那份。"我记得那是秋季，间或有枯叶旋落，仿佛一曲诀别舞。挂了红子的电话，我久久无法平静，忍不住放声悲哭。

  春节回家，我见到了红子。她的脸不复往日水润，一双眼角深陷，哪还有一点灵动。此时此刻，她像极了百年前的祥林嫂。我没想到她竟嫁了那么不堪的一个人：吃喝嫖赌，样样占全。不到半年，红子就被他折磨成了这般模样。我忍不住要替红子出口气，可红子却拉住了我，她说："安子，我以前不信命，可如今不信也得信了。你打了他，他会加倍还到我身上的。安子，我这辈子没指望了，你一定要代替我，活成我们当初想的样子。我们明天去后山走走吧。"

  红子的生活确实没有意义。她对生命发出的质问，我无法回答。也许我的沉默是压倒红子的最后一棵稻草，也许红子早就想放弃生命了。她选择自杀，死在阳春三月，春暖花开的时节。直接原因，似乎是她的婆婆骂她是只不生蛋的鸡；不但克死父亲，还逼走母亲，就是个灾星。还说她不值当初那么多的聘礼，要她把钱还回来。一向傲气的红子，哪里忍得下这样的气。

  后山一片葱郁，暮天苍凉。我仰起头，不让眼中的泪滑落。模糊之间我仿佛看见了那深陷的眼角，像极了红子。风扬起我的发丝，如血的残阳渐渐被黑暗吞噬。我再也看不到那如花的笑靥了，因为红子离开了。可是，就算她不曾离开，我也看不到了，因为红子已经不会笑了，她像一桩木头，呆呆地活着。

  命运，我只能把红子的悲剧归结在百转千回的你的身上。可我知道不是你，但我却找不到真正的刽子手。究竟是什么,夺走了那么明媚的笑容,和那如星闪耀的双眸?

师评·智匠创作微论

当你坐在明净的校园中读书的时候,或许,并没在意,你的身影承载了多少艳羡的目光。因为,不是每个人都能够挤过那个千军万马的独木桥,就像校园中的"我"和高考落榜的红子。从曾经的形影相伴到如今的阴阳两隔,逝者已矣,生者何如?我们要怎么样做,才能让这个世界不再有红子的悲剧发生?怀念,不是唯一!笔和文字,也是有力的武器。要让邪恶的"刽子手"消失在文明和社会的进步中,需要你、我、我们,一起努力!

微雕如此美好的红子,如此美好的陪伴和憧憬!"一双熠熠生辉的眼,闪亮如同耀眼的星,因为那双浅浅的酒窝,她笑起来很甜。我们曾一起领略塞外大漠孤烟;一起看小桥流水人家;一起探讨多情的徐志摩;一起感叹湘西边城的朴素美好。我记得她曾对我说:将来你攻读古代文学,我攻读现代文学,我们一起畅游古今,逍遥人生。谁都不许忘记这个约定。"

"可如今我还记得,她却不肯记着了。"不是不肯,是不能!父亲早逝,母亲改嫁,祖母年事已高且身染重病。为了得到彩礼给祖母治病,红子不得不嫁人,却嫁给一个"吃喝嫖赌,样样占全"的家暴者。

"命运,我只能把红子的悲剧归结在百转千回的你的身上。可我知道不是你,但我却找不到真正的刽子手。究竟是什么,夺走了那么明媚的笑容，和那如星闪耀的双眸？"叩问直击邪恶，指斥吞噬美好的"刽子手"！所谓青年，正是如此，心怀憧憬，也为世事不平而思考、追问！

小燕

中文 151 班　杜璐璐

这见她，是她来我家。她推开门的一瞬间，我愣了几秒，然后她说："我是你姐姐小燕啊。"我想侧身让她进来，但身体却定在原地没有动。不知道为什么，我觉得她好不一样，有点奇怪，但又说不出来她哪里奇怪。可能是我多虑了吧！这样想着，我走进屋里。妈妈正拉着她说："你瘦了，来我家可得多吃点啊。"她笑着点头，笑得好灿烂，像个不谙世事的孩子。又有一丝奇怪的感觉从我心里跑出来，我摇了摇头，觉得我可能有点神经质了。

我走进书房玩电脑，玩了一会儿，突然有个声音在我耳边响起："这是你吗？"她指着电脑上电影里的女明星问我，吓得我一激灵。我转过头去，看见她正坐在旁边的椅子上，手撑在坐垫上，头向我的方向伸过来，像个好奇的小孩子。这时候我才看清她的脸：她有着山里姑娘特有的黑黑的、水润的皮肤；从未修过、有些杂乱但却弯弯的浓密的眉毛；还有很挺拔的鼻子和干裂却小巧的嘴巴。她的样子让我想到一个人——沈从文先生笔下在风里养着的翠翠，那么美好的一个姑娘。

"嗯？"她歪着头又问我，我才回过神来对她说："这不是我，这是明星，我哪有这么好看？""没有，你比她好看呢。"她说完，又咧着嘴笑了，露出一口洁白的牙齿。她笑得好开心、好灿烂，仿佛这世界发生了最美好的事情。我从没在一个成年人脸上看到过这样的笑容，我也不禁跟着她笑起来。

可能是个农村从来没出过门的姑娘，所以才有点奇怪吧，我想。

她穿着白色的袜子，外面套着自己做的布鞋，灰色粗布裤子和白色的衬衣。好在她身材很匀称，穿起来倒也另有一种别致的味道。我带着她到我的房间，拿出我的衣服，让她试试。她拿过衣服，一双水汪汪的大眼睛盯着我，点头答应着。她又笑了，又是那种恨不得把嘴咧到耳后跟的笑。她的笑太灿烂了，灿烂得有一丝异样……

她换好后问我："好看吗？"

我点点头说："小燕姐，你真好看。"她很高兴，在试衣镜前转来转去地看自己。

看着她，我突然想起很久以前，那我还很小，我到她家去玩的情景。她带着我去村里唯一的柿子树那，让我在树下等着，她像个灵巧的松鼠，双手双脚抱住树干，很快就到了树顶。

她站在树梢上问我："你要吃几个啊？"

我说："越多越好。"

她就用衣服兜住柿子，用同样的方法滑下树，选了一下，给了我最大的一个柿子。我记得那个柿子不太熟，吃得我满口涩，吃了一点就给了她。她却一直没舍得吃，还说："用稻草捂捂，过一两天就不涩了，到时候你还会来吧？"但是后来我再也没有去过她家。

望着眼前这个淳朴的姑娘，我觉得她跟那个给我摘柿子的姑娘不太一样了：她好像变得更小了，像个七八岁的孩童。她的眼睛里，是我看不懂的空洞和无知。她以前像一个灵气十足的燕子，跟她的名字一样。但是现在，她的眼神空洞得可怕，无知得可怕。她浑身散发着痴痴傻傻的感觉，但又感觉她是什么都懂的。

她这些年到底经历了什么？我一定要知道。

经不住我的软磨硬泡，妈妈给我说了小燕这些年经历的事。

小燕读完初中，因为家里哥哥要上大学，还有弟弟妹妹等着读初中，家里又实在没有多余的钱再让她上高中，念大学。她就主动说，想出去打工，这样既能养活自己，也能给家里挣点钱。父母没有办法，只能让她去。她的父母都是大字不识一个的农民，没有出去打过工，连县城都没去过几次，于是让村子里几个出去打过工的男人带她去打工。谁都没想到，这把小燕推向了无底的深渊。

小燕跟着那些男人出去打工没多久，就跑回了家。家里人都很奇怪，怎么那么快就回来了呢？更让家人奇怪的是，小燕变了：她有时候痴痴傻傻地看着过路的人笑；有时候疯疯癫癫地在家里大哭；并且，她每天都要洗衣服，几乎天天都把她为数不多的几件衣服拿出来翻来覆去地洗。终于，有一次，在她疯疯癫癫的时候，她说出了让所有人都震惊的真相。她说，她还没来得及到那个打工的地方，为家里带回一分钱，他们就在路上对我"那样"了。她想忍，可她实在忍不住，她只想回家，其他什么都不想了。

是的，她被强奸了，被那几个同村的青年男人在去打工的路上轮奸了。她当时才十几岁，她甚至还没有谈过恋爱，没有享受过被人疼爱的滋味。

我震惊得发抖，手脚冰凉，眼泪大颗大颗地从眼眶里滚出。我不敢想象那么美好的一个女孩子，经历过那么巨大的伤痛。我突然懂了她眼中的那些我看不懂的空洞。现在想起来，那只是巨大的悲伤和痛苦。

还好，变得有些痴傻的她，依旧有着灿烂的笑容。

听说，她最后嫁给了一个忠厚老实的瘸子，日子过得还算好。

师评·智匠创作微论

小燕，这两个字会让人想起"年年春天来这里"的小燕子，想起"落花人独立，微雨燕双飞"。而"我"认识的小燕，有着燕子的美好，却没有燕子的自由飞翔。求学不成，打工路上被侮辱，丑恶的人葬送了这个十几岁女孩的一生。我们身边，常有人因为不期的灾难而改变命运，令人感慨唏嘘。那些令人发指的丑恶罪行，何时能够得到惩罚？或许，在于每一个热心人的同仇敌忾，以笔为剑，指向人世间的罪恶和龌龊。

小燕"有着山里姑娘特有的黑黑的、水润的皮肤；从未修过、有些杂乱但却弯弯的浓密的眉毛；还有很挺拔的鼻子和干裂却小巧的嘴巴。她的样子让我想到一个人——沈从文先生笔下在风里养着的翠翠，那么美好的一个姑娘。"微雕美好的小燕，是为了映衬受到侮辱后的小燕。被侮辱的小燕，变得有些痴傻，但依旧有着灿烂的笑容。"听说，她最后嫁给了一个忠厚老实的瘸子，日子过得还算好。"为何有些罪恶，会得不到惩罚？为何美好常常易逝？！追问不平，是为了有一天，能够消除这些不平！

伍　味道情远

无论是母亲的清香的香油面，还是爷爷的清爽的阳春面，抑或是奶奶的蛋炒饭，总是最怀念的家的味道。停在美味一刻，是香甜的人生，是悠远的深情。

香油面

中文152班 刘子屹

记忆中的香油面,不仅仅是指母亲做的,特别是指九岁那年的半夜里,在老房子的顶楼,母亲为我煮的那一碗。

那时的家,还是在原来的老房子。我家在七楼,八楼是楼顶。父亲为了方便,就在楼顶上也搭了一个比较小的空间,变成了厨房和平时休闲娱乐的地方,其实这算是违章建筑。有了这个楼顶厨房,七楼的屋子就没有了油烟,平时做菜做饭都上八楼去,其实也还是挺便利的。虽然在之后的时间里,楼顶上的违章建筑被拆了,但是我现在仍然还记得那里面的一切。

八楼的屋子总共有两间。一间比较大,一进去是一个小小的拐角,用作换鞋。左边稍微昏暗的角落就是厨房灶台。中间有一个小饭桌,与饭桌相对的另一面墙旁边,是一个老式的回风炉。那种回风炉冬天可以烧煤块儿或者蜂窝煤,特别暖和,与现在的空调取暖的感觉是不一样的。旁边有两扇门成直角,一扇门的背后是另一个小房间,平时用作休闲娱乐,里面有一个四方形的木桌子,一般用来打麻将;另一扇门则通往楼顶外面的庭院,院子里有很多父亲栽种的植物盆景。比如围成荫凉地的那三葡萄树,现在还保留着的、比我年纪还大的桂花树

（是那种金黄色花种的香桂），以及很多不大记得的盆景……八楼的一切早已经成为回忆，就在前两天，连破旧的老房子也终于被卖了出去。可是那碗面的味道，却始终没有散去，依旧飘逸在记忆中八楼的小屋里，回荡在我童年的记忆中。

母亲本家是山东人，后来姥姥姥爷在南方安了家，所以母亲姐妹三人是在南方长大的北方人。北方人喜爱面食，这是大家都知道的，家里也经常会备有面条。我们家最喜欢吃的是那种细面——可能是储放比较方便而且吃起来又比较入味的原因吧。姥姥娘家以前在山东老家是做芝麻油生意的，就是我们所说的香油，用手推石磨制作的那种，味道非常醇正馨香。这应该也正是我们全家都喜爱香油的原因。煮汤或者做凉拌菜的时候，滴几滴可以提味入香；平时如果嘴唇上火了，就抹一点儿香油，很快就会消火；如果火气比较大，睡前喝一小口，也是降火良药。对于我来说，没有什么是比从小就能有一种熟悉的味道可以怀念更重要的了，就比如香油。

那天夜里，也许是晚饭吃得比较少，所以在半夜十一点左右，本应该是早就进入梦乡的时间，我却被饿醒了。实在是饿得睡不着，脑子里满是好吃的东西。于是，母亲就带着我到了楼顶的厨房。我坐在回风炉旁，看着母亲在灶台边有条不紊地一边煮着面，一边在碗里放着调料。三十岁出头的年龄，正是一个女人最有味道的时候。黑色的修身毛衣，衬托出母亲丰腴的腰线。母亲修长的身影中披着一头懒散的刚过肩背的长发，一双纤细且白、但有些粗糙的双手，正在厨房的刀光剑影中忙碌着。微光里的背影虽然昏暗，但记忆中那时的母亲，却很漂亮、很年轻。正如有首诗中所说的：背影，总是很简单，简单，是一种风景；背影，总是很孤零，孤零，更让人记得清。

不一会儿，一碗极其简单的面条被端到了我面前。记得用的是我专用的那个大碗，面不是很多，细面条游在略微带点酱油色的面汤里，一些被切成小段的葱花躺在面条上，面汤表面飘着一圈圈发亮的油，轻轻一闻便知道是香油夹杂着微微醋酸的面汤味儿。

那天的灯光暗得很温馨，回风炉的热度微凉，不过温度却也刚刚好。那晚屋子里的一切仿佛都在为这碗面做衬托，显得这碗面食是那样香。这让我在以后的日子里，哪怕忘了八楼被拆掉的一切，也忘不了这个味道。只记得我嘘嘘索索的几下子，就把那碗面吃得一干二净，一种满足感萦绕在心间。

时间匆匆，转眼间十年过去了。母亲煮的面还是那么香，但是那晚的味道却独一无二。也许这碗面普通得不能再普通，也许那个夜晚平凡得不能再平凡，而我，只是一个如此平凡的生命，一个在那个夜晚的某个时间节点偶尔驻足在空间里的过客。可是，那碗面，那个味道，那个人，我记住了，直到现在。也许这就是思念，这就是偶然的心绪：绵延千里万里，月光溢出来的时候，心潮，溶了进去。

师评·智匠创作微论

美食，是妈妈的味道，是从童年起就熟悉的味道，是伴随一生都觉得很香的味道。就像夜半饥肠辘辘时，妈妈煮的这碗简简单单，却回味无穷的香油面。旧家庭院，总是最深的记忆。亲人的颦笑之间，老屋的一桌一椅，在荏苒的岁月中，总会如光影般闪烁心头。

"记忆中的香油面，不仅仅是指母亲做的，特别是指九岁那年的半夜里，在老房子的顶楼，母亲为我煮的那一碗。""时间匆匆，转眼间十年过去了。母亲煮的面还是那么香，但是那晚的味道却独一无二。也许这碗面普通得不能再普通，也许那个夜晚平凡得不能再平凡，而我，只是一个如此平凡的生命，一个在那个夜晚的某个时间节点偶尔驻足在空间里的过客。可是，那碗面，那个味道，那个人，我记住了，直到现在。也许这就是思念，这就是偶然的心绪：绵延千里万里，月光溢出来的时候,心潮,溶了进去。"微雕一碗儿时半夜母亲做的香油面,那味道,却绵延千里万里,直到如今。成长,离家,方知:倏忽的,是岁月;绵延的,是深情。

阳春面里的情怀

汉外151班　刘新

一把细面，半碗高汤，一杯清水，五钱猪油，一勺老陈家的酱油，烫上两颗挺括脆爽的小白菜……在这兵荒马乱的时代里，百鬼夜行，人不是人，还不如一碗阳春面来得实在。

——《灵魂摆渡》

爷爷是地地道道的东北人，当年因为战乱曾经去过江南，随着人流四处飘荡，好像是随着风儿不知去向何方的柳絮一般，落在哪里，哪里便是驻足之地。在那个举目无亲的年岁里，漂泊的日子一过就是十余年。后来国家稳定了，战争少了，爷爷也终于找回了自己的根，回了东北，回了自己真正的家里，在当地的小村子里当起了老师。村子很落后，条件和外边的比不上，就连那三尺讲台都是村委会大家伙一起凑钱搭起来的，能教书写字的人更是少之又少，不过好在坚持了下来。

我是家里的老二，自打出生有记忆开始就是在爷爷膝盖上度过的。那个时候爷爷已经很老了，不过还是很喜欢抱着我。他把我放到他的膝盖上，一手揽着我的腰，不让我掉下去；一边坐在已经斑驳了的有些年岁的椅子上教我唱歌。我记得我会的第一首歌就是爷爷教我的。虽然那时候我还只是牙牙学语，不过歌词还依旧记忆如新：没有共产党，就没有新中国！后来我才知道，爷爷是一名共产党员。

爷爷从南方回来学得了一门手艺，那就是做阳春面。他当初学做面只是想要在那个动荡没人照顾的年代里不让自己饿肚子。那个时候没有什么大鱼大肉，能吃上一碗热乎乎的汤面就已经很奢侈了。后来日子安定了，爷爷也没有扔下这门手艺，时常给我们一大家子10余口人做面吃。时光如白驹过隙，如今，爷爷早已不在了，不过我依旧忘不了爷爷教我唱的歌曲，更忘不了爷爷亲手做的那一碗碗清淡的阳春面。

我们老家在农村。当时那个年代，各家各户都是烧火炕的，灶台和火炕连着。每次用灶台做面的时候，往灶台底下加的火就会把炕烧的暖暖的。所以，每每冬天的时候，坐在热乎乎的炕头，蜷着腿美滋滋地吃上一碗爷爷做的面，别提多美了。爷爷每次做面的时候就站在灶台旁边等水烧开，灶台上放着菜板子，爷爷在等水开的时候就在旁边摘摘菜，我在一旁帮忙填填火。爷爷边摘菜边给我讲故事，故事里出现了很多的名字。当时的我懵懵懂懂，一知半解，但是我可以从爷爷的语气中听出来，他信仰着他们，并崇敬着他们。后来我懵懵懂懂觉得，毛泽东这个人，或许不仅仅只是一个人名。而长大后我才了解，只有真正的从那个兵荒马乱的年代经历过的人，才能切实地体会这些把他们从纷乱中解救出来的人是多么伟大。

每次总是故事没有讲完，水就开了，冒着的热气把旁边的窗户都熏白了，而我这个时候就一定会用手指在窗户上写写画画。爷爷利落地把面下到锅里，添上几勺酱油，放上几颗青菜，撒点葱花，煮一会，不消多时，面香就充满了整个外屋。徐徐的白气在大锅上面升起，顿时整个屋子都温暖了不少，而我总是迫不及待地拿着自己的碗在旁边笑嘻嘻地等着。一口面入口，清淡爽口，汤清味鲜。

爷爷每次都是笑着看我吃面，然后用有点苍老但却精神的语气跟我说："做人啊,就要跟这阳春面一样,清清淡淡,不浑然,不污浊。"我当时实在年少不懂,爷爷每次看我瞪着大眼睛边点头边吃面,就摸摸我的头说:"现在,不懂也没关系,记住了就可以了,长大了你就明白了。"

长大,这是一个残酷的词语。在我年少懵懂的时候,爷爷就已经老了;而我长大的时候,爷爷已经不在了。树欲静而风不止,子欲养而亲不待。生长与消逝本来就是循环往复的,可惜我理解的太晚了。不过,我依旧忘不了爷爷的话:做人啊,就要跟这阳春面一样,清清淡淡,不浑然,不污浊。

现在的我长大了,吃过很多的美食,去过很多的地方,不过那些珍馐却没有爷爷一碗清淡的阳春面来得实在。我曾经去过苏州,吃过最正宗的阳春面。那个时候,面对一碗香气四溢的面条,我想起了爷爷的面。两相对比,爷爷的面实在是少了太多的辅料,但是我却觉得记忆中爷爷的阳春面是最好吃的,是最地道的。我也终于明白了爷爷在做面时给我讲故事的用意:他是在教他的孙女做人啊。阳春面的清淡,何尝不是爷爷一直追求的情怀;阳春面的实在,何尝不是爷爷的一种坦然;还有那些陪伴着我的故事,何尝不是爷爷对我的期望?

"一把细面,半碗高汤,一杯清水,五钱猪油,一勺老陈家的酱油,烫上两颗挺括脆爽的小白菜……在这兵荒马乱的时代里,百鬼夜行,人不是人,还不如一碗阳春面来得实在。"我想任世事怎么变幻,爷爷做的每一碗阳春面给我的启迪,我都不会忘记,那是爷爷的情怀,也将是我的情怀。

师评·智匠创作微论

阳春面里的情怀,在写一种美食的味道之外,更抒发了一种别样的情怀。或许,每一种美食,都有制作者的情怀在其中。就像爷爷的阳春面,"清清淡淡,不浑然,不污浊。"你记忆中最怀念的那道美食来自哪里？是不是也有一份妈妈、奶奶或者爷爷的情怀沉淀其中？就像这碗阳春面的做人之道，就像依然远行的爷爷的微笑和信仰。

"长大，这是一个残酷的词语。在我年少懵懂的时候，爷爷就已经老了；而我长大的时候，爷爷已经不在了。树欲静而风不止，子欲养而亲不待。生长与消逝本来就是循环往复的，可惜我理解的太晚了。不过，我依旧忘不了爷爷的话：做人啊，就要跟这阳春面一样，清清淡淡，不浑然，不污浊。""阳春面的清淡，何尝不是爷爷一直追求的情怀；阳春面的实在，何尝不是爷爷的一种坦然；还有那些陪伴着我的故事，何尝不是爷爷对我的期望？"

微雕爷爷做的一碗阳春面，沧桑岁月，消散如烟。铭记爷爷的嘱咐，是"我"成长陪伴的福祉，也将是"我"的情怀。

有一种味道，藏在记忆深处

中文 151 班　王瑞玥

记忆是没得比较的，回忆里的味道是无法重寻的。

——题记

云卷云舒，花开花落，曾经的回忆早已经封锁在心底，拿不走也留不住。停下急促的脚步，蓦然回首，才发现有一样东西，从那小小的缝隙中悄悄溜了出来，那便是家的味道。

记忆中家的味道如同寒冬里的一杯香茗。浓浓的汤，浓浓的情，唤起我对家的追忆……"家"究竟拥有怎样的味道呢？从小就没有离开过这个温暖港湾的我，认为家就是一座普普通通的房子，是早出晚归、能吃饭睡觉的地方，并无什么特别之处，哪还有什么味道一说？但时过境迁，离家越来越远，四千多公里的距离，带走的是思念，带不走的反而是家里的味道。

家中洋溢着幸福。如果问我，家是什么味道？我一定会毫不犹豫地答道："是幸福的味道。"清晨，妈妈会轻轻拍打着我的背、抚摸着我的脸叫我起床。在睁开惺忪睡眼的一刻，便会听到爸爸在厨房煎鸡蛋的声音。走进洗手间还要和弟弟为了谁先上厕所而争吵几句。收拾完毕后，一家人坐在饭桌上其乐融融地吃着可口的早点，一起迎接新的一天的到来。下午回到家，爸爸会趁着妈妈没下班偷偷地将刚买的冰激凌递给我跟弟弟，并说："一定要保守秘密，等会儿好好写作业。"

家中蕴涵着温情。在家里，姥姥的嘴似乎一刻也没停过，从一早她便开始唠叨。如今回头想想，那每日每句的叮嘱，都灌注了她的爱、她的暖。"今天早上冷，还是把长袖穿上吧。""怎么才吃那么一点儿呢？豆浆多喝点，黄豆很有营养……"虽然讲得让我有些崩溃，但想想的确句句都是真理与忠言。

记得那天，姥姥在厨房忙碌时不小心切到了手，我赶紧找来创可贴，小心翼翼地给她包扎。隐隐约约，飘过来一股什么味道。我凑近点，味道更加真切了：是浓浓的油烟味，是陈旧厨房里才有的那股浓郁的味道。经年的菜香、羊肉的膻气、姜蒜、香葱……全部掺杂混合在一起，就是这种味道，从姥姥袖子里飘了出来。我不禁鼻子一酸，心里满满都是对姥姥的感激与心疼。姥姥对我的疼爱，三言两语说不清、道不尽，对她的感恩也是如此。

写到这，已是深夜，皎洁的月光从窗外投射到我的书桌上，想停笔休息，却还是被家的味道所牵绕着。时间悄悄流逝，童年那双稚嫩的脚，如今已踏入了大学的校门，生活不再像儿时那样无忧无虑，肩上也渐渐担起了家的责任。摊开地图，发现原来离家的距离竟是这么遥远，思念那根线拉得很长，从西北到东北。记得去年的中秋，与朋友来到海边，我深深地吸口气，让身体的各个感官感受着大海的魅力。然后坐在沙滩上，伴着海浪翻滚时那宏伟的声音，看着一轮明月冉冉升起，点缀着天空。心中不禁感叹"月是故乡明"。

年难留，时易损。我们竟然都变成了二十弱冠、三十而立、四十不惑，甚至七十古来稀的样子。岁月的流逝让我们越来越害怕远离故土，远离患难与共的家人。抛舍不下这份舒适惬意的味道，就像寒冬的早晨不敢钻出热乎乎的被窝一样。过去的回忆都变得零零碎碎，唯有家的味道在脑海中挥之不去、忘之不却。疲惫时母亲递来的香浓的咖啡，沮丧时父亲的一句温暖人心的话语，思乡时姥姥烹制的一顿可口的佳肴。我想，家的味道就是如此吧。

这便是记忆里的味道了，总是让我魂牵梦绕，怎么也忘不掉。

师评·智匠创作微论

藏在记忆深处的味道,是家的味道,是熟悉的亲人的味道。而每一个家,每一个人的亲人不同,地域南北不同,味道也各不相同。每个人有每个人的味道,但都会深藏在记忆中,这就是人人心中所有,未必人人笔下所有的情愫。你的记忆,深藏着怎样的味道?分享给他人,也让自己铭记。

"云卷云舒,花开花落,曾经的回忆早已经封锁在心底,拿不走也留不住。停下急促的脚步,蓦然回首,才发现有一样东西,从那小小的缝隙中悄悄溜了出来,那便是家的味道。"微雕儿时的记忆,关乎亲人和岁月,如同寒冬的一杯香茗,幸福、温情和对姥姥的感激与心疼,陪伴成长。这些记忆中的味道,"总是让我魂牵梦绕,怎么也忘不掉"。忘不掉,便是一辈子的亲情。

记忆中的味道

中文151班 徐瑞璟

人对食物味道的敏感还真是奇妙，无论是吃货与否，思维的潜意识总有一块地方是特地为味觉留着的，那里储存着对味道的痴迷与怀念。说味道能帮助人回忆，我是一直深信不疑的。但与其说味道帮助了回忆，不如说味道本身就是一种记忆。那些味道是儿时奶奶做的辣椒酱的呛香，是父亲最拿手的水煮鱼的可口，是第一次去到一个城市的最初品尝……

无意间看到一篇关于"豆腐脑是咸的好吃，还是甜的好吃"的帖子，忽然想起了小时候，推着三轮车的大妈在街上卖豆腐脑的场景。圆片似的勺子盛两勺豆腐脑，浇上一勺熬好的汤汁，放一些黄豆、小葱，再滴两滴香油……想到这儿竟不自觉地咽了口水。那时候，豆腐脑还很便宜，一块钱能买一大碗，味道要比现在几块钱的好上不知多少倍。随着时间愈来愈久，记忆中的味道也在慢慢变淡，只能用一些简单模糊的词去描述。怕是只有当年的味道再次到了口中，才能有真真切切的体会。小时候好吃的东西似乎要比现在多，方便面、辣条、一毛钱一个的西瓜泡泡糖都能让嘴巴欢呼雀跃半天。估计那时候的味蕾还相当敏锐，一丝一毫的酸甜苦辣咸都逃不过小小的嘴巴，大概吃的东西多了味蕾也会长茧子的。

对于我，记忆中每每闪现的味道是曾经最为熟悉的红烧肉米线。说起来倒也不是什么稀有的食材，各地都有，只是各地的叫法不同——有的叫米粉，有的叫水粉——但都不是那个味道。记忆中的米线有点糯、有点Q，吃起来口感刚刚好。些许酸菜、几片青菜叶或者韭菜、也有放番茄块的，看个人口味，必不可少的自然就是那秘制的红烧肉丁：肥瘦刚好，香味锁在每一块肉粒里，再加少许酱油，一勺辣椒面儿，从色彩到味道就都有了。那时候虽然满脸长痘，但每次还是忍不住让老板多加点辣，总觉得够刺激才够味儿，大概是骨子里就不甘平淡。记忆中的红烧米线是可以加各种配料的，火腿肠、肉丝、土豆饼，而我唯独钟爱加煎蛋，总觉得这才是最原始的、最经典的吃法，当然也是最经济实惠的吃法。咬一口煎蛋，再来一口米线，味道混合得实在无与伦比；或者直接把煎蛋泡在米线的汤汁里，让汤汁的香味更好地渗透。那时候总是觉得红烧肉米线食之不厌，晚自习回来，一碗米线下肚，便能安心一觉到天黑；夏夜撸串，一碗米线打底，便可昏天黑地，在烧烤摊聊天聊到人群都散去：于是，米线多了一些青春的味道。当然，吃米线配一杯菠萝汽水就更完美了。夏天，点一杯冰镇的菠萝味汽水，气泡水撩拨着舌尖，一股凉意顺着甜甜的液体滑入喉中，流向全身，那种爽快和惬意至今难以忘怀。

说起菠萝汽水，就不得不说记忆中的菠萝。本来我小时候最爱吃的水果是草莓，但对我来说家乡的草莓并不好吃：味淡、甜薄，恰恰与我喜欢的大甜相反。我发现菠萝好吃是很偶然的。我常在小区楼下玩，被四月火辣的太阳烤得干巴巴的，自己又太懒，不想回三楼去喝水，所以总是带着钱，玩累了、口干了干脆直接买点水喝。那天一定是一个无风无云、太阳明亮晃眼的好天气，所以我才会没有到大马路上去买饮料，而是就近去了大门口的杂货店。老板娘正在削菠萝，我就乖乖站在那里看着她削，看得都忘记我是去买水的了。削一个菠萝，要先去底，再提着菠萝头，用削甘蔗的削刀去外皮，再用一个很简易的工具（真的是简易，就是一个喝完的易拉罐瓶削一个尖头）挑去菠萝眼。这个可厉害了，一插一抽一个菠萝眼就没了，省时省力又不浪费——反正我觉得是比现在这种类似美工刀的去眼工具好用。她削完一个菠萝后，就扔到一个装满盐水的红桶中泡着，然后抬起头来笑眯眯地问我要不要买菠萝，从此便开启了我吃菠萝一发不可收拾的历史。三月末到四月初，大约是吃菠萝上好的时间，这时候的菠萝产量大，又新鲜，买的话很划算。我一般十块钱可以买到3个菠萝，一大一中一小，重点是酸不了。有时候吃黄菠萝，黄澄澄的外皮，翠绿的菠萝头，削开以后面而软，又多汁，切开的时候香味很是沁甜；有时候吃绿菠萝，也不用担心会酸，更加脆性，一咬一个嘎嘣脆。现在想起，我吃的，不是菠萝，是回忆。

这些记忆中抹不去的味道，不是什么山珍海味，只不过是些寻常的吃食。正是这些再平常不过的食物，构建了脑子里美味的堡垒，时间越久越有味儿。就像家里窗外明亮的月光，时不时会在记忆中浮现。

师评·智匠创作微论

记忆中的味道，每个人都有，但每个人的又有所不同。"思维的潜意识总有一块地方是特地为味觉留着的，那里储存着对味道的痴迷与怀念。说味道能帮助人回忆，我是一直深信不疑的。但与其说味道帮助了回忆，不如说味道本身就是一种记忆。"这就是味道的真实意义。你记忆中的味道是什么？是不是也有一碗酸辣的豆腐脑，香香的红烧肉米饭，一块酸酸甜甜的菠萝？一定不止一个。分享味道，也是分享记忆。

长大以后，微雕儿时"这些记忆中抹不去的味道，不是什么山珍海味，只不过是些寻常的吃食。正是这些再平常不过的食物，构建了脑子里美味的堡垒，时间越久越有味儿。就像家里窗外明亮的月光，时不时会在记忆中浮现"。才明白,这些味道,是成长岁月的深深记忆,有浓浓的亲情,有久别的朋友,岁月匆逝,历久弥新,难以忘怀。这是成长的领悟。

红心番薯

汉外151班　罗圆圆

> 这样冷的冬天里，好像，只有那一块儿是亮堂堂的。像老爷爷起满褶子的脸上，露出的笑容一样，总是亮堂堂的。
>
> ——题记

小城古道上，积雪化了一半。黑的雪和白的雪交相错杂，像晕染开来的墨汁。阳光分成簇簇，吝啬地投向屋脊。暗处的雪，反射着冷冽的光。

卖番薯的老爷爷身旁，火炉升起热浪，扭曲的空气里，炭火在发亮。迫不及待将冻僵的小手靠近火炉，摇曳的火光霎时布满面庞。火炉里的煤炭发出哔剥的声响，棘手的火星儿四处乱蹦，偶尔，也会溅到手上。然而对于这寒冬来说，它已足够温和。燃烧的火焰跳着热烈的舞蹈，猝然升起的火舌在炉里招摇。那里，围着几个紫色的带有泥土的番薯。在热浪一点点的侵蚀下，零星的泥土开始剥落，俄顷，只留下了斑驳的暗紫的外皮。它开始渐渐变黄，类似春天刚刚解冻时，泥土的颜色。这颜色持续了好一会儿，它又像变戏法似的趁我不注意的工夫，变成了土灰色。空气中开始弥漫着炭火和泥土的味道。

我盯着番薯,也盯着老爷爷。他的头顶和肩膀上落着一层薄薄的雪。毛茸茸的毡帽下面,一张起满皱纹的脸被火炉映得通红,这让我想起了过年时家里要挂起来的大红灯笼,也是这样红彤彤的。他的眼珠一会儿看我,一会儿又转去照看炉中的番薯,溜溜转起来,像灯笼里摇晃的火焰。我戳戳灯笼,肥大的灯笼就左右摇晃起来,肚子里的火焰忽隐忽现;我看看老爷爷,老爷爷就拉动他那被映照得通红的脸,对我露出缺了几颗牙齿的微笑。灯笼像老爷爷,老爷爷像灯笼。他也总是这样喜庆且和蔼的。

过了一会儿,火炉里的番薯已经散发出醉人的香气了。先前土灰色的皮已经变成更深的颜色。靠近炭火的地方,皮已经烧得黑了,金黄的蜜从里面淌出来,闪烁着诱人的色泽。单只是闻闻香气,便已是口舌生津。老爷爷看着我一副小馋猫的神态,并不出声地笑,而只是笑眯眯地戴上他那破旧的、已露出些许棉絮的手套,问我想要哪一个。这对我来说,俨然是一个巨大的难题。大的吃不完,小的肯定不够吃,中等个头的,又总是觉得不够满足。于是,全凭老爷爷做主了!而他总是给我拿大的,且一定是烤得最好看的那一个。这时常让我为难,因为身上带的钱总是不够番薯钱的。倒是他从不在意我的窘迫,仍旧是卖我,仍旧是给我挑大的。

冒着热气儿的番薯捧在手上,连着小脸儿以及还没吃到番薯的胃都是暖烘烘的。吸进鼻腔的空气仍旧冷冽,像要把肺都冻住似的。然而欢喜足以盖过这一切。掰开番薯,橙黄的外皮冒着热气,淡红的芯儿被簇拥在中间。那一定是珍宝了!如同花心,轻易是不给人瞧见的,你得小心翼翼地拨开它的花瓣儿,才能一睹她的芳颜。那一团软绵融化在舌尖,像吃进去的不是蜜,而是湛蓝天空里偶然被风吹来的云朵了!寒风和雪片扑面而来,竟是不觉。

回家的路上,仍旧下着雪。积雪从被压弯的松树上滑下来,树枝笔挺地伸直,如释重负般掉落下绵密的雪沫。脚下的靴子踏着断落的枯枝和积雪,发出上了年纪的藤椅摇晃时发出的声响。天空的铅色来得更浓,远山已渐渐朦胧在视线中。老爷爷还没有收摊,戴着破旧手套的手还在拨弄着番薯。也还有买番薯的人，哆嗦着手排着队。火炉里的光，照得每个人都发着亮，看不清脸孔，像无数个高高悬起的大红灯笼。天更黑了，夜要来了。好像，只有那一块儿是亮堂堂的，像老爷爷起满褶子的脸上，露出的笑容一样，总是亮堂堂的。

停下笔来，已是天色渐晚。连着街道和行人，都已渐渐淡去了轮廓。却是忽地使我记起一句诗来：晚来天欲雪，能饮一杯无？只是无雪无酒。无妨，且去买一个烤番薯吧！

师评·智匠创作微论

记忆中的味道，会伴随着记忆中的人，像妈妈的饭菜、老爷爷的烤番薯，一样诱人，一样甜美，一样令人回味无穷。雪的白，火的红，冬的冷，火的暖，少年的我，和蔼的老爷爷，亮堂堂的灯笼，亮堂堂的笑容……人生何处无画卷？你的那一轴水墨丹青，曾在哪里铺开？

微雕"这样冷的冬天里，好像，只有那一块儿是亮堂堂的。像老爷爷起满褶子的脸上，露出的笑容一样，总是亮堂堂的"。亮堂堂的炉火，喷香的红心番薯，慈爱的老爷爷：这样的文字，会让读者的心也不由得变得"亮堂堂的"。"晚来天欲雪，能饮一杯无？只是无雪无酒。无妨，且去买一个烤番薯吧！"诗意，就在这最甜美却最普通、最平凡的烟火美味中。冰雪寒冬，邂逅若此，夫复何求？

停在美味一刻

中文151班　尹可欣

世间的爱有千万种，对食物的爱最高尚。

我曾看过一段话是这样说的：菠萝里含有一种酶，可以分解肉类，所以吃菠萝有时候会嘴唇流血。你以为是你在吃它，其实它也在吃你。这不禁让我感到奇妙，也很浪漫。于是在回寝室的路上，我顺手买了一颗菠萝，竟发现被这东西吃破了嘴巴，于是更觉是如此。世间的爱有千万种，唯有对食物的爱最高尚，我愿意为你贡献我的血肉。

很早便发现，自己对食物有一种不可名状的依赖心理。对于枯燥乏味的纪录片从提不起兴趣的我，可以捧着电视机一口气连看三个小时《舌尖上的中国》。始终记得里面讲兰州拉面的那一句：兰州人的一天，从一碗牛肉面开始。我觉得，我的一天，是从对食物的渴求开始的。

当我在清晨的阳光中睁开眼睛时，因着昨晚饱腹而眠，肠胃依然觉得充实而温暖，而大脑却自动发出求食的讯息，催生肌体的饥饿感。你或许觉得，人家的一天都是从梦想开始的，我这追求简直不值一提。但如果要追梦，饿着肚子怎么能走得远呢？从个体生命的迁徙到食材的交流运输，从烹调方法的演变到人生命

伍 味道情远

运的流转，人和食物的匆匆脚步，从来不曾停歇。人们整装、启程、跋涉、落脚，停在哪里，哪里就会燃起灶火。

人对于食物的喜好，如同它散发出来的味道，包裹着整个身体，充斥在我们每一根血管当中。无论过去多少岁月，最难忘却的就是来自心灵深处始终惦念的那一口美味。但凡那些才情出众的艺术家们，大都不仅对审美有着超乎寻常的感悟，对于那些爱不释口的美味更是充满着温情脉脉的味觉记忆。像鲁迅、周作人对绍兴小食的偏爱；梁实秋对北平美食的推崇；最甚者就数汪曾祺先生了。汪先生创作的大量的文学作品中，以食物为题材的占了相当大的比重，比如小说《黄油烙饼》、散文《故乡的食物》《五味》等等。阔别江苏高邮多年，对故乡的美味仍然魂牵梦绕，他曾这样在文章中写道：高邮咸蛋的黄是通红的。苏北有一道名菜，叫作"朱砂豆腐"，就是用高邮鸭蛋黄炒的豆腐。我在北京吃的咸鸭蛋，蛋黄是浅黄色的，这叫什么咸鸭蛋呢！所以，无论脚步走多远，在人的脑海中，故乡的味道熟悉而顽固，它就像一个味觉定位系统：一头锁定了千里之外的异地，另一头则永远牵绊着，记忆深处的故乡。

食物之于人，是最基本的生存基础。诚然，美食人人爱，但就算是那些流于平淡的食物，只要不是难以下咽的，我依然会怀着感恩的心去消灭掉。从细胞到食材，再到我们面前的这一份食物，这需要多少光阴才足以凝成，我们又有什么理由去浪费？对食物不挑剔，也不那么追求所谓的健康生态。把胃装得满满的，心灵才会有沉甸甸的踏实感，由心而升腾出一种关于幸福的满足感。

经过了这二十年的吃喝滚打，嘴里生溃疡的我还是乐此不疲地吃着各种酸辣甜咸的东西，疼得半死都甘之如饴，这不就是吃货的信仰吗？带着朋友去吃爱吃的东西，彼此分享着一种细胞里的感动；带着爱人去吃爱吃的东西，是一种幸福感的彼此升腾；带着孩子去吃爱吃的东西，是内心想要传递的一种喜悦。愿你我都能带着一颗美食家的心，安心享受食物为你的一份爱的奉献。

一粥一饭当思来之不易，一饮一啄饱蘸苦辣酸甜。对食物的爱最掷地有声，或者让你上火或者让你流血，最不济就是让你长胖，好在有来有往啊！

但，若有美食，停在享受美味的一刻，与君共乐，甚好。

师评·智匠创作微论

依赖食物，如数家珍。每一个吃货都对吃情有独钟，吃的食物却各有不同。美味，每个人的心中都有不同的指向，你的美味是什么？或许不是"吃你"的菠萝，但一定是念念不忘的所爱。美食，是故乡，也是亲人。熟悉的味道，最馋人。你是否记得某个难忘的美食一刻？

"世间的爱有千万种，对食物的爱最高尚。"以极致的语句，微雕一颗美食家的心。"一粥一饭当思来之不易，一饮一啄饱蘸苦辣酸甜。对食物的爱最掷地有声，或者让你上火或者让你流血，最不济就是让你长胖，好在有来有往啊！但，若有美食，停在享受美味的一刻，与君共乐，甚好。"更要懂得感恩。对于美食，为了所爱，义无反顾。爱美食，爱生活，爱酸甜苦辣的人生漫旅，方是智者人生。

陆 岁月印痕

行走在青春，
行走在岁月，
一个背包、一架相机、一株松树、
一口老井、一段拉萨的旅程，
岁月有印，
青春有痕。

青春之花，绽放旅途

中文153班　刘昭香

有人说：读万卷书，不如行万里路。

背起行囊，进行一次说走就走的旅行。这样得到的感悟，远比从书中得到的多得多。自初中毕业，我利用假期，陆续去过祖国很多不同的地方，感受别样的风土人情。我可以自豪地说，我进行的不只是旅行，更是对青春的洗礼、对生命的扩展。

我很庆幸我不是沉迷于游戏的网瘾少年，也不是为了爱情抛弃一切的幼稚小孩，而是为自己开启了一段"在路上"青春岁月的新时代青年。

刚脱掉初三党的帽子，我带上无限憧憬奔向有着"国际旅游岛"定位的海南岛。这是我第一次出省，从陕西到海南，确实是"天涯海角"的距离。尽管通往目的地的工具——火车加轮船，让我很疲惫，但到达的那一刻，所有辛苦都烟消云散了！蓝天白云，阳光沙滩，一切是那样美好。第一次见到大海的我，终于可以带着感情唱出"大海啊大海，是我生长的地方。海风吹，海浪涌……"海风拂面，我去了最浪漫的地方——天涯海角。"天涯"和"海角"这么近又那么远。告别自然景观，我参观了博鳌小镇，领略到博鳌论坛的气势，置身浓浓的政治气息中……

高二暑假，我和姨妈、表弟前往广西旅行。阳朔、桂林的风光如今回忆起来，仍是历历在目：矮小却俊美的山遍布城市，不同于我家乡的巍峨高山，别有一番风味；泛舟漓江之上，欣赏沿岸美景，让人赏心悦目。此行让我明白，正如天下的山自是有不同之处，可谓山外有山，其实，人也一样，让自己更优秀，终有一天能够做到"桂林山水甲天下"。

  高考完，已是成年人的我，叫上两个朋友，便踏上了南下的路。这次，我们去了武汉。品尝了户部巷的美食，乘坐了游长江的渡轮，去了国内仅此一家的"电影乐园"，参观了"中国最美校园"武汉大学，在楚河汉街逛了个彻底……武汉如此繁华，我自是有种不虚此行的感觉。我不禁回忆起民国时期作为重镇的武汉，曾叱咤风云，如今风光依旧，却让人多了一些感慨，大抵是"物是人非事事休"吧。

  踏上来连大报道的路之前，我还去了一趟成都。八月份的天气，依然火辣。成都给我留下两个深刻的印象：美女多，能吃辣。街上随处可见肤白貌美的美女们，具有特色的四川话也分外好听。春熙路、杜甫草堂、宽窄巷子、欢乐谷，这都是我来之前就知道的地方。亲身体验之后，我知道了他们为什么能够扬名天下：每个景点蕴含的东西只有亲临之后才能领悟。吃了正宗的火锅，果然很辣，但到底多辣？你只能自己体会啦！说到底，旅行是个只可意会不可言传的事情。

  这次清明节，我去了辽宁省会、历史文化名城沈阳，参观了故宫、大帅府、北陵。不得不感叹，它们承载了历史的印记。站在宫墙前，我似乎听到了妃子们的叹息声，深宫里虽荣耀却伴随着永无止境的孤独；走在大帅府里，西式建筑随处可见，当年的一代枭雄、大军阀，自是走在时代前端；皇太极及其皇后博尔济吉特氏的陵墓，雄伟又辉煌，虽然如今有些寂静，但从他们的陵墓依然能够看出曾经天下独尊的地位。

  ……

  走了这么多地方，看了这么多景色，见了这么多人，我越来越能体会到旅行的意义。与其学习理论，不如深入实践。青春对于我们只有一次，这么宝贵的东西真不该拿来浪费。我多么希望：我们所有人的青春，一直在路上。

  那么朋友，下一次，你可愿同我一起，让青春之花绽放在我们的旅途？

师评·智匠创作微论

　　每一个人，都有自己的"青春"，青春之花，绽放"旅途"，是不一样的青春。人们常常旅行，很多人会记录旅行，而本文的旅行却以"青春"为线，关联岁月和韶华，关联少年和青春的心灵。没有太多的细节，但却能给人身临其境之感。所以，你的所有旅行，或者所有求学、所有做过的某一类事情，可不可以珍珠穿线，连缀成自己的芳华岁月？

　　从背起行囊，进行一次说走就走的旅行。这样得到的感悟，远比从书中得到的多得多。自初中毕业，我利用假期，陆续去过祖国很多不同的地方，感受别样的风土人情。我可以自豪地说，我进行的不只是旅行，更是对青春的洗礼，对生命的扩展。"到"走了这么多地方，看了这么多景色，见了这么多人，我越来越能体会到旅行的意义。与其学习理论，不如深入实践。青春对于我们只有一次，这么宝贵的东西真不该拿来浪费。我多么希望：我们所有人的青春，一直在路上"。这是对于读书与行路的深邃思考。微雕一次次旅途中的美景与心情，唤醒他者对于诗与远方的向往之心，发出真挚的邀请：

　　那么朋友，下一次，你可愿同我一起，让青春之花绽放在我们的旅途？这既是思索，也是呼朋引伴。旅行的意义，不只是风景，还有生命的丰盈。

第三只眼

汉外151班　周晨舒

好像已经习惯在日复一日的生活中用相机记录情绪。对于一个近视又极不情愿戴眼镜的人来说，相机仿佛成了我不可缺少的另一只眼睛，跟着我走过了一个又一个城市，陪着我走过了一个个春夏秋冬。虽说我这爱好者太过业余，却也在他人"这也要拍""那也要拍"的疑问声中固执地坚持了很长时间。

与人手一部的智能手机相比，它显得如此沉重又笨拙，像被自动调焦、五颜六色的特效和滤镜抛弃的，一位古板又固执的老者。没办法将自己的经历毫不费劲地换作在社交平台中的几句夸赞，更多的却是屏幕上一闪而过的浏览和用于炫耀的满足感。图像被网络压缩成一个个模糊的小方块，于是更多人便陷入一种危险之中——被虚拟所占有，认为社交网络上的小方块才是照片，那个被塑造的形象才是自己。最后，真的只剩下了几个点赞。弄错了风景到底是为谁而拍，弄丢了自己。

而待在储存卡中的像素总能给我一种安全感：它一直在那里，只要不按下开机键，就不会刻意想起，但也不会忘记；它不功利，不讨好谁，直白而且温柔，像与我默默守着同一个约定，电子的、机械的、忠诚的、笃定的。

岁月会走远，影像能长存。

生命从没有形象上的意义，一切都遵循自然规律。人生虚幻，世事无常，当耄耋之年，白发苍苍，牙齿松摇的时候，翻开相册，里面记录着你从出生到上学、从工作到成家直到老去的匆匆的一生。我们的一生有过很多难忘的瞬间：昏暗的码头告别送行的父母；登上最高最陡峭的山峰；走进婚礼殿堂接受众人艳羡的目光；第一次见到那嗷嗷待哺的小婴儿。人对自己的记忆总是过于自信，妄图用大脑记忆来抵挡时光风化的过程，殊不知记忆是不真实的。眼睛留住的画面会随着泪水代谢，身体记住的温度会随着皮肤老去，而怀念失去了依托，就变得空泛而可笑起来。那场春日的单人旅行，途中盛开的那朵令人惊艳的花朵，映入眼帘那一刻究竟有几片花瓣？又是在哪一刻欻然飘落在掌心？定格的瞬间只有无法更改的万分之一秒，但在拍下的那一刻，它的美便只属于你。定格瞬间，好过曾经拥有。

"当下"意味着转瞬即逝，一不留神就会变成"错过"。在对焦的几秒，爱人的可爱笑脸可能会烟消云散；按下快门的瞬间，此刻动人心弦的画面可能失真。世事变迁，此刻难再重逢。既然快乐如此短暂，何不用取景器尽量记录框住？生命的最后，如今的一切都会覆上尘埃，即使倒转回去，灵魂里的风声鹤唳也不会消失不见。说到遗憾，此刻我明白，相比荣辱得失，它是最能穿梭时光之一物。

你大概觉得离这个世界遥远，一切都像是虚构的景色和情节。

不。我接受和爱慕每一刻当下，包括现在。

人生百年之间，功成名就、新婚燕尔、韶华白首，谁都是一本传记，颜色和构图永远无法恰到好处。但某一天唤醒沉睡的瞬间，阳光明媚的春季、赤日炎炎的夏季、橙黄橘绿的秋季和寒风刺骨的冬季都在眼前变得鲜活起来。或者不用那么空泛，飞鸟掠过窗前，一个偶然从孩童手上飞出的气球有时也会触发感动的瞬间。

在步履不停的生活轨迹里，偶尔也要去外面的世界一探究竟。旅途也是另一种人生。你窗外经过的那座山，与你擦肩的那个身影，说不定还会再遇见。正是因为对未知抱有期待，有影像的陪伴，一个人也并不算太过无趣，旅途甚至有了些探险的意味。有些人活到十七岁之后便忘却了十六岁时自己的样子。我知道，当下光鲜的图景会变成泛黄的老照片，但我们还活在当下，故事还在发生，世界就在眼前。你不是一个伤感故事的组成部分，你是一个活着的人。

曾看到过一家"时光照相馆"，很多人每年固定来这儿拍下一张照片，记录时光的流逝，也纪念彼此陪伴的岁月。看着那些照片，每张都是一个回忆。刻骨铭心的、细水长流的、唯美的、简单的，有了这样的纪念，这一期一会的人间也不算虚度。既然避免不了世界残酷难堪的一面，避免不了固然的流逝与诀别，为何不学着接受呢？活在他人的眼睛里，或是活在他人的相机里，哪一个更令人感动呢？我想达盖尔也没有想到，一个小小的方盒有一天竟会有如此魅力吧！

仍然拥有的仿佛从眼前远遁，已然逝去的又变得栩栩如生。

人眼难以直视的，大概只有自己；闪光灯照亮的，也从来不是自己。摄影师的相机中，从没有自己的画面。风景就成了他的立足之地，在面对自己的镜头时，不得不坦白，不得不将心与眼睛统一起来。镜头容不下一点欺骗，就像容不下一颗灰尘。无数次想在人群中隐藏自己，克制倾诉的欲望，把自己缩成像素中小小的一格，让世界的嘈杂掩盖掉快门清脆的响声。这时，这位沉默的朋友便成了我最忠诚的伙伴。小小的相机本是没有温度的，但透过屏幕捕捉的生命浓度会成为相机的记忆。

还记得走在异乡街头的手足无措，内心叫作憧憬的气球仿佛被什么人偷偷扎了个小洞，不停地泄气。不止一次想要从当下逃离，从陌生的口音、令人压抑的天气中逃离，最终还是被打回原形。每个夜晚，透过窗，看着对面楼的灯一盏一盏整齐而次第地熄灭，井井有条地遵循着这个世界的原则，没有遗漏。一张张储存卡装满了潮湿的情绪，将现实与虚拟连接起来。后来每次打开，想要透过画面安抚当时小小的无措的我，我总能想起那个与世界和解的过程。一年三百六十五天，黑夜占据了一半，阴雨天占据了一些，晴天终究是少数。就算世界无童话，也要保持一份相信童话的心。不倦怠，也不会尽情，短暂的相信之后，仍需从相机背后站出来直面现实的纷扰与熙攘。

  我的世界没有欧洲古堡、澳洲草原、亚洲堂皇宫殿那么壮美辽阔，但总有人会和我出现在同一个经纬，分享着同一个画面，从第三只眼重温每一个错过的日落：这真是一个盛大的奇迹。时光的美在于它必然流逝。但愿可以积攒足够多温暖的日常来面对人生的无常；但愿就算有天胶卷拆下，人生亦并非虚耗。

师评·智匠创作微论

  "第三只眼"？是什么？是谁的？这是一个非常能够引起人好奇的标题。无论是什么，他一定是可以代替人的眼睛的一种事物。哦，是相机，不是可以美颜和带有滤镜等诸多功能的手机，而"我"是一个看世界模糊却又不愿意戴眼镜的人，所以相机就是"我"的"第三只眼"。你的生活中有没有"第三只眼"呢？或者"第三只手"，又或者"第三只耳朵"？生活中那些与我们形影不离、我们钟爱的陪伴，有时带给我们的快乐和富有，我们却常常忽略。所以来找一找只属于你的"第三只眼"，就像鲁迅先生的《野草》一样，私语给TA，"独语"自己。

  "不会刻意想起，但也不会忘记；它不功利，不讨好谁，直白而且温柔，像与我默默守着同一个约定，电子的、机械的、忠诚的、笃定的。"微雕一种物的相约。微雕"当下"意味着转瞬即逝，一不留神就会变成"错过"。

  "人生百年之间，功成名就、新婚燕尔、韶华白首，谁都是一本传记，颜色和构图永远无法恰到好处。""我的世界没有欧洲古堡、澳洲草原、亚洲堂皇宫殿那么壮美辽阔，但总有人会和我出现在同一个经纬，分享着同一个画面，从第三只眼重温每一个错过的日落：这真是一个盛大的奇迹。时光的美在于它必然流逝。但愿可以积攒足够多温暖的日常来面对人生的无常；但愿就算有天胶卷拆下，人生亦并非虚耗。"以相机微雕旅行和发现世界，正如发现这一句句充满诗意和哲理的文字。只要你愿意，你一定能够想到和看到，你眼中的世界和自己。

拉萨记忆

中文152班 喻文劼

从八一镇向前走了二三十公里，我搭上了一辆重卡。进入拉萨的路变得愈发艰难，以为晚上就能到拉萨，最终还是停靠在了距离拉萨城二三十公里的地方，在公路边睡了一晚。说是睡觉，却睡得很不安稳，来来回回冻醒了很多次。四点的时候我再无睡意。车厢内气味浓重，看着鼾声四起的卡车司机和新认识的朋友，开始憧憬拉萨的模样。

那里会是什么样的呢？

东边上演着日夜的更替，佛陀擦醒睡眼。我精疲力竭，心里催促着司机快点起身出发。

圣城，拉萨，我看到了。我想起曾经看过的一个关于活佛的影视作品。活佛从远处到拉萨，看到镶嵌在山石上雄伟的布达拉宫时的感叹与喜悦。回忆当时的情景，我想起在左贡时的高反，在波密时的雪山，在然乌时的住宿，在如美时的窘迫，在芒康时的激动，在八一时的后悔。

时间一点一点流逝，有些记忆也在一点点变模糊。但是有些感叹始终没有改变。现在的我想起了在德钦相遇的崔崔。那个时候，我还喊他崔奥。忘记了什么时候什么经历让我和他变得亲切,但就是这样的萍水相逢,他却成了我现在始终牵挂的人。我很后悔在林芝的决定,后悔一个人走。幸好现在的我们一切如初,且更懂得珍惜对方留给的回忆。这段话就算是题外的有感而发,送给我亲切的朋友。

摇摇晃晃,越是向前走越是荒凉的山石,树木变得稀少。狭窄的路遮住了这里最繁华的城市。

司机停靠在老拉萨大桥边。我和朋友怀着激动,背着背包从桥的这头走到了桥的那头。沿着沪聂线,我们在一家早餐店吃早餐,因为长时间的饥一顿饱一顿,一直没胃口。队友一直要求走,但是并不知道去哪儿,结果背着背包走了大半个拉萨。我们走进了朝拜的人群中。他们多半是皱纹深而曲的老人,慈祥而坚毅。

焚香的味道,弥漫在空气中,抚人心绪。

人们踏着脚步,心里怀揣着佛陀。

公路上的车,唤着。朝拜的人们,静着。

而我,还是挣扎着。俗人,俗人。

穿过马路,路过庙宇,走出人群。我是一个异样的人。

日上中天,酷热的空气压迫着我的胸腔。朋友硬是要进去看布达拉宫。第一次接近布宫,我是如此狼狈,我无心去品味和膜拜这座神圣的宫殿。

我很想知道,布宫里面是什么样的。

洁白的墙壁,经过多少历史的风霜。幻想着,在这其中有过多少重大仪式。我的心是澎湃的。走出公园,旅店的老板来接我们入住。穿梭在拉萨的街头。这个地方好像有某种神力,在维持着,让她经久不衰。

在这山石中,我太过渺小,是佛陀不入眼的尘沙。

师评·智匠创作微论

拉萨记忆，真切而缥缈。路上的奔波困顿，好心的卡车司机，已然远离的朋友，"我"的精疲力竭，我的激动，我的遗憾，我的渺小……这是"我"的拉萨记忆，当然，不是全部。俗人、异样的人，渺小的我，如一粒尘沙。拉萨，并非每个人都会走近，但每个人却都有过走近追慕之城的记忆，一如北京，一如喀纳斯。总有一种或真切或缥缈的记忆，那一刻，Ta 是你的城，是你的河，你的草原……

"拉萨记忆"，在拉萨，却不全是拉萨，还有"我"。"我"的思绪飘散，在旅途，在朋友，在坚毅慈祥的朝圣老人，在焚烧的香，在佛陀，在尘世。拉萨记忆，清晰与缥缈，并不重要，重要的是，那一刻，我置身其中。微雕一场关于一个地方的记忆，在心中、在眼中、在情中，是记忆、是思索、更是情愫。

记一棵松

中文152班　史淑贤

我很喜欢纪念园里的一棵松树,几乎是一眼就喜欢上了。或许也不能称之为喜欢,开始,只是震撼。那棵松树矗立在纪念园与后面森林的连接处,它就像是一个分界点,一个隔断,把外面的世界和里面的世界连接起来。当我看到它的那一刻,我的整颗心都震惊了。

它说不上有多美丽,可它是独特的。在那一瞬间,我的眼睛里好像只剩下它了。它歪斜着,不像其他树那样笔直,可不知为何,我竟从它身上看到了一种张扬肆意的美丽。我情不自禁地发出一声赞叹。当我向同伴夸耀它时,同伴却说:"你看那后面,有无数棵和它一样的树。"不知为何,听到这里,我的内心似乎涌上一股愤怒,一股莫名的愤怒,就像自己的宝贝遭到诋毁一样。我忍不住辩解道:"才不是,它是不一样的。"

越往深处走,我看到的树越多。每棵树都各有特色,初冬的季节里有种萧瑟的美。是的,很美。可再也没有一棵树比那棵松树带给我的震撼大,或许是我没有认真看那些树。当再次回忆起那棵松树时,我还是能想起看到它的那一瞬间所感受到的震撼。纵使记忆已经模糊,可感觉还是清晰的。它始终都印在我的脑海里。

这大概就是所谓的"缘分"吧！人们常说凡事要讲究缘分，无论是亲情友情爱情还是其他。龙应台在《目送》中，有这样一段描写亲情缘分的话：我慢慢地，慢慢地了解到，所谓父子母子一场，只不过意味着，你和他的缘分就是今生今世不断目送他的背影渐行渐远。你站在小路的这一端，看着他逐渐消失在小路转弯的地方，而且，他用背影默默告诉你：不必追。所谓亲人之间的缘分大抵如此，缘分深的不过情感深厚了些，陪伴彼此的时间长了一些；缘分浅的早早分离，如陌路人般。

友情这种东西很奇怪，我理想中的友情状态，不需要多么浓烈也不需要多么甘甜，只需要，多年后，我一回头，你还在。有多少已经不联系的朋友只是默默存在于你的通讯录里？不是不想联系，只是时光荏苒，岁月残酷，你我再无联系，与其刻意不如随缘。最好的友情不过是各自忙乱，互相牵挂。我们的缘分不会随时间和距离而消散，只会如同一壶白酒，越久越香醇。愿每个人都拥有这样的友情，愿十年后，我提着老酒，我们还是朋友。

爱情的缘分最让人捉摸不透。陌生男女的相互吸引，荷尔蒙在一瞬间迸发，心跳加速，坠入爱河。很多人说一见钟情不过是见色起意，我一个朋友却告诉我：所谓一见钟情，不过是你在茫茫人海中突然看到了他（她），或许是那天阳光很好，或许是刚好他穿的白衬衣是你喜欢的，抑或是他灿烂的笑容一下就进到了你心里温暖了你而已。在爱情中，没有缘分的男女大抵就像风和云，风决定要走，云怎么挽留？情深缘浅不过留一生遗憾，情浅缘深也只是做一辈子怨偶。爱情里既讲究情，更讲究缘，二者缺一不可。

我与那棵松树是一种"眼缘"，它入了我的眼，也入了我的心。

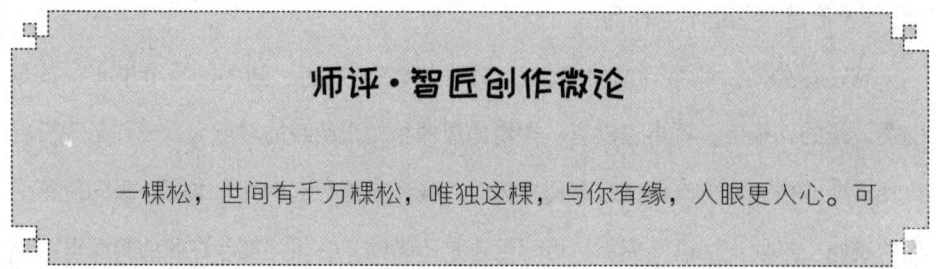

师评·智匠创作微论

一棵松，世间有千万棵松，唯独这棵，与你有缘，入眼更入心。可就像朋友所说，还有很多，和你的这棵松，并无太大的区别，你却为此愤怒，执拗的认为，只有"这棵松"才最特别，因为它震撼了你。每个人有每个人眼中的"一棵松"，一个友，一个恋人。那些生命中与你有缘的万事万物，只要闯入你的心，或长或短地陪伴过你的生命一程，Ta就属于你，在这个大千世界，是你的缘。即使有缘深缘浅，即使会缘聚缘散。此时此刻，不妨讲一讲，你与你的"一棵松"，一支笔，一缕风的故事。

微雕一棵让自己"震撼"的，"独特"而有"张扬肆意的美丽"的这棵松，写出于"我"而言，是"不一样"的体悟。这是一种与自然某个生命的一场缘分，如友情，如爱情一样，同样珍贵而值得珍惜。愿友情如一壶老酒，经久弥醇；愿爱情不憾不怨，有情有缘。愿与这个世界的万物，多一些，更多一些，入眼入心的有缘。微雕与自己有缘的一棵树，就是微雕自己有情的生活。

老井

汉外 151 班　殷小欢

"这井水是我喝过最甜的水。"我满脸幸福地昂着头对爸爸说。经过岁月的沉淀，井水愈发清澈见底，遥远的故事便是从这里发生的。

那是一个清爽的早晨，天边晕着一缕橘红的光，太阳娇羞地低着头，还没从地平线上升起。我睁了一只眼偷瞥，发现天刚微亮，又慵懒地翻了个身，继续呼呼大睡。爸爸的呼喊声此起彼伏，一阵一阵的杂音叨扰了我的梦境，无奈之下我便翻身下床了。

撑着半抬的眼皮，不停地打着哈欠，跟随老爸一路开车往郊外驶去。"老爸，这大清早的，为什么要往山里走呢？""老爸带你打井水去。我看你在家闲着，天亮赶趟，那口井的水可好喝了，包你满意。"我一脸不屑地扭过头去，嘴也噘着，心里一阵抱怨。一直不明白老爸为什么把家里喝的水都换成了井水，而且外面买的还不喝，偏要每周开这么远的车，费劲去打什么井水，跑到这深山老林里瞎折腾。

车驶过曲折而深邃的山路，距城市越来越远。我打开车窗，凉爽湿润的空气扑面而来，风儿夹杂着植物和泥土的清香拂过我的脸颊和发丝。睡意似乎有所减轻，倦意也逐渐褪去。不知不觉中，我们的车终于停下了，映入眼帘的是一条深远弯曲的小径，两侧是巍峨的高山和整齐的树。因为昨晚下过雨，脚下的路变得坑洼泥泞，行进也变得艰难。

山路尽头是一口方形的井，说大不大，说小不小。它被黄褐色的泥泞包围着，周围只用水泥简单地糊了一道。井的旁边有一个看似比较浑浊的小湖，这使它更加像一朵出淤泥而不染的莲花。

老爸用长的"舀子"将一瓢井水打上来，我探头观望，井水十分清澈，井底一些细小的沙砾依稀可见，井水荡起的波纹泛起一圈一圈的涟漪，闪烁着光芒。老爸递给我一个小壶，示意我喝一口。我接过壶外冒着泛白水汽的井水大饮一口，一股清凉的涌流滑过我的口腔和喉咙，将口舌的燥热之气压制住，一大早的莫名其妙和怨气仿佛也在一瞬间消散于空中。我咕噜咕噜一连喝了好几大口，手中拽着冰凉的水壶满脸幸福地昂着头对爸爸说："这井水是我喝过最甜的水。"爸爸欣慰地点点头，笑着看我喝完。

突然，旁边传来一个老爷爷的声音："这井啊，吸收了从山上流下来的露水和井底涌出的泉水，矿物质极其丰富，是老天赐给我们的礼物哟！"

正当我们满足地享受着上天赐的"神水"时，一个小伙大步流星地朝水井走来。在我们的注视下，他先是伸手舀了一把水，埋下头喝了一口，清理完脸上的污垢之后，他又用略脏的手伸入井里去舀第二把来抹自己鞋上的泥巴，在场的人都惊呆了。

"小伙子，你这样的做法可不对啊！这个水大家都是用来喝的，你这样会污染水源的。"老爷爷边阻止他边说到。

"我哪有污染啊?!这水本来就是给我们用的啊！又不是你一个人的，你这老头儿瞎管什么闲事啊！"小伙儿反驳道，眼里充满怒意，不屑地瞥了一眼老爷爷，然后转头又大步地走了。

老爷爷无奈地摇摇头，说道："这老井啊，挖了有些年头了，水质好，可就是缺点什么东西保证它的清澈。也许说不定哪一天啊，跟我这个老头子一样，就被世人遗忘喽！看来，还是得想想办法了。"话落，老爷爷也转身离开，落寞的背影逐渐消失在小路的尽头。

又是一天清晨，这次我主动跟爸爸要求，再次来到水井处，老远就看到一群人围在井旁。我们闻声赶去，看了一会儿才明白，是老爷爷正在跟打水的人说修井的事。老爷爷孤身一人，靠着低保勉强过日子，想修个井资金不够，这不当众筹钱呢。令我感到欣慰的是，老爸当场就拿了五百块给老爷爷，说不够再筹。可并没有这么顺利，有几个热心的人捐了钱之后，另外几个中年大叔和大妈就不乐意了。

"这井本来就没有人管，而且在这深山老林里没几个人来，修了有啥用啊？我看你都一大把年纪了，就别瞎折腾了。这个钱啊，我们是不会出的。"大叔大妈们都随声附和起来，话语充斥着戾气。老爷爷微弱的声音就这样一点点被淹没。不一会儿，大伙儿都散去了，老爷爷拐着不利索的腿过来谢谢我们，眼神中充满感激，似乎像是守护了自己的宝贝一样，却也有一丝无奈和心酸。我们都知道，今天的筹资并不成功。

不知怎么回事，那口老井似乎有魔力一般，每周都吸引着我去一次。老爸没时间，我就自己一大早起床骑自行车去。每次赶路的劳累与疲倦似乎都能被清甜的井水抚平，喝上一口，顿时觉得很满足。

有一天，我发现这条小路变得宽阔了一些，原本茂密的树木被砍去了一些，凹凸不平的路面似乎也有人铲过了一样，平整了许多，我以为是有工人正在改造这条路。直到有一天，我返程稍稍晚了一点，骑着自行车打完水准备往回赶时，看到小路的另一头，一个弱小微颤的身影朝水井这边走来。他身上扛着两大袋水泥和一把铲子，庞大的工具把他原本佝偻的背压得更低，两只腿似乎也因为重心不稳而变得弯曲。身影缓缓挪近，我看清了，正是那个老爷爷。他慢慢走近，将沉重的水泥卸下，用水和着，一铲一铲地把它们和匀。

我上前去叫了他一声，他看见我脸上露出一丝喜悦。"爷爷，是要修路吗？怎么只有你一个人呢？不是筹钱请工人了吗？"我面带疑惑地问道。

"之前是筹了一些钱，可是那连买施工材料都不够啊。这不，我刚从村头老王家捡了两袋废水泥回来。我想着,花钱买些水泥我再去找找废弃的、不用的材料自己施工就行。"老爷爷满腔自信地说道,眼神中充满坚毅。"孩子,好好回家啊,我先去赶工了。"话落,他又扛着铲子一拐一拐地朝井口走去。

我突然明白了那些变化的原因,每当我回家后,老爷爷都会独自一人来修路,到了傍晚才收工回家。看这情形,他做工已经有一段时间了。我骑车到路口,情不自禁地回头看了看,远处一个渺小而又倔强的身影在朝阳的映射下摇曳着。他一锄一锄艰难地挥动着铲子,似乎有点晃动,站不稳身子,却又坚强地使自己屹立不倒。我不知道他每天要花上多大的力气去铲平泥土,再铺上一层水泥。对于这样一个年近八十的老人来说,这肯定是异常费力和艰辛的事情。

然而就这样,日复一日,大概过了大半年的时间,在老爷爷的坚持下,这条小路已经初具雏形了。路都用水泥铺上了一层,水井的周围也填平了,基本上已经看不到泥垢的踪影。

后来,村里有个发了财的村民知道了这件事,决定出资将这条路和井修好。不仅小路修得平整宽阔,连以前旁边被砍去的树也重新种了回来。井的顶部还搭了一个大棚,避免雨水直接落入水中。路口还立了一块碑,上面写着老爷爷的名字。老爷爷知道后高兴极了,常念叨着说他干了一件好事,造福后代啊!还说是自己走了不要紧,总要给后人留下点什么。

不知过了多久,当我再次去那个水井的时候,老爷爷已不见踪影,听过路的人说他过世了。我心里一记猛击,感到震惊万分,他那布满皱纹却又显得神采奕奕的面容浮现在我眼前。我独自一人默默地走到井边,用干净的舀子打了一瓶水喝下,心中百感交集。水还是那么清甜,它无声无息地涌出新的清流,也许还会一直这样清澈下去,但是,人却不在了。当年那个弱小勤恳的身影去了天堂,他回归了大自然,回归了原始,但是他却将新的涌泉在人间世代传递,赋予它新的生机。这是最好的归宿,我想。

师评·智匠创作微论

　　一口清冽甘甜的老井，是我最向往的清纯；一位弱小勤恳的老人，是我最感动的怀念：这就是关于老井的故事。老井和老人，就像相依相伴的爱侣，老人用心呵护和守候着老井，不被玷污，泽润世人，即使以最孱弱的生命，也要为之付出努力。在你的生活中，是不是也遇到过一些如老井一样润泽了自己生命的清泉，感动了自己心绪的老人或者孩童？一定有的。这，就是我们丰盈的、值得记忆和抒写的人生漫旅。

　　微雕一口老井，更是一位老人。生命之源的饮水，需要珍惜；默默奉献而保护老井的老人，值得尊敬。老井，带给"我"的是甘甜和念念不忘；老人，带给"我"的是一种尊敬、感动和怀念。"他那布满皱纹却又显得神采奕奕的面容浮现在我眼前。""水还是那么清甜，它无声无息地涌出新的清流，也许还会一直这样清澈下去。""那个弱小勤恳的身影去了天堂，他回归了大自然，回归了原始，但是他却将新的涌泉在人间世代传递，赋予它新的生机。这是最好的归宿，我想。"微雕老井，微雕老人，懂得、赞叹和珍惜大自然的慷慨赐予，感恩、铭记人的善良和大爱无疆，是老井和老人对人们的馈赠，是每一个人应该懂得的世间的美好。

广袖飘飘，今在何方

中文152班　沈爽

"青青子衿，悠悠我心。但为君故，沉吟至今。"

我一直认为：诗赋是世界上最美的语言，一语一句间柔情似水，它用最精简的语句诉说了文明的绵长；汉字是世界上最美的文字，一笔一画中有声有形，它用最朴实的方式彰显了民族的智慧；而汉服，是人世间最美丽的衣裳，它用最含蓄的方式显示出民族的信仰。

何为汉服？如同汉人不单指汉朝人，汉服也不单指汉朝服装。它是从"黄帝垂衣裳而天下治"至明代，在五千年的历史传统、文化环境中，按照汉人特有的生活方式、审美理想，结合经济条件和生产水平，自然形成的汉民族的服装。

幼时看电视，每每到了古装剧便挪不开眼。剧中的女子，身着一身汉服，便美得让人瞠目；襦裙轻纱的小太平于黄昏的大明宫廊角倩然回首，明眸皓齿的一笑；广袖长裾的美人王氏，持袖敛眉，为身旁的帝王倒酒，窗外一缕月光洒在那衣角，似暗香涌来；殿外的宫女们，一身裙袄欢快地奏着乐器，望着秋雁南去，叹着天色高远：那种风流韵味，那种端庄大气，那种优雅气质，只有汉服能演绎。

小时候，汉服吸引着我是因为它美丽的形制；长大后，则是因为它所承载的内在价值观念。有人曾说："用体格穿西装，用人格穿汉服。"汉服的交领处成矩形，衣襟向右掩，代表着做人要有规矩，没有规矩不成方圆。我们的祖先在设计汉服的时候，在中衣上轻轻画下了一条线，它代表了中华民族中庸正直的精神。后来，中缝还寓意着汉人的脊梁，引申义为骨气，人们有着"宁为玉碎，不为瓦全"的英雄气概。

在我眼里，汉服不仅仅是衣服，更是一个民族的象征。《左传》云："有服章之美谓之华，有礼仪之大故称夏！"因此，中国被称为"华夏"。古汉人将衣冠视为民族礼仪文化的承载，认为衣冠是礼仪之始。宣传汉服的目的不是希望大家每天都穿着汉服生活，而是希望我们把汉服上面覆盖的历史的尘埃轻轻掸落，在传统节日时，我们能像韩国人穿韩服、日本人穿和服一样，穿上自己的民族服饰。我希望，当我们身着汉服时，不再受到同胞的质疑甚至鄙视。一个国家的人对他们的传统服饰没有归属感，这真是一种莫大的悲哀！

其实，汉服在我眼里还是一把钥匙。我希望通过它，能重新打开那扇尘封多年的通往我国传统文化宝库的大门。我能从门缝窥见，有一种文字叫甲骨，有一对图腾叫龙凤，有一条道路叫丝路；我能窥见洛阳城城墙巍巍，桃花源里繁花似锦，江南水乡黑瓦白墙，苏州园林廊腰缦回；我还能窥见清明墓碑旁的哀婉，端午汨罗江畔的追思，春节洗尽铅华的韵致……

如今呢？我们口啖洋餐欣然自得，却遗忘了《随园食谱》；我们唱着摇滚乐曲，却再不认识角徵宫商；我们为了英语考级而黯然销魂，却失落了诗辞、汉赋、唐风；我们建起高楼大厦，却容不下一块公德牌坊；我们懂得民主自由，却忽视了伦理纲常；我们身着耐克、乔丹，却忘记华夏汉装。你可曾隐约心疼如刀绞？你可曾幽幽怅然若失？你可曾在刹那间泪水长流而不自禁？

那些惆怅乃至泪水横流的地方，是我们心底里最深最痛的角落，是我们心底里最悠长最恒久的爱，是我们文明的哀愁与落寞。那些废墟深处埋藏着我们的尊严和骄傲，那些斑驳的墙壁后面留存着我们的财富和荣耀。她像繁花一样，开了又谢，谢了又开，最后散落在不为人知的长江大河，被我们遗忘。我只想问一句：广袖飘飘，今在何方？

我希望我们可以以汉服为载体，慢慢唤醒人们心中对我国优秀传统文化的天然接受力和传承力。做我华夏好儿郎，兴我礼仪之邦！

师评·智匠创作微论

汉服，今日已成为人们生活中的一道风景。作为民族服装的象征，汉服外形美、制作细腻、寓意深广。就像"经典咏流传"的传唱吟咏，华夏民族无数优秀传统文化，迄今依然深得广大青少年的钟爱。汉服与古诗，京剧与书法，诸多的传统，需要我们传承、弘扬。期待你的加入，吟一首与古人的唱和，重塑民族精魂。

"在我眼里，汉服不仅仅是衣服，更是一个民族的象征。""汉服在我眼里还是一把钥匙。我希望通过它，能重新打开那扇尘封多年的通往我国传统文化宝库的大门。""以汉服为载体，慢慢唤醒人们心中对我国优秀传统文化的天然接受力和传承力。"微雕当下让很多人迷恋的汉服，是在发掘民族服饰文化与美学，是在展示一份骄傲，也是一种期冀，是民族自豪感的重建与民族文化的伟大复兴。

你是不一样的金色

中文153班 李佳兴

那是太阳洒下的金灿灿的颜色，那是绿草混合着泥土的芳香，那是奔跑着的洒脱的喘息声，那是眼里只有爱的人的心动，那是愿意追随到天涯海角的决心。如果你问我爱是什么，我可能会说，是不离不弃的陪伴吧。

这世间的爱太善变了，心也会动摇的。但或许，自从遇见你，我每天都迎接着绽开的笑容，感受着无忧无虑的忘我。就让我陪着你吧，天荒地老，细水长流。我愿陪你长大，陪你在阳光下。猝不及防的爱有时也会意外的美丽。我不会逼你学握手，不会逼你吃剩饭。我愿意把我的肉肠拿给你，你一半我一半。我给你取名叫金卡，因为你是肥头大耳的金毛。我知道你的世界只有我，所以，我愿把我的世界也多分给你一些。

"金卡，你还记得我二舅吗？"

"唔？"

"就是上次你吃他肉肠，他说要把你狗肉锅了，你吓得头也不回就自己跑下山的那个。"

"唔……"

"金卡,你怎么又胖了?"

"……"

"金卡你别哭啊……"

师评·智匠创作微论

"大金毛",是一只狗狗,金毛狗狗有千只万只,你却是不一样的那只。人世间的陪伴有千种万种,狗狗、猫咪、小鸟、鱼儿、花卉,因为对世间万物的珍惜而自己也会获得温暖的陪伴。万物有情,生命因此而缤纷。你的身边,也一定有对你而言不一样的存在。你的大金毛,你的小金鱼,又是怎样的可爱?

微雕一种颜色,一只与自己相伴的狗狗,表达一种喜欢与陪伴。"我不会逼你学握手,不会逼你吃剩饭。我愿意把我的肉肠拿给你,你一半我一半。我给你取名叫金卡,因为你是肥头大耳的金毛。我知道你的世界只有我,所以,我愿把我的世界也多分给你一些。"这,就是人和动物的美好相处。懂得彼此珍惜,彼此陪伴,彼此照顾,就会彼此温暖。智匠创意,意在发掘生活的美丽。

阿凉

汉外151班　周瑶瑶

初次见你，是在夏季最炎热的时刻。

南方的夏季最是磨人，滚滚热浪贴近地面，燥热的连一口舒坦的气都呼吸不得。下雨时，本以为会凉爽些许，但水与气凝结，使得空气沉沉，却又闷热得让人心烦。期望夏天快快过去的我，为你取名为阿凉。

还记得你是爸爸从他的朋友家抱来的，一见面，你就毫不怕生地扑向我，用你温热的舌头舔舐着我的脸颊，甚是欢喜。

你是一只普通得不能再普通的黄色土狗，可是在我的眼里，你比任何受人追捧的品种都更高贵。

你很聪明，总会在妈妈开门那一瞬跑出去，奔去后门的树林里小解。

屋里来了陌生人，你也只是吠几声提醒家里人，看到家人出来后便不再作响，不像邻居家的黑狗那般聒噪，整日猖狞让人不快。

怕你闷在家觉得无聊，我便每日带着你往外跑，直到太阳西沉。

住在乡村总有很多好处，那里有绿荫沉沉的树林，还有潺潺涌动的小溪。在那里，你可以尽情地玩耍，不用担心你吓坏了旁边的小孩，也不会有保护孩子的大人粗鲁地驱赶。时常与你在林子里一玩便是一整天，我不必因为烈烈的骄阳躲回家中歇息，可以和你在树荫下坐上好长时间。有时受不了树下的蚊子，我便回家取一盘蚊香，点在你和我之间，再顺便偷拿昨日剩下的肉干给你。你很馋，总是一口就吃完，然后摇着尾巴望着我。实在看不下你这巴巴的可怜样，我只好回去，趁妈妈不注意再拿一些给你。

不久，暑假结束了，我要去往城市的伯伯家暂住，继续上小学，而你必须留在家中继续和我父母一起生活。伯伯很疼我，知道我挂念着你，每每回到乡下时，都要拍张你的照片给我。看着照片里的你越长越大，我开心得不得了，同时又很担心，担心那么长时间不见，你会忘了我。毕竟一个学期对于你我来说，真的是太漫长了。

重逢，便是在冬天了。南方的冬天并不像北方那般寒风凛凛，这里的冬天温凉得正如你的名字。远远看到你，就知道我的担心是多余的。因为你一见到我便像风一样地跑来，将我扑倒在地，围着我活跃地乱跳，兴奋了好一阵子才肯乖乖地跟着我进了家门。好久不见，久别重逢的时刻真美好，我知道你一定很想我。

你我都深深地惦念着彼此，我们早已成为了彼此最真挚的伙伴。不，是亲人，是同父母、哥哥一般的亲人。

正是像家人一般看重你的我，再也忘不了那天。

那天的天空真的很蓝，闷闷冬日里的太阳偏偏在那一天最灿烂。我像往常一样玩够了把你带回家，一进门便看见家中坐了好多客人，认识的、不认识的，坐了大半个屋子。是父母的朋友吧，我想。一一打过了招呼，便带着同来做客的哥哥、妹妹们上楼看电视，而你像往常一样留在楼下……

许久，看累了的哥哥走到阳台休息，忽然回头向我喊道："你快看，那是不是阿凉！"我的心忽然慌了起来，冲向阳台，向着哥哥手指的方向看去，只见几个大人用绳子缠着你的脖子向屋后拖去。我不知道发生了什么，我更不知道那些个"客人"为何如此粗鲁地待你。我以最快的速度跑下楼，又奔向他们的方向。刚一直跑进树林，直到身体越来越沉，沉到大腿再也抬不起一分，沉到步子再也迈不动一毫。

我就定定地立在那里，双眼失神地望向你。一下、两下、三下……眼睁睁看着那些"客人"用小腿般粗实的木棍一下又一下地向你的头部挥去。不知道过了多久，终于回过神的我却发现这一切都晚了。我没能冲过去保护你，只是猛然回身，疯了般地跑回楼上，将自己反锁在房间里。良久，我终于放声痛哭了起来。

再后来的事情，我就不太记得了，只记得我抽泣着问母亲，他们为什么要打死阿凉。母亲的回答让我又一次跌到了谷底。我一直都知道，家乡的人对食物有着自己的习惯和爱好，也知道狗肉是家乡的一道寻常的食物。只是我不知道，人们为了满足自己一时兴起的需求时，会变得如此可怕。

一晃已经过去了九年。你走之后我还是会时常到屋后的树林静坐，偶尔也会低唤着你的名字。只是从那以后，你再也没有回应过我。

你时常还会出现在我的梦中。在梦里，周围的环境和那天一模一样——晴朗的天、微醺的风和丑恶的嘴脸。只不过，不一样的是，那个时候的我，没有傻乎乎地站在那里，而是义无反顾地奔向你，拼了命地拨开人群，一次又一次将你紧紧护在身下……

师评·智匠创作微论

"阿凉"，一定是一个名字，是谁的名字呢？一个好朋友？不，是一只狗，"一只普通得不能再普通的黄色土狗"。虽然很普通，可它却是"我"最好的玩伴和朋友。可是，伤心却追随快乐而来。因为贪吃的人类，阿凉再也不能和"我"相伴。千千万万个你的千千万万个"阿凉"的陪伴，都会是一个特别的故事。温暖你的岁月，让你快乐，也让你忘。如果愿意，讲给这个世界听，让每个人都知道，我们要珍惜拥有，珍惜和关爱每一个生命，这就是《阿凉》的美好创意。

　　人与动物的陪伴，即使它再普通，也是一份真情，正如阿凉，这只普通的黄色土狗。"在我的眼里，你比任何受人追捧的品种都更高贵。"每个人的生命中都会有一些让人难以忘怀的陪伴，尤其是在童年。一只小猫、一只小狗、一个朋友、一位老祖宗，他们的名字会一直藏在我们的心里，每每念起，总是那么温馨、那么温暖，就像阿凉。可是阿凉却被一些贪吃的人，野蛮残忍地活活打死，吃掉了！九年的光阴荏苒，却依然不能释怀。几曾默默寻找，几度梦里相见。阿凉带给我的快乐和一群"人"带给我的伤痛，是生命中永远的追忆和永远的难以原谅。阿凉的遭遇，微雕人类某种时候的残忍，是一种反思和提醒：希望我们每个人，当心爱的陪伴受到伤害的时候，都能够"义无反顾"地奔过去，保护Ta……

柒　光影情心

世事纷纭，
多情与无情，
战乱与人性，
邪恶与柔弱，
青春几多思虑，
生命几多崎岖。

《一个陌生女人的来信》影评

中文152班 董译繁

《一个陌生女人的来信》这部电影改编自奥地利作家茨威格的同名小说,讲述了一位少女在年少时就开始恋慕一位和他们生活在同一个院落的作家,这位少女的一生都在为这位作家绽放、凋零的故事。令人惋惜的是,少女的一生都是属于这个作家的,而在作家的一生中少女只是一个三番五次擦肩而过的路人。即便,曾经亲密得宛若一双璧人,但风流成性的作家却没有记住过少女的相貌,不止一次。

少女自幼生活在单亲家庭,在她的生活中没有父亲,甚至连成年的优秀男性似乎都是很少见到的。直到作家搬入少女所居住的四合院,这样的局面才得以打破。作家是少女所见到的第一个优秀的成年男性,或许对于旁人而言作家并不算什么,但是对于少女而言,作家的存在就像一颗惊起她人生波澜的石子,彻底打破了她之前平静的人生。

作家对于她的整个人生而言是不一样的存在。

正是因为如此,哪怕在此后亲眼目睹了作家的风流,成年之后的她还是义无反顾地选择了不断去追随作家的脚步。她跟随再嫁的母亲离开了原来的家去了山东。但是为了作家,她选择再次考到北京。再次与作家相遇,与作家同居,最后,被作家轻易许下的承诺所激励,继续追逐着将她抛弃的作家的脚步。她心甘情愿地为作家孕育孩子,毫无怨言。之后,为了在战乱动荡的年代里生存,她选择辗转于上流社会,成为被有钱人包养的情妇。直到再次遇到作家,她发现,自己早已经被那个风流多情的作家所遗忘。

仿佛历史重演一样,多年之后的再次相遇,一切都同少女时一样:一样的一夜情,一样的早餐,一样的如同一对真正的夫妻,最后,一样的告别借口。这一切就像一个悲剧的循环,最最可悲的是一切是如此相似,而作家却依旧没有记起她。最后,连作家的管家都认出了少女,而少女心中最为亲密的人却将她遗忘。世间最残忍的事情恐怕莫过于此。

从一个旁观者的角度来看,作家的存在让这位少女绽放了人生最美丽的光彩。为了能够接近作家,少女选择读书深造,考上了大学。在女孩最美丽的时光里,作家给了她,她所认为最为美好、足够用一生去铭记的爱情。虽然只有短暂的三天,虽然这所谓的爱情,仅仅是女孩单方面的感情。

但也正是因为作家的存在,少女的人生在我们看来变得有些凄凉。她为作家付出了太多,但除却那个孩子外,似乎没有得到一丝一毫的回馈。抛除爱情,少女的一生似乎都被作家给毁了。如果没有作家的存在,或许少女不会如此优秀,但是她会嫁给一个普通但真正爱她的人,有着平凡的人生。她不会因为国家动乱变得现实、世故,也不会因为生存的压力变得不再自珍。因为会有她的丈夫保护她,尽量让她免于一切苦难。

在这段感情之中,显然,作家对少女的情感并非爱情,或许只是一时对于美好事物的欣赏,又或许仅仅是生理上的需求。那么,少女对作家所怀有的感情,真的是爱情吗?

少女渴慕着能和作家在一起,渴慕着能和作家一样,渴慕着能和作家近一点再近一点。但是,这种渴慕是爱情吗?或许有人认为是的,因为除了爱情,没有什么能支撑着一个人这样毫无保留地去选择付出,这样一次次地轻贱自己却毫无怨言。只有爱情才能给予一个人这样的力量，明知在对方的心里自己就是一个连浅薄的痕迹都无法留下的存在，但依旧如同飞蛾扑火一般毫无保留地用自己的真心去靠近。

诚然，少女为作家付出了极多极多，连旁观者都无法不为之动容。但是，这种付出的背后真的是爱情吗？少女幼时所生活的四合院鱼龙混杂，院子另一边的家庭的男人是一个飞贼。成天不断有争吵声从那边传来，没有一天能有片刻的安宁。少女的人际关系圈子可以说极为狭小，而且没有什么优秀的人，毕竟少女生活在社会底层。

少女没有父亲，自小没有感受过父爱。一个没有父亲的孩子，自然从小便会渴望有一个在她看来足够可靠的人，可以一直保护她。在少女不断渴求父爱的过程中，父亲这个形象便在少女的想象中，不断地臻于完美。直到有一天，这个定义不再局限于父亲，而是男性。她将自己想要的父亲的形象同恋人混淆了。

作家就在此时出现在少女的生命中。和少女身边的市井小民相比，作家是再完美不过的存在：懂得外语、博览群书、谈吐文雅、有钱、还会写书。这一切都与少女之前认识的人不同，作家的存在就像一个新的世界出现在了少女的眼前。所以，理所当然，少女对作家产生了向往和依恋。但是，少女没有选择将这份情感表露给任何一个人，而是小心地将这份情感深深地埋藏在自己的心底。

如果少女一直同作家住在这个院子里，随着少女的成长，这份情感也许会因为她所接触的更广阔的世界，或是更加了解作家而淡去。因为在我看来，这份情感不是爱情，仅仅是一份向往和憧憬。但是，当少女察觉到自己的情感没多久之后，少女就随她改嫁的妈妈去了山东。在离开时的不舍，和离开后的回忆中，作家彻底被印刻在了少女的心中。年少时的情感若是没有来得及成长，那么，这份即将逝去的情感便会化成顽固的执念。情感容易淡去，然而执念却不会轻易消散。

我觉得少女自始至终对作家所抱有的幻想，或许就是在年少时所留下的那份执念，或许她愿意为作家付出一切，但那却不能被称为真正的爱情。

当少女一个人抚养孩子的时候，她在信里说道："我不能把你留住，可是现在可以把你永远交给我了。我可以在我的血管里感觉到你在生长，你的生命在生长，我们的生命连在一起了。正因为如此，我感到如此幸福，你再也不能从我的身边溜走了。"掩藏在字里行间的执着，甚至让我这个旁观者感到心惊。这是怎样的执念，才让她执着于以任何一种方式将作家的生命与自己的生命完全相互交织在一起。有了孩子这层血缘上的羁绊，即便作家无法再想起自己，即便他们永生无法相见，他们之间的纠葛此生再也无法理清楚了。

所以，当少女发现自己怀孕的时候，她没有告诉作家，因为她害怕作家会多想、会猜忌，而她会因此再次失去作家，失去自己最后与作家之间的联系。所以，在他们再次见面的一夜情后的早晨，作家对她说，这一切似乎发生过，他感到很熟悉的时候，她也只是看着作家，没有做出任何解释。或许，对于她而言，这一切都无所谓。她早就已经做好了作家将她完全遗忘的心理准备，所以，纵然她很难过，但她依旧可以做到表面上的平静。哪怕是作家在她离开前，像对待妓女支付嫖资一样向她的大衣口袋里塞钱的时候，她依旧不想解释，不想解释，其实他们曾经在一起过，他所觉得的熟悉，不是因为他们前生有缘，而是因为这一切确实发生过。

最后，她离开前似乎是抱着最后一丝希望，向作家要了一支白玫瑰，就像他们第一次在一起后作家送给她的那支一样。不同的是，这次作家房里的白玫瑰是她在作家生日的时候寄给作家的。她问：是女人送的吗？作家只是毫不在意地回答道，不知道，大概是吧。之后，极尽温柔地将那支花插在了她的头上。作家完全不记得她，连她认为极为重要的白玫瑰，或许也只是当年作家的随手为之。自始至终，只有她一个人将这些当作是值得铭记的事情。当最后的希望被作家亲手打碎后，她的表情更加平静了。

对于少女而言，作家在她年少时是憧憬的期望，在饱经磨砺之后是她在乱世中活下来的精神支柱。所以，少女从未有一次认真地直面作家，告诉他自己的感情。甚至，在死后寄给作家的信中，也连自己的名字都未曾提及。

当少女的孩子死去之后，少女的结局似乎就已经被注定了。连最后的和作家的联系都已经被残忍地斩断了，她的执念，她的精神支柱也彻底毁于一旦。她已经没有了活下去的理由，在她的观念里，她也没有活下去的必要了。所以，她死了，意料之中地死了。

不管是执念，还是爱情，这份情感都足以刻骨铭心，让人疯狂。

少女的一生在旁观者看来或许是不幸的、痛苦的、可悲的，但她却在自己的一生中，找到了她想要追随一生的人。或许，这样的人生对她而言，远比我之前所设想的，没有遇见作家，过平凡的生活更加值得追求。

人生百味，谁又能轻易断言他人的人生……

师评·智匠创作微论

《一个陌生女人的来信》，演绎一段凄婉的"爱情"或"执念"的故事。人生如戏，戏如人生。每一个曲折哀婉的故事，都是一份爱恨缠绵的深情。爱与不爱，对与错，是故事，也是百态人生。个中滋味，或许，自己也未必能真的懂。

"不管是执念，还是爱情，这份情感都足以刻骨铭心，让人疯狂。""少女的一生在旁观者看来或许是不幸的、痛苦的、可悲的，但她却在自己的一生中，找到了她想要追随一生的人。或许，这样的人生对她而言，远比我之前所设想的，没有遇见作家，过平凡的生活更加值得去追求。""人生百味，谁又能轻易断言他人的人生……"微雕一个女人一生的情感见证后的感受与触动，反思"爱情"对一个人一生的意义，启迪追寻爱情和幸福的路径。

人生自是有情痴，此恨不关风与月
——评《一个陌生女人的来信》

中文151班 马宁

《一个陌生女人的来信》改编自奥地利作家茨威格同名小说，由徐静蕾于2005年执导拍摄，徐静蕾和姜文主演，演绎了一段凄美动人的爱情故事。全片从女性视角出发，展现了女性导演的独到手法和细腻的情感，在当时获得了一致好评。

影片以一封信开始，以信中的回忆内容贯穿全片。小女孩爱上了搬来隔壁的作家，她把爱深埋心底，后随母亲改嫁来到山东，考上北平的学校后又搬回曾经的那座院子，想离作家更近一点。在躲避街上战乱时，她被作家带着避难，两人发生关系，作家在出差回来后，再未找过她。女人发现怀了作家的孩子后，不愿去找作家，给心爱的人留下不好的印象，决定独自离开北平。为了给孩子优渥的生活，女人各处依附有钱的男人，直到女人和作家重新相遇。然而作家没有认出女人，两人再次发生关系，而作家和上次一样，出差之后就把她置于脑后。女人的儿子意外去世，女人留下信后含恨自杀。

电影中两个主要人物的设定，注定了凄惨的结局：一个是年少就用情至深的女孩；一个是生活放荡四处留情的作家。两个世界的人，他们的人生，注定不能相融。

女人小时候家庭贫困,首次见到作家时,被他闲适自在的生活和他本身潇洒不凡的气质深深吸引。这个小女孩因此在心中埋下了爱的种子,慢慢生根发芽。即使远离他六年也无法抹去关于他的记忆,即使怀了他的孩子也要独自抚养给他最好的生活,即使再次相遇也不说曾经见过,直到生命的最后一刻,才告诉他自己这些年有多爱他。她想,也许这样,她才会是作家心中永远的白玫瑰。

作家在电影开始的12分钟后出现,之前只有声音、背影和女孩对作家的想象,充分保持了作家的神秘感。他的正式出场,不同于女孩对他的想象——风度翩翩而爽朗不羁,让女孩一见倾心。而是,搬了家后在家开了三天舞会、带不同的女人回家、流连于不同的舞会聚会。女人早就清楚地看到了这样的他,作家这种人注定不会安稳下来和一个人过平淡的日子。这些女人都懂,然而十八年的感情不是说抹去就能够抹去的,即使付诸这一生,女人依然心甘情愿。

女人这一生为情所困,导演兼主演徐静蕾准确地把握了女人不同阶段的心理变化,有女性导演独特的细腻,而这些正是男性导演常常难以把握甚至忽略的地方。

电影中所呈现出的凄美,不仅仅因为故事本身的特性和人物的命运转折,布景、服装和色调的设计对此也有极大的帮助。

仅有的秋冬两季,本应因电影拍摄周期的限制带来缺憾,但由于电影的基调设定,秋冬两季的萧瑟凄凉和清冷阴郁的色调,恰恰渲染了凄凉的氛围,反而为电影增色不少。没有阳光的天空,如同女人不曾放晴的心,一直生活在对作家爱不能言的阴影之中。没有生机的环境,如同女人不曾绽放的人生。

故事发生在民国,布景和服装造型都很好地还原了当时的特色。四合院是北平独特的建筑风格,女孩家的简陋屋子和作家精致的欧式风格形成了极大反差。这不仅反映了生活层次的差别,还造成了心理上的落差。服装造型也随着人物身份的变化而变化,从女孩上学时打着补丁的粗布衣服,到读大学后朴素的裙子和清纯的齐肩短发,再到流连于各个娱乐场所时露骨的礼服和皮草大衣。这样的变化既符合当时的社会环境,也符合人物的身份。

师评·智匠创作微论

　　评《一个陌生女人的来信》，可以是人物性格、经历，也可以是情感、心理、故事情节、画面、色彩。不同的人有不同的视角，不同的视角是不同的审美，有不同的效果。面对一部令人感慨唏嘘的影视作品，随之起伏的情感波澜和艺术感受，就是各自不同的创意。以经典的诗句描摹经典的剧情，恰切自然而富于才情。

　　"人生自是有情痴，此恨不关风与月。"情景交融，就是感人至深的艺术。
　　"一个是年少就用情至深的女孩，一个是生活放荡四处留情的作家。两个世界的人，他们的人生，注定不能相融。""电影中所呈现出的凄美，不仅仅因为故事本身的特性和人物的命运转折，布景、服装和色调的设计也对此有极大的帮助。"相同的故事，不同的人看，不同的感悟。微雕人情，微雕人性，微雕一份感慨唏嘘，思索一场令人难忘的爱情。

我爱你，和你无关

汉外151班　陈嘉铭

我看过许多关于暗恋的电影，从描写青涩初恋的《我的少女时代》到描写暗恋这种情愫被社会无情挤压消磨的《秒速五厘米》，甚至是描写男主人公为了心中一段无法说出口的感情而去伤害另一个人的《情书》。然而，却从未有哪部电影能够让我如此惊讶、迷惑又神伤。

《一个陌生女人的来信》中，女孩为了少女时期的幻想，为了怦然心动的某个瞬间，为了心中那种甜蜜而又无望的感情，情愿将自己变成一株缠着树的藤——装点作家的生活却又始终无法融入他的生活。不，或许是一片落叶，在和"大树"共享过一段繁华和生机后，默默离去，滋养大树。

我爱你，和你无关。

无疑，女孩是勇敢的。一个人一生心甘情愿地成为他人的附生物，没有自我，抛却尊严，没有其他的色彩来装点。她的一生永远将作家放在首位，永远在向他靠拢，又被他无情推远。

女孩曾以三种不同的面貌、身份闯入作家的生活：

第一次，她还只是一个孩子。在作家眼里，她和胡同里其他玩"老鹰捉小鸡"的孩子没有什么不同。他的眼里只有他从外面花花世界带回的打扮得花枝招展的女人；

第二次，被命运无情卷走的女孩用尽全力回到北京，回到那个她日思夜想的老胡同里和作家重逢。这一次她完成了她的梦想，以青春韶华为注，求作家一丝爱意。可是她天真和纯良的期许终在无望的等待和不该到来的孩子面前消亡；

最后，两个成年人，两个足够成熟的人在重庆相遇。女孩用一生中最美好的光阴和幸福稳定的生活换来了答案——在作家眼里，她就是一个来路不明、可以用钱打发走的交际花。最后的最后，女孩终于绝望，终于消逝。

女孩又是痴傻的，是的，勇敢到痴傻。她本可以在离开北京随母亲到山东后，放下心中那种可以吞噬人的感情；她本可以在年轻的军官向她求婚时应允他。这样她不但可以逃离流离失所、举目无亲的生活，更可以及时从已经消磨掉她青春的无望感情中抽离出来；她本可以在孩子死去后开始新生活，那个孩子是这段无望感情的化身，他的逝去代表着作家和女孩的联系再次断裂，她本可以自由地开始新生活。可是痴傻的她，放弃了一次又一次的机会，有意或无意地、飞蛾扑火般地扑向这段注定没有结果的暗恋中，并在火中化为灰烬。

我爱你，和你无关。女孩的感情是纯净的，不求回报；是纯真的，不含欲望；是炽烈的，不计后果。在电影的最后，女孩随孩子一同逝去，只留下一封长信。不过几张纸，便了结了自己的一生。

我惊讶于世间竟有这样浓烈却不求回报的情感，两情相悦、至死不渝不过是人间真情中最俗套的一种，女孩却自己一个人耗尽了一双人才有的情意；我迷惑于世间为何会有如此不明不白却天长地久的暗恋，或许是作家长相太英俊，或许是作家的气质太迷人，或许就是情不知所起却一往而深吧；我神伤于女主悲剧的命运，神伤于她这一生直到生命消逝的前一刻都不曾不求作家爱她，只求作家信她的情意，如此卑微，如此动人。

我爱你，和你无关。

师评·智匠创作微论

"我爱你,和你无关",是《一个陌生女人的来信》中爱的箴言。这样飞蛾扑火的爱,一定会留给每个人不同程度的震撼和无尽感慨。不仅是《一个陌生女人的来信》,那些我们看过的、听过的,无数个令人感慨唏嘘的爱情故事,都会带给我们思考和感动。曾经感动你的爱情故事,又是哪一个呢?

《一个陌生女人的来信》中,女孩为了少女时期的幻想,为了怦然心动的某个瞬间,为了心中那种甜蜜而又无望的感情,情愿将自己变成一株缠着树的藤——装点作家的生活却又始终无法融入他的生活。不,或许是一片落叶,在和'大树'共享过一段繁华和生机后,默默离去,滋养大树。我爱你,和你无关。""无疑,女孩是勇敢的。一个人一生心甘情愿地成为他人的附生物,没有自我,抛却尊严,没有其他的色彩来装点。""女孩又是痴傻的,是的,勇敢到痴傻。"每一个令人感慨唏嘘的爱情故事,都值得微雕最深的触动和省思,就如这个《一个陌生女人的来信》,理智与情感,是智者需要的思考和选择。

《共同警备区 JSA》

中文 151 班　曹梦莹

《共同警备区 JSA》是韩国 2000 年上映的影片。一开始我觉得 2000 年离我并不远，直到看到了满屏复古风的画面以及女主手里的方形彩色硬盘，才明白这部片子已有 16 个年头了。对于生于 1997 年的我来说，韩国，拥有众多偶像男团女团、发达的综艺、令世界着迷的韩剧……关于韩国的电影，我也只是略知一二。但对《共同警备区 JSA》，我感触良多。关于战争，我们的心愿只有一个：和平。

故事建立在朝鲜半岛关系问题上，这个问题时至今日仍存在于朝鲜半岛上。我之前看过《向炮火中前进》《同窗生》，同样是两部由韩国拍摄，基于韩国、朝鲜关系的电影。前者突出主角英勇就义，后者突出朝鲜的"腹黑"，所以《共同警备区 JSA》故事开始时，我坚定地认为：一定是朝鲜干的！韩国一定是被污蔑的一方。但故事并不是这样……

一、电影的故事情节

在板门店的边界，是韩国和朝鲜的共同戒备区。随着朝鲜士兵被杀害，那天晚上在哨所里到底发生了什么，众说纷纭。韩国说朝鲜绑架了李水奕，李水奕出于自卫打死了朝鲜士兵。朝鲜士兵说李水奕进来就杀了所有的士兵。本来就不怎么平静的水面，被投下了一颗原子弹，双方各执一词。瑞士作为中立国，派李英爱扮演的女主辰苏菲调查此次事件。故事是从多重视角进行叙述的，中间大部分夹杂着主角们的回忆，但绝不是倒叙。

第一层视角，导演朴赞郁的视角。导演在表现电影时想让我们看到的是流着相同血脉的韩国、朝鲜士兵相亲相爱，但却因为国家的分裂不得已兵戎相见，最后造成悲剧。

第二层视角，韩国士兵李水奕的视角。在影片后半部分，当女主询问其真相时，李水奕说出的真相是：事发当晚，南成植二等兵先开枪射杀了朝鲜郑士兵和对着朝鲜的士兵队长，最后朝鲜吴士兵放两位韩国士兵逃走，并要求李水奕射伤自己。

第三层视角，是朝鲜吴士兵的视角。在吴士兵的视角里，最先开枪的却是李水奕。看到这里，问题来了：到底谁在说谎？为什么电影到了最后还要这样来一个大反转？当你看到最后男主跪地吞枪自杀，你就会明白一切真相。在我看来，李水奕是最先开枪的人。

第四层视角，女主的视角。女主一直是跟着线索走的，带着我们观众一点一点地走进这次事件。

总的来说，整个故事情节可以概括为：韩国、朝鲜的四个士兵，本来是板门店边界的敌对面，但却成了好朋友，危机发生之后在韩国、朝鲜战争的大背景下只能兵戎相见的故事。

二、电影的色彩

电影没有像《布达佩斯大饭店》那样色彩对比鲜明，饱和度高到耀眼。相反，这部电影是一些舒服的冷暖色，对比度不高，饱和度不高，让人看上去特别舒服，有种平平淡淡地叙述一件轰轰烈烈的大事的感觉。

影片基本上都是偏冷色的色调。蓝色渲染了一种忧郁的气息，墙、座椅、板凳是冷白和棕，军人们身上的军装则是重重的军绿。虽然没有其他电影的华丽，却多了一份清冷的感觉。这部电影的色调我本人很喜欢，所有的颜色都不是那么艳丽，有一种很醇厚的感觉，包括最应该有色彩的女主角的口红色也是醇厚的深酒红色。这让整部电影看起来很稳重。

还是拿《布达佩斯大饭店》来比较，两者都是在叙述战争，《布达佩斯大饭店》是喜剧，色彩多用高纯度粉红色、大红色、粉蓝色等等，韦斯安德森擅长的对称镜头与颜色搭配实属佳作；《共同警备区JSA》是悬疑片，色彩醇厚令人舒服，没有那么强烈的视觉冲击感，我们可以把更多的注意力放在事件的发展方向上，慢慢跟着主人公去经历事件始末。这样说来，我对《布达佩斯大饭店》的感觉，就像吃了很多五颜六色的糖果，吃到最后发现它们都是毒药；《共同警备区JSA》就像一开始就在吃毒药，吃到最后你发现毒药已经无法满足你的好奇心。实际的情况是，我看完这部片子，真的觉得很压抑。这点，电影的色彩功不可没。

三、电影的光线运用

电影的光线运用，在以往看电影的过程中我都不会特别注意，最多也就是看看哪个明星得罪了灯光师，没有得到很好的打光效果。这次是我第一次关注电影中光线的运用，并进行分析。

电影前半部分，女主作为中立国派来的调查代表，在对韩国士兵进行询问时，光线不是全部打在主角脸上，而是以百叶窗的形式打在主角脸上。不管是韩国士兵还是女主，只要是涉及盘问的镜头几乎都是这样打光的效果。我认为，这样的光线效果是在告诉观众，人物的心情、事件的真相错综复杂。

其次，整部电影的光线都很柔和，最亮最刺眼的地方莫过于最后真相浮出水面，韩国、朝鲜交战的情节。虽然是夜里作战，当投出的闪光弹照亮整个夜空时，画面顿时变亮。无论是枪战、主角们，还是事件现场，都被照得亮堂堂的。我认为，导演安排这样的光线是在告诉观众，真相已经很明显了。还有几个机关枪打出强光的镜头,光线简直可以说达到晃眼的程度,也许导演是在告诉我们战争的残酷。同时,这也是全剧最为悲壮的地方,通过这样刺眼的强光得到了加强。

四、电影的主题

说到电影的主题,不得不聊一下象征。这部电影的主题不仅仅是韩国、朝鲜士兵成为兄弟但却因时事变化不得已要成为对立面,更值得人深思的是电影所表现的朝鲜半岛的局势:本是流着相同血脉的兄弟,却争端不断。不止十六年前,现如今也还是。电影里表达出来的,不只是一次事件,我们跟随女主的调查一点点深入了解板门店边界的士兵,韩国、朝鲜之间的历史……

电影中有几个使我印象很深刻的片段:

第一,李水奕士兵问吴士兵要不要去韩国,那里有无限多的巧克力可以吃,吴士兵却拒绝了,并且一脸严肃地说,有朝一日朝鲜也能生产出来这样的月饼。看到这里,吴士兵的爱国主义得到充分渲染。有一点我觉得矛盾的是:郑士兵养的小狗一直在叫,朝鲜士兵队长对郑士兵说送去食堂,于是郑士兵在桥上让小狗走。然而有意思的事情发生了:小狗往回跑,跑回了朝鲜。于是郑士兵一边追一边喊:你要去那边才有吃的啊!这句话戳到我了,我认为,其实他在朝鲜放生也可以,那么为什么郑士兵不那样做呢?其实朝鲜士兵也知道韩国那边有更好的生活,但在朝鲜就要忠诚于自己的祖国。

第二,李水奕总是说:打开统一的大门、结束世代恩怨。看到这里,我总会想起开始时一个搞笑情节点:站岗时,吴士兵对李水奕说,你的影子超过边界线了。虽然很搞笑,但实则很严肃,据说超过界限是死罪。所以,我觉得这个镜头很有深意。这条界线已经不仅仅是分开了地域,更是分开了两个拥有不同体制的社会,当时南成植的心里一定是矛盾的。但最终他选择跨过界线,说明了两边人民还是希望统一的。

第三,最后李水奕跪在地上吞枪自杀。这里表明了他的愧疚,亲手结束了兄弟的生命。南成植的自杀、郑士兵的被杀，曾经的兄弟就在眼前却要当作仇人对待。这一点让我相信，那天在朝鲜哨所里，是李水奕开的第一枪。他带着深深的内疚自杀，跪下了就代表他在赎罪，向他的兄弟们赎罪。

最后，还是要讲回电影的主题。在我看来，这部电影要传达的主题还是希望和平。韩国、朝鲜只是这个世界上战争的一小部分。和平是一个人类永远都在追求的主题，但事实又让人觉得不会有真正意义的和平。韩国、朝鲜问题使我想起了中国的内战，同样的语言、同样的血脉，因为大局势导致兄弟兵戎相见、骨肉分离。共同警备区，在我看来是共同的救赎：吴士兵当面审讯及时把快要憋不住的李水奕打倒，救下踩到地雷的李水奕，最后李水奕膝盖下的救赎。无论多么真挚的情感，带上政治对立面的背景，都会化为乌有。作为一个和平的拥护者，只希望人人都可以献出一点爱。希望世界和平。

师评·智匠创作微论

《共同警备区JSA》，关于战争与和平的故事。每一场战争无不有人性的深层展现，即使是没有硝烟的战争。影视与讲故事的不同还在于视觉艺术、听觉艺术和动与静等的影视技艺。每一部深刻的影视作品，都是一份艺术的盛宴，带给你审美，也带给你思考。

"关于战争，我们的心愿只有一个：和平。"和平和审美是战争题材的意义。

"电影没有像《布达佩斯大饭店》那样色彩对比鲜明，饱和度高到耀眼。相反，这部电影是一些舒服的冷暖色，对比度不高，饱和度不高，让人看上去特别舒服，有种平平淡淡地叙述一件轰轰烈烈的大事的感觉。"

"共同警备区在我看来是共同的救赎：吴士兵当面审讯及时把快要憋不住的李水奕打倒，救下踩到地雷的李水奕，最后李水奕膝盖下的救赎。无论多么真挚的情感，带上政治对立面的背景，都会化为乌有。作为一个和平的拥护者，只希望人人都可以献出一点爱。希望世界和平。"战争离我们的今天貌似很遥远，但战争带来的恶果却在艺术中可以有种种表现。微雕关于战争艺术表达的思考，关于战争和人性，关于生命和死亡的种种思绪，是每个人必修的功课。

只有你身临其境

中文151班 洪沁

在此之前,我以为世界发展至今,那些野蛮、残酷而又毫无人性的罪行已经销声匿迹;在此之前,我以为世界上的每一个女孩儿都生活在宠爱与无限的安全里;在此之前,我以为"性侵"这个词只是存活于上个世纪。

但是事实并非如此,甚至更糟。

曾看过一部纪录片:《The Hunting Ground》(《狩猎场》),该纪录片曾获得2016年奥斯卡最佳纪录片提名。只看其名,会有些疑惑,但如果看完整部影片,你就会明白为何称之为"狩猎场"。

该纪录片讲述的,正是美国大学校园性侵案件。

所涉及的学校,有赫赫有名的哈佛大学、耶鲁大学、圣母大学,以及西方艺术学院、南加利福尼亚大学。受害者不是寥寥无几,而是无法统计。涉案人员有普通大学生,也有明星运动员。而为此付出代价的,却只是可怜无助的受害人。

而校方负责人,却只顾逼问受害人:"你必须保证,你真的没有向他人透漏此事。""你为什么在夜晚穿着超短裙出门?""你如果回头看,这些事情也会发生,报警不会改变现状。"他们甚至保护施暴人，不让警方接触到犯下过错的施暴人。

试想，如果你是一个女孩儿：你身处大学校园却遭受到身边同学的性侵害与性暴力；你日日遇见施暴者，却无法让他对罪行承担责任；你装作什么事都没发生，你装作你很好，可事实不是这样的。

我们所有人都以为校园是最安全的区域。可当性侵发生后，校园里的受害者会无处可去，她们可活动的范围越来越小。学校具有极强的封闭性，没有人知道事情的真相，除了受害者自己。

学校变成了施暴者寻找目标的狩猎场，他们肆无忌惮、毫无顾忌。无辜的女孩变成了唾手可得的猎物，日日活在恐惧与羞辱之中，心理濒临崩溃。

无数强奸案受害人会终生背负巨大的精神压力和心理阴影。她们无法正常与人交流，无法进行正常的社交活动。最严重的后果就是，受害人由于承受不了巨大的心理压力而自杀。

事实上，美国大学校园性侵案只是一个缩影。在我国，校园性侵并不罕见。只是受害者不是大学生。我国的校园性侵案件大部分集中发生于中小学。施暴者以校长与中年男性教师居多。受害人往往不能在第一时间让家长知晓性侵事实的发生，因为她们多受施暴人威胁而害怕说出口。在我国一些偏远的乡村地区，性侵受害人较大比例为留守儿童，受害人往往在遭受伤害后无人可倾诉，甚至会出现反复被性侵的情况。

受害者除了是幼女与未成年少女，成年女性的比例也并不在少数。2016年4月3日，北京和颐酒店"弯弯事件"再次刷爆了朋友圈：女孩弯弯在入住北京和颐酒店时，竟在酒店走廊遭到一陌生男子公然拖拽。"弯弯事件"后，关于女性如何自我保护的话题再次进入公众的视线，无数的博主纷纷发文告诫与教导女性如何在紧急情况下进行自我保护。这一切看起来再正常不过，只是，我们却忽略了一个根本性的问题。

在每个性侵案发生时，总会有这样的评论：一个巴掌拍不响啊！她如果不愿意，那怎么可能发生这样的事情，分明自己也享受到了吧！穿这么短的裙子，一看就不是正经姑娘，你不倒霉谁倒霉啊？分明自己也享受到了，却装出这许多腔调来，呸！

在他们眼里，仿佛不是强奸犯有罪，受害者才是应该被指责的一方。他们百般为施暴者寻找合适的理由开脱罪名，却将所有过错推到受害者身上。最可怕的是，这并不是个别现象，反而是常态。

他们强行忽略了一个不容否认的事实：任何一个性侵案的根本，都是因为施暴者的残忍与他们肮脏的欲望。

我们应该教导我们的儿子要温柔地对待每个女孩儿，我们应该教导他们不去强奸。而不是告诉我们的女儿不要穿裙子出门。

我们应该让每一个男性知道，当一个女孩儿对你说"不要"的时候，她就是在明确地拒绝。

在2016年奥斯卡金像奖颁奖典礼的现场，Lady GaGa在现场演唱了《狩猎场》的主题曲《Till It Happens To You》(《除非你身临其境》)。在她的周围，是一群性侵案中的受害者，她们的手臂上写满了"Trust me""I'm innocent"。她们未曾诉说他们的遭遇，只是安静地站在那里。可是，在那一刻，看着她们的眼神，看着她们的动作，就可以感受到她们迫切地渴望你的理解，迫切地渴望你的安慰与同情。

我们永远都无法体会到受害者内心的绝望与痛苦，我们也无法真正地感同身受。她们看起来开朗、无忧无虑，但是那份痛苦却永远埋藏于她们的内心无法消除。时间不会让痛苦减缓，相反，时间会让痛苦变得更清晰。

在发生这一切之前，我或许也赞成过那些理想主义者的意见。但现在不同了，我终于明白，曾经做过的"恶"永远都无法消失，即使加害者改过自新了，他们制造的"恶"仍然会残留在被害者心里，永远侵蚀着他们的心灵。

这个世界并非只是充满黑暗与残酷，改变这个世界的主动权，就在我们的手上。我们不应该再保持沉默，继续使无数女性生活在一个随时被伤害的社会环境里。而能改变这一现状的，正是你我。

如果不是我，那会是谁？如果不是现在，更待何时？

没有谁是一座孤岛，

在大海里独踞；

每个人都像一块小小的泥土，

连接成整个陆地。

如果有一块泥土被海水冲刷，

欧洲就会失去一角，

这如同一座山岬，

也如同一座庄园，

无论是你的还是你朋友的。

无论谁死了，

都是我的一部分在死去，

因为我包含在人类这个概念里。

因此，

不要问丧钟为谁而鸣，

丧钟为你而鸣。

——约翰·多恩《没有人是一座孤岛》

师评·智匠创作微论

就像自然界不乏风霜雪雨，人类的世界也不总是和谐美好。丑陋会存在，邪恶会发生，有人有时会受到种种伤害，尤其是作为人类中的弱者的女性和儿童，尤其是生活在存在诸多偏见的社会中。这就要求我们每个人用心思考这个社会中发生的很多事情，做出自己客观的判断，发出自己明确而正确的声音，为弱者呐喊，为受害者呐喊就是保护我们每一个自己不受邪恶的侵害。

"在此之前，我以为世界发展至今，那些野蛮、残酷而又毫无人性的罪行已经销声匿迹；在此之前，我以为世界上的每一个女孩儿都生活在宠爱与无限的安全里；在此之前，我以为'性侵'这个词只是存活于上个世纪。""但是事实并非如此，甚至更糟。""因此，不要问丧钟为谁而鸣，丧钟就为你而鸣！"这就是我们的清醒所见所感。"这个世界并非只是充满黑暗与残酷，改变这个世界的主动权，就在我们的手上。我们不应该再保持沉默，继续使无数女性生活在一个随时被伤害的社会环境里。而能改变这一现状的，正是你我。""如果不是我，那会是谁？如果不是现在，更待何时？"让我们一起改变世界。微雕每个人面对伤害的态度和行为，一起思考，一起努力改变。这样的见识，才能让世界更美好！

下篇

虚构

诗韵华章,
既是字韵词采,也是诗思徜徉;
悠悠故事,既有悲欢家事离合夫妻,
亦有逐梦青春深情几许,残丛巷语,
芸芸众生,浮世绘意。

壹　诗韵华章

一朝一夜，一念一念，
总是字字诗情；
喜欢，等待，老了，
总是词浅情深。

早

中文151班 尹戈

天空正蓝

阳光正好

我爱同春风追逐那飘扬纸鸢

同那夏雨一般漫步

拾那片片秋叶为我那爱书增添份芬芳

同伙伴嬉耍于那闪耀阳光的剔透冰面

我想我是幸运的

可以感受这万千世界的变幻

欣赏这世上的大好风光

我愿这世上人都同我一般幸运

师评·智匠创作微论

早,一字成诗,这就是汉字的微妙。不论是"我"很早,还是道声"你早",世界都会因此而醒来。如同蛰伏后的春天,万物都欣欣然,睁开了双眼。心怀一份欣喜和感恩,世间万物,有阳光,有蓝天,有春风煦暖。

天正蓝,阳光正好,纸鸢飘摇春风,冰雪消融,这万千变化的世界,还有感受和陪伴这世界万千变幻的"我",何其有幸。如同海子的这首短诗,一样深情:

陌生人,我也为你祝福,
愿你有一个灿烂的前程,
愿你有情人终成眷属,
愿你在尘世获得幸福,
我只愿面朝大海,春暖花开。

微雕一缕阳光,即知岁月静好。

夜

汉外151班　肖霞

晚风吹

惊扰了

沉眠的归鸟

三两颗疏星

寒夜中瑟瑟颤抖

沿途几只蛐蛐

高调哼吟幸福的曲调

埋葬记忆里的茉莉花香

影子插上蓝色的翅膀

逃往爬满野菊的山坡

握一把凄凉

孤独成了常客

会不会有一辆白色马车

盛装着温暖的过去

驶向梦里许下的约定

师评·智匠创作微论

夜,总是和寂静、凄凉、疏星相联系,却也会有静寂中的思绪万千。无数个人,每一个人的无数个夜,都是无数行深浅思绪、喜忧参半的诗行。生命,是这无数诗行的延伸,一夜夜,一天天,一年年……

微雕"夜"的一瞬,一缕晚风、一只归鸟、几颗疏星,寒冷的一派萧瑟中,却有"高调哼吟幸福的曲调"的机智蛐蛐,翻出记忆中的茉莉花香,蓝色翅膀的影子,爬满野菊的山坡。记忆尘封,只合期冀,梦中的约定……体味一场夜的静谧,是自然的赠予,是心灵的诗意栖居。

离

汉外131班 林江萍

水河刚刚
夜雨微凉
敞开心扉
互诉衷肠
那时微妙
几分思量
还没将心事
一扫而光
天色正好
几分星芒
备好行囊
走向远方
当时年少
些许轻狂
却未曾想起
回头看看
你
还在一旁

师评·智匠创作微论

"离",是与人的别离,还是离开哪里?无论怎样,都是一种离怀别绪。离有千种,情有不同。你的每一次"离",是否也如此思绪万千?离家求学,朋友别离,大概是最多的一种别离,个中况味,成就你的诗行。

微雕一场"离",正如"此去经年,应是良辰美景虚设。便纵有千种风情,更与何人说?"

"我"已然启程,"回头看看 你 还在一旁",自古多情伤离别,唯愿,再次重逢不远。离怀别绪,万语千言,已在不言。

想

中文153班 吴顗

心之所想者，思
毕生所想者，愿
行之所想者，求

我想在青海湖旁逍遥
着森女系的长裙
在寂寥的马路中央盘腿而坐
看辽阔的草原
碧蓝的天空
和招摇的彩旗

我想在布达拉宫的神像下朝拜
双手合十，双眸紧闭
呢喃着心中的愿景

祈求着天降神灵

我想在普罗旺斯的花海中微笑

手指拂过薰衣草尖

身影穿过汹涌的海洋

和陌生人相遇，相识，相爱

聊共同的梦

串联彼此的人生

我想在丽江的古镇散步

披着民族纹理的披风

赤脚走在青石板路上

听银色的脚链轻轻碰撞

感受漫漫人生

岁月静好

我想踏过三毛沉思的沙漠

想游行静谧的瓦尔登湖

想像风一样拂过荒凉的古战场

我想

倒立在每一个经纬交叉点

行心之所想

看"想"幻化成景

师评·智匠创作微论

"想",想什么?每个人关切不同,所想也会不同,这就是汉字的微妙之美。恰如,子非鱼,安知鱼之乐?想你所想,念你所念,在心头笔尖,若此,流淌出一段诗行。

想,正如胡适先生的《一念》:

我笑你绕太阳的地球,一日夜只打得一个回旋;
我笑你绕地球的月亮儿,总不会永远团圆;
我笑你千千万万大大小小的星球,总跳不出自己的轨道线;
我笑你一秒钟走五十万里的无线电,总比不上我区区的心头一念。
我这心头一念:
才从竹竿巷,忽到竹竿尖,忽在赫贞江上,忽到凯约湖边;
我若真个害刻骨的相思,便一分钟绕遍地球三千万转!

微雕一瞬间的"想",抑或是常常的"想",总是思接千载,跨越时空,将宏阔的世界,涵纳方寸之中。

念

汉外151班　郝璐

思念要诉诸声音恐怕会有不同
变得浅薄还是别有滋味
都是
朝朝夕夕，终究牵挂
或许是字句顿挫后顺着血脉的喷张吧
是一时糊涂扯掉虚伪理智面具的壮举吧
百转千回
是沉默没有停息的追逐和吵闹啊
在不对称的思索中
有人炽热内疚的发烫
而有人在波澜不惊下，体味暗流涌动
是你，是我，是所有梦不停息的人

师评·智匠创作微论

"念",是思念?还是意念?抑或念想?一个汉字,可以和不同的汉字组合成不同的意义。一个汉字,没有组合,却为读者提供了更多的遐思。念一个人,念一场梦,念一缕风……不同的念,不同的情,思不同,诗行却可相同。

"思念要诉诸声音恐怕会有不同",那就诉诸文字,诉诸诗行。于是,字句间"血脉的喷张""追逐和吵闹",抑或"波澜不惊下,体味暗流涌动"的追梦。执念,是挚情。微雕一个字,却有万千语。诗句的跳宕,诗意的飞扬,是闪念,更是深情。

红

汉外151班 丁侬

清晨起床偏过头来时，恰看到窗外的太阳升起。

啊，像一轮朦胧着雾气的琉璃，朝气蓬勃。

吃早餐走进餐厅时，看到妈妈放在桌上的果酱，是草莓和蜜桃味道的清香甜蜜。

去上学时，一片明媚的路上驶来一辆辆热情如火的婚车，多么幸福的新婚！喜庆无忧。

上课时从座位上向窗外看，是可爱的红白相间的教学楼，是建筑工人的杰作！整洁大气。

放学后我又看到了那轮琉璃。

就这样，你一直在我的身边让我感受到朝气、甜蜜和喜庆。

我希望天地间的一切都是你的色彩。

但是，为什么天上的星星没有你的色彩？

为什么地上的小草没有你的色彩？

是我错了，

这世上的万物，最美的，

还是他们本来的色彩。

师评·智匠创作微论

"红"，是一种颜色，是什么样的颜色？世界是五彩斑斓的，红橙黄绿蓝靛紫，每一种颜色，对于每一个人的意义，可能都不相同，就像，这首诗歌中的"红"。红，对于你而言，是什么？是一轮太阳？是草莓味的果酱？是热情如火的婚车？无论是什么，都有不一样的意义。所以，你是否愿意，为你的那种特别的颜色，写一首诗？

微雕一种色彩——红，其独特的种种。"红"是一种热烈的颜色，他让我们想起似火的骄阳，甜美的红色水果，红红火火的生活，"让我感受到朝气、甜蜜和喜庆"。当我希望"天地间的一切都是你的色彩"时，我才懂得，这样的哲思：

"这世上的万物，最美的，还是他们本来的色彩。"这是写实，亦是哲思。

无题

汉外151班　凌亚婷

酒杯里长出了一朵朵思念的花
幸福的人觉得鲜妍笑开了牙
失意的人觉得惆怅意欲归家
长空下飞走了一对对南归的雁
比翼的鸟毫不羡慕继续飞
单飞的鸟黯然心伤热泪两行
树枝上挂满了一条条绝情的冰
着貂者不知寒滋味捧在手上
裸趾人饱受饥寒苦避而远之
高墙外开来了一辆辆回家的车
有家的人回家去欣喜若狂
无家的人独寂寥泪湿眼眶
没有走过的路，你不知道心有多苦
没有爱过的人，你不知道心有多痛

无情的人品不出相思的酒

衣锦的人永不知寒冷的苦

小孩儿没走过回家漫长的路

鸳鸯不明白离群的雁有多孤独

有些事，你现在不知道，以后可能也不会知道

有些人，与你走散了，你就很难知道是否还会再见了

师评·智匠创作微论

无题，却又是万物之题，一切皆可入诗，入意。正如从"相见时难别亦难"到"蜡炬成灰泪始干"，"思念"与"走散"一样关联。是某种情感拨动了思绪的弦，无题之题，可以包容思绪万千。思绪无论如何飞扬，你的情，始终如一。

微雕一瞬间的种种思绪，纷纭不羁。正如酒杯中思念的花，幸福人的笑靥，失意人的欲归家，着貂者不知饥寒，无爱的人不懂得痛感……种种思绪，是人世间的种种隔膜，际遇难知，知音难寻。

"有些事，你现在不知道，以后可能也不会知道。""有些人，与你走散了，你就很难知道是否还会再见了！"开启智者的思绪，与其感伤，莫若珍惜。

雏菊

汉外151班　刘甜甜

八月稚嫩的脸庞
映出了整个世界的水纹
像一串串极夜的闪烁星辰
绵延至我微陷的酒窝里

他静默地身处一方
像是驻足在时光的老家
阿婆的额头
拨弄着漫长平行的细弦
轻哼着雏菊色的温度

本就着路人的行色匆匆
许是柔情一瞥
竟停留历经了

春花夏阳秋叶冬雪

多情的阿佛洛狄忒啊
你能掀起盛意含情的波澜
我愿作为一朵单色雏菊
紧紧依偎在他的琴头
无畏飘摇

雏菊的花语：暗恋。每个女孩都有着青涩之恋萌芽之时，束发时八月琴房间的偶然，但结果却像阿婆额头的皱纹一样始终平行。身边的人们似乎都热衷于直白有力的爱情，但我想我只愿静静地在他的琴声歌声旁，等待着这场单人初恋的缘起缘落，其中我已经得到了太多。

师评·智匠创作微论

　　一朵单色小花，雏菊，是一颗暗恋的心意。玫瑰、勿忘我、康乃馨……每一朵花，都有自己的花语，你是不是也有最钟爱的一朵？写一首浅浅的小诗，吟诵这简单的美好，就是美好的自己。

　　微雕一朵单色的小花，雏菊。"我微陷的酒窝"，他静默一方，是"平行的细弦"，柔情一瞥，竟"历经了春花夏阳秋叶冬雪"，"我只愿静静地在他的琴声歌声旁，等待着这场单人初恋的缘起缘落，其中我已经得到了太多"却又是一份无语深情，悠长绵远。

喜欢

中文152班　周明秀

小时候

喜欢皎洁的月亮

月笼轻纱，把天真无邪不断放大

长大了

喜欢飞舞的海浪

涟漪微荡，激起心中无限遐想

喜欢一个人

像是要攀越几重高山

再蹚过几条大河

反反复复，忍受着孤独和遥远

仍旧大步向前走

孑然一身念着那个人

他之于我，是山川，是大河

给予我全部的力量

而喜欢的意义在于

生命的常态

师评·智匠创作微论

喜欢，是人生常有的一种美好情感，也因为会有悲有喜，才更具有意义。而每个人的所悲所喜不同，便有无数个关于"喜欢"的故事与真情。你喜欢什么？喜欢在你，又有何种意义？是为之拼搏努力，还是会无奈放弃？你的喜欢，是一首诗。

微雕一种人人皆有的情感，"喜欢"，却又是人人不同的情感。喜欢的对象不同；喜欢的理由不同。儿时喜欢的，是美好的事物；长大后喜欢的，是美好事物带来的遐想；而今喜欢的，是在拼搏与努力之后懂得的生命的意义和拥有的前行的力量。无论怎样，都是和自己生命契合的一种珍惜。每个人都喜欢生命，相信自我，奋力拼搏，就一定会使这个世界越来越美好！

路上

汉外131班　沙倩

把裂痕强大成深渊
月光被囚困
星星的光辉时隐时现
回忆开始迷茫
梦的天空不够宽敞
沉沦于惊涛骇浪里

怕痛的人
蜷缩在阴影下
蜡烛隐忍流泪
是勇气沉淀的智慧
霓虹闪烁的狂躁
悲伤在角落

行人的小憩也是前进

　　惰人的追随也是平庸

　　谁把谁当作希望

　　天神等的人

　　地鬼追的人

　　都在路上

师评·智匠创作微论

　　"路上"，路有千条，行人万种，星夜兼程抑或漫漫而行，不一样的走，不一样的路，向前，总是因着一种希望，一种期冀。你可记得曾经的哪次路上，可成就思绪万千的小诗数行？

　　路上，如何微雕？裂痕、月光、星辉、梦、惊涛骇浪、痛、蜡烛、霓虹、悲伤、希望、天神、地鬼……都是漫漫长路中的相遇或相伴，还有更多的种种，但也正如《三百六十五里路》所吟唱：

　　　　睡意朦胧的星辰

　　　　阻挡不了我行程

　　　　多年漂泊日夜风餐露宿

　　　　为了理想我宁愿忍受寂寞

　　　　饮尽那份孤独

　　　　抖落一地的尘土

　　　　踏上遥远的路途

> 满怀痴情追求我的梦想……
>
> 三百六十五里路呦,从少年到白头
>
> 三百六十五里长路饮尽那份孤独
>
> 在路上,是执着,是前行,是风景……

等待（外一首）

汉外151班　符梅燕

我在等待

下一朵花开

我在等待

有你的季节

我在等待

你回眸一笑

一年四季逝去

方才知道下一个春天的可贵

一段感情翻过

方才知道下一场邂逅的美好

寂寞的夜里

一个人等待

等待一个人归来

嘴里含着百合花

但愿
在百合花盛开的季节
它拉着你来到我面前
我在等待
一个完好无缺的男子
一场盛开无拦的烟火
一次不记尘世的宽容
不需要任何华丽辞藻
只求一颗真挚的心
我一直在等待
一直在原地
等待

雨与远方

天空中像是被洗过一般洁白
和你一样有着洁白的灵魂
被粉刷似的苍空中莫名看见一道彩虹
泥泞的道路上留下的是你走过的痕迹
那么深邃
像是被淋湿在心头上的那一抹伤
家，倏忽像远方的心痣那么缥缈
雨停了

心累了

可家像远方的背影渐行渐远

而我在原地呼唤着你的名字

只因心里有一个地方

它叫远方

也叫家

雨

不是远方的雨

却是远方的雨

一样浸透了我的心

师评·智匠创作微论

等待，当你可以做些什么的时候，你可以等待；当你什么都不能做的时候，你也可以等待。等待一份情，一场花开。在你的生命中，那些等待的瞬间，是一无所获，还是如愿以偿？在每一个落雨的日子里，你是否想起了你的"远方"？吟一首诗，为你的"等待"，你的"雨"，和你的那个"远方"。

微雕一场"等待"，一瞬还是漫长？坚定还是徜徉？我只是"等待"，而"你"，是否会如约前来？时光荏苒而逝，伴着我坚如磐石的心，和一份无语深情。追，是一种美，等待，又何尝不是生命的另一种景致？正如，这里的雨和远方的雨，"一样浸透了我的心"。人生的每一个动作，都是情感的呈现与表达。

夜海

汉外151班　殷小·欢

夜已深
独自一人来到甲板
空荡的船
静寂的夜
唯有这般肆虐的风在狂妄地刮
似千军万马
朝着我的脸
凶戾地扑来
大衣在风中湿了棱角
被海风撕扯
海是漆黑的
一望无尽像一个巨大的无底洞
只有少许边缘的黑水
吐着白色的泡沫

港口繁亮的灯光

已渐行渐远

游轮带着我驶向无边的黑暗

黑暗中没有挣扎

人们亦安然入睡

沉醉于梦中的温暖

而我却愿承受这寒冷刺骨的风

聆听夜海看似无声却汹涌澎湃的歌唱

入三更

今夜伴海入眠

师评·智匠创作微论

"夜海",会是如何的空旷浩渺,漆黑幽深,令人忧惧?而看到"独自一人来到甲板",会稍感释然。还好,不是一叶扁舟,飘荡在无边暗海。夜+海,是一个可以有无数故事产生的意象。一首诗,你的夜,你的海,你的思绪徜徉。

夜与海,如何微雕?是船,是甲板,是风,更是前行。夜的海,空荡的甲板,肆虐的风,漆黑的夜,渐行渐远的港口灯光,游轮驶向无边的黑暗。可谁能听到,谁又愿来倾听"夜海看似无声却汹涌澎湃的歌唱"?夜海中的航行,又是何等强大、低沉、幽深或充满力量?恰如"一塌糊涂的泥塘里"也会有"光彩和锋芒"。

情雪

中文151班 孔青华

昨夜北风啸啸

我只问他明日何堪

熟悉的感觉

他娓娓道来

明日的落雪纷纷

是他给我最美的诺言

憧憬着期待着

梦想着雪落无痕的那一刻

我在同北风诉着我的衷肠

我想

那雪定铺满了校园

厚厚的，淳淳的

美得让此刻的世界

没了死角

夜深

北风走了

闭目合思

梦中的飘雪

何以如此可爱

晨浅飘雪如约

翕目起身

窗外的落落飘雪

同我梦中的一样

雪又是一场预言

师评·智匠创作微论

　　情因雪起，雪为情舞，每一场飘雪的日子，都应有诗行的飘舞。一瓣瓣雪花，就像一行行奇妙的文字，情在字间飞舞，雪在情中飞舞。写下你的雪中情，你的雪中世界，你的心间衷情。

　　情与雪，相加相叠，微雕一份情与自然的组合，情雪，还是雪之情？每一个飘雪的深夜或清晨，总是一份心动或欣喜。雪，对于每个爱雪的女子，都是一个诺言，一个预言。一份纯美的情，熟悉，憧憬，美与梦的诺言，与预言。

伤逝

中文153班　刘华琼

清秋梧桐深院
静思你我的滴滴点点
心在纷扰外
尘世无奈却无法释怀
是缘是劫有谁能说清
碎落的角落
潜伏着不可磨灭的记忆
前世今生
谁的手触碰到不该相逢的流年
破碎的记忆
搁浅了伤情的容颜
记忆中的美丽
注定一去不复返
说好幸福的

幸福永远只是昙花一现

那瞬间

梦随风而远

几度深情触动心灵

风吹皱了谁的思念

那点滴温暖

早已驻入灵魂

今却幻化得热泪盈面

莫非爱情是谎言

太过投入

痴情遮蔽双眼

莫非爱情是圈套

深深入陷

却浑然不知的迷恋

莫非爱情是泡影

太多幻想后

才知渐行渐远

莫非爱情是离去

难舍难分无法攻破命运的防线

犹记否

舞袖蹁跹把裙摆

奉承佳人风华绝代

可如今

梦惊泪绝

独伤秋色诉情怀

师评·智匠创作微论

　　伤逝，是情深不永，是美丽易逝。四季轮回，草木一秋，生老病死，人生一世，终会逝去，不免伤感或伤痛。生命中那些重要的存在逝去时的百转愁肠，在心为情，在文为诗。即使低回呢喃，亦会如泣如诉。

　　微雕一种情感——伤逝，一切景语皆情语。清秋的梧桐庭院，无法释怀的点点滴滴，流年相逢却又容颜易老。梦易碎，昙花一现，梦随风逝，美，已铭刻心间，即使渐行渐远。风华绝代，终不敌，世事变迁，运命无常，有智者，最知珍惜。

老了

汉外131班 陈漫

你
从什么时候开始发现他老了
或许
是你不经意间瞥见了
不知何时爬到他头上的白丝
又或许
是他醉酒后
在电话中不停地唠叨

你
从哪一刻起
发现他真的老了
或许
是他斟酒时

手微微的颤抖

又或许

是你望着他送你踏入安检时

那久久不愿离去的身影

也许

你曾无数次后悔过

为什么当初要任性地

赌气般地选择异地求学

也许

你也曾无数次幻想过

几年后

他牵着你的手

到达人生的另一个彼岸

一如

小时候

他牵着你的手

走过所有的大街小巷

兴许，你幻想过

他会一直年轻

但是

他，真的老了

师评·智匠创作微论

"老",是衰退的标志,我们愿意那些亲爱的人能够一直陪伴我们,永远年轻。而父母的渐渐变老,一定是每一个儿女最不忍见却又最常见的一幕。别离后的每一次相见,你有没有发现,你的父亲或者母亲是不是变老了?白发,皱纹,腰酸背疼……一首小诗,写给老去的父母,不仅是眼中所见,更是心中的感恩与铭记,也告诉自己珍惜。

以一幅肖像,微雕一份亲情。"老了",是一种不得不面对的变化,一种最不愿意见的变化,使我"无数次后悔过,为什么当初要任性地,赌气般地选择异地求学"。看到"老了",最知珍惜,父母安好的每一天,相随相伴的每一天。

一颗绚烂的流星

汉外151班　陈文亭

如何让你凝视我

在我最绚烂的时刻

为这，我虔诚拱手求佛

求他，莫让你再把我绝情地无视

佛，于是把我化作一颗流星

绽放在你抬头的那一夜

月光下

矜重地擦出了火花

朵朵都是我两世不变的渴望

当你抬眼

请你细望

那光辉的弧线

是我赠予你的，最深情的微笑

而当你终于奇迹般地

回以我灼灼的目光

许下的却是，关于她的愿望

在你眼前划破了黑夜的

朋友啊

那不是流光

那是我痛彻心扉的泪痕

师评·智匠创作微论

一颗绚烂的流星，正如席慕蓉的"一棵开花的树"。美好易逝，却难以守候和握持，但即使只是一瞬间，也有无数的感触与回味：一颗流星，一株昙花，一束烟花，一抹彩虹。

"流星"，是一种与短暂有关的意象，瞬间即会滑落，世上再也难寻。微雕一颗流星，因为那是"我"最深情的生命幻影。虽然，在你的眼前，呈现出的只是一瞬的耀亮，却是"我"的生命化成的永恒。要你懂得，因短暂，更珍贵，更凄美。

假如我是一座小岛

中文151班　张娅

假如我是一座小岛
我也要奋力留住过往的飞鸟
让我的背脊鸟语花香
让我的内心不再荒凉

假如我是一座小岛
我也要夯实自己单薄的胸膛
面朝太阳升起的方向
托起我的家人和梦想

假如我是一座小岛
我也要坚决守在最初的地方
任凭风浪无情地拍打
等候心底最深的牵挂

光那么温暖，水这么轻柔

这远离红尘喧嚣

没有算计，满是欢乐的小岛

正是我所渴望的桃源圣地

日出又落，潮起潮落

一座小岛

绽放出

静穆的光芒

师评·智匠创作微论

"假如"，是我们常常会用的一个词语。因为是一种假设，所以可以有千万种可能：可以是未来，可以是身边的世界，还可以是你自己。就像这首小诗，"假如我是一座小岛"。会不会孤单？会不会荒凉？还是会绿树成荫，鸟语花香？假如你是一座小岛，你又是什么样子？假如你是一只飞鸟，你会飞翔在或飞翔过怎样的天空？写一首属于你的，"假如……"的诗。

微雕一种超越时空的想象，"假如我是一座小岛"，在水的中央，被水围绕，虽然阻断了与陆上的联系，但可以，留住飞鸟。面朝太阳升起的方向，就可以有鸟语花香，就可以与水相亲，与光相伴，就可以绽放出自己的光芒。虽无语，却是一份静默的深情。

秋叶的葬礼

汉外 151 班　藜洛

断了乳汁的叶
失落在翠绿的湖
那一潭死水
狂风也荡不起半点漪澜
何况你
这断了乳汁的叶

嘿！你——
死水孕育的殉葬者啊
那噬咬尸体的齿
怎么这般冰冷
母亲轻抚过的孩子哟
躺在翡翠模样的坟墓沉睡
不再起伏的胸脯啊

也会疼痛

呵！你——
醉醺醺的行刑者啊
为何在午夜
独饮
你沉默的朋友
如何不陪你
歇斯底里

嗨！你——
没了命运的
自由了的叶啊
不如随了死亡，去了吧
你风流的母亲
刻下稠绿的吻
可曾将你挽留

这翡翠模样的坟墓
谁允许你
染了魔鬼的金发
勇敢的美丽姑娘
古井的葡萄酒再度飘香
你英俊的勇士
已经到来
索性燃一盏昏暗的灯

携着魔鬼的金发

随了他去吧

留下,翡翠模样的坟墓

断了乳汁的叶啊

莫再淌你晶莹的泪珠哦

若是叫那深海鲛人

瞧见了

怕是要嫉妒的啊

不如就消散了吧

消散了你翡翠样的发

消散了你的翡翠样的奔涌的血

消散了你翡翠样的永不止息的魂

消散了吧

消散了吧

在你翡翠样的坟墓

你的翡翠样的魂

还记着

来年的春

你的翡翠样的嫁衣

　　创作背景:那片秋叶,就像我们:脱离家的庇护,在社会的大熔炉里挣扎、磨炼,无法摆脱这样轮回的命运。秋叶,不由分说地被风带离了母亲的怀抱,落在地上,任人践踏,粉身碎骨;落进水里,遭到鱼虾戏弄,而后腐烂。但即便这样,秋叶依旧存在,我们依旧存在,依然寻觅着生的快乐、死的意义,无休无止。

这首不完美的诗，来源于我看见的水中的落叶、连大的满目金黄，来源于我幼时记忆中的童话（魔鬼的金发）。我闭上眼睛，思绪一点点浮现、一点点蔓延，就像生和死，永无止境！

师评·智匠创作微论

秋，叶，葬礼，三个词语的连缀，是一首诗字里行间的情与意。秋叶飘落湖中，翠绿的湖，一潭死水，是秋叶的坟墓。秋叶随风，无论飘落哪里，都是一场盛大的落幕。在湖中，在草间，抑或在森林，又有怎样的魂，会待怎样的春？

微雕物候变换，微雕知秋一叶。秋叶，不同于春之叶、夏之叶，因秋情的不同，秋叶对于每个人而言，是斑斓五彩，还是共舞秋风，会成就不同的诗意和诗情，就如这首湖中秋叶，应有一场葬礼。或许，于达观的智者而言，葬礼，抑或是涅槃的预言，抑或是化蝶的前缘……

你的名字

汉外 151 班　凌亚婷

你是少女脸上的那一抹娇羞

蕴藏着对恋人的思恋

你是春天枝头上的那一朵桃花

张扬着粉嫩的色彩

你是夏天池塘里的那一枝荷花

点缀了整个池塘的绿色

你是傍晚天边的那一片晚霞

宣告着黑夜的降临

你是少年胸腔中跳动着的不安的心脏

日夜企盼着那眼波流转的少女

你是少女身上那华美的石榴裙

迷了多少少年郎的眼

你是那甜美、温柔和纯真的化身

你是那娇柔可爱的女孩子

你是那人间四月天

你的名字叫粉色

师评·智匠创作微论

"你的名字",如题,可以用"你的名字"抒写对世间万物的情愫,就像这首小诗中的"粉红"。每一种颜色,每一种植物,每一种动物,每一个自然现象,都可以成为诗的主人,可以摹写,可以赞美,可以倾诉。

微雕一抹粉色,化为人间百态:是少女脸上的一抹娇羞,是春天的一朵桃花,是夏天的一枝荷花,是傍晚的一片晚霞,是少年不安的心脏,是少女华美的石榴裙,是娇柔可爱的女孩。这些无不美好温暖,正如人间四月天。一抹粉色,智者知爱,这份生机勃勃。

当我老了

汉外151班　周瑶瑶

当我老了
我要在铺满雏菊的院子里
架一座米白色的秋千
满足我尚未老去的少女心
在花香里沉浸
在阳光下沐浴
在呢喃的微风中小憩

当我老了
我想要卸下所有的负累
用尚且硬朗的身体
和最爱的人共同远行
在山水里穿走
在帽檐下张望

在未知的旅途中颠簸

当我老了
我要每日在阳光最充足的卧房中醒来
穿着得体的长裙
练习着刚学会的油画
在脑海里临摹
在画笔下勾勒
在缤纷的油墨中找寻自我

当我老了
我会养一只乖顺、粘人的白猫
在家人忙得忘却了我时
与它为伴
在清凉的树荫下漫步
在昏黄的夕阳中一同找寻回家的路

师评·智匠创作微论

"当我老了",对于青春韶华的青年,是一种假设。而在每个人都走过过往走向未来的时候,设想一下,未来的某个时刻,不但是一首诗,还是一帧温馨的画卷。"当我结婚""当我做了父亲/母亲"……那时那刻,又是何情何景?

微雕自己的未来,"当我老了"。这首小诗,让我想起曾有一位朋友,遇见一位老人坐反了公交,这位朋友热心地把老人送到了想去的地方。当老人表达感谢时,友人说她只是"遇见了未来的自己"。"当我老了",就是如此。一架秋千,一次远行,一抹油画,一只白猫,一起回家,一起老去,一场浪漫的情事。

冬天里出生的孩子

中文151班　潘美迪

我是一个在冬天里出生的孩子
但是初生的我热烈如火
似乎融化了这个寒冷的冬天

白茫茫的冬天里
我纯净得像个精灵
活泼得让冬天惊讶

可是后来我沉默了
就像冬天里的冰河
再大的风浪也卷不起一丝涟漪

我困惑了
硕大的雪花砸了下来

悲伤漫天地飘扬

我是一个在冬天里出生的孩子

四季像风车般天天流转

春天的步伐已悄然迈进

师评·智匠创作微论

"冬天里出生的孩子"一定很多，只是，每个冬天不同，每一个出生的小屋不同。或许，你不是"冬天里出生的孩子"，那个属于你的季节，又是什么？四季轮回，每一个季节，每一个季节出生的孩子，都可以是一首诗。这首诗，只属于自己。

"冬天里出生的孩子"有无数个，微雕出这个可以热烈如火，融化寒冷的冬天，像个飘舞的精灵，炽热而活泼，但即使沉默如冰河，也一定会等来，步履蹒跚的春天的这一个。如果你也是一个"冬天里出生的孩子"，你一定也可以热烈如火。爱每个季节、每个日子，就是爱自己的生命，爱自己的未来。

牵手　放手

汉外151班　刘妍

是什么缘分

让我们今生为伴

在每个紧要时刻

你紧紧牵着我的手

没有不安

踏实感成为生命的住客

一个生命的延续

一声清晨温暖的呼唤

做您的孩子是我最大的幸福

在生命的转角

你又必须要放手

母亲啊

请您放心

我会把您放在我视野的前方

您疲惫时

我牵着您的手

那感觉

和当年一样

牵手放手

牵手　放手

藤蔓紧着枝干伸展

一只燕子停息着

它不经意带来远处的模样

燕子飞了

藤蔓着了迷似的生长

枝干越追不上藤蔓了

如果放手便是成全

那我会为你搭好向远方的路

你只管生长吧

但记得

你的根在这里

你的家也在这里

要你永远记得呵

师评·智匠创作微论

牵手，放手；同题，同情；人不同，境不同，诗思不同。人与人之间的每一次牵手与放手，都会有思绪奔腾。你与母亲，又是怎样的牵手与放手？岁月流转，历久弥深，深情如许，亦如诗！

微雕两个动作"牵手""放手"，在情人间，抑或在亲人间，无论是谁，都是一份至亲至情。母亲牵着儿女的手，是为了年幼的儿女走得更稳；母亲放开牵着的手，是为了让长大的儿女可以展翅飞翔。年幼的儿女牵着母亲的手，是一种踏实，一种依仗；长大的儿女牵着母亲的手，是回报一份恩情，一种血脉相连的不舍。因为牵了手，来生还要一起走。

还好我有你

汉外151班　周晨舒

这世界太过无趣

不过我有你

教我咿呀学语的你

陌生的世界里

唯一读懂的符号

只有你的笑

这世界太过无趣

不过我有你

多远的路途多大的风雨

都有你在原地

撑着一把大大的等待

为我卸下小小的书包

把脸上咸咸的泪珠

都换成珍珠

这世界太过无趣

还好我有你

让我背着梦想走向很远的地方

留下想念翻山越岭

照亮前方的晦暗与不安

这世界太过无趣

当我终于理解这句话

才发现童话原来只存在于你的故事书中

时间催人成长

长大意味着告别

告别故乡，告别单纯，告别曾经的信仰

告别公园里昼夜不停的旋转木马

唯一不能告别的，只有是你

还好我有你

在数不清的漫长而无趣的时光里

让我学着做一个有趣的小孩

在单调而轮回的四季里

教我做一个坚定而勇敢的大人

这世界太过无趣

我只相信你

永远有把世界变美好的魔法

却只微笑站在我身后

你像一棵树

代谢我的自由与你的盼望

用日渐沙哑的声音唱出让我开怀的歌

我说,谢谢

你拯救了这个无趣的世界

你笑着摇了摇头

师评·智匠创作微论

"还好",是与这个世界的和解,"我有你",是一场和解的前提。无论你是谁,你一定是在我的生活和生命中,起着重要作用的人。你与这个世界是否达成和解?在你的生命中,谁又是那个最重要的人或者很重要的人?为他写一首诗,告诉他,他带给你的所有,带给你的这个世界上的一切。

"还好我有你",教我咿呀学语,为我挡风遮雨,背我翻山越岭,教我勇敢而坚定。你拯救了我的无趣的世界,但你不要谢谢。这就是你,在我的生命中无比重要,却从不索要回报。无数个场景,微雕一份无私的亲情。不要回报,却要懂得回报。

倘若生活

中文151班 房红

他会送她玫瑰

陪她越过山丘蹚过流水

他带她看电影

为她斩过荆棘挡过风雨

爱，任何一种爱

总是温暖明媚而且美好的

这是人们的感官接收到的

七月，夏虫不可语冰

你看烈日下他的汗珠朝地下流汇

那模样像不像那朵他送她的玫瑰

还有他不愿让她看到的朝五晚九

是不是就像电影男主角一样倔强

她在越鸟筑巢的地方翘首盼望

远行的人迟迟没有归期

她朝胡马依偎的方向望穿秋水

等待的人久久不肯放弃

距离，任何一种距离

都是遥不可及而且无法跨越的

这是距离给的煎熬告知人们的

异乡，除却春秋仍冬夏

夜晚的城市里灯红酒绿

但再热闹也温暖不到他

小区的窗户里灯火通明

再明亮也没有一盏为他

你常说想了无牵挂终日自在

然后到最远的地方去流浪

你说如若和心爱的人有未来

你愿陪着她在公园看青苔

牵挂，不要计较方式和时间

在这世上有人牵挂总是好的

自由，是羁绊的对比下出现的

人们活了很多年就慢慢知道了

你身旁自行车没有后座

心上人怎敢赤着脚与你四处颠簸

怎么爱人要爱他的灵魂

又是谁说爱人一定要求个安稳

我一度以为我是热情而且外向的

喜欢无拘自在的状态

我后来知道我是冷静而且内向的

习惯孤独和渴望自由

我，总是对立矛盾着的

每个人都有自己不被知道的一面

卸下伪装，自然坦荡

你并不是我，又怎能了解

真真切切体味用心感受周围

岁月很长，有那么多的事烦扰

生命很简单，我们太造作

何不遂了自己的心意做自己。

倘若生活

你要懂得体味那些朝五晚九的心酸苦涩

倘若生活

你要珍惜那些为你望眼欲穿的可爱人儿

倘若生活

你要感激那些用自由换算来的幸福羁绊

倘若生活

你要学会在失去或是在找寻中做你自己

师评·智匠创作微论

倘若，是对生活的假设，是对情的假设，是对未来的假设，是对每一个希冀的假设。生活,或许不会一直美好如意,幸福如期,却也要倔强地努力。倘若生活,倘若爱情,倘若明天,倘若……如此,总可以有一首诗,藏着愿景,伴着期盼。

生活有千万种假设,有千万种未来,可以微雕。但只要你懂得自己最想要的是什么,就有属于自己的生活,就会向着心中的那个前方,倔强地跋涉,不肯放弃,所以:"倘若生活,你要感激那些用自由换算来的幸福羁绊。倘若生活,你要学会在失去或是在找寻中做你自己。"无论未来怎样,只要初心不改,只要矢志不移,一定会有未来可期。

深夜呓语

汉外151班 罗娜

逐个梦，逐次想，逐渐累积
逐个字，逐个句，逐个写下
我写的，确不是诗
因为我从来就不是什么诗人

穿过沙，走过雪，等过春秋
起过早，贪过黑，数过日落
我常常一个人做这些事
也常常享受着一种孤独
无言地踱步屏幕前的午餐
午夜台灯下的倒影
没有谁打断我思维地延伸

点过头，握过手，泛泛之交

会过面，道过别，人来人往
在寒冷的腊月的夜里

北风在窗外呼呼地扫着
我亦不会感到孤独与寂寞
我沉迷在音乐里
浑身都是耳朵
整个世界都被扔到很远的地方

逐个梦，逐次想，逐渐累积
逐个字，逐个句，逐个写下
啊 喔 额 吡 呜 迂
深夜里的喃喃自语
脑海不停地转动
文字在纸上跳跃
没有谁干扰我想象的飞行

师评·智匠创作微论

呓语，是醒？是梦？是字，不是诗？夜深，人静，呓语，成一首诗。思绪的跳宕，思维的延伸，世界的绵远，悠长，所有的情之所及，所有的物之所触，都会成为诗中跳跃的文字，成为心中跳宕的诗情所及。

壹 诗韵华章

微雕一次"呓语",却是最深沉的思绪。"我从来就不是什么诗人",诗,不是千篇一律的标准美人,而是长短不一的跳跃思绪。孤独、寂寞、沉迷、想象,是喃喃自语,也都是诗情诗意。"没有谁干扰我想象的飞行",智者任性,亦深情。

不愿离开

中文153班　陈芯茹

我们总是不愿离开家

若情非得已，不得不离开

只要还在那960万平方公里的土地上

漂泊感就不会太强烈

然而，当跨出了边界，越出了海岸

实际意义上的游子

好像也就落定了

祖国边境的意义

大抵就在于

境内，是家

境外，是天涯

家里

是长城雄伟

是泰山险峻

是草原辽阔

而在天涯

万水千山

都只不过归结为茫然与孤独

如此而已

所以

所谓的安土重迁

不过是

我恋着脚下的这片领土

和心有归属的空气

我爱着这里的人民

和生我养我的河山

师评·智匠创作微论

　　不愿离开，因为祖国＝母亲。就像每一个留恋家、留恋家乡的人，不愿离开的地方，那里一定有你留恋的所在，而一旦离开，你一定会失去这一切。不愿离开，对于你而言，是哪里？是谁？写一写那些生命中让你产生如此情怀的人或事，也再一次明晰，什么，才是自己最重要的意义。

　　微雕一份对祖国的深情，正是如许，不愿离开：
　　"我们总是不愿离开家。若情非得已，不得不离开，只要还在那960

万平方公里的土地上,漂泊感就不会太强烈。"家和国,相互依存,所以境内,是家;境外,是天涯。所以,我爱着这里的人民,和生我养我的河山。正如,陪伴,是最深情的告白。

你的名字

汉外 151 班　梁丁尹

暮色染红了天际
黄昏的两岸住着我和你
陨石落下的那一刻
是我们相遇的开始

或许，是命运对我们太残酷
我们，出现在了彼此生活的缝隙
可是，我却不知道你的名字
从此，我便一直在找你
只为，知道你的名字

繁华喧闹的城市
是你的存在
静谧朴实的乡村

也是你的存在

在黄昏降临的那一刹那

我的生命就都是你的存在

吉他开始响了

列车开始行驶了

我去找你了

我想知道你的名字

即使，我们在不同的时空

陨石的星尾是我追寻你的痕迹

我要找到你

告诉你，我的名字是：

我喜欢你。

师评·智匠创作微论

  每个人都有一个名字，每种事物都有种类的名字，每一个"你的名字"都可能与"我"有千丝万缕的联系。最重要的不是你是谁，而是你是"我喜欢"的。你和名字，连在一起，只是为了表白一份情意。因你的名字，连缀成一首小诗。

  微雕一个我喜欢的你，从你的名字写起，相遇、寻找、生命同在，启程、追寻一份执着的情愫，正如："陨石的星尾是我追寻你的痕迹，我要找到你告诉你,我的名字是:我喜欢你。"传递真情,无须赘语,只要一个眼神,一个词语。

落雪的伤悲

汉外151班　张晓玉

我
是一片飞舞的雪花
多希望你能看见现在的我
雨滴还未曾来侵蚀
阳光还未曾照耀
银白的季节正离我远去
我快要坠落了
有点忧伤
又有点恐惧
现在
正是
最美丽的时刻
时光正好
可你却还没到

在那安宁静谧之后

谁人听到我的哭泣

无缘的你啊

不是来得太早

就是

太迟

师评·智匠创作微论

描写雪花，多以轻盈、飞扬等词语形容。这首小诗却因雪的短暂的飘落和易化为情，以"伤悲"与雪相联系，别有创意。每一种伤悲都有原因，就像这首小诗中的落雪。仰首注目，每个人的落雪不同，悲喜亦不同。借物抒情，抒写你的落雪，你的情愫，飘落为诗，飘扬为情。

微雕一种情愫，用一种无语的自然。正如，伤悲，随落雪而飘舞，因错过而感喟。万物赖以欣欣向荣的阳光，此时，却成为给雪花带来忧伤与恐惧的意象，因为阳光会使"最美丽"的"我"错过"无缘的你"。智者无须多言，正是一切景语皆情语。

相思令人老

汉外151班　赵宁

那一场叶雨将你深埋在我心底
任时光流逝
也不曾磨灭

那一片浮云将你送离我身旁
任我怒哭咆哮
也不曾回头

那一方星空如你闪耀在我灵魂
任沧海桑田
也不曾忘却

可是
我却老在
你离去的时刻

师评·智匠创作微论

　　相思令人老,如同"本想不相思,为怕相思苦,几番细思量,宁可相思苦"!又如"问世间情为何物,直教人生死相许"。爱,不能相伴,相思即为意。为所爱相思,会"为伊消得人憔悴",相思会痛相思亦美。一份相思,为谁成诗为谁老?

　　微雕相思,以"令人老"而起。深埋心底,不曾磨灭,因你随浮云而去,如此决绝。你的耀亮,我难以忘却,而陪伴我的,唯有相思,唯有老去……所谓深情,正如《牡丹亭》:情不知所起,一往而深,生者可以死,死可以生。生而不可与死,死而不可复生者,皆非情之至也。

十三月

中文153班 赵璐

名为呼啸山庄的大学
晚风肆意的秋天
中秋节
小男孩抱着月饼赏月
凌乱了整个秋天
工大落叶连连
小男孩愿望实现
光棍节
月下对影几度和谐
温暖了整个冬天

平安夜圣诞节
欢声笑语一片片
期末结束的喜悦

站台最后离别

你是否会爱我

在二十五小时

　在十三月

离别不说再见

师评·智匠创作微论

　　十三月，不是第十三个月，而是每个十二月之后。关于秋，关于风，关于小男孩，关于月饼，关于爱的文字，就像爱一样，没有道理。或许，在爱中，这样的不讲道理，就是爱情的道理。你有没有在二十五小时，在十三月的一场情事？可以写一首情诗。

　　微雕岁月，以一个特别的"十三月"。用呼啸山庄——那个大学的别称，因为山口中的一年四季，呼啸的风。中秋节、光棍节、圣诞节、期末了，"离别不说再见"，只要，在二十五个小时，在十三月的爱。用超常，呈现最强烈的情。

贰　离合悲欢

无论是奶奶逝去的伤痛，
还是全家福的难成，
最是温暖的人生港湾，
却并非家家圆满，
总有离合悲欢，
此事古难全。

爱与坚强

汉外151班　黄荣荣

北方冬季的夜晚，寒风凛冽地吹刮着。月亮依旧悬挂在漆黑的夜幕中，繁星稀疏。屋外早已没有生物活动的迹象，而屋内却显得那样宁静安详。

漆黑的屋子里，只有炉火还发出淡淡的红光。

"从前有一个穷人，以捡破烂为生。有一天突然刮起一阵黑风，随后飞来了一只大鸟，将他驮到另一个地方……"伴着斜入的月光，奶奶在给小孙女讲故事。

"那后来怎么样了？"孙女好奇地问着。

"大鸟将穷人带到了离太阳很近的一个地方，那里到处都是黄灿灿的金子……"故事还在继续，可小孙女早已听着故事进入甜美的梦乡。深夜里，奶奶总是怕孙女踢被子，便一次又一次地给她搭被。

孙女叫双双，出生于一个普通的农村小镇上。她有爸爸、妈妈，还有奶奶，他们都很爱她。但由于父母整日忙于工作，双双从小和奶奶住在一起，在奶奶的陪伴下长大。

春天到了，父母忙于耕种，没有时间给双双做饭吃。奶奶便张罗食材，给她做她想吃的食物。吃过饭后，双双又想去河边捉鱼，可是没有渔网，用手捉鱼是不可能捉到的。该怎么办呢？奶奶知道双双的想法，知道她很倔强，认定的事绝不放手，这着实让奶奶为难。双双相信奶奶会有办法的。奶奶心灵手巧，平时不管什么难题摆在奶奶面前，奶奶都会解决掉。这时，不知道奶奶从哪里找来一根竹竿，还有一个铁圈，又从柜子里找来了以前用过的纱布。只见奶奶用粗糙的双手一针一针地把纱布缝在铁圈上，眼睛费力地盯着针线走过的痕迹，最后将铁圈绑在竹竿上，渔网就做好了。

孙女满心欢喜，又蹦又跳。奶奶看着孙女，她脸上的皱纹仿佛少了许多，心想："这小丫头还真是活泼，什么都想尝试去做。"

祖孙二人来到河边，河水缓慢地向前流淌，水中的鱼儿清晰可见。双双用网去捞它们，可是一无所获。

"奶奶，你看这鱼为什么都跑了呢？我的网里一条鱼都没有……"

"鱼儿害怕你的网，当然要跑得远远的啊，傻丫头。"

奶奶在地上拿起一根树枝，"双双，你把渔网放在水草的根部，过一会儿鱼就进去了。"双双很好奇。这是为什么呢？只见奶奶把水弄浑浊了，看不清河底，看不到渔网。

"鱼进网了！快拿出来吧！"双双嗖的一下将渔网从河里拿出来，果然看见有几条鱼露着明晃晃的、白亮亮的肚皮在网中挣扎。双双早已掩饰不住内心的喜悦，如获珍宝。

落日的余晖斜射在大地上，奶奶粗糙的大手牵着双双的小手回家了，路上欢笑声不断。

"双双，玩得高兴不？"

"高兴，奶奶太厉害了，我长大也要成为像奶奶一样聪明的人……"

每到初五、十五是镇上的集市。这一天的镇上热闹非凡，而奶奶总是喜欢带着双双去逛集市，每次都会问双双要什么吃的东西。

双双沉默着，心想：奶奶又没有那么多的零花钱，我才不舍得奶奶给我买吃的呢！我想吃什么，让爸爸买给我就好了。

"不用了，奶奶，我什么都不要。"

奶奶总是夸双双懂事，但每次都会给双双买她爱吃的零食还有一些水果。晚上，伴着温和的灯光，奶奶在给双双削苹果。那苹果皮从一头开始，像长长的链子一样，没有间断。双双很佩服奶奶的"技术"，想学着奶奶的样子试一试，所以偷偷拿起苹果刀，开始模仿奶奶削苹果。

"啊，好疼！"双双的手在削苹果的时候不小心被刀割出血了，伤口很深，血不停地涌出来。奶奶看到后，连忙找到药箱给双双止血、包扎，头顶的汗珠在灯光的映衬下更加闪亮了。她眉头紧锁，生怕双双的手感染。那个夜晚疼在双双的手上，也痛在奶奶的心里……

夏天到了，炽热的太阳烘烤着大地，就连空气也是热烘烘的，人一动就浑身冒汗。奶奶总是在每日的午后给双双洗澡，然后给她梳漂亮的小辫子。

"奶奶，我漂亮不？"

"双双真漂亮，小辫子更漂亮了。"

双双看着镜中自己的模样，笑得合不拢嘴，飞快地跑出去让她的小伙伴看奶奶给自己编的头发，心里乐开了花……

转眼秋天就到了，双双父母忙着收庄稼，奶奶年岁大了，不能帮着干农活，所以就带着双双在家切葫芦片，然后晾到房上，冬天可以用来做菜吃。奶奶切着葫芦片，双双就一把又一把地帮忙晾葫芦片。

"奶奶，咱们晾完葫芦片，你教我剪纸吧！我看过你剪的'和平鸽'特别好看。"

"好，奶奶教你，只要你喜欢就好。"奶奶的心里总是这样满足。

只见奶奶拿出一把剪刀，三下五除二地剪出一个圆形的"和平鸽"，真是惟妙惟肖，栩栩如生。双双也照着奶奶的样子剪下去，不一会儿的工夫，活灵活现的"和平鸽"就剪出来了。

清早，一层薄薄的霜为大地披上洁白的嫁衣，院子中枣树的叶子早已飘落一地，田野变成空旷的一片，东北的冬天就要到了。奶奶来到集市买来花布，准备给双双做冬天的棉袄，来抵挡北国的寒冬。

精心挑选了好半天，奶奶选中一款蓝底带红色花的布，看起来清新脱俗，又买好了棉花。回到家吃过晚饭，奶奶给双双量好尺寸，剪裁花布，一切准备就绪后，便推出缝纫机，安装好机带，就开始给双双做棉袄了。

昏暗的灯光下，奶奶银白色的头发越发明亮了，脸上的皱纹像一团揉皱的草纸，上面写满了岁月留下的痕迹。

"奶奶，你还不睡吗？"双双问。

"眼看着天就冷了，奶奶想抓紧把你的新棉袄做好，这样冬天的时候你就不会冷了。你先睡吧，奶奶一会儿就好。"

月牙早已爬上枝头，伴着缝纫机发出咔嗒咔嗒声，双双睡着了。

时光飞逝，留下的只是一段跳跃式的记忆，带来的也只是一种无奈的奋斗。

那年双双十六岁，奶奶七十二岁，双双考上了离家二十公里的公立高中，奶奶因没有双双的陪伴变得孤单了。

转眼间去高中报到的日子就到了。清晨，奶奶起得很早，给双双做了丰盛的早饭，因为她知道双双今天就要去上学了。吃过早饭后，妈妈找来一辆三轮车，准备送双双去上学。

奶奶也帮忙搬行李，在门口一起等车到来。

"这一次离开家，恐怕一个月后才能回来吧！"

"嗯，奶奶，你放心，有时间我就给你打电话。"双双安慰着说。她心里想：真的不想离开家，不想离开奶奶。但是自己又很努力才考上高中的，还是得去上学啊！

妈妈跟双双交代了一些上学应该注意的事情，又嘱咐双双要好好学习。其实，这都不必要，双双在学习上一直很努力。

"奶奶，你回去吧！早上挺冷的，别冻着。"双双关切地说。双双很想让奶奶回去，因为她害怕车来了，控制不住自己的感情。看着奶奶浑浊的眼睛，她会感

贰 离合悲欢

到放心不下。

"你第一次离开家去上学,我怎么能安心地坐在炕上呢?等车来了奶奶就走。"

车来了,妈妈和奶奶把行李都搬上去了。车走了,奶奶的目光仍没有离开。

一路上,双双和妈妈说,她真的很想家,想奶奶。妈妈安慰她:"人生中都会经历一些让自己成长的事。家里一切都好,你安心读书就行了。"双双的心里早已哭过无数次,但她的脸上却始终保持微笑。

微笑是离别的痛,它无法掩饰内心的泪痕。

转眼间,开学将近一个月了,但双双一直没有给家里打电话。这并不是因为她不想奶奶和爸爸妈妈,是因为她怕打电话的时候控制不住自己的感情。

十一放假的那天早上,双双心里格外高兴,因为她终于可以回家了。她先去市场逛了一圈,看什么东西适合奶奶吃,想给奶奶买回去些。

还没到家,双双早已看到家门口的那个身影,没错,是奶奶!看到奶奶后,双双大步跑上前去,和奶奶一起进了家门。奶奶给双双准备了一盆新烀好的板栗,这可是双双最喜欢吃的,桌上还放着洗好的水果。双双和奶奶聊了许久高中的生活,包括怎样军训,高中怎样努力学习。双双还告诉奶奶,她多么想奶奶。

闲谈过后,双双就和奶奶回她家吃饭,平时奶奶是怎么叫也不愿意来的,但是这次不同,因为双双回来了,这一家人好不容易又团聚了。饭桌上有说有笑的,都问双双这一个月生活得怎么样,有没有想家之类的话。正当大家聊得开心的时候,奶奶突然"呀"地叫了一声。原来是奶奶的耳朵在疼,以前也就是有一点听不见声音,后来开始疼,这次耳朵疼得厉害了……

以前耳朵疼,大家谁也没太当回事。但这次,爸爸为奶奶找来了大夫,大夫开始说是疖子,说打几天针,消炎之后就好了。

转眼间,又是半个月过去了。那天正下着小雪,双双很担心奶奶,所以利用半天假期回家看望奶奶,可是奶奶的耳朵依然没好,还在疼。

"再把大夫叫来吧,看看什么情况,妈的耳朵怎么还没见好呢?"爸爸对妈妈说。双双听见爸爸和妈妈间的谈话，不一会儿就看见乡村大夫走进奶奶的屋子，双双就在后面看着，想知道奶奶的耳朵怎么了。

那大夫看了一会儿说："以我行医的经验看，这耳朵里好像长了什么东西，恐怕是个瘤。"

双双的爸爸不相信："这怎么可能呢？"躲在后面的双双更是不敢相信，毕竟这位乡村医生才三十多岁，挺年轻的，他说的话可信吗？

夜幕降临，双双不得不回学校去上自习。到了学校，上自习的时候，双双想起万一有一天奶奶不在了，她该怎样面对这个事实……想着，想着，眼泪就忍不住地流了下来。

这一晚上的自习课，双双一直都在胡思乱想，根本没有心情学习。她的耳边经常响起奶奶的话，奶奶告诉她在学校要好好学习，取得优异的成绩，好让奶奶开心。她知道，奶奶最大的心愿就是三年后她能考上自己满意的大学……

星期三的一节英语课，正当老师讲课的时候，走廊里走过一个人影，那身影好熟悉。双双仿佛看到了妈妈，心想：该不会有什么事吧！那个人是妈妈吗？

"双双，你妈妈来找你，让你出去一下。"英语老师说。

双双胆战心惊地走出去，就害怕妈妈说一些关于奶奶耳朵的事情。妈妈拿出一块手表，这是上次军训双双不小心摔坏的。妈妈说，修好后就给双双带来了，以便看时间。随后，妈妈又告诉双双一个让她心情无法平静的消息，妈妈沉重地说："奶奶的耳朵里好像长了恶性肿瘤，过几天需要到医院做切片确诊。"听到这个消息后，双双感觉天都要塌了。

中午吃饭的时候，双双的同学春华说："双双，你怎么了？看你平日吃饭都吃得很快，今天都没吃几口。"

"我奶奶的耳朵里好像长了个肿瘤，我害怕……"

还没等她说完，春华安慰她说："不要乱想了，不是还没有确诊吗？万一是出错了呢。"

日子就这样一天天地过去了，双双的姑姑和爸爸带着奶奶去市中心医院做切片确诊,确诊的结果还得过几天才能出来。这段时间,双双非常担心,经常给妈妈打电话询问奶奶的情况。

那是2012年最后一天的最后一节物理课。课上大家都在为元旦放假而感到喜悦,只有双双一个人趴在桌子上,静静地一句话也不说。她知道奶奶正在医院,她急切地想看到奶奶。

放假回到家后,双双听妈妈说,奶奶好像得了什么不好的病。双双虽然不明白"不好的病"指什么,但是听了这个让她心里觉得很不舒服,眼泪控制不住地流下来了。妈妈让双双不要哭了,毕竟切片的结果还没出来。双双的爸爸回来了,双双的妈妈对爸爸说,"你看你闺女,放假回来后就一直哭,哭到现在了,怎么都哄不好。"

"双双,先别哭了,切片结果还没有出来呢。明天就让妈妈带你去医院看奶奶,好不好?"爸爸说。

双双这才止住眼泪,眼睛早已肿得很高了。

这一夜显得那么漫长,双双期盼早上的到来……终于天亮了,地上覆盖了一层厚厚的白雪。吃过早饭后,双双和妈妈踏着厚厚的白雪来到车站,等待去市内的汽车。坐车的时候,双双的脑袋里想过无数次和奶奶见面的场景。她半个多月没见到奶奶了,也很担心奶奶的病情,想念的泪水止不住地从双双脸颊滑落下来。

经过一路周折,终于到医院了。见到奶奶的那一刻,双双快步走上前去,把给奶奶买的水果、营养品放在一边,抱住奶奶说:"奶奶,我好想你,我来看你了,你还好吗?"

"奶奶也想你,奶奶这不是好好的吗?"奶奶安慰着她说。

双双看到奶奶憔悴的面容,耳朵上包扎的绷带和那日渐消瘦的身体,心里真的像被刀割过一样的刺痛。双双的二姑在医院里照顾着奶奶,二姑拿出切片的结果让双双妈妈看,但是妈妈看不太懂,二姑指着拍出的片子说:"这个瘤长在这里,然后一点一点地压迫神经,所以耳朵就开始疼了。妈这次得的不是什么'好病'，已经晚期了。"说完眼泪就流了下来。姑姑和妈妈商量要不要给奶奶做手术，切除这个瘤。双双在她们的对话中仿佛听出了什么，眼泪在眼中打转，但不能流出来，不能让奶奶看到。

奶奶的外孙女也来看她，双双就对着窗子暗自流泪。双双回去的时候，奶奶坚持要把别人给她买的水果还有罐头给双双拿回去点，她说："奶奶吃不了这么多，你拿回去吃吧，省得放坏了。"双双没有要，因为她知道奶奶哪里是吃不了，明明就是想给自己。

"双双的爸爸总是工作很忙，他给我打电话，我告诉他我没事，不用做手术了，因为我不想把耳朵切掉。"奶奶安慰大家说。可是奶奶不知道，双双的爸爸知道奶奶耳朵里长了恶性肿瘤后，就连这个大男人也流泪了，哭得泣不成声。双双的三姑和爸爸一直在商量要不要给奶奶做手术。毕竟奶奶年岁已高，不知能不能经得起化疗的折磨，不知道手术后奶奶的病情会不会好，更不知道治疗后会不会加速病情的恶化……

每一夜被心痛穿透，思念永没有终点。双双一直关心着奶奶的病情，问奶奶有没有做手术。她认为奶奶做完手术之后病情可能会好转一点。

转眼，期末考试就要到了。那天双双给爸爸打电话问奶奶的情况，爸爸怕双双影响考试，所以骗她说："奶奶做完手术了，现在正在躺着，不方便接电话，不信你问问你三姑。"爸爸知道双双最信任她三姑了。双双三姑凑上前来，回话说："放心吧，你奶奶已经做完手术了，不久就能回家了。"这下双双悬着的心总算落下了，她的生活也恢复了正常，正常地吃饭，正常地学习。

期末考试的成绩出来了，双双居然考了全班第一，就连她自己也没有想到会考得这么好。她盼望着赶快回家，看望奶奶，并且把考第一这个好消息告诉奶奶，让她开心。

双双满心欢喜地回到家，她看到奶奶耳朵上的绷带还在上面。通过堂姐和堂哥双双知道了奶奶并没有做手术，原来是爸爸和姑姑联合起来"欺骗"她。双双这才恍然大悟，呆呆地坐在镜子前，哭成了泪人……

"别哭了，你要是一直哭，被奶奶看到又该担心你了。快洗洗脸，然后看看奶奶去。"爸爸安慰她说。

双双听了爸爸的话，收拾好后就到奶奶家去看奶奶。屋里坐了好多人。双双把自己考第一的好消息告诉了奶奶，奶奶那长满皱纹的脸终于舒展开来，但是耳朵还是很疼。窗台上放着各种各样的水果，可奶奶什么都吃不下去。眼看奶奶的身体日渐消瘦下去，大家却谁也没有办法。唯一能做的就是给她买她爱吃的东西，让她保持愉悦的心情，一定不能让她知道她得的是这个病。

从医院回来，奶奶的耳朵总是会疼，平时只能依靠止痛药来维持。双双不放心奶奶，让奶奶搬过来和他们一起住，奶奶也答应了。每天夜里，总能听到奶奶被病痛折磨而发出的叹息声。

双双不知道奶奶的生命还有多久，她很怕失去奶奶。她觉得从知道奶奶的这个病到现在，感觉就像是做了一场噩梦一般，让她痛苦不已。

转眼就到了腊月二十三，这是北方传统的小年，也是奶奶的生日。双双的姑姑们都给奶奶过生日来了，她们很怕这是奶奶最后的生日，每个人的心里都不是滋味。新煮好的大虾早已经给奶奶剥好，还有香喷喷的鸡腿……奶奶什么都不吃，姑姑央求奶奶好半天，奶奶这才吃下几口饭。

除夕到了，这是一年中最重要的节日，每家每户都热热闹闹的，只有双双家缺少了过年的气氛，没有爆竹声响，只有一桌丰盛的午餐。每年过年，奶奶都会亲自下厨炸丸子。双双最喜欢奶奶做的丸子了。可惜，今年是妈妈做的。奶奶耳朵疼得难受，她再也没有心情做菜了。奶奶望着窗外，不知耳朵疼何时才是个头。

"奶奶，别想那么多了。我给你夹点吃的，你先尝尝好不好吃啊。"

奶奶其实什么也不想吃，但是双双都这样说了，奶奶就勉强地吃了点。午饭时，一家人围在桌子前，都给奶奶夹菜，让奶奶多吃点。就连平时粗心的爸爸也变得细心了，坐在奶奶的旁边，给她剥螃蟹肉，因为奶奶最爱吃海货了。

"多吃点，也许病就会好了。"妈妈安慰着说。被病痛折磨的奶奶脸上露出一丝笑意。

日子就这样一天天地过下去，双双开学了。奶奶告诉她要好好学习，不要太挂念她，没事的时候给她打个电话。

"我会努力学习的，奶奶，放心吧。"

每天上课的时候，双双总是听得最认真的那一个；放学吃完饭后，她总是学习到十一二点。不管夏天蚊虫叮咬，还是冬天寒冷逼人，她都仍然坚持着，就是希望考到理想的大学，让奶奶放心。

一晃两年过去了，奶奶的面容更加憔悴了，身体更加瘦弱了，耳朵也仍然在疼。而双双呢，一直都记得奶奶的叮嘱，不曾放弃过学习，她在心里默默祈祷：奶奶，你一定要等到我高考啊，要不然我该怎么办啊！

双双升入了高三，学习任务变得更加紧张了，一个月只能回一次家。那个春天，奶奶的病情突然加重，血压升高住进了医院。双双得知后很想去看她，可是没有时间，她感到很愧疚。半个月后奶奶出院了，奶奶连走路都得要人扶着了。双双爸爸给奶奶买来一根拐杖，帮助奶奶行走，奶奶自己也感觉到她大不如从前了。

终于放月假了，双双可以见到奶奶了。妈妈在车站等着接双双回家，只见双双提了一袋子的东西："这都是我给奶奶买的，我希望她多吃点，我害怕以后就没有这个机会了。"双双说完，眼前便模糊了，眼泪从脸颊滑落了下来。

"双双，你奶奶可能吃不下去了。自从上次从医院回来后，什么东西都不想吃，走路也需要人扶着。"妈妈低声说道。

双双真想赶快到家，看看奶奶现在情况怎么样了。到了门口，每次都等她回家的奶奶这次却不在了。她走到奶奶的屋子里，屋里没有一个人。

"可能你大姑带着你奶奶去串门了吧，过一会儿就回来了。你先在这等一会儿，我回家给你做饭去。"

双双看了看奶奶的屋子，有些乱，不像以前那么整洁了。想象奶奶此时的样子，她站在镜子面前哭得泣不成声。窗外，脚蹭着地的声音越来越近了，双双看到大姑搀着奶奶回来了,马上迎了上去。

"奶奶,你怎么变成这样了?"

"双双,自从你上学后,奶奶大病一场,住了半个月的院,昨天才回来。奶奶想你啊!"

双双早已控制不住自己,偷偷跑到小河边哭了好久好久,因为她不能让奶奶看到她这么伤心痛苦。

回来以后,她给奶奶打开自己买的东西,让奶奶多吃点。可能是因为双双买的吧,虽然吃不下去,但是还是硬撑着吃了些。双双是奶奶最亲近的人了,平时奶奶有什么心事,都喜欢和双双说。双双也把自己的想法告诉奶奶,每当受委屈的时候,奶奶都是双双的倾诉对象。

奶奶从包着的手绢里拿出自己以前珍藏的老版一百元人民币,打算给双双,她说:"奶奶这次真的要不行了,不能一直陪你了。你把它收好,这是奶奶唯一值钱的东西了。你要好好学习,知道吗?"

"不,我不要,奶奶你不会有事的。这个钱你留着,以后再给我也不迟啊!你真的不会有事的。"

双双哭得那样伤心,奶奶看见双双哭了,眼泪也从脸颊滑落了下来,打湿了枕头。"好孩子,别哭了,奶奶不想你这样难过,快擦擦眼泪。"

"双双别哭了,你这样一直哭,奶奶怎么能放心呢!你要答应奶奶好好学习,不让她担心才对啊!"爸爸安慰她说。

"奶奶,我不哭了,我答应你一定努力学习。你也别哭了,好吗?"

奶奶和双双都不哭了,爸爸和妈妈看着这种场面,心里也不免难受很久。

病情稍微好转了一点,奶奶经过半个多月的康复终于可以独立行走了。奶奶想去三姑家看看,三姑就把奶奶接了过去。那次双双给奶奶买了些东西去三姑家看望她,奶奶戴着头巾在路口望着车来,等双双一起回去。到屋后,奶奶摘下头巾,双双看到奶奶的右耳朵肿得很高,脸都快变形了。奶奶耳朵还是一直疼,一直靠药物来维持。双双明白,那是癌细胞扩散了,也许奶奶的生命快走到尽头了。每次见到奶奶，双双总要控制自己的感情，即使心里哭过无数次，但是表面却不能表现出来，这种感觉煎熬了很久很久。

"你奶奶知道你今天要来，早就让我买菜去了，所以才回来。她在我面前一直夸她大孙女是多么多么好，她真的很想你啊。"

双双从三姑的话中听出了奶奶对她是那样的思念。不一会儿三姑做好了一桌饭菜，她们一边吃一边讨论奶奶的病情。趁双双三姑不在的时候，奶奶从兜里小心翼翼地拿出二百块钱塞给双双，"别让你姑看见了，收起来吧，这是奶奶给你的零花钱。"

"我不要，奶奶你自己留着吧！"

"快收起来啊，一会儿你姑进来了。"

双双把这个钱收起来了，但是她没有自己花，而是给爸爸了，让爸爸给奶奶买营养品。

晚上，双双要回学校了，三姑把双双送到车站，一起等车。不一会儿，奶奶从后面蹒跚地走了过来。

"奶奶，你快回去吧，多冷啊！"

"奶奶送你。"

"妈，你回去吧，我送她就行了。"

奶奶在我们的劝说下又蹒跚地回去了。

回到学校后，双双每天吃过午饭后都会去学校的超市给奶奶打电话，问问她吃了多少，有没有出去溜达之类的话。那次，奶奶在电话里耳朵疼得甚至已经听不见声音了。挂断电话后，双双坐在座位上又哭了好久，她不知道奶奶能不能等到她高考。

"双双看你最近心情不太好，是不是家里奶奶的病情恶化了。"

"嗯。"

"你要好好学习，考上一本，让奶奶安心啊，坚持住。"颖儿说。

"嗯，我会努力学习的。只是树欲静而风不止，子欲养而亲不待，我怕我没有时间回报她。"

高考那天，双双正常发挥，但是最后她差了十几分没有考上一本，考上了一个不错的二本。

录取消息出来的那天，双双第一时间告诉了奶奶，奶奶的心里还是很满足的。

"没想到，我居然还能看到我孙女考上大学，真的是没什么遗憾了。"激动的眼泪不由地掉了下来。

双双知道奶奶时间剩得已经不多了，所以在高考结束那个假期，她哪儿也没有去，静静地在家陪着奶奶。

那天，天气阴沉，下着小雨。奶奶困了，睡了好久好久，等奶奶醒来的时候，腿不能动了，也几乎说不出来话了。看到这种情形，双双的爸爸愣住了，双双哭了……奶奶要回家收拾东西去，怎么劝说也不听。可是奶奶自己根本站不起来，这该怎么办？爸爸决定把奶奶背过去。踩在泥泞的路上，爸爸深一脚浅一脚地走去……

夜里暗青色的云笼罩住月亮微弱的光。那晚，奶奶永远地走了。双双哭得撕心裂肺，但她始终记得奶奶对她说的那句话："好好学习，坚强地面对困难……"

师评·智匠创作微论

爱，亲人、爱人，那些生命中重要的人。坚强，是遇到挫折时要持有的心态。亲人遭受病痛折磨的心疼，失去亲人的伤痛，都需要坚强面对，因为生活还要继续。生老病死，人生难免。每个人的所爱不同，但爱相同。面对的伤痛不同，但都要坚强。你的坚强，是不是和双双一样，记得奶奶的话，做最好的自己。

微雕隔代人的爱，微雕一份无言的坚强。"由于父母整日忙于工作，双双从小和奶奶住在一起，在奶奶的陪伴下长大。"所以，双双和奶奶最亲。可是奶奶病了，奶奶被病魔夺去了生命，"夜里暗青色的云笼罩住月亮微弱的光。那晚，奶奶永远地走了，双双哭得撕心裂肺，但她始终记得奶奶对她说的那句话：'好好学习，坚强地面对困难……'"真挚的文字，让你明白，是这份爱，告诉我们要坚强！

父亲的散文诗

汉外151班　黄琪

在一个黄昏的午后，一个机灵的小女孩闪着水灵褪了色的大眼睛，望着角落里一个泛黄的笔记本。抵不住好奇的心思，她捡起那本笔记本，轻轻擦去上面的灰，小心翼翼地翻开阅读，原来是一本日记啊！可是是谁的呢？不管了，先看看吧！于是找了个安静的角落坐下阅读起来。刚看到开头，她便被吸引住了，这字迹好俊秀啊，想必执笔的人也长得不平凡吧！

俊秀的字迹写道：

1984年

庄稼还没收割完

女儿躺在我怀里

睡得那么甜

今晚的露天电影

没时间去看

妻子提醒我

修修缝纫机的踏板

明天要去邻居家借点钱

孩子哭了一整天啊

闹着要吃饼干

痛往心里钻

蹲在池塘的边上给了自己两拳。

1994 年

庄稼早已经收割完

我的老母亲去年离开了人间

女儿扎着马尾辫

踏进了校园

可是她最近有点孤单，瘦了一大圈

想一想未来，我老成了一堆旧纸钱

那时的女儿一定会美得很惊艳

有个爱她的男人要娶她回家

可想到这些，我却不忍看她一眼

换了一个人的笔迹，接着写下去：

2014 年

  今天，父亲走了。整理他的东西时看到了这本日记，里面记录了他青春留下的文字，那是他留下的散文诗。时隔多年，我想起那个佝偻的背影，老得像一张旧报纸。看着他的散文诗，我泪流不止，那上面的故事就是他的一辈子。

  父亲啊，女儿时常想起你冒着风寒骑着车送我上学的样子：你脸颊被冻得通红，粗糙厚实的双手握着我的小手帮我搓手、给我哈气，问我冷不冷。那时的我，真是世上最幸福的女儿啊！如今的我，在这个寒冷漆黑的深夜不停地想你。你在那个世界过得好吗？我好想念你……

"囡囡，下楼吃饭啦！你跑哪儿去啦？"

一声呼喊唤醒了正沉迷于日记中的小女孩。于是，她站起身拍拍屁股，合上那本日记，将它放回原处。

过了几天，小女孩还念念不忘那本日记中的内容。她想：这不会是外公的日记本吧！那这后面的就是妈妈写下的了！于是她将今日看到的，记录在自己的日记本中。或许多年后的自己也会有别样的感受吧！

师评·智匠创作微论

《父亲的散文诗》，这首80后诗人董玉方作词、音乐创作人许飞谱曲和演唱的歌曲，曾让无数人感动落泪。这是怎样的父亲和怎样的女儿？以这首歌曲为原点，想象女儿的女儿眼中的母亲和外祖父曾经的岁月，情意隽永，真情款款。每一首歌曲，都是一个故事，每一首诗，都是一个瞬间或一份永恒，就像"去年今日此门中"的源远流长。搜寻记忆中那些打动你的旋律，想象一个有情人的故事……

朴素的歌词与真挚的情感是由歌曲而来，温馨的细节与细腻的心理由小女孩而来。一首歌，一个小女孩，一声呼唤，微雕一份最美的情愫。爱有无奈，爱有生离死别，唯有懂得珍惜与陪伴，岁月一定温馨悠远。

全家福

中文153班　尚钰恒

辗转数日：下了汽车上火车，下了火车上轮船，下了轮船又上汽车，下了汽车，又走了近半日的山路；从山东到河南，从河南经湖北，从湖北才到四川。放下行李，拍拍身上的尘土，抬头仰望半山腰上那熟悉的村落，一抹斜阳透过冬日里山峦上树木稀疏的枝丫散落在脸庞。深吸一口那带着炊烟的空气，王永军此时感到故乡的斜阳照在身上是那样温暖，那样亲切！重新背起背包，大步向前，不远处就是那已离别数载的家门。五年的时间，家乡没有太多变化，刚走进院中，只见母亲头顶着黑色的头巾，手里拿着冒着烟的柴草从伙房里忙跑了出来。

"小军啊！你可回来了，五年了，你可把娘想死了啊！"

只见母亲这手上的柴草还没有来得及扔下，就忙着去接行李，行李还没接到手，又忙着去拭泪！

"快叫小叔！"躲藏在母亲身后的两个小男孩被母亲拽到了跟前。

"这是你从没有见过的你大哥的俩孩子。一个三岁叫小广东，一个五岁叫小山东！你大哥和大嫂这些年都在广东打工，今年过年也不知道回不回来。你能回来就好啊！"母亲手接着行李，嘴里唠叨着，此时此刻这字字句句的唠叨，王永军不知为何竟感到这样的亲切!

老父亲这时担着一担水从院外走来,王永军忙去扶父亲肩上的扁担。扁担上水桶还没放下,父亲就站在那里将两只大手搭在了他的双手上说:"过年回来就好!"

两杯酒下肚,父亲敞开了话匣:"你大伯说油田上好,把你整到油田上,又是托关系又是找人情让你有了好工作。为了找到这个工作,把你的户口都改了。这还不算,他已有两个儿子,又把你过继成了他的儿子。这四川离山东这么远,你一去就是五年呐!"

"我不是不想回来,我也是没有办法。这几年,先是在海边上一个叫龙口的地方干浅海钻井,太苦了。大伯又把我调到他身边这叫孤岛的地方干作业工。这转眼就是五年,看着过得快,想家的时候却觉得时间过得那个漫长!"王永军一边点上一根烟,一边向老父亲抱怨着。想到自己初中毕业时才十六岁就离开了家门,一晃五年未见父母。"我也是年年都想回来,但那边一是工作忙,二是路途太远了,总是想多挣点钱!"王永军边叹着气边应声附和着老父亲的话。

"你走了没两年,你大哥也结了婚。这不,两口子丢下孩子去了广东打工。你二姐也去了深圳,这家里就剩下我和你老娘,还有你大哥这两个孩子了。你看咱这一家人,搞得四分五裂的,你们都认为是城里比乡下好啊!"

王永军本以为过年时哥哥嫂嫂能从广东回来,和姐姐、姐夫一大家人团聚一下,照一张全家福。谁知道,哥嫂二人说是今年十月才离开家,今年过年就不回来了。

母亲站在院中,指着堂屋外墙上挂着的几棵带着干瘪柿子的树枝道:"我年年盼你回来。知道你喜欢吃咱家后山上的柿子,年年都给你留着,年年留的只剩下这干枯柿树枝子!"

王永军右手提着提包,左手向后挥了挥,他不敢回头!他不知道,这一走,他身后的双亲和那生养他的故乡,又不知何时能再相逢了,也不知哪一年全家可以照一张真正的全家福。

师评·智匠创作微论

　　"全家福"是一个温暖的词汇，而王永军的"全家福"却别有深意。自己五年归来，哥们刚走未归，留下两个三五岁的孩子。有多少人喜欢照全家福？又有多少人可以照张全家福？全家福，是一个都不能少的情意。你照过吗？你又有多久没有照过了？写一写，是感念父母的家人情怀。

　　全家福，并没有，因为全家都在为生活奔波，难以团聚。这是芸芸众生辛苦生活的微雕。路途的奔波，消失在离家五年后一次归家的"熟悉""温暖"和"亲切"中。父亲的唠叨，母亲的叮嘱，"此时此刻这字字句句的唠叨，王永军不知为何竟感到这样的亲切！"十六岁的远行和辛苦的工作，一家人的四分五裂，老父亲的感慨"你们都认为是城里比乡下好啊"，果真如此么？无论怎样，他提包、挥手时，"他不敢回头！他不知道，这一走，他身后的双亲和那生养他的故乡，又不知何时能再相逢了，也不知哪一年全家可以照一张真正的全家福。"是追问，更是一种期盼，启迪思考，期待未来。

圆月

中文153班　周婷

同一片天空，同一轮圆月，不同的人，不同的故事。

——题记

（一）

"小姐，今天中秋，老爷子打电话说让您回老宅一起吃饭。"

"好的，我知道了，你下去吧！"

又是一年中秋节了！时间过得真快呀，十年就这样过去了，小雅也十年没见过父母，十年没吃过团圆饭了。

小雅收拾好东西，司机准备好车，车缓缓向老宅驶去。

老宅是一个让小雅又爱又怕的地方：她爱老宅——那里有美丽的环境，有它的童年，有她最难忘的回忆，回忆里有她最爱的爸爸妈妈，有一个温暖的家；她怕老宅——老宅是她心里的一块伤疤，每一次触及都会隐隐作痛。因为，正是在这里，她收到父母的最后一份礼物，和父母吃了最后一顿饭，见了父母最后一面。

十岁那年的中秋节,她放学后刚进院子,就闻到了一缕清甜的糯米糕味。她欢快地跑到厨房,看到爸爸妈妈都在厨房里忙活着,别提有多开心了。最近一段时间,爸爸妈妈公司忙,都没有时间好好陪她。没想到今天回家爸爸妈妈都在,还给她买了小熊礼物,做了她最喜欢的糯米糕。没过一会儿,饭桌上就摆满了各种美味的菜肴。橘黄色的灯光下,一家人围在饭桌旁,格外温馨。吃完晚饭后,爸爸的电话忽然响了,接完电话,爸爸妈妈急急忙忙收拾好东西,告诉小雅说他们公司有事得出去一趟,一会儿就回来,又和爷爷交代了几句就匆忙离开了。她站在门口看到父亲的车越来越远。皎洁的月光洒在地面上,天空中月亮很圆。

第二天早上,小雅一早就被爷爷带去了医院。到了医院才知道,昨天晚上,爸爸妈妈开车去公司的路上和一辆大卡车撞上了,父母都没能逃脱厄运。那时,她趴在床前喊爸爸、喊妈妈,可是再也听不到他们亲切的回答。

十八岁那年,她搬出了老宅,一个人住在外面。她想要离开那个熟悉又陌生的地方,她想开始新的生活。

"小姐,到了。"

"爷爷,我回来了!"

"回来啦!快来吃饭吧,全都是你喜欢吃的。等会儿吃完了,去给你父母上炷香。"

饭桌上满满当当的菜,全都是她喜欢吃的,可是不知道为什么,她吃不出原来的味道了。吃完饭,给父母上完香,和爷爷道别,准备回去了。走出老宅大门,看见皎洁的月光洒在地面上,和十年前一样,一轮圆月挂在天上。

(二)

"妈,吃完饭了吗?今天也没办法回去和你们团聚。"

"没事儿,儿子,在外面照顾好自己。"

"我知道,爸好些了吗?"

"你爸呀!也就那样,一直吃着药呢!"

"嗯，那好，过几天再给你们打电话啊！"

"儿子，照顾好自己。"

"我知道了，我挂了啊！"

挂掉电话后，小杨坐在甲板上，望着偶尔有点点灯光的大海，心中有无限的愁思。他高中毕业后，因为成绩不好，没有考上大学。家里父亲身体不好，治病花了不少钱，也因此欠下了不少债。在家待了一段时间后，他决定出去闯一闯，挣点钱，给父亲治病，也能帮家里还还债。可是现实是残酷的，他一个刚刚毕业的高中学生，没有任何社会经验，找工作哪有那么容易。在城里面兜兜转转了好几天，工作的事毫无进展，身上带的钱也马上快要花完了，就连回去的车费都不够了。他必须找到一个工作，不然一定会被饿死的。但他还是幸运的，他找到一个游轮公司招清洁工。虽然这不是他想要的工作，但他为了活下去，就去应聘了。老板看他长得还算强壮，就把他留下了。

开始工作后，他才知道这个工作有多么难做。每艘游轮，远远不止我们所看到的那么大。游轮的每一个角落都需要很认真地清扫、擦洗，做不好就会被罚钱。一天活干下来，腰酸背痛，满身都是大海独有的腥味。每个月工资发下来，他都寄一大半给父母，自己只留一点将就生活。可是，就算把所有工资都寄回去又有什么用呢？自己的工资就那么点儿，给父亲买不了好药，欠下的债也不知道何时才能还完。

"小杨，走了。"

"就来了。"

抬头望望天空中的圆月，明天的生活会是怎样？未来又会怎样？谁也不知道。他只知道明天还得干活。

（三）

"妈，我回来啦！"

"回来啦！你们放几天假啊？先把书包放下休息一会儿，等会儿吃饭。"

"嗯，好，我待会儿来帮你。"

媛媛放下书包，洗完手就去厨房帮妈妈做饭了。媛媛家住在一个乡间小镇上。家里有五口人，爸爸妈妈、奶奶、弟弟和她。她每个周末回家一趟，平时都住在学校里。她的家庭非常普通，没有很富裕，但生活也还过得去，但是她拥有一个幸福美满的家庭。奶奶七十多岁，人一点都不糊涂，还在家里种菜。爸爸妈妈偶尔会吵吵嘴，但却不影响感情。媛媛从小就乖巧懂事，很少让父母操心，虽然成绩一直不如意，但父母从来都是在肯定她、鼓励她，她自己也在不断地努力。弟弟是家里的小调皮蛋，有些叛逆，也让人有些费神，但是又有哪个男孩子不调皮，不让父母操心呢？

天渐渐暗了下来，饭也做好了，院子里摆好了饭菜。桌上的饭菜很简单，但是很可口很健康，菜都是奶奶自己种的，没有用过农药。月饼没有超市里卖的那么精美，但每一口都很香甜。一家人坐在院子里吃着晚饭，时而传出阵阵欢笑声。抬头看看天空中的圆月，它是那么明亮。

每一轮圆月都有自己的故事，每一个故事都有它自己的心情。期待下一个月圆之夜，期待下一个全新的故事。

师评·智匠创作微论

圆月，所谓千里共婵娟，千里之遥间，在圆月之夜，会有多少个悲欢离合的故事，一幕幕的喜怒哀愁。每月月圆，中秋月圆，你的圆月之夜，曾有怎样的故事？怎样的悲欢？景与情融，悲更增其悲，乐更增其乐。一种圆月，几多喜忧。

微雕一轮圆月下的千家万户。

"同一片天空,同一轮圆月,不同的人,不同的故事。"

"吃完饭,给父母上完香,和爷爷道别,准备回去了。走出老宅大门,看见皎洁的月光洒在地面上,和十年前一样,一轮圆月挂在天上。"却已物是人非。

"抬头望望天空中的圆月,明天的生活会是怎样?未来又会怎样?谁也不知道。他只知道明天还得干活。"在辛苦的生计和生活中,圆月也只是劳作的一天。

"每一轮圆月都有自己的故事,每一个故事都有它自己的心情。期待下一个月圆之夜,期待下一个全新的故事。"

多情唯愿,人间多团聚,少离散。

看起来很美

中文151班 王一歌

01

"你家有几只海马？"

这是我发给积木爸爸的短信。

我不知道当时怎么鬼使神差地就按出了发送按钮。我的目的很单纯，就是想看看这个让人讨厌的男人说话是一种怎样的口气，看看他是不是会回过来跟我说上几句，好让我替积木出口恶气。

他还记得他有一只可怜的海马儿子吗？他现在风光无限，一定早就记不得了吧！他一定也不想记得了。他已经被小丑鱼小姐身上的花纹迷得七荤八素，他什么都不记得了。

更让人愤怒的是，积木一点都不怪他。积木一直在我面前说，他小时候跟那个能让我的虾须翘一天的可恶的男人玩耍的快乐。他上辈子一定是个小鲤鱼，不是海马，因为他总是忘记自己流的眼泪。

他没有回我，正好，他要是回我，说不定我会有撕碎他的冲动。

今天积木要考试，他不太擅长唱歌，总是考不好。可为什么大家总是觉得唱歌好听的才是最好的鱼？所以虽然积木擅长踢海球，但除了我，没人愿意跟他玩，只是因为他唱歌不好听。

在这个学期的最后一天，每条鱼都打扮得很漂亮。我在鱼群中找到积木，给他带了最喜欢的小鱼，希望在这对他来说难度很大的考试里他别太紧张。可一个小时过去了，等到海星爷爷关了门，也没见到他的影子。

往常，他应该很早就来了。

02

作为老师，面对小月这种虾，我真的是束手无策。

她又在作业本上乱写乱画了。上次已经警告过她，如果再这样下去就让她留级。真是想不通，身为一个女孩子，怎么能这样：不按时完成作业；每次考试都是那可怜的几分；坐没坐相站没站相；每次都在我上课的时候和那个唱歌倒数的积木说笑。她的父母是怎么教育她的？就算不太在意自己女儿的成绩，难道连自己的女儿跟怎样的人相处都不管吗？一个女生，每天都和男生厮混在一起，真让人头疼。我要是有个这样没家教的女儿，哎哟，我的脸就丢尽了。

说起积木，印象里就是个一直不太说话的闷闷的小海马，好像总是有自己的心事。说不上讨厌或喜欢这样的学生，唯一欣慰的是成绩还算可以。只是听其他同学说，因为唱歌不好被排挤。但相比小月，我还是更喜欢积木这样省心的学生。虽然算不上好，但也不会添麻烦。

03

"积木，你爸爸现在还好吗？"

"不知道，听说已经和从前大不一样了。"

"我也听说了，搬到了富贵的祥鱼村，可是咸鱼大翻身了呢！"

"前些天他打电话好像也说了这事。"

"哎哟，是吗？还联系着关照你呢？可怜的小宝贝，你爸爸真是有良心的海马,为人又那么仗义,性格憨厚!现在真是飞黄腾达了,所有鱼都在谈论他呢。"

积木爸爸曾经也和我一起吃过饭,现在想想真是荣幸。从他那时的谈吐间,就能感觉到,他儒雅的外表下有颗狂热的心。他一个人在外打拼那么久,一切曾经的不如意一定都被现在的风光无限一扫阴霾了。他一个人依靠自己一步一步打拼到现在真是不易,这些都是他应得的。

那时,他还没有现在这样风光,只是小有成就。喝酒的时候听说他每笔生意都不用合同,只靠他的仗义和信用。听到这里真是让人震惊。

不过不管怎么样,他一直都是我们羡慕的对象:娶得小丑鱼小姐,家财万贯,正是意气风发的年纪,人生也可谓春风得意马蹄疾。他对积木也算是尽到一个作为父亲的责任了吧。在这样的情况下,还是对自己的儿子负责,可谓一只真正的海马了。

04

我很想爸爸。

不知道为什么他要离开我。我觉得我没有错,可他就是走了。

我想说他自私,可又不忍心,因为这种毫无缘由的爱。

每次他打电话给我,我都像中了彩票一样高兴得跳起来,以至于我卷曲的尾巴都要伸直了。很久以前,我以为他走了还会回来。后来,慢慢地,我知道他可能不会回来了。可这有什么!他不回来,我可以去找他。天涯海角我只想能和他一起,像我很羡慕的鲨鱼妹妹一家那样,安安静静地吃一次三个人的晚饭。

我以前一直是这样想的。

昨天他打电话给我,问我是不是我的朋友发了短信给他。看到那个号码,我就知道是小月,我很震惊她会这样做。虽然我已经察觉到每次和她谈论起爸爸时她微微翘起的胡须,我知道她很不开心,但没想到她这么勇敢和贸然。结果,那只大海马警告了我,让我不要再和她来往。他的理由很简单,他说小月太没礼貌了。可是他又不知道小月是怎样的人,也不关心小月对我来说是多重要的人。因为我唱歌像是在嚎叫，所有人都不理我，所以，我只有小月这个唯一的朋友。

但我一直都是听话的孩子。我害怕失去小月，也害怕这个本来就不爱我的大海马不再喜欢我。我害怕自己失去这一点点的还能思念他的理由。

第二天早晨，我看到小月拿着我最喜欢的鱼仔在门口等我。不知为什么，我的脚没有像以前一样欢快地朝她飞奔过去，而是像失了魂一样不知道该往哪里走。

最后，我还是没去找她。

我一个人去考了试，我看见所有鱼都在笑我。

05

积木七岁。

晚饭过后是很平常的家庭交流时间。一家人看着电视里墨鱼美人的表演若无其事地聊着。

"积木，最近班上有什么考试吗？"妈妈一向最关心的就只有学习。我总是最害怕这样的提问。

"还没有。"

"哎呀，孩子嘛！开开心心，干吗老是给这么大压力。"爸爸在解围。

他总是这样，看起来像个与世无争的修仙大海马。别人对他的评价也都很好。因为他自己性格的原因，所以为人也总是很温和。

"积木，周六和爸爸去玩吗？带你去看水母米娜的表演。"

相比起妈妈，我更喜欢爸爸。他总是像暖流一样带我去好玩的地方，和他在一起感觉总是自由的。妈妈就不一样了，她严格、无趣，让人感到窒息。

我看着妈妈。

"没事的，周末孩子出去玩一下，应该的。"

所以就这么定了。

等待周六的日子比往常更漫长。

那天我们去玩的时候很开心，一路我和爸爸相谈甚欢，一直都很开心。直到那个环节的来临。

所有的人都在鼓掌，主持人要求全场仅有的两个孩子前去送花。很不幸的我就是其中一个。我后悔为什么那天要去，最后换来这样的结果。

我看着爸爸的表情一点点变得僵硬。他太好面子了，在他眼里优秀的孩子就该落落大方、能歌善舞。可是，作为一个海马，我既不勇敢，也不会唱歌。

那天，我让他失望了。我没有去给米娜送花，他也忘记了鼓励我。

为什么别人都喜欢他？

从那天起，我对他的感觉有那么一点点的变化。不是不爱他，而是，有那么一点不喜欢他了。

他喜欢热闹，看到安静的鱼就会指点。

他喜欢吃蝌蚪，就会不喜欢吃水草的鱼。

他喜欢满屋的贝壳围在自己身边，就看不起贫穷的鱼。

他觉得一定要做一个所有人都知道、都喜欢的鱼，他觉得其他的都不算活法。

所以当我懦弱不去送花时，我在他眼里看到了失望，和他脸上一种难以言喻的表情。

06

我不知道我怎么会有积木这样的儿子，一点都不像我，总是像个小女生一样唯唯诺诺。

说实在的，这样的生活，我真的一天都不想过了。我不想再耗在这里了。我喜欢贝壳，这样贫穷的生活我一天都不想再过了。

我要做鱼上鱼。

所以，我离开了这里，一个人去了祥鱼湾。那里很迷人，有数不清的诱惑，可以让人忘记回家。但最重要的——在这里，只要你愿意，你就会拥有你想要的贝壳。

一开始的日子真的很苦。我一个人来到这里,被排挤、被欺骗,什么都不懂。但是,我也很幸运,我遇到了小丑鱼小姐。她聪明、善良、有能力,拥有和我一样的梦想。

我不能让她知道我有积木。

我喜欢她,更需要她。

鱼生在世,为什么要恪守那些不知从哪来的教义呢?我过够了那样的日子。当我来到这个城市的时候我就知道,有些事情可能要改变了。

十年过去了。

所有鱼都在赞美我。

我现在,腰缠万贯,并娶到了小丑鱼小姐。所有曾经的朋友都羡慕我,都互相传诵着我的故事,都说我是见过世面的鱼,说我是咸鱼翻身。

可不,我已经和以前不一样了。

07

积木爸爸有什么好的?

贝壳很多又怎么样?所有鱼都羡慕他,这些鱼一定是眼睛瞎了。也对,本来鱼的视力就很差。不,这不是重点,重点是,他为了他自己,放弃了和他关系紧密的两个人。他有想过积木吗?

他心里只有他自己。

对,他很风光,可是人们不知道这付出了什么代价。如果付出这样代价的成功也该被人追捧和羡慕,那还有什么是不能追求的?

他仗义、值得信任,所有交易只靠积累起来的鱼品,不用白纸黑字的合同。

可一纸婚姻呢?

他的代价太大了。

我什么都不想,只想陪在积木身边,希望他不要难过,更希望他有我能快乐些。

我在被窝里静静地想着那天他反常地躲开我,最后,我在他考完试的门口堵住他,他一直低着头闪闪烁烁。

最后,我终于知道了原因,他只是害怕那只大海马。

其实,在这一点上,他和那只大海马还是有点像的。

他真让人失望。

师评·智匠创作微论

看起来很美很美的,只是看起来,真实被遮蔽在看起来的外衣下面。爱情、亲情、事业、才华、财富、权势……什么是鱼生或人生最重要的?得到所思所想,会很美!那些看起来很美的,事实怎样?是一致,还是悖论?是故事,是哲思。

看起来很美,是童话,是寓言,是一个令人思绪万千又感慨唏嘘的故事。海马、贝壳、鱼类,和人类有很多很多的不同,但又有什么似乎是相同的。看起来很美,是真的很美吗?鱼生或人生,最重要的是什么?什么是成功?怎样才会感到幸福?看起来很美,是不是真的很美?微雕那些各个不同的一场场阴差阳错的遇见,就是悲欢离合的故事渊源。

归宿

汉外151班　路维乙

"真不明白我当时为什么会和你结婚！"

"这话应该由我来说！二十年来，我为这个家付出了那么多，回家还要看你一副满不在乎的样子！要不是有闵莹，这日子早就过不下去了！"

"既然你已经把这话说出口了，就没有在乎闵莹的必要了，况且她都已经长大成人了。这段没有意义的婚姻没有必要继续下去了，离婚吧！"

"离就离！"李丽华说完就跑向了房门。抬头那一瞬间，她看到了放学回来立在门口目睹了这一切的闵莹。李丽华尴尬地看了一眼她后跑了出去。

震耳欲聋的摔门声过后，李丽华走了。像往常一样，闵莹冷脸回到了自己的房间，安静地坐在床上，但内心却在不停地颤抖。

咚咚咚，房门后闵爸的笑映入闵莹的眼帘，说："今天我和你妈下班有点晚，你休息会儿，我马上去做晚饭。上了一天课累了吧！"

"你和妈又吵架了？"

"夫妻吵架，床头吵完床尾和。我们二十年不都这么过来了吗？你别想多了。"闵爸略显尴尬地说。

"你们还是把我当小孩子看待吗？非得等着一纸离婚协议书摆在我面前的时候才承认吗？"

闵爸显然被闵莹的话吓到了，愣了一会儿说："放心吧，这不可能发生的。"说完他扭头就走了，只留下闵莹一个人陷入了深思之中，眼前浮现的是爸爸略显怪异的脸。她感觉到开始有东西在改变了。

沉闷的气氛笼罩在餐桌四周。闵爸的电话打破了可怕的沉寂，从接电话的表情看出是比较紧急的事。果不其然，闵爸挂断电话后，对闵莹说公司有事需要他出差两个星期。明明担负着公司的重任，可是不知为何，闵莹却从闵爸的脸上看到了如释重负的表情。

闵莹睁开眼睛的时候，已经早上八点多。她在大脑空白中迅速起床，匆忙换好衣服准备飞奔去学校。在衣橱中胡乱找衣服的间隙中，偶然瞥了一眼挂在门后的日历表，上面用红字标示着：周六。闵莹嘴角一撇，心想：自己的记性真是越来越差了。残留的睡意让她本能地重新躺回床上，但突然蹦入脑海中的一件事瞬间冲散了她的睡意。她飞奔到爸妈的卧室，衣橱半开着，闵爸的大部分衣物都带走了。闵莹沉默了。她仿佛独自站在空旷的土地上，寒流从四面八方不断涌来侵蚀着她的身体她的心。

像是一架机器，闵莹不知道自己怎样走出的房间。路过客厅的时候，李丽华一声"吃饭了"，把她拉回现实之中。她走到餐桌旁时，李丽华已经在吃了。闵莹坐下说："什么时候回来的？"

"今天早上，我回来的时候你还在睡觉。"李丽华嘴里含着粥回道。

闵莹像是什么也没听到一样继续问道："我爸出差的事你知道吧！"

李丽华握着粥勺的手僵了一下，但马上又精神抖擞地说："今天早上刚知道的，每个公司都有点突发状况。"

"如果我和你爸离婚，你更想和谁一起生活？"李丽华突然假装不经意地问。

该来的还是来了！犹如在一汪平静的湖水中投入了一颗深水炸弹，短暂的平静过后带来的是毁灭性的灾难。短暂沉默过后，李丽华尴尬地说："我只是问一下，别放在心上。"

"这个家对你来说是什么？是笼子吗？"闵莹的口气显然激怒了李丽华。

李丽华压了压怒气说："我和你爸是要离婚了，但不是你想的那样。以前你还小，现在希望你能站在成年人的角度去上理解我。"

"那谁来理解我？你考虑过我的感受吗？你们吵架时，家里的气氛多令人压抑你们知道吗？你太自私了！"

"我已经为你们考虑了二十年，再不为自己考虑，我的青春就这么过去了！人生有几个二十年？我吃饱了，有事先走了。"李丽华拿起包，逃也似的离开了餐桌，留下了欲言又止的闵莹。

在黑暗面前，闵莹就像一只弱小的蝼蚁。巨大的恐惧感像洪水一样从四面八方涌来，仿佛置于漩涡的中心一样，她突然感到自己陷入了前所未有的无助中。

日子一天天的冷下去，寒冷的气息迅速占据了这个城市的每个角落。有些事也注定要在这个寒冷的冬季画上句号。

今天是圣诞节，李丽华打扮得花枝招展地去参加圣诞派对。她走到门口时，突然回头与闵莹厌恶的眼神碰撞在一起。闵莹立刻把头转回电视屏幕前，李丽华毫不在意地说："你去不去中心广场的派对？"

闵莹波澜不惊地说："你自己都说过我是成年人了，我怎么会对那种纸醉金迷的东西感兴趣！"

起初李丽华听到有些恼火，不一会儿就平静地说："那最好，你今晚注意安全，不用等我回来了。"说完，一个华丽的身影闪出了门。闵莹仿佛感到一根藤蔓缓慢地爬上自己的心，然后逐渐勒紧。胸口好像被什么东西压着，渐渐喘不上气来。

眼睛盯着屏幕，可闵莹的心却被窗外的烟火声带到了几千米的高空中。她对狂欢之类的节日没多大兴趣。也许是想忘掉那些不愉快的事，她想出去走走。

超市里放着《Better in time》。听着音乐，她烦躁的心慢慢平静下来。推着购物车穿梭在形形色色的货架中，但并不知道如何打发今晚。她拿着一瓶奶一袋面包漫无目的地走到了结账柜台，结完账之后就离开了这个吵闹的地界。

推开超市门，凛冽的寒风翻滚着向她扑来，扑了她个措手不及。她感到脸像在被刀刃肆意地划割，她停下来围了围巾又裹紧了衣服继续前行着。

街上到处洋溢着圣诞节欢乐的气息，闵莹感到自己像被一个世界遗忘的角落。她害怕行人看出她的孤单不由得加快了前进的脚步。路过一家音像店时，她决定买几张碟片陪伴自己度过今晚。推开店门，迎面而来的暖气和浑身带着寒气的闵莹撞了个正着，她不禁打了个激灵。音像店的旁边不知道何时多了个卖水果的小摊，闵莹挑完碟片后出门注意到在寒风中瑟瑟发抖地立在小摊中的瘦弱女孩。她决定给自己买个"平安果"，算是给自己的安慰，也是给别人的安慰。付完钱后，女孩冲她甜美地笑了笑说："圣诞节快乐。"女孩的笑像一缕阳光驱散了久积心中的迷雾，也让她想通了她没理由每天让自己处于烦恼和惆怅之中。想到此她愈发加快了前进的脚步。

人潮拥挤，路过十字路口似的手机铃声急促地响起，她不得不停下脚步翻找手机。

平安夜的前夕，巨大欢乐的背后不知隐藏着多少未知的危机。一辆驾驶得歪歪扭扭的吉利开了过来，车前方的两个大灯突晃在她身上，为她的周围打上了一层泛着黄晕的光圈。本是一片无比安详的景象，却在人们的尖叫声中被打破。尖叫声四起的同时，她安静地倒下了。用来庆祝平安夜的苹果也被人群簇拥去了远方，碟片被车轮碾压成了碎片，在街边路灯的照耀下折射进闵莹的眼中绘成了一幅斑斓的画面。在那个画面里，闵莹看到了爸妈和睦地站在门口，等她回家……

师评·智匠创作微论

归宿，是一个主人公的停驻，是一个故事的结局。无数个故事，无数个结局。你的故事，又是怎样的开始，怎样的结局？是悲？是喜？是永远定格在一瞬？还是绵延到无期？

幸福的婚姻千篇一律，不幸的婚姻却各有不同。微雕不幸婚姻中痛苦的双方，或许一样甚至更为痛苦的，还有双方之间的孩子。微雕一份面对父母决裂的挣扎和愤怒，挽不回家庭的分裂。而终于想试着让自己坚强起来，接受一切的时候，"一辆驾驶得歪歪扭扭的吉利开了过来"，"她安静地倒下了。用来庆祝平安夜的苹果也被人群簇拥去了远方，碟片被车轮碾压成了碎片"，结束了一切痛苦。这，就是结局。智匠微雕，告诉你，生命无常，那些纠缠琐事的人们，如何学会珍惜？！

再见，我们该走了

中文152班　李海洋

当你还有机会与你至亲的人坐下来谈心的时候，你要珍惜这个机会，珍惜这段时光。生命十分脆弱，这个机会一旦失去了，就永远失去了。总以为明天很多，总以为会重逢，但等来的也许只有后悔和遗憾。

那天发生的事情就好像是一颗钢钉，深深地刺进我的身体，到现在，我还清楚地记得那天发生的事。

"爷爷再见，我们该走了。"

一道闪电撕裂了夜空的黑幕。雨一直在拼命地下着，我不知道天上的雨神是否也像我一样伤心和绝望，否则她为什么一直流泪不止呢？

当我睁开眼睛的时候，隐隐约约感觉到身旁有光，听到不远的地方似乎有人在说话。我听不清，环境有些嘈杂。我的后脑火辣辣地疼，头也有些晕。雨滴仍然无情地拍打着整个世界，当然，还有躺在山脚下的我。我挣扎着坐了起来，环视了下四周：上面的公路上有些灯光，照着我的四周，我身边除了土和沙子就是一些不知名的杂草。我看不清周围的情况，雨仍然在用力地清洗着这个世界，我的头仍然很晕。我用力站立起来，浑身每一寸都能感觉到酸痛。我手脚并用爬上了公路，隐约看见了雨中父母的身影。他们在前方似乎在寻找着什么，可是我看不清，我的头仍然很晕。我喊了一声："妈！"他们回头向我跑过来，紧紧将我抱在怀里。

他们告诉了我刚刚发生的事情：由于下雨的缘故，这条路上发生了山体滑坡。一颗巨石砸了下来，砸在了我们车子的前方，我们的车躲闪不及，撞上了巨石。现在只有我们从车里出来了，爷爷还困在车里。

这颗石头不仅毁了我们的旅行，毁了我们的车，也带走了我慈祥的爷爷。我的眼前一黑，晕了过去。

再次睁开眼睛的时候就是在家里了。我的头上系着绷带，身上盖着被子，枕边的柜子上还放着一杯水，用手一摸，竟然还是温的。我的眼睛看不清东西，头仍然很晕。我感到有些口渴并试图去喝那杯水，可是我竟然拿不起它。妈妈开门进了我的房间，蹲在我面前，关切地看着我，并递给我手里的水。我接过水一饮而尽，却仍然感到口渴。妈妈告诉我，我受了伤，但是不太严重，在医院里昏迷了几天后就把我接回了家养着。妈妈叮嘱我在床上好好养着不要到处乱走后便出去了，她没有关门。我从缝隙中看见外面来了好多人，我看不清他们的脸，也听不清他们说话，但是我知道，他们也许是为了爷爷的葬礼来的。想到爷爷不在了，我的鼻子酸了起来。

爷爷在我小的时候经常带我出去逛街。他没有钱包，但是每次他都能从他那块塞在塑料袋里的叠得整整齐齐的蓝色方巾里变魔术般地掏出几个硬币，满足我对市场上各式各样的零食的渴望。夏天的晚上，我和爷爷坐在楼下院子里的凉亭里，爷爷总是用他那把神奇的蒲扇让我感觉不到一丝炎热。有时，爷爷会给我两角钱让我去小卖店买上一根白糖冰棍解渴。如果爷爷和院子里的老人下象棋赢了，他就会开心地掏出一个五角钱的硬币，让我的白糖冰棍升级成奶油冰棍。爷爷最疼的就是我，无论我犯了什么小错误，爷爷都不忍心骂我。记得有一次，我把爷爷最爱的一盆花打碎了，爷爷听到声音立刻冲了出来，他一脚把花踢开，蹲下来检查我有没有受伤。可是，我再也吃不到那样美味的冰棍了，也再也不会有人用那把扇子为我驱走炎热了。想到这里，我流着泪，泪水把枕巾打湿了。

不知道过了多久，母亲走过来将我叫醒，问我是否愿意出去走走。我在屋子里躺了那么久，当然愿意了。我的身体仍然有些不听使唤，脚踩在地上仿佛是踩在棉被上，软软的，还有些不稳。昏黄的路灯倔强地映着屋外的那条柏油马路。路上人很少，但是看得出来，他们好像都不是很开心，低着头自顾自地朝一个方向匆匆赶路。我想，快节奏的城市生活大概就是这样吧。

母亲拉着我的手，沿着人行道一直向前走。她对我说，过几天我们可能要搬家，让我记得这条路。可是我的头很晕，眼睛仍然看不清，只能大概看着路边的各种商店的牌子。忽然，母亲停下了，指给我看她和父亲一起找好的新房子，我抬头只能看到牌子上似乎写着什么广场。我不知道他们为什么要搬家，也许是因为爷爷走了，他们不想在那幢老房子里触景生情吧。

一道闪电撕裂了夜空的黑幕，雨拼命地下了起来，母亲赶紧拉着我回了家。我可能发烧了，很困，而且头很晕，我的体力不支一头倒在了床上。枕巾上不知是雨水还是泪水。

当我醒来的时候，我的头还是很晕，眼睛仍然看不清东西。妈妈打开门，搀扶着我走到桌子旁，准备吃晚饭。先前在屋子里的人都走了，也许是爷爷已经被送走了吧。桌上仅有我们三人，却摆着一桌的菜。

"儿子，吃吧，吃了我们去见爷爷最后一面。"故作坚强的父亲说道。可是，我从他的眼神中却看到了哀伤。默默地，我们吃了饭，我们三个人一个字都没有说，机械地夹着碗中的菜放到嘴里咀嚼，咽下。不知道过了多长时间，父亲低头看了一眼手表："走吧，是时候了。"可是就连说要走的父亲也没有站起身来。母亲见状，第一个站起身，随手抓了一把伞，站在门口。父亲搀着我站了起来，推开门，向外走去。

外面的雨很大，地下的水洼被雨滴打得冒了泡。晚上的气温很低，水汽将我眼前的这个世界变得更加朦胧。虽然母亲拿了雨伞，但是我们三个都没有打伞，我却丝毫感觉不到雨滴打在身上的寒冷。父母带着我向一个蓝色的棚子走去。远处有一个熟悉的身影，蹲在地上。

我看清了！是爷爷！我喊着冲向爷爷。可是内心的恐惧让我站住了，爷爷他已经……怎么会。爷爷向我走了过来，我因为害怕向后退着，直到退到了父亲的身后。我恐惧地望向父亲，可他却呆呆地望向爷爷，脸上似乎不光是雨水。

"爸！对不起，是我们不孝！我们不应该丢下您一个人！您不要太伤心了，以后好好养着身体，不要怕花钱。我们一家在那边也能过得好好的，您放心吧！时辰到了，我们和小宇走了！"

什么？我不由得心头一震。我冲进棚子里，却发现里面挂着的，不是爷爷的照片，而是我和父母的。我们吃过的晚餐就摆在照片下的供桌上。不！这不是真的！我不相信！我发疯似的跑出灵棚，跑到父母身边。一抬头却发现父亲的头不知什么时候破了一个大洞，母亲的骨头也刺出了身体。我低下头，借着水坑反射的倒影看到我的一只眼睛不见了，头上的血伴着雨水向下流着。爷爷打着伞，望着我们，脸上不知道是雨水还是泪水。我不知道爷爷是否真的能看见我们，也永远无法体会当时他的心情。

7天前，我和父母还有爷爷驾车去山区旅游，可由于大雨发生了山体滑坡，我们的车子撞上了一块巨石。我由于刹车时的惯性被甩出了车外，摔在了山崖下面，眼睛磕在了一块石头上，而父母为了保住爷爷将车头笔直地撞上了巨石。

我突然想起来，我和父母早就死在了那场车祸中，活下来的其实只有爷爷一个人！

我回头看清了母亲带我看的新房子，那块牌上写着"御龙尸场"。

"再见，我们该走了，您保重。"

这就是我记得的当天所发生的事情，可是根本没有人相信我。我要是敢说这种话，那些穿白大褂的人就会把我抓到一间小屋子绑到床上用针扎我。我真的很害怕，所以我只能偷偷地写下来，希望有一天会有人能看到。好了，有人来了，就写到这里了。

一道闪电撕裂了夜空的黑幕，雨仍然在拼命地下着。

师评·智匠创作微论

再见，预示着分别，而每一个人说再见的时候，就是无数个不同的分别情景。这次的"再见，我们该走了"，则是一次生离死别。世事无常，讲述每一个再见的故事，每一次别离的情意。

"当你还有机会与你至亲的人坐下来谈心的时候，你要珍惜这个机会，珍惜这段时光。生命十分脆弱，这个机会一旦失去了，就永远失去了。总以为明天很多，总以为会重逢，但等来的也许只有后悔和遗憾。"微雕一场告别，以死者向生者告别的特殊方式。生离死别，正如这场暴雨下的世界："一道闪电撕裂了夜空的黑幕。雨一直在拼命地下着，我不知道天上的雨神是否也像我一样伤心和绝望，否则她为什么一直流泪不止呢？"又见景语皆情语。

叁　逐梦青春

狼牙的勇猛机智，
成功的好梦难期，
象牙塔内的幡然苏醒，
与风共吟的命运不期。
英雄，还是凡人；
奋斗，还是敢于甘于平庸；
几曾岁月静好，
现世安稳？

狼牙

中文153班 郁昕白

扣动扳机，伴随着狙击枪口的喷炎，12.7毫米的狙击子弹飚过1200米的距离，瞬间揭开了一个全副武装士兵的头盖骨。

这一幕发生在中国东北某一原始森林深处。一片森林中，在一棵百年古树的枝丫上，一个身穿特种制服，小腿上绑着一把三菱刀，背上至少背着40公斤野战负重，双手端着一挺M107狙击步枪的"无声幽灵"正伏在那里。他是谁？他在狙杀谁？他究竟要做什么？他叫什么名字？他……

几乎没有人知道他的真名，即使在军队中，大家也只是称呼他的代号。他，就是中国屈指可数的没有番号的精锐中的精锐组织，第一代狼巢突击队成员，也是唯一一位活到现在的第一代狼巢突击队队员，代号：狼牙。经历过不知多少残酷的战火与危险，第一代狼巢突击队只剩下他一人活到现在。而这支突击队最大的特色，也是最令敌人畏惧的地方，就是全队的所有成员无论遇到什么遭遇，只使用狙击步枪打击敌人。能活到今天的狼牙不仅仅继承了狼巢突击队冷血、犀利的战斗风格，自身的战斗意识、战斗能力甚至是国际著名特种部队的成员都不能匹及的。他就是一个无声的狙杀幽灵，敌人永远不会知道会在何时被他击杀。

今天他蹲守在这里,是在两天前接到了军部的密令。密令上只说有一个叫郭XX的女人接触过国家机密,有可能被人护送出境。狼牙明白军部的意思,在确切掌握此人的行动路线之后,便开始了他新一轮的狙杀任务。

但是眼前的状况,让久经沙场的狼牙有些惊讶。密令上只说此人将被人护送出境,但他未曾想到,眼前的敌人并不容易对付。原始森林里长期没有人迹,树木高大,光线照耀不足;各类植物盘根错节,各种猛兽潜藏在暗处,危机四伏。狼牙就像幽灵一样跟在那些家伙身后长达四个小时。在这四个小时里,他也只发现了四次它们的踪迹,抓住了三次扣动扳机的机会,仅狙杀了三个人,每一个都是被他一枪掀起了头盖骨。

而本次任务更让狼牙感到艰巨而又有危险的是:在每次扣动扳机之后,即使自己是躲在不易让人发现的、角度刁钻的密林深处,还是差点被对方潜伏的狙击手盲狙。原始森林本身光线暗淡,不利于狙击,而他也可以毫不自负地说,经过狙击战火的历练,不应该有人能够在他开枪后的短短一瞬间内就能基本锁定他的位置进行盲狙。可这种人,这种事偏偏在此时出现了。可以断定,眼前的这伙人,不单单是特种兵,可以说是特种兵里的精锐。尤其是潜伏在暗处的特种兵,绝对是狙击高手。若狼牙不将他解决,即使干掉了郭XX身边其他所有的特种兵,也不可能将其带回!

任务是死的,荣誉是最重要的。对于狼牙而言,要么死,要么赢!狼牙再次化作那无声的幽灵,在原始森林里穿越起来。数公里后,在一棵巨大的古树下停了下来。他轻轻窜上树梢,用树叶伪装好自己。随后在树梢上架好狙击步枪,调教好瞄准镜,对准前方一块儿巨大的山石。接下来他就像是静谧老僧入定般的等待,等待对手的出现。

伏在树梢的枝丫上,拨开密密的树叶,整个原始森林尽收眼底。在不远处的山坡下,有一条潺潺的小溪顺流而过。溪边的树木朝着水面伸展,盖住了溪水两岸。狼牙选的位置并不是最佳的狙击位置,因为在这里根本看不到沿着溪水两岸的各种情况。但狼牙在战场上的选择是不会有错的。他选择在这里潜伏是因为他的目标并不是那些精锐特种兵，而是那位恐怖的辨声盲狙高手。狼牙相信对方一定会出现在自己所设想的地方，除非对方放弃狙杀自己。

令人窒息的时间一点一点过去。突然间，一声尖锐的爆炸声从后方响起。听到爆炸声之后，狼牙迅速从树上跳了下来，朝爆炸的方向潜伏过去。

其实，狼牙在一路潜伏的路上，按照一定的规律安放了一批微型炸弹。刚才的那声巨响一定是那些特种兵踩到以后造成的。狼牙一路潜伏，一直在与对方的盲狙高手较量，并始终在寻找机会干掉对方。但一旦有了对方特种兵的干扰，不仅加大了干掉对方狙击手的难度，连自己也增加了去见阎王爷的可能。放下几枚微型炸弹对付那些特种兵，即使不一定给对方造成巨大伤亡，也会削弱他们的行动能力。对方留下了六七个人护送着郭XX前进，同时又派出了狙击高手对他进行反狙击，而且还有几个特种兵尾随在他的身后想把它拽出来。面对这种情况，狼牙也不得不为自己多留些准备。

离爆炸的地方越来越近，狼牙就没有再向前移动了。他迅速地蹿上了一棵大树，刚爬到半中间，耳中就听到了一阵轻响。狼牙透过密密的树叶层，看到对方的一位特种兵正在地上呻吟，估计是被微型炸弹所伤的，而他的旁边，另一位特种兵正在用特战医疗包替他做短暂的治疗。几乎同时，狼牙敏锐地察觉到在前面不远的树上有几片叶子微微在动。他条件反射一般地前推狙击步枪，扣动了扳机。以现在的姿势，狼牙根本就没有时间去看是否打中了人。他脚钩在树枝上，头往下一荡，在半空中翻了个跟斗，触地时脚稳稳地落在了厚厚的树叶上。

也就在这个时候，从他刚才开枪的那棵树上掉下来一个人影。那人还在半空中，狼牙就给他补了一枪。只见12.7毫米的狙击子弹穿过了那个人的胸膛，从背后带出了一幕血雨。那人手中狙击枪的镜面上反射出一道凄冷的光。

血雨是惨烈而美丽的，那道光是凄惨而又讽刺的，但狼牙并没有被他所吸引，一个闪身贴到了树的后面，一切动作都在一瞬间完成。就在他刚刚立在树后，一粒粒子弹呼啸而过，如冰雹般撞在狼牙背后的树干上。突击子弹的威力，实在巨大。此时狼牙心中明白，只要自己随便乱动一下，立刻就会被扫射成筛子。高速的射击连续不断，子弹至少达到了每分钟600发以上，已经持续了五秒还没有停止。但狼牙躲在树后子弹根本伤不到他。在外人看来，这实在是一个疯狂的行为！

但狼牙毕竟是狼牙。对方如此射击，在狼牙的心中只有一种可能，敌人就是想把自己封死在这里！哪怕只有短短的10秒、20秒，这附近的其他敌方特种兵听到这么大的声响，一定会赶过来支援。到时候自己无法动身，只能是死路一条！

这些意识在狼牙的脑中迅速闪过，该做些什么狼牙心里明白。在分辨出枪声的来源与敌人射击方向后，狼牙拉动狙击枪的扳机往地上一抛，同时左手掏出腰间的M22手枪从树干的另一边闪出。只见狙击步枪刚触地时，枪口飚出了一团喷焰，将一颗子弹送入了一个手持突击步枪的特种兵腹中后，又从他的背后爆出一团血雨。

狼牙设想着如果狙击枪撞到地上没击发或没打中，对方看到树木这边飞出的枪，手中的子弹一定会条件反射般地向这边倾泻，那么自己从树的另一边闪出来一定可以干掉对方！当狼牙看到对方已倒在血雨之下后，自己的这一枪也就不用补了。

但现在对于狼牙而言，危险依旧围绕在自己身边，每耽搁一秒钟自己就可能会有性命之忧。他清晰地听见周围其他的特种兵正在向这边聚集！只见狼牙极快地往地上一滚，抓起了狙击步枪，一连串的军事躲避动作，依旧如幽灵一般地钻入密林。他每一个动作完成的时间绝不超过0.5秒！闻声前来支援的特种兵盯着狼牙这一连串的动作，看得目瞪口呆。与自己拼杀的"狙击幽灵"竟有如此强的实力。

这个人真是幸运，但也真是悲哀！他是第一个看到狼牙的影子却还活着的人！可也就两分钟的时间，他缩到树林后还没有回过神来，本以为自己躲进密林就安全了，突然一声狙击枪响，一声低沉的咆哮，紧接着树林间不知何处冒出死亡的烈焰，一颗子弹笔挺地飚了过来，骤然脑袋一轻，头盖骨被掀飞了……

成功狙杀尾随自己的所有特种兵后，狼牙提起狙击步枪，在溪水边再次发现了那伙人的踪迹。但眼前的情况让狼牙吃了一惊：只有郭XX一个人沿着小溪连滚带爬地向前跑，其他特种兵不知踪影！在外行人看来，这是再好不过的机会，直接抓捕郭XX，带回军部，狼牙的任务就完成了！但，这里是特种战场，一切情况都不是那么简单。正因为郭XX，没有办法顺利穿越原始丛林，那些特种兵只能带他沿着小溪走。而那些人现在也已经明白，狼牙是要将郭XX带回去，狼牙不会杀了他。让那姓郭的单独沿着小溪，他们自己置身潜伏在密林之中，狼牙也拿他们没有办法！

这一招的确厉害！那些特种兵就在郭XX附近的丛林里走，茂密的树林遮蔽了他们的身影，而狼牙又不敢靠近郭XX把他带走。如果狼牙靠近的话，肯定会被潜伏在周围的特种兵扫射成马蜂窝！

但还是之前的那句话：狼牙终究是狼牙。他们的这些诡计，狼牙一眼就看了出来，嘴角上划过一丝冷酷的笑意。他立即端起狙击步枪，调整瞄准具，将那血腥的十字准星对准了郭XX左腿的膝盖处，立即扣动扳机。一个无情的子弹在喷焰的照耀下显得格外致命，射穿了那叛国者的腿。紧接着，狼牙迅速上膛，再次瞄准，射中那人的右腿膝盖。这正是以其人之道还治其人之身！有那么多的特种兵出现保护郭XX出境，无非是看中他所掌握的国家机密。如果郭XX死了，自己虽不能把这个家伙活着带回去，但对方也别想从他的脑子里窃得任何信息。何况在接到任务密令时，只要求狼牙必须阻止其出境，并未说明郭XX的生死。对狼牙来说，把郭XX活着带回去自然是第一选择。像这样够得着派这么多特种兵来护送出境的人，肯定有一定的价值。他身上的任何情报，也许都潜藏着巨大的国家秘密！但如果实在不行，将他射杀以免泄漏国家机密，狼牙也并不算失职。

如此一来，这场战斗谁胜谁负就可以预见了。一面是摸清了对方的套路和行动目的，开始见招拆招；另一面是信息的不对称导致做出错误的选择。如果郭XX被射杀了，那些特种兵的任务也就失败了！加之彼此双方实力的巨大差距，胜负已经没有什么悬念了。狼牙心里更是清楚，凑在狙击镜后面的脸上露出了一丝胜利的冷笑。

  当然，对一名特种士兵而言，在任务结束之前都不算取得胜利，此时的疏忽极有可能葬送之前全部的付出。作为狙击幽灵的狼牙对此更是心知肚明。狼牙在此时迅速地从藏身地点跳了出来。这么做并不是要去追击那帮特种兵，而是以极快的速度从背包中再次取出微型炸弹，扫了眼周围的树木，以极老练的手法在藏身四周布上诡雷。

  狼牙布置这些诡雷，是为那些特种士兵们准备的。那伙人应该明白，要想带着双腿受伤的郭XX继续逃跑，不将狼牙这只幽灵解决掉是不可能办到的！之前狼牙开了两枪，又暴露了自己的位置，如果不趁现在潜到狼牙附近，那帮特种兵就没有机会干掉他，更不可能完成任务，将郭XX带出国境。然而这一切，狼牙早已想到并已做出应对策略。

  古人曰："无所不用其极！"这句话用在战场之上再合适不过了，狼牙也对此句深有体会。这是他经历了无数残酷的战斗之后得到的最现实的经验，只要是参加过战争的军人都应该理解这句话，而那帮特种兵也不例外。但狼牙与他们最大的不同是，他知道如何灵活地制造形势，将对待敌人的手段发挥得淋漓尽致。所以，他布置的诡雷，周围的一根钓鱼线、一棵草、一截枯枝都有可能成为它的导火索……

  扣动扳机，诡雷爆炸，看到最后一个敌人惨遭爆头、身体被狙击子弹冲击的力量带着身体撞在了一棵树上的时候，这片东北地区的某处原始森林，正好浸没在太阳最后一丝余光里。这群家伙接了这样一个任务，遇到了最为神秘的第一代狼巢突击队最后的、最尖锐的獠牙——狼牙，也只能怪自己流年不利了。

  三天之后，狼牙带着同样流年不利的叛国者郭XX回到了军部，交给了上级。至此，狼牙成功完成了任务。但狼牙他不会停止，永远不会停止，等待狼牙的还会有更多的任务。作为第一代狼巢突击队最后的獠牙、最后的"狙击幽灵"，他会继续握紧手中的狙击步枪，瞄准最后的黑暗……

师评·智匠创作微论

　　狼牙，作为凶猛顽强的狼身上最坚固的牙齿，被认为蕴藏着神秘强大的力量，也象征着可以带给人无穷的力量，能够勇敢面对一切。因为狼的一生只有一个伴侣，狼牙也是忠贞的象征。这位以"狼牙"为名的狙击手，身经百战，依然谨慎细致、勇武如初。用富有象征意义的称谓为名，可讲述一个富有形象意义的好故事。

　　以"狼牙"为名，微雕一个英雄的机智与勇敢，忠诚与奉献。"能活到今天的狼牙不仅仅继承了狼巢突击队冷血、犀利的战斗风格，自身的战斗意识、战斗能力甚至是国际著名特种部队的成员都不能匹及的。他就是一个无声的狙杀幽灵，敌人永远不会知道会在何时被他击杀。"这是狼牙的荣耀。"至此，狼牙成功完成了任务。但狼牙他不会停止，永远不会停止，等待狼牙的还会有更多的任务。作为第一代狼巢突击队最后的獠牙、最后的'狙击幽灵'，他会继续握紧手中的狙击步枪，瞄准最后的黑暗……"这是狼牙的至高使命！一个沉默而伟大的爱国者。

梦

汉外 151 班　王世伟

在一所教书育人的高中校园，周一，意味着崭新的一周，也意味着新的开始、新的冲刺。

"好的，本周的全校表彰大会到此结束。请同学们回到教室开始上自习吧！"王校长微笑着说道。

"每周都是一样的演讲词，没意思。"小刘默默抱怨着。作为高三的一名尖子生，他身上承担着父母的梦想、学校领导的期许、还有其他种种看不见的压力。

小刘低着头慢悠悠地走在回教室的路上，旁边传出来一声："听说你马上就要把物理论文交上去了对吧？你写得怎么样啊？"

小刘抬头一看，不耐烦地说了一句："差不多了，这次的论文评比肯定是我第一，你就别想着能赢我了。"

说话的是隔壁班的竞争对手小李。他们两个一直霸占着年级排名的前两名：不是小刘第一，就是小李第一，似乎全校从来没有开放过前两名的位置，只有第三名是不断易主的。不过私底下，他们两个交情还不错，是从小玩到大的发小。

小李："好，那我就看看刘大科学家能写出什么样的论文了，相信肯定不能比我的差吧。到时候输了可不要不承认哦！"说完这话小李嬉皮笑脸地跑回了教室。

小刘看着小李离去的背影，叹了一口气，心想：下周要上交的物理论文是要参加国际奥林匹克竞赛的。这不仅关系到全校头名的争夺，还关系着重点大学的梦想，可以说是我高三生涯除了高考外最重要的一次考试了。然而现在的我还是没有一丝头绪。距离论文上交时间仅剩三天了，我该怎么办？

被物理论文搅乱心思的小刘一早上的课都没上好。语文课诗词解释和正确答案相差十万八千里；化学课上实验把试管名称看错，差点引发一场小型爆炸；生物课上的细胞名称也完全找不到头绪，面对老师的提问哑口无言，仿佛失了魂一般；最擅长的数学题也没能解出来。中午放学后，班主任兼物理老师武老师点名小刘去他办公室。看着其他同学都开开心心去吃饭了，小刘只好一脸不情愿地走到了武老师办公室门口。

他走到了门口，小心翼翼地敲门。屋里传出武老师的声音："请进。"小刘慢慢进屋，看见武老师坐在办公椅上，面带严肃。他慢慢走到武老师面前，半抬眼看着武老师。

武老师："你知道我为什么找你来吗？"

小刘："我知道，我今天上课不专心听课，其他老师都报告给您了。"

武老师摇了摇头，叹了口气，说："不只是因为这些。你是不是有什么心事啊？能不能和我分享分享，说不定我能帮你解决呢。你以前上课可不会出现这样的问题，一定是有什么心事对吧？"

小刘："老师你想多了，我只是昨晚没睡好，今天上课有些瞌睡，中午休息一下就好了。老师你放心吧，我没事的。"

武老师："如果是这样那就好了。你中午回去好好休息，以后晚上早点睡，可别再熬夜看书了。你现在的成绩上重点大学已经足够了，千万不能把身子骨熬坏了。不过，如果你有什么心事，一定要过来和我谈谈，不要憋在心里。"

小刘点了点头，说："老师，那我先去食堂吃饭了，您也早点回家吃午饭吧。"

武老师点头说："嗯，你先去吃饭吧，我把这些作业批完就走。"

小刘："那您先忙着。"然后迅速转头离开了。

他离开了老师办公室，进了楼道，擦擦满脑门的汗珠，长叹一口气，小声自言自语："这可怎么办呀？我真想把这论文丢了。"

小刘这一整天的课都没上好，下午的课也是草草应付了事，并没有放在心上。

到了晚上，小刘回到家里，躺在自己的床上，满面愁容。过了一会儿又从床上坐了起来，双手抓住自己的头发，自言自语："你知不知道自己正在荒废时间、荒废青春？要知道你身上可承载着老爸老妈考上重点大学的梦想！爷爷奶奶还指望着你光宗耀祖呢！你真是个大混蛋，你对不起自己，对不起大家。"

说完后，小刘舒了一口气，又躺回了床上，进入了梦乡——

小刘从书架上取下了妈妈为他买的《哈利·波特》，他从小就是这个系列图书的粉丝。为了奖励他学习进步，妈妈给他买了全套的《哈利·波特》。他翻开了其中的一页，书上的哈利正在朝他微笑。突然间哈利眼睛一眨，小刘吓得赶紧把书丢到了地上。这时，小刘的房间里传出了一个陌生的声音，"别害怕，我是你最喜欢的哈利啊！你把书捡起来，这样我就能看见你，和你一起说话了。"

小刘战战兢兢地把书捡了起来，发现书页上的哈利真的在看着自己，哈利还对他说："我知道你遇到了困难，现在，我就是来帮你解决困难的。"

小刘充满疑问，说："你能怎么帮我？你知道我遇到了什么困难吗？"

哈利说："这你就小看我了，我可是魔法师呀！我一定能帮你解决困难的。"说完，哈利对着小刘的额头，拿出自己的魔法杖点了一下。小刘瞬间感觉有一股强大的力量注入，他从未感觉自己如此神清气爽。

哈利说："我为你施下了智慧魔法，你的论文对于我的魔法来说就是小菜一碟。现在安心地睡觉吧，明天你肯定会觉得思如泉涌。"

小刘点了点头，说："谢谢你，哈利！没有你的帮忙我一定没办法完成这个论文。"说完之后，哈利笑道："谁让你是我的粉丝呢！以后你遇到困难我还会来帮助你的。"说完后哈利消失了。小刘如释重负，昏昏沉沉地睡着了。

一个星期后，还是星期一，王校长在表彰大会上慷慨陈词："现在，让我们一起祝贺我们学校高三一班的刘同学！他在上周结束的奥林匹克竞赛上发表了一篇精彩的论文，评委们一致认为这篇论文代表着国内一流水平。他们将为刘同学写推荐信，高三结束后，他将成为本校历史上第一位保送出国的毕业生。"说罢，学校操场上除了惊叹声就是掌声。武老师也不自觉地走上来拍了拍小刘的肩膀，说："可以啊！上周一我还挺担心你的状态，担心你压力太大。没想到你居然是厚积薄发呀！你真的为我们学校争光了，为你的父母争光了。"

小刘不好意思地笑笑，说："这也不完全是我的功劳，是得到高人指点。"武老师以为小刘说的高人是自己，也不好意思了，朝他笑笑就离开了。

大会解散后，小刘还是像往常一样慢悠悠地走回教师。路上小李又过来找他说话了："这一次我甘拜下风。不过你等着，我不会让你成为我们学校唯一的保送毕业生的，你等着瞧吧！"说完又和之前一样跑回了教室。

小刘笑了笑，朝小李的背影大喊："我等着呢，等着看你像我一样，让我瞧瞧你的实力吧！"

小李大声回应着："好啊，你等着看吧。"

小刘满面春风，想着今天晚上回家还有老妈奖励的大餐，老爸答应买的新款游戏机，不由自主地跑了起来。

不料，小刘乐极生悲，踩到了地上潮湿的树叶摔倒了。这一摔，摔得可不轻。小刘觉得头昏脑涨，耳边嗡嗡直叫，眼前直冒金星。他倒在地上看着天空，空中的一片云彩好像哈利，正在对着他笑。

过了几秒钟，小刘惊醒了。他发现自己躺着自己房间的床上，头发乱糟糟的。他看了看书桌上的日历，发现自己原来只是做了一场梦！竞赛获奖、校长和老师的夸奖、父母的奖励，都只是一场梦而已。

小刘从床上起身，走到书架前，拿下了那本《哈利·波特》，翻到了熟悉的那一页，哈利还是一直朝着他微笑，却从未眨眼。

这时，他发现了自己小时候在书上写下的：只有努力，才能获得自己想要的一切！没有跨不过去的坎，只有不肯努力的人！

小刘看着这句话微微一笑，在心里默念一句：未来从来由自己创造。

三天后，小刘按时交上了论文。而等待他的，是未知的未来。

师评·智匠创作微论

关于梦，有人说，梦是愿望的达成；还有人说，日有所思夜有所梦。你曾做过什么样的梦？有没有去想为什么会有这样的梦？无论怎样，梦中常会出现现实中不可能出现的事情和事物。如果你也做过一些奇怪的梦，不妨讲出来。或许，在其中，你会找到这个梦的答案。就像小刘同学。

微雕一个梦，呈现一场蜕变。

"这时，他发现了自己小时候在书上写下的：只有努力，才能获得自己想要的一切！没有跨不过去的坎，只有不肯努力的人！""小刘看着这句话微微一笑，在心里默念一句：未来从来由自己创造。""三天后，小刘按时交上了论文。而等待他的，是未知的未来。"

诚然，智匠微雕，告诉你，每一个人的未来，还是在自己手中。

终有弱水替沧海

中文152班　马炳磊

今年的冬天来得格外凶猛，寒风呼啸、大雪纷飞已经成了常态。

花狗昨晚玩儿了一整夜的游戏，白天罕见地没有在宿舍睡，而是拖着疲惫的身躯挣扎到了教室。

林宁在课间的时候来叫了几次，花狗实在是太困，没有动弹。放学后几个人依旧是慢慢地走到十字路口才分手。

花狗感到有些饿，先是在楼下吃了点饭。然后看看时间还早，就回身走了十来米到一个小店门口，推开玻璃门走了进去。

这是一个很逼仄的书店，叫作"爱书人"。这是除了诸葛亮外，学生们来得最多的书店了。里面都是很厚很大的那种书，上面大多标着"起点中文网"和"幻剑书盟"的字样。

天色阴沉沉的，书店里除了龅牙老板娘外空无一人。花狗进去的时候，龅牙正在对着手机傻笑。以前没有手机的时候龅牙总是干坐着发呆，自从有了手机，龅牙的心思就几乎全放在了手机上。

网络是一个多么神奇的东西！就算是龅牙这样状若妖魔的女人，在网络中也可，以把自己美化成天仙。

花狗随便在书架上挑了本书。只是消磨这一会儿的时间罢了，看什么都可以。花狗最初看的是网游，于是就疯狂地迷上了网游。在诸葛亮借书的时候总是要仔细地挑选一番，看到书名中带有"网游"字样才会拿下来翻开瞅瞅是否合自己的口味。

爱书人地方不大，书籍也大多破旧。但是这个无所谓，能看就好。少年们都很好满足，他们只看重书的质量，不在乎包装。花狗找了一个小凳子坐下，抱着书津津有味地看了起来。外面的路灯渐次亮起，橘黄色的灯光在黑云漫天的映衬下闪烁着迷人的光彩。

龅牙只是傻笑，却并不发出什么可怖的声音。一个埋首书堆的少年，一家灯光昏暗的旧书店，一个无声傻笑的龅牙老板娘，伴着外面呼啸凛冽的寒风，构成了一幅奇特的画面。

不知过了多久，听到门口传来跺脚的声音。花狗透过脏兮兮的玻璃窗子一看，一个穿着绿色军大衣的身影正站在门口抖落身上的雪花。龅牙抬头看了一眼，又有点厌烦地瞅了瞅这么晚还赖在这里看免费书的花狗。

花狗很识趣地把书收起来放回原来的位置，站起身把衣服的拉链拉紧。玻璃门的铝合金边框发出刺耳的响声，军大衣走了进来。

一个憨厚老实的中年男人，看样子在工地上干活。军大衣看着花狗笑了笑，花狗很有礼貌地跟军大衣道了别之后就拉开门走了出去。

如果不是龅牙在等她老公下班，恐怕早就关门了。这天气没什么生意，小孩子们一放学就赶紧回家了，没有人愿意在外面逗留。

一出门才发现，雪下得很深了，天空中像是谁撕裂了鹅毛枕头，大雪纷纷扬扬。下雪不冷，消雪冷。确实如此，只是寒风夹杂着雪花吹在脸上，像细刀子割肉。

花狗把手插在兜里慢慢走回房东家。一层的小饭店灯火通明，花狗懒得在这么寒冷的天气伸手拿钥匙，就直接从饭店穿过上楼。

楼道里安静得很，花狗走到自己门前的时候吃了一惊。由于花狗的单间在阳台上，雪花肆无忌惮地飘落堆积，现在门口厚厚地积着至少二十公分的雪。

小心地开门，尽量不使雪花进到屋子里面。花狗打开电灯反手关上门。宿舍里很是寒冷，因为位置的原因，比其他的几个屋子室内温度都要低。

简单收拾了一下床铺，腾出坐的地方。拔下充了六七个小时电的MP3，花狗毫无留恋地锁上门下楼。

下楼的那一瞬，花狗看到徐飞出来上厕所，一瞬间想到了很多。

人家这样的好学生，整天想的都是好好学习考上一个好高中，而自己却是过着他们无法理解的荒唐生活。

快速下楼，依旧是从饭店穿过。走到大街上，蓦然发现地上已经全部是厚厚的积雪，路两旁的各色灯光都早已点亮，缤纷闪烁。

花狗把耳机塞到耳朵里，单曲循环着张杰的《天下》。有时候喜欢上一首歌，就必须一遍又一遍反复地播放，直到自己厌烦为止。

听着歌，看着路上不多的行人，花狗慢慢走在雪地上，脚踩在地上发出吱吱的响声。

忽然，花狗想到了自己的未来，半年后的自己应该何去何从？看着渐渐飘落的雪花，看着高楼上的万家灯火，花狗感到一种深深的茫然。

前方不远，过了那个十字路口，就到了自己常去上夜市的浪漫网吧。边走边想，这短短的一段路，花狗仿佛走了几十年。

终于走到了浪漫网吧门口，掀开厚重的棉布门帘，花狗大踏步走上铁质楼梯。走到楼梯转角的时候，花狗蓦然停住，怔怔地看着那一面巨大镜子里的瘦削身影。

落满雪花、蓬乱如鸟巢的乱发，眼窝深陷，黑眼圈浓重，面色苍白骨瘦如柴的自己木然地与镜子中的那个自己对视着。

一种撕心裂肺的疼痛忽然从心底的某个角落漫上来，一瞬间袭遍全身。这个鬼一样的自己，这个可怕的身影，完全是自己一手造就的。

花狗忽然在心底放声大笑，笑声中充满一种仿佛看透世事沧桑的绝望与苍凉。

这一辈子，就这样了。

一声巨大的叹息，花狗扭头留下一个决然的背影，继续投身到那无尽的深渊。

熟练地开机，然后用身上仅剩的两块钱，买了一袋干吃面和一瓶矿泉水——这就是自己一晚上的口粮。

打了半夜战服，有点困了，就蜷缩在沙发上眯一会儿，不过睡不着。最多半个小时缓过那股劲就起身继续厮杀。

一个又一个夜晚，花狗就是这样孤单地在这间网吧消耗自己的青春和生命。那时候，花狗的通宵没有什么规律，完全就是看自己还剩下多少钱。如果钱充足的话，他可以每天晚上都不睡觉。

早上六点左右，熹微的晨光顺着窗帘的缝隙洒落进来。花狗揉揉眼睛，到厕所排尽一晚上的陈尿。

正自舒畅地放水，花狗忽然看到了一个熟悉的身影。林宁骑着自行车慢悠悠地从东边驶来，驶过十字路口，慢慢消失在花狗的视野。

下楼之后，穿过马路，路边一家卖早餐的店铺刚刚开门，老板正忙着把店内的活动桌子往外面搬。花狗要了一份胡辣汤和一根油条，然后才想起自己身上没钱了。慌乱地摸遍了所有的口袋，终于幸运地翻出来五块钱。

吃过早餐之后，一股巨大的睡意蓦然向花狗袭来。所谓饱暖思淫欲，如今吃饱了，花狗只想回到自己的陋室、回到自己的小床上舒舒服服地睡一觉。

一路慢慢地走，不时有一两个早起的学生，骑着自行车从花狗身边经过。虽是同龄人，花狗却感觉自己和他们完全不在一个世界。

回到宿舍之后，花狗锁上门，一头栽倒在床上，踢掉鞋子胡乱地把被子蒙在身上便酣然入睡。花狗从来不管今天是星期几，困了就睡。迟到旷课什么的，简直太随意了。唯一有点遗憾的是，上午有一节英语，不过困意袭来也顾不得许多了。

花狗很喜欢学英语,也因此他的英语成绩很好。不是有那么一句话嘛,心在哪里,成果就在哪里。

即使是那么频繁地上网看小说,花狗还是认真听了每一节英语课,也是唯一认真听的课。甚至还写作业,而且花狗的英语作文,多次被老师当作范文在全班朗读。

有几张作业纸花狗保存了很长时间,那上面写着老师的评语和对花狗的鼓励。

老师是用英语写的评语,翻译成汉语就是:我相信你会变好,你是个好孩子,你很聪明,身上满是灵性。

花狗可以感到老师文字的真挚,她对待自己和对待其他同学也不一样,她是真的喜欢自己。

在所有人都看不起你否定你的时候,有一个人能够始终坚定地站在你身边说你是优秀的,那种力量足以让一个本已对世界绝望的人重新燃起生活的斗志。

这种力量是很微弱的,而且也并非即时性的,但是它的作用却是巨大的。在未来的某一天,当这个曾经坠入深渊吃够苦头的浪子想要回头时,那便是救命的稻草。

师评·智匠创作微论

在一些人生重要的时刻,不同的状态和不同的选择,就会有不同的结果。是拼搏人生,还是游戏生命?花狗的游戏夜晚、昏睡晨昏,是精彩还是浑浑噩噩?林宁的按部就班,是无趣还是充实?"终有弱水替沧海",聪明和灵性,能给你什么?

微雕一个被否定者的思绪和心情。

"在所有人都看不起你否定你的时候，有一个人能够始终坚定地站在你身边说你是优秀的，那种力量足以让一个本已对世界绝望的人重新燃起生活的斗志。"这种力量是很微弱的，而且也并非即时性的，但是它的作用却是巨大的。在未来的某一天，当这个曾经坠入深渊吃够苦头的浪子想要回头时，那便是救命的稻草。

如何成功逆袭？终有弱水替沧海？世上是否会多一些救命稻草？这个救命稻草是否会起到巨大的作用？智匠人生，如何抒写自己的未来？

高考体验日

中文153班　鞠松展

一片昏暗之中，隐隐有几声起伏不定的鼾声。

在这一片和谐的睡眠氛围中，萱萱躲在暖暖的被子里面，感觉自己的上下眼皮正在打架，意识也有些迷离。只瞥见一个物体成自由落体坠落，她来不及有什么反应，鼻梁就狠狠地被砸中了。

"哦！"她猝不及防地低喊出了声。对床的室友翻了一个身，背对着她。她捂着酸酸的鼻子有些抱歉地看过去。还好还好，室友依旧睡得香甜。

凌晨2点，世界陷入了沉睡，感觉不再有谁清醒着，除了她。握着手机，幽亮的屏光停留在小说页面，耳机里是循环播放着流行乐曲。刚才小小的状况让她整个人又清醒了一些。轻轻地叹了一口气，举起了有些酸痛的手臂，她继续看起了小说。

一条新消息，就这样突兀地出现在手机屏上。萱萱手一抖，差点又把手机扔到脸上。没有姓名的新短信，看来不是好友们发过来的。

"你好！经过我们一年以来的观察，我们认定你是大学里面的'堕落天使'。沉迷游戏小说、逃课、顶撞父母等行为严重违背了你入学时的诺言。经过我们的讨论决定，你需要回到高中重塑，进行为期一周的高考体验日。"

还来不及有什么反应，萱萱就感觉自己眼前一黑，失去了意识。

被一阵闹钟声吵醒，萱萱疲惫地睁开眼，发现才4点钟，外面的天还没有亮。不满地嘟嘴，她有些恼火地喊了一声："谁的闹钟啊？这么早就响了，能不能快些关上！"

然而，回复她的除了聒噪的闹钟，并没有其他的声响。"嘶——"烦躁地从床上坐起来，环视了一周，混沌的大脑一下子因为受惊而清醒了起来。

熟悉而又温暖的大床，床边放着的巨大玩具熊，原木色的衣柜、书桌……这里是家？回家了？

"我天！"难以置信地瞪大了眼，"是梦是梦！一定是我太想家了！"狠狠地掐了一下自己的脸，疼得她眼泪都要出来了，萱萱一下子想到了昨天收到的那条短信，100天高中体验日？难道那是真的？她穿越了？所以说，现在还没有高考？！"哦，不——"哀号了一声，萱萱真的感觉自己要哭了。

"昨天睡得太晚了？"一打开房门，就看见了系着围裙做早餐的妈妈，空气中飘浮着米粥的香气。

"妈妈？"还是感觉有些难以置信，萱萱走到妈妈面前，扑进了她的怀里，撒娇似的抱住了她。

"怎么了，宝宝？因为今天早上没爬起来早读而难过呢？没事的，最近学到那么晚，所以早上多睡一会儿才能有精神呀。"

乖巧地点着头，萱萱却在心里犯了嘀咕。早读？我吗？4点起来早读？一年的自在生活，早已经让她忘记了高中时代的刻苦付出。现在重新来一次……说真的，她心里真的没有底气。

吃过了妈妈精心准备的早餐，那种熟悉又温暖的记忆涌上心头。6点整，天还是没有亮。爸爸早在她吃饭的时候就下楼发车了，等到她下楼，爸爸的车早就停在小区门口等待着了。车里的暖气开得很足，但是爸爸的手却有些冰。路上，她听爸爸讲了很多，一向对自己要求严格的爸爸，变得小心翼翼起来。不再和她谈论什么理想抱负，而是变得和妈妈一样，不停地嘱托她不要太累，比起成绩，身体最重要。鼻子忽然的酸涩让她有些说不上话来，久违的温暖涌上心头。上了大学以来，有多久没有再和爸爸妈妈好好聊过天了？

下了车，目送爸爸的车子远去。萱萱抬起头，在看见那既熟悉又陌生的高中校门的那一刻，在看见穿着红色校服身形匆匆的同学们的那一刻，在看见个子不高、气势不小的教导主任的那一刻，泪水不受控制地涌了上来。

这些，在上了大学以后多次出现在梦境里的场景，终于再次经历了一遍。走过熟悉的长廊，进入到安静的教室，找到第三列第五排的那个位置，见到了埋头补作业的同桌，和最好的朋友相视一笑，默默地用眼神鼓励着彼此。坐在讲台上的班主任，她的目光是那样怜爱，无意间发现了神游天外的萱萱，用口型提醒她赶紧进入学习模式……一切的一切，就像是经过了多次彩排一样，进行得那么理所应当，仿佛谁都从来没有离开过这个地方。

从来没有这样一个时刻，让萱萱感觉到如此幸运。周围那一张张熟悉的面孔，青涩而又稚嫩，虽然没有精致的妆容，却让人感受到活泼可爱的青春气息。身体里面尘封已久的热血再次沸腾起来，萱萱像一年前的自己一样立誓，一定不辜负自己，一定要竭尽全力拼搏剩下的每一天，一定要为父母争一口气！

又回到了那些日子。萱萱感觉自己像一只与父母失散了、但又重新回到了父母的羽翼下的小鸟。每天不用考虑那么多烦琐的事情，心里有着明确的目标，怀揣着十足的动力，向着梦想大步前进！

又是闹钟声？萱萱一个激灵，猛然起身，把室友们吓了一跳。

"今天太阳从西边出来了？萱萱竟然这么早就睡醒了！"室友笑着揶揄她。

萱萱握着手机，微微有些愣神。"起床！上课！"她看了手机屏幕，忽然有些释然了。

她知道，昨天晚上那不是梦，那条短信依旧存在。她打算永远保留那个讯息。当自己想要懈怠时，会拿出手机看看。

还好，她找回了当初那颗赤诚的心。还好，她找寻到了新的梦想。

师评·智匠创作微论

  高考，是每个学子必经的考验。这篇小文，重点要写的却不是高考的真实体验，而是高考过后，在大学生活中，放松了对自己要求的萱萱的幡然醒悟。恍若一场梦，是穿越还是真实，已经不重要。重要的是在这场"体验"中，找回了熟悉的拼搏的感觉和努力的方向。大学里的你，是否还是那个曾经的追梦少年？也重新来体验一下那年的高考，追寻一下往日的身影吧。

  微雕一个令人难以忘记的"高考体验日"之梦，映衬高考之后大学生活中的萎靡。曾经努力的萱萱成了一名"堕落天使"，辜负了母亲的悉心照顾，父亲的辛苦陪伴，老师的殷殷期待。当再次置身于高中课堂时，感到"没有精致的妆容，却让人感受到活泼可爱的青春气息"。智匠微雕，最重要的，是让每一个沉浸在玩乐中的大学生，重新找回一颗"赤诚的心"和"新的梦想"。

与风共吟

中文152班 文俊欢

无尽的黑夜紧紧拥抱着她，却拥抱得这样紧，让她喘不过气。她像婴儿一般，孤单地恐惧地蜷缩在床的角落里。她听着闹钟滴滴答答，一圈又一圈无奈地运转着，想睡，却又睡不着，注定一夜无眠。也许在化验单的结果出来之前，这样的夜晚会一直持续着。

西西如今是一个很优秀的女生。她独立、自信、美丽、孝顺，是别人眼中的优质女。唯一遗憾的是，她到现在都还没找到一个男朋友。常常能看到她从远处走来，那一头优雅的棕色齐肩卷发，总是能够以其独特的美丽撩人情思。也许是那头短发总能散发出令人愉悦的幽香，也许是那头灵动的发丝将她本身的独立、自信展现得淋漓尽致，总之，见到她的人都曾或羡慕或欣赏地夸赞她的秀发。

大学时的她与如今的她相去甚远。她也曾与普通的大学女生一样，每天的生活不过是麻木而不用心地学习，窝在舒服的寝室里看剧、吃零食、刷微博，很少与外人接触，连集体活动也很少参加。她就这样浑浑噩噩地过了两年。直到有一天，她从常刷的微博中了解到高中时期同届同学不一样的人生。她才突然意识到，原来自己这两年来浑浑噩噩度日，所虚度的光阴，竟与他人拉开了这么大的差距。她从来都是好胜不服输的。所以，这一次，她如梦初醒般地从床上爬起，果断地跳出了自己的生活圈，开始了起早贪黑、朝九晚五的学习生活。舍得付出当然也能获得回报。她一直努力奋斗着，铸成了如今的西西。

西西是一个北方姑娘，但她却独爱南方璀璨的上海。曾经的上海，十里洋场、纸醉金迷、风情万种，她尤其欣赏在那种背景下生活的女郎。从她拖着沉重的行李箱，从北往南而来踏，上上海的土地时，她就没想过要离开。

多年来，西西依旧没在上海站稳脚跟。她整天都处在忙碌之中，忙得天昏地暗。在那个陌生的城市，有时连自己从哪个机场出来都会感到茫然。

她是X时尚杂志社的不知名的小编辑，但既然与时尚沾边，就不得不与一些她从未接触过的人与事，甚至是生活状态相逢。渐渐地，她学会了在以前想都不敢想的高级西餐厅与客户同事吃饭，学会了点菜单上贵得让人心痛的菜和红酒；学会了想方设法地挑剔菜品的缺点；学会了在出门之前给自己叫一辆加长林肯出租，在离去的时候，还能优雅地说："不用送了，公司给我派了专车。"但下了车之后，她还是孤身一人，寂寥地、落寞地往自己的出租屋走去。暗夜中的直挺挺的路灯，把她孤寂的背影拉得很长很长。即使在自己最困难的时候，她也曾咬牙坚持。过节时，站在饺子馆外面，妈妈突然打来电话，"西西，你要是在外面过得辛苦，就回家来吧！"她倔强地回答："妈妈，我很好。"

这一次，又是她痛经的时候。与之前咬牙坚持去上班的状态不同，她真的站不起来了，连在床上挪一挪的轻微动作，都能让她流出眼泪来。她想起她已经很久没流泪了，忙到连泪都忘了落下。最后她打了120，然后从卧室忍痛爬到门口，把门锁打开，以便救护人员进来。

一路颠簸，昏昏沉沉。到了医院，在一群重病的人群中，她很不好意思地对医生说了痛经后，打了止痛针。她已经如先前一样活蹦乱跳了。

正当她想要灰溜溜地逃离之际，医院护士说："姑娘，去做个检查吧。"西西没多想，就在医院里做了三个小时的检查，心里却也着急地挂念着自己下午的会议。

不久，检查结果出来了。她不经意地一撇，却看到了"子宫肿块"的字眼。

她瞬间有点害怕。在走向就诊室的路上，她明显感觉到自己加快了脚步。

她带着轻微的哆嗦，微微沙哑地问："医生，这是什么意思呀？我……我有些看不懂。"

"现在确定了你的子宫内长了一个肿块，需要进一步检查是良性还是恶性的。"

她的眼红了。

"什……什么是恶性？这，恶性会怎么样？"她已经语无伦次。

"恶性的话，就是癌症。"咣的一声，她感觉似乎头顶的天塌了下来。

那天，她不知道自己是如何回到家的。她坐在床边，呆呆的，什么也不想。等天将暗未暗之时，西西突然开始收拾行李，就简单的几件衣物。打电话给杂志社请了假后，她不知自己是怎样的心情，坐上出租车，到了机场，上了回家的航班。

第二天清晨回到家，柔柔的阳光打在这座小城上。无论怎样身心俱疲，但只要一踏进家门，就好像所有的困扰都烟消云散了，所有的温暖都向她涌来。妈妈听到家中的异响，疲惫地披着外衣冲出来。在四目相对的那一刻，彼此的眼里都蓄满了泪水，但都不约而同地以微笑欣喜来隐藏。

"西西，怎么也不说一声，这么突然就回来了？饿不饿，妈妈现在给你做饭吃！"

"妈妈，我想喝一碗疙瘩汤。"

"好，好，马上给你做。"

西西慢慢地收拾着行李，仿佛昨天的一切都没发生一样。她坐在桌前，一口一口地品着疙瘩汤。这是妈妈做的，虽然普通，但却是外面昂贵的西餐厅里所不能及的。妈妈的味道，是独有的，是让人热泪盈眶的。

毫无预兆，她突然说："妈妈，你觉得我的肚子是不是有点儿大呀？"那一刻，她突然看到了妈妈眼中的星光。

"妈妈之前还催婚呢，这么快你就怀上了？孩子的爸是谁呀？"

她的心突然一颤。

"妈妈，我这儿长了个肿块。"那一瞬间，她真真切切地看到，一个人眼中的光，是可以瞬间熄灭的。那一刻，妈妈的笑突然就僵住了，并在逐渐地消失。

"没，没事儿，不就是一个肿块嘛！我同事也得过。切掉就好了，切掉……就好了。厨房还有吃的，我去给你拿点儿。"妈妈走去厨房的脚步有些踉跄，她看到妈妈在厨房中颤抖的背，西西不敢过去。

闹钟的指针依旧一圈又一圈地走着，不知疲倦。她突然想到，自己有很爱的父母，有喜欢的人，有亲密的朋友。她的父母很温暖很相爱，也很爱她；她喜欢的人像太阳一样闪闪发光，他帅气幽默内敛，是所有美好的代名词；她的朋友可爱细心，从相识至今无微不至地照顾着她。但她似乎很久都没有好好地关心过她的父母和朋友了，也没有勇气让她喜欢的人明白她的心意。原来她所忙碌的工作，让她在不知不觉中失去了很多。

但她却觉得有那么一丝庆幸，庆幸她喜欢的人还没看到她的心意，否则她不能陪他很久。她从没想过，未来和意外哪一个会先到来。如果是意外先到来，她该怎样承受？毕竟人生没有如果，只有结果和后果。她也没想过自己在外"沪漂"，为了梦想而苦苦追寻，如果离家千里的自己出了意外，父母将是最脆弱的人。也许当初，如果能在自己满满的行程表里，挤出那么一点空隙去做体检，对生命有最起码的尊重，那么自己也许不会如此忧心忡忡。她希望，她身边的每一个人，千万千万不要和癌字沾边。

想着想着，越来越清醒了。她挠了挠头，触碰到自己经常被夸赞的秀发。曾经，她因为有了这一头干练温柔的秀发，而在工作中自信满满。她慢慢地抚摸着，心想，也许不需要了，明天一早就去剪了吧。明天一早，无论结果如何，她都要去开始自己新的生活。也许是去东南亚的国家，作为一个虔诚的信徒，去朝拜神佛；也许是去大理丽江那样多情的古镇，坐在田野里与风轻轻吟唱；也许，还有很多也许，也还有很多未知的可能。总之，她的生活，不该再被禁锢。

别了，我璀璨的上海！

深夜徐徐的风轻轻划过耳旁，她与风，柔柔吟道："生亦何欢，死亦何惧。千年万年，白驹过隙。"

师评·智匠创作微论

　　与风共吟，是一种很诗意的存在，却与一个很伤感的故事相联系。所有的感觉，都可以是一瞬，而在一瞬间的感觉之外，会有许许多多的故事，就像与风共吟之前西西的散漫、努力、疲惫和病痛。不同的思绪，同一个词语，不同的故事。

　　与风共吟，微雕一个拼搏的女孩的生活和遭遇。

　　"西西如今是一个很优秀的女生。她独立、自信、美丽、孝顺，是别人眼中的优质女。唯一遗憾的是，她到现在都还没找到一个男朋友。"

　　"从她拖着沉重的行李箱，从北往南而来，踏上上海的土地时，她就没想过要离开。"

　　"多年来，西西依旧没在上海站稳脚跟。"

　　"她想起她已经很久没流泪了，忙到连泪都忘了落下。"

　　"'现在确定了你的子宫内长了一个肿块，需要进一步检查是良性还是恶性的。'"

　　"'恶性的话，就是癌症。'"

　　"别了，我璀璨的上海！"

　　这些片段，就是西西不长不短的一段生命轨迹。智匠微雕，思索启迪，到底，什么才是人生最重要的。

英雄

中文151班　张靖瑶

饭桌上，吃饭时。

长辈们问一个小孩："你将来想干什么？"

小男孩说："我想当医生。"

长辈们很开心地说："那好啊，医生的地位高，待遇好，收入也高。"

男孩却说："不是当医生可以治病救人吗？"

韩晨从小就想做个英雄。

然而二十多年过去了，韩晨既没有成为英雄，也没有成为医生，而是学了新闻专业。大四马上毕业了，本想着每天宅在寝室里过着屌丝一般的生活，但父母托了点关系，他在c市的一个小报社里做了实习编辑助理。

实习的日子平淡如水，工资不高，每天的工作却不少。韩晨主要负责生活类板块，其实就是给编辑打杂，帮忙编编讯息，到处联系人。几周下来，套路已经熟悉，但是韩晨对于这种重复的工作，很是厌烦，总是想做一些不一样的事情。有时候闲下来，会翻翻英雄类的漫画。看着他们用超能力拯救着地球，也会生出自己这辈子注定无为的无奈之感。

晚上依旧还是回学校住。韩晨的母亲想让他在c市多实习工作几年再回到家乡，这样更容易找到工作。然而c市的房价实在是高，趁着这几天还可以住在学校，能省下不少房租费。用他母亲的话就是：不要把交给学校的住宿费浪费了。

寝室的人已经走得七七八八，只剩下一个人和韩晨做伴。这让他感到一丝欣慰，虽然那个人是因为买错了车票。

"胖子，我回来了。"韩晨一边喊着一边推门而入，把包往桌子上胡乱一扔，就开始解衣服扣子，却瞥见被称为胖子的那个室友，在挤眉弄眼不怀好意地笑，脸上的肉都快堆在一起了。

说实话，韩晨几乎快忘记胖子到底叫什么名字了。只记得刚上大一的时候就开始喊他胖子，喊到现在。他倒也不负众望，在胖子这条路上越走越远。

韩晨走过去捶了他一把："你笑什么呢？"

胖子舔了舔嘴唇道："就那个脸挺好看、就是脑袋有些不灵光的学妹，打电话说找你，但是你不接人家电话。"

"你是说小莫找我？找我干什么？"韩晨疑惑地问道。随后低头找手机，果然是没电了。

胖子摊摊手道："这你们俩的小秘密，我就不知道了。"

韩晨道："哪有什么小秘密啊！"说着又捶了胖子一把，迅速把扣子扣好，对着镜子感觉良好，随手抄起手机充电宝就快速地出去了。韩晨撩妹的必备技巧之一：美女有事一定要当面约着说，这样最起码还可以饱饱眼福。

说起来，韩晨认识小莫学妹纯属偶然。想想那是去年夏天的事情了。小莫穿了一条漂亮的连衣裙，但由于拉链在背后，她一个人拉不上去，而当时并没有人可以帮助。于是，她机智地把连衣裙反着穿，把拉链放在了正面，然后套了个厚外套就出门上体育课了。临近中午，天气越来越热，而小莫誓死也不脱掉外套，终于成功地中暑晕了过去。韩晨当时也在操场上，听到声音就立刻赶过来英雄救美，背着小莫跑向医务室。具体经历了什么不清楚，人工呼吸应该是没有。当韩晨解开小莫外套,看到拉链的时候,大概就明白了。这时小莫也醒了。不过这件事情在其他人眼里,是书写了一段可歌可泣的篇章,树立了两个学院的深厚友谊。韩晨还被辅导员表扬了一番。

不得不说,韩晨是个很帅气的男孩子。虽然平时闷骚了点,拍照还喜欢嘟嘴,但是整体来说还是得体而又自信的。好像这个世界上的一切事情,就没有韩晨做不到的,就算做不到,气势也要在。而这种自信在他家人眼里不过是不自量力罢了,还是找到稳定的工作过日子才像样子。但是小莫却很崇拜韩晨的这一点。小莫是学法律的,她好像天生就不爱说话,一说话就脸红。小莫觉得自己就算考上律师,也应该是全世界最怂的律师了。

两人约在学校对面的一家饭店。韩晨去了才发现,小莫已经点好了菜在等着他。韩晨坐下来先给自己倒了杯水,不用抬头都可以感觉到小莫可以把人盯穿的眼神,以及她一刻都不安分的身体在扭来扭去地不停换姿势,仿佛怎么坐都不舒服。韩晨估计再憋下去,小莫的脸又要憋红了,于是缓缓开口说:"说吧,有什么事要求我。"

"明天法院的庭审是开放的,有几个案子对我的期末论文有帮助,我想去听,可是没有人陪我去。那个地方有很多新闻,有很多东西可以写,所以我想让你陪我去。"小莫说完话后大喘一口气,仿佛如释重负,又继续用炯炯有神的眼睛看向韩晨,身体前倾的头发都快掉到盘子里了。韩晨想了想,学校让去法院旁听好像是个翘班的好理由,于是点点头表示同意了。小莫立刻往韩晨的碗里夹了一大筷子的菜,表示感激与兴奋,整个人都活了过来一般。韩晨外表虽然一如既往的淡定,其实内心满满的成就感。能够让别人感激和开心,韩晨感觉这才是他存在的价值和意义。韩晨想着想着,就把碗里小莫夹的菜全部都吃干净了。

韩晨被电话铃声吵醒,坐在床中央,眼神惺忪迷离地四处张望,才发现手机在桌子上不停地震动着。韩晨一瞬间就后悔了。为什么要答应小莫呢?像往常一样懒懒床然后去上班不好吗?可是既然答应了人家,又不好意思违约。韩晨听着电话铃声,看见胖子依旧像死猪一样睡着,嘴里还嘟囔着什么,韩晨轻声骂了一句，然后爬下了床。

街上热得难受，好几天没有下过雨了。经过公交车上快两个小时的颠簸，终于从郊区来到了市内。韩晨整个人都晕晕的，而进了市法院里面，冷气又吹得他冷得一激灵。凭着小莫弄到的旁听证，两个人很快就进去找了个地方坐下了。

书记员开始说着一些好听的废话，然后让他们起立又坐下。"今天这一天都要这样度过了吗？"韩晨开始无聊地沉思。"这真是太可怕了。这种事情小莫为什么非要拉着我一起来？难道她看上我了？"然后韩晨扭头，发现小莫正在专心致志地记着笔记。韩晨转开了目光，又开始头痛了。

韩晨趴在桌子上，看着各种犯罪的人，他们都是恐惧又焦躁，神经紧绷着。当法官判决完毕后，韩晨看到他们脸上或是无法形容的解脱，或是彻底的崩溃。然后，按照电视剧的惯例，有的人也会哭一哭。韩晨看了会儿上面坐着的女法官，她没有什么表情，只是皱着眉头。他突然有点羡慕法官，可以随便决定一个人未来的命运。韩晨很享受这种感觉，他并不知道法官享不享受，但是他知道如果小莫成为法官，她一定会愁死。

趁着中午休息的时间，小莫去买吃的了。韩晨感觉自己也解脱了，下午准备找个理由提前回去补一觉。虽然只坐了一个上午，但是韩晨却感到非常疲惫，好像回到了高三课堂上一样，尤其是在走廊里用手机打了两把游戏，被小莫叫回"课堂"上时。

"我一进去，就和她说我身体不舒服……"韩晨想着。

门本就不宽敞，韩晨被同时进门的人挤了一下。不一会儿法庭上便坐满了人。开庭的时间远比韩晨想的早，以至于他还没想好措辞。

"那，再等等吧，等中间休庭的时候再说。"韩晨自我安慰了一下，喝了一口小莫买给他的饮料，仿佛恢复了一点生机。

这时，两个警察之类的人——韩晨不清楚也不关心到底是什么人——带着据小莫说是个杀人犯的人进来了。明明很窄的门，他走进来时却显得异常宽敞。他大概40岁上下，看上去比实际年龄要大一些。人看上去很平凡朴实，头发白了一半，身体过于瘦弱，根本撑不起来橘红色的衣服，显得衣服格外空。不同的是，他的眼神，并不像其他做了坏事的人一样愧疚和悔恨。他的眼神，带着悲痛，但是，看向法官和律师的时候还抱着希望。

韩晨说不上来为什么。他只知道，在他小时候，他看到道边上有几个小孩在虐待猫咪，他果断地走过去大声地斥责，但是没有人听。直到猫咪的主人出现了，一群孩子一哄而散，只留下韩晨在那里，被猫的主人不由分说地当成凶手。当韩晨看到他的父母时，就是那种眼神：难过，但是又十分开心，希望父母可以出来帮助自己。结果父母赔了钱后，把韩晨狠狠地打了一顿，父亲从来没有发过这样大的火。母亲一边抹眼泪一边说，她怎么会培养出这样的孩子。韩晨心里一揪，十分难受。

韩晨认真听着陈述的内容。大概就是这个男子和妻子在阳台发生口角，然后一气之下把妻子从阳台推了下去，而且邻居也有听到两个人的争吵，以及一些非常不利于他的证据，然后双方开始不停地辩论。韩晨不是很懂法律相关的事情，好像在看一场球赛一样十分着急，却什么都做不了。

小莫在下面轻声说道："感觉情况十分不好呢。"韩晨也没有听清，只是专心致志地看着。

突然，死去妻子那方的一个女人，大概是妻子的妈妈，突然使尽嗓子大声地叫道："你这个死全家的！穷光蛋一个，每天除了喝酒就是吵架。跟着你就是倒了八辈子霉！你就该被判死刑！"她头发有些散落，伸着手，仿佛要抓住他。而那个男子，不知所措地看着那个正在极其粗暴地责骂他的女人。他张了张嘴，好像要说什么，但又没说。

而这时，也有人开始回骂过去，大概就是说这个男子是个好人一类的话，并且还请了证人来证明他的人品。随着时间的推移，场面冷静下来，法官开始宣读审判结果，大意是：虽然这个男子人品很好，但是所有证据都指向他将妻子从阳台推了下去。虽然不是故意为之，但是也要承担法律责任。大概被判了10年左右，还要赔款给女方。

上面还在宣读着，但是韩晨一句都听不进去。他看着男子绝望到近乎要昏厥的脸，他想说什么？韩晨憋得难受，脸都憋得通红。韩晨突然噌的一声站起来仰着头大喊道："他没有！"

所有人的目光都看向韩晨，包括面无表情的法官。但韩晨用一种毫不在乎的眼光直直地盯着女法官。他感觉女法官误判了，他感到不公平并十分瞧不起她。

小莫在下面死命拉着韩晨让他坐下，但是韩晨此刻大脑里一片空白，脸更加红了，但是却十分痛快。这时，上面不知道谁在喊请保持安静之类的话，韩晨好像被喊得清醒了一点。

他坐下来，内心却感觉到一种无法形容的激动，以至于他的身体都有些颤抖。

小莫看着韩晨，感觉他有些不对劲，用手试了试韩晨的额头，小声道："你怎么了，你是不是不舒服啊？"

韩晨在宣布休庭时，快步向门口走去。他想见那个男子，但是却被别人用奇怪的眼神看着。毕竟他刚刚的举动差点让他因扰乱秩序而被处罚。小莫担心韩晨会做出其他举动，立刻跟着韩晨出去打了辆车，把韩晨送回了学校。

韩晨病了，病得很严重。寝室的胖子说他得了相思病。小莫在 qq 上找韩晨要了好几次两百块打车费，但是韩晨没有理会。他在寝室已经一天一夜没睡了。他在电脑上拼命地搜索着这个杀人案件，但信息少得要命，于是他又开始自己研究起了法律。他拼命的样子，比高三备考时还要认真。他浑身都发着热，有时候还自言自语，胖子给他的药他碰都没碰，仿佛自动屏蔽了外界。他越看这些法律条文，越觉得这个案件有问题。然而这在其他人看来，只不过是一个法律的门外汉刚懂了点什么，就觉得自己什么都懂了一样。他搜到了那个男子所在的监狱的电话，双手不灵活地在拨号盘上输入了好几遍才打了出去。

对面一个女声传来，韩晨赶紧说："我想要探视王宗坊，就是才来的，因为过失杀人。"王宗坊是那个男子的名字。对面让他等候一下，然后问他是王宗坊的什么人。韩晨想了想说："我是他朋友。"电话另一边说因为他是才进来的，所以需要一个月后才能去看望他，还需要各种相关材料之类的废话。韩晨一听就很着急地说："一个月啊，为什么那么长，我找他有急事！"对面冷冷地告诉他这是规定，然后把韩晨的个人信息登录了一下后就挂断了电话。

韩晨听着电话里的嘟嘟声，一时间傻了眼，不知道这一个月时间该怎么办。他持续两天两夜不吃不睡。在法院受了冻，本身就有点发烧，再加上得知一个月才能探视让他非常上火，韩晨这次是真的病倒了。他在报社打工的病假都是他室友胖子帮他打的电话。而他则在医院输了将近一个星期的液才勉强好起来。

韩晨头脑清醒起来以后，第一眼就看到了胖子。第一句话是："胖子，我想吃香辣鸡翅。"

胖子听了，愣了一下，随后热泪盈眶地抱住韩晨道："韩晨啊，我还以为你要牺牲了。"

韩晨给了胖子一巴掌道："老子还活着呢！赶紧的，香辣鸡翅加芝士玉米粒、鸡汁土豆泥、微辣黄焖鸡、糖醋炸里脊、街边烤玉米、香草味八喜、红烧排骨酱醋鱼。"

"好的，好的！"胖子一边抹眼泪一边答应着出去了。

这边韩晨拿出手机看了看日期，距离能探视还有两周多。韩晨摊在床上叹息道："这日子过得比当初追班花都要漫长啊……"

终于，探视的日子到了，韩晨拿着材料和身份证去了c市监狱。监狱在c市郊区，韩晨并没花费太多力气就到了。当他坐在凳子上隔着一层厚厚的玻璃看到迎面走来的王宗坊时，韩晨居然出奇地冷静。

他拿起电话，对着王宗坊的脸一字一句地说："王宗坊先生，我是韩晨。我是c市报社的一名助理，我是来和你谈谈你的案子的。我相信你是无辜的。"

王宗坊看了韩晨一眼，嘴角向上挑了挑，看不出喜怒哀乐，他开口道："我记得你，你是那次在法庭上的孩子。从我被上诉到现在，我一直在写信，希望有人能回应我。然而现在唯一一个相信我是无辜的人，是一个报社的助理？"

韩晨道："王先生，相信我，我会为你尽力争取的。"

王宗坊道:"你只是一个孩子啊,连律师都不是,你帮不了我的。"

韩晨抬头道:"那至少你把你的事情说给我听也好啊!说一些也许有帮助的消息。"

王宗坊叹了口气道:"报纸上和网上那些文章说是邻居听到我和我老婆在阳台吵架,随后她就摔了下去,于是都说是我推下去的。可是,我并没有杀人。我说这句话说了半年了,而且我可以证明,当时房间里还有我的一个兄弟,叫田明建。我和他当时在屋子里喝酒,还吸了点粉。律师说让他去作证,反而会被对方律师拿他吸毒这件事来说事儿,所以就没有让他去。"

韩晨一字不差地听着,王宗坊对韩晨说:"我需要帮助。"

韩晨看着王宗坊坚定地说道:"那就让我来帮助你。"

韩晨回去以后在网上搜了很多资料,也去咨询过王宗坊的律师,可是并没有什么头绪。当他在寝室又一次陷入沉思发呆的时候,在一边吃辣条的胖子突然对着手机扑哧地闷头笑,韩晨随口道:"什么啊,把你笑成那样?"

胖了一边嚼嘴里的辣条一边憋着笑道:"微博上有个男的,失恋了发了个视频,结果就火了。你快来看吧,笑死我了。"

韩晨扭过头看了一眼,视频里的男的在用方言说:"蓝瘦,香菇……"韩晨也跟着笑了笑。随后突然灵光一闪:我可以在报纸上发表文章啊!万一有有能力的人关注了我的文章,不就可以让他的案子重审了吗?

于是,韩晨立刻拿出电脑,开始打字。以往写一篇两千字的论文都吃力得不行,但写起这篇报道来,却丝毫没有迟疑和停顿,一气呵成地写完了,甚至还有些停不下笔来。随后,他立刻去了他所实习的报社。

今天,韩晨本该休息,但是他依旧来了,大家都以为韩晨是来加班的,纷纷夸这小伙子有出息,以后会怎么怎么样的。韩晨此刻却并没沉浸在这些夸赞之中。他到处找人,找了好几个编辑,请他们抽时间看看他的文章能不能发表。最后,一个社区生活板块的编辑答应了他,但也只是因为他今天实在是没什么事情可发表了,而且只给他在报纸的一个很小的地方发表。

韩晨兴奋地在报社里走来走去，一会儿推推椅子，一会儿翻翻纸张。他又想起来大家夸赞他休息还来加班，于是便坐下来打了打字，却感觉心痒难耐。他仿佛已经闻到了印刷间里报纸印刷的油墨味，他发表的文章的油墨味。黑的铅字，灰色的纸，在韩晨眼前不断浮现。韩晨坐不下去了，他快步走了出去，来到一个饭店，食欲大开地大吃了一顿，还喝了两瓶啤酒，涨得满脸通红地回了寝室等消息。

　　第二天，韩晨的文章如愿以偿地在报纸上发表了。韩晨立刻买了好几份报纸发给同学们，还在报纸摊前不停地推销着。之后，他便回到寝室不停地刷着微博、百度、腾讯新闻，关注着一切可能会被人关注的地方。但是五分钟过去了，一个小时过去了，两个小时过去了，半天过去了……

　　胖子走过来找韩晨吃午饭，可是韩晨像魔怔了一样一动不动地盯着手机屏幕，刷着微博。胖子嘟囔了句什么韩晨也没太听清，随便答应了一声便继续低头翻着手机。天黑了，韩晨的充满血丝的眼睛里露出了满满的疲惫，一用力闭眼睛便会有酸涩的泪水流出来。韩晨的火噌噌地往上涨，一点食欲都没有，也不想睡，也不想看手机。胖子出去和朋友约饭局了，韩晨一个人在寝室里，感受着被寂寞拥抱的感觉，想着倒不如花一百块找个大学妹睡一觉。这么多年，色情片没少看，可是都没有找到个女朋友；工作也不是自己喜欢的，也就混混日子；爸妈还在家里和亲戚朋友们吹嘘着我有多牛……韩晨想了好多，越想越难受，越想越憋屈，迷迷糊糊地哭了，哭着哭着又迷迷糊糊地睡了。

　　第二天醒来已经是大中午，韩晨饿得前胸贴后背，可是寝室就剩下半袋辣条和一包咖啡。胖子不知道去了哪里，打电话还不接，估计是把妹去了吧。一想到胖子都可以把到妹，韩晨更加绝望了。听说人最寂寞是时候，不是半夜，而是睡一觉起来，感受空荡荡的房间，心里揪着难受，还空落落的，这才是最寂寞的时候。韩晨现在深有体会。

　　韩晨最后一次刷微博后，决定不再去想这件事情了。他想把王宗坊给忘了，就当没这个人。他爱咋咋地，跟老子没半点关系！于是，韩晨出门真打算找个小姐睡一觉。可是拿出手机翻了翻，居然给小莫打了电话，说想约她吃个饭。

小莫那边说："忙着呢，没空……上次打车费两百你什么时候给我啊？"

韩晨想了想说："我现在支付宝转给你。"

"好。"然后就是两个人深深的沉默，随后随便客套两句话，对面就给挂断了。

韩晨当然明白，为什么小莫以前热情，这次却拒绝得这么彻底。经过上次让她丢脸又赔钱的事情后，她已经彻底把韩晨从备胎的列表里抹去了。韩晨叹息着，把聊天记录之类的删得干干净净。

两天过去了，韩晨感觉自己的日子仿佛又趋于平常了：屌丝，简单，平淡如水，日复一日机械地生活着。

今天还是和昨天一样。韩晨在整理文件的时候，突然，手机响了。

"您有一个来自c市监狱的电话，请问您愿意接受电话费用吗？"

韩晨大脑一震，一片空白，但是却下意识地说："我愿意。"随后就恨不得打自己一巴掌。

刚想把电话挂断，突然对面传来王宗坊的声音："小伙子啊，谢谢你！"韩晨的大脑更加空白了，"前天有个好心人，说在报纸上读到了你写我的文章，说他年轻的时候也受到过冤屈，他也认为我是无辜的，帮我请了个好律师，还给我申请了上诉。"

韩晨的手机突然从手里重重地摔了下去，屏幕摔出了裂纹。韩晨现在只想大笑一场再大哭一场，再找十个八个妹子逍遥一整夜，再嘲笑一遍每个瞧不起自己的人。不，要嘲笑十遍才行。

韩晨感觉自己整个人仿佛要飞起来了，他突然呵呵呵地傻笑起来。周围的人以为他又犯病了，没去理他。随后，扑通一声，韩晨重重地瘫在凳子里，凳子非常硬，可是韩晨将它坐出了老板椅的感觉。韩晨眼前仿佛能冒出星星来，满脸都是掩盖不住的兴奋，中了五百万彩票的那种兴奋。

韩晨从小就有个梦想，就是成为超人那样的英雄，可以拯救别人的生命。韩晨现在终于做到了，在屌丝般混沌的生活了二十多年后，第一次，感受到了英雄的感觉，第一次受到这么多人的重视，韩晨整个人都已经飘飘然了。他想让全世界都知道他的丰功伟绩，想让全世界都崇拜他，正如他们崇拜超人那样。韩晨自己，也如同漫画里的超级英雄般耀眼，所向披靡、无所畏惧。

两天后，c市报纸的头条，便是"王宗坊一案重申，案情或有重大转机"。下面一行小字："少年英雄韩晨在报纸上发表的一则文章，让此案获得c市某好心人的重视，是此案获得转机的关键。"

文中夸赞了韩晨的勇敢与执着，更多的还是着重在案件和好心人身上。但是由于好心人没有留下名字，导致找到他成了一个有难度的事情，于是所有的荣誉和夸赞就都归功到韩晨身上。报纸和当天晚上的新闻，都在大肆夸赞着这件事情。不过韩晨就只是露了个脸，话都是他的老板说的。其实不是不想让他说，而是韩晨一看到那么多闪光灯和记者们，人都快晕过去了，更别提说话了。可是他的这个举动，反而让大家都觉得他是个低调的人，更加大力地赞扬起了他。

没过几天，王宗坊家里给韩晨送了一面锦旗，上面写着"感谢少年英雄韩晨，帮我老父洗脱冤屈"。韩晨把它挂在他家最高最显眼的位置。此时，韩晨认为，住在学校寝室是对他这种英雄的侮辱，于是提前透支了这个月的生活费，在报社附近一个小区租了间房子。而他的屋子里堆满了报纸、书刊和礼物，还有一些邀请他去讲话的信。他的房间俨然有一种市政厅的感觉。韩晨为了能配得上自己高贵英雄的气质，还去买了两套正装和男士护肤品，还进了书店转了转，买了两本书。

韩晨开始变得自大起来。每次走在大街上，韩晨都期待有人能认出他，找他合影或者签名。虽然韩晨把每一个看向自己的目光都理解成崇拜，每个叫声都听成自己的名字，但是好像并没有遇到过。于是，韩晨将其归结于报纸上的照片太不清楚了。都怪报社的老板不让自己去讲话，抢了风头。

韩晨无数次在小区中乱逛，其实是为了宣传他的丰功伟绩。然而，他越来越不被人待见，只有早已回到家乡的胖子还会在网上跟着韩晨附和两句。韩晨感觉他们是嫉妒自己。不过,他还知道个地方可以让他获得夸赞,那就是报社。

于是韩晨便就去了。刚进门,就有人告诉了他一个好消息:鉴于他目前在 c 市的名望,他被老板升职了,还有了自己的办公桌子,不用和其他助理共用了。韩晨一边接受着身边人的奉承,一边问道:"我这儿一摞信件是什么?"旁边一个助理妹子说:"是 c 市有一些需要帮助的人写的信。你可以发表文章呼吁好心的人们来帮助他们。"

韩晨随便拆开看了看,都是一些小事,诸如某老人退休金微薄,希望有好心人可以给他一些钱;或者某女孩的名贵拉布拉多走失了,需要好心人帮忙找回;还有某女士和丈夫不合,丈夫动不动就打她,她想问问把丈夫杀了最多判几年……

韩晨对此嗤之以鼻,这种小事情,自己花钱在报纸上登公告就好了嘛!韩晨感觉,自己要接,也一定要接杀人案这种大事件。像这种小事,根本不值得韩晨去看。韩晨随手把信件甩给了助理,让她按照事件严重程度整理出来发给他。

正当韩晨又一次沉浸在夸赞中时,突然接到了小莫打给他的电话。电话那边,小莫说是急事,希望韩晨能帮帮她,还说要请韩晨吃饭。韩晨想了想,还是没忍心拒绝,主要是出于好奇。但他磨磨唧唧地晚了一个小时才到约定的地方。

在一家饭店里,韩晨找到了小莫和她身边坐着的一位老人。小莫身材还是那么好,韩晨不禁吸了吸鼻子,走过去坐了下来。

小莫道:"这是我奶奶。之前你找我,我太忙了没答应你,真的是不好意思。最近我听说如果需要帮助,可以来找你?"

韩晨看着菜单头都没抬地道:"说来听听。"

小莫说:"前一阵子,我奶奶被车撞了,但是赔偿的完全不够。对方财大气粗,在法院里也有关系。你能不能替我们报道一下这个事情,把治疗后续的赔偿金给我们也好啊!"

韩晨抬眼看了看小莫的奶奶,是个一脸慈祥的老人,可是脖子上却挂了一串珍珠项链,顿时联想到了碰瓷。看着她腿脚也算利索,丝毫没有受伤的样子,心里便更加厌恶了起来，跷起二郎腿敷衍道："你把文件发给我，我看看能不能帮你吧。小莫，你要知道，我每天都要处理很多文件，很忙的。"

小莫赶紧道："我知道的，没关系。先点菜吧，都坐好久了。"韩晨这才露出了笑容，坐正了身体，拿起了菜单。

韩晨吃完饭，没过几分钟就把小莫奶奶的事情忘到了九霄云外。他对于小莫这种别人落魄的时候理都不理，别人成为英雄却来找他吃饭这种行为，简直嗤之以鼻。他一边感叹着女人这种生物的虚伪与善变，一边想着最近到底该写什么新闻时，报社的女助理将今天的信件整理好发给了韩晨。

摆在第一位的是c市某公司贪污腐败的事情。由于内部贪污，导致员工工资拖欠了很久，某个员工匿名发了这封信件。韩晨顿时想到了美国漫画里的一个英雄——夜魔侠。白天，他是个律师，替市民辩护；晚上，他换上制服，变成夜魔侠去打击犯罪。最后他搬倒了市内势力最大、甚至政府都被他操控的大反派。

韩晨感觉，自己发表了这个文章，就会成为和夜魔侠一样的人。说不定这个公司和黑社会还有什么关系，没准还在贩卖毒品、贩卖人口……韩晨越想越激动。他迫不及待地赶回了报社，一坐就是一下午，写到最晚的交稿时间都快过去了，才扭着酸痛的脖子送去审核。

第二天，韩晨专属的板块如愿以偿地刊登了他的文章。韩晨在报道里，用尽了批评和损人的话，将这个公司描述得如同人间地狱一般。每个老板仿佛都身价千万、保镖无数还都别着枪。文章一经发表，受到了比上一次还要强烈的反响。

当韩晨在自己租的公寓里喝着咖啡、看着报纸，享受美好的中午阳光时，报社打来电话只说了一句话："我们被起诉了。"

韩晨西装领结都没系正，就被美女小助理夺命连环call叫到了报社。到了以后，整个报社所有人都在低着头默不作声，整个楼就只有老板的咆哮声。好像是在骂着谁："韩晨这文章写成了这样你也敢发出去？我就昨天下午有点事情，提前走了，你就给我捅这么大个娄子？""我什么时候告诉你，韩晨无论写什么都发表了？！滚！"

随后是重重地摔门声。韩晨吓出一身冷汗。报社老板走出房间，冲着韩晨招招手示意他过去。韩晨人都傻了，他现在感觉自己宛如小学的时候，因为犯错误被叫进校长办公室。韩晨正了正领带走了进去，想到刚刚的吼叫声，还顺手关上了门。

报社老板在桌子前点了根烟，猛吸了几口，吐出几个烟圈，眉眼间顿时舒畅了许多，随后将一张薄薄的纸拿给韩晨看，并说道："我不管你以前为报社做过多大的贡献，我也不管你现在是谁，这个篓子是你捅出来的，我只能把你交出去。我这边会给你找个律师，日期什么的，你自己看看吧。"随后便坐在椅子上盯着电脑一言不发。韩晨拿着法院的传票看了看，可是眼前有些晕，看不太清楚，也没太看明白。大概意思是：由于他的文章恶意损害了xx公司的利益，xx公司要对韩晨提出诉讼，并要求赔偿。

韩晨一直站着，直到报社老板喊他名字，要他出去为止。

韩晨回到家中，第一个想法是一走了之。他想逃回自己的家乡，什么都不说，什么都不管，过回以前平淡的生活。但是，韩晨又放不下这里的生活，他成为英雄人物的生活。韩晨感觉一定是xx公司害怕自己暴露了，先下手为强。先陷害了韩晨，就可以继续贪污了。韩晨越想越气，他认为不能让民众们认为自己是在胡说八道，应该想办法让大家支持、相信自己。于是，韩晨打开了微博，发了篇文章出去。在文章里他言辞激烈地讨伐了xx公司的不耻行为。由于韩晨已经小有名气，也有不少粉丝关注他，第一时间，他的文章被很多人转发，下面还有鼓励韩晨的话语，当然也不乏骂韩晨的话。但是韩晨一律不管，又发了几条，才心满意足地上床睡觉了。他认为过不了几天，c市所有人都会站在自己这边，正义永远是战胜邪恶的。

今天天气不太好，一直阴阴沉沉的，空气中弥漫着水汽，可是就是不下雨，让人心里烦闷却又无可奈何。今天是韩晨去法院的日子，只不过这次，他是被告。虽然报社陪同他来的人都愁眉不展，但是韩晨心里却有些开心与激动。一是自己又可以上电视和报纸了，二是他坚信，今天正义会得到伸张。所以韩晨开开心心地进去了，宛如去领奖一般。

在一些必要的规矩过后，对方律师问韩晨："韩晨先生，请问您从何得知我公司上级贪污腐败，拖欠员工工资的？"

韩晨道："你们的一个员工给我写信，在信里写得清清楚楚，你们是如何贪污的，如何拖欠他们工资的。趁现在还有机会，你赶紧劝你们公司的老板自首吧。"

对方律师问道："请问，告诉你我们公司贪污腐败的那名员工叫什么名字？"

韩晨冷笑道："我就知道你们会问我这个问题，我是不会告诉你们的，因为我知道你要杀他灭口。"

对方律师继续问道："那韩晨先生，也就是说，您不知道那名员工是谁了？"

韩晨想了想说："不知道。那又怎样？你们公司贪污腐败，已经暴露了，快去自首还能有一线希望，如果你们还……"韩晨话还没说完就被打断了。随后，方律师说自己没有什么问题了，便走了回去。

韩晨用眼睛扫视着下面的每个人，而每个人都没有与韩晨对视，偶尔撞上了，也是匆匆而过。韩晨感觉这是他们在惧怕自己，怕自己会让他们的公司完蛋，于是韩晨便更加骄傲了起来。

这个骄傲直到韩晨自己的律师，为了让韩晨不判刑，说他精神上有问题为止。

韩晨顿时怒目圆睁，大吼道："我没有问题！我很正常！"随后又喊了几句脏话。

韩晨的律师还在坚持说韩晨精神受到了损伤，希望不要承担法律责任。但是，由于韩晨是大学生，前一阵子还是c市的英雄人物，所以这一想法被对方律师轻松化解。

最后法官宣布结果："由于韩晨捏造事实诬告陷害他人，意图使他人受刑事追究，且对xx公司造成了经济损失，处以韩晨三年有期徒刑，并缴纳赔偿金……"

韩晨低着头，没人能看到他的表情，也没人说话。空气中一股淡淡的木头桌椅的味道，窗外，绵延多日的阴天终于下起了大雨。

韩晨想起了小莫和她的奶奶失望而无助的眼神，想起了胖子的一脸奸笑，想起了报社的人们对他阿谀奉承时的媚笑，想起漂亮小助理的胸部，想起王宗坊一脸的沧桑和皱纹。他还想起了远在家乡还不知道这些事情的爸爸妈妈，他们估计还在等他回家呢，估计还在和街坊邻居夸自己家儿子真有出息，是大学生了。

韩晨还想起第一次见小莫的样子，还有寝室床的感觉。韩晨突然就哭了，止不住的那种哭，眼泪不停地流，转瞬变成了号啕大哭。韩晨冲着偌大的法庭喊道："我只是想做个英雄。"

但是喊声被雨声、桌椅挪动声还有自己的哭声挡住了，不是很清楚。还因为突然说了句话，导致鼻涕呛进气管，剧烈地咳嗽了起来。

可是韩晨没有放弃，

继续一边咳嗽一边说："我只想做个英雄。"

窗外雨下得更大了。除了想做个英雄，我感觉做个正常的人，也不错呢。

师评·智匠创作微论

英雄，有千万种。救人是英雄，救国是英雄，救火也是英雄。不同的英雄有不同的故事。而韩晨这个英雄，却是个富有戏剧性的英雄。是韩晨辜负了英雄，还是英雄辜负了韩晨？

"韩晨从小就想做个英雄。

然而二十多年过去了，韩晨既没有成为英雄，也没有成为医生，而是学了新闻专业。"

"韩晨冲着偌大的法庭喊道:'我只是想做个英雄。'

但是喊声被雨声、桌椅挪动声还有自己的哭声挡住了,不是很清楚,还因为突然说了句话,导致鼻涕呛进气管,剧烈地咳嗽了起来。

可是韩晨没有放弃,继续一边咳嗽一边说:'我只想做个英雄。'

窗外雨下得更大了。除了想做个英雄,我感觉做个正常的人,也不错呢。"

智匠微雕,以韩晨这样的"英雄",叩问人生:是英雄好还是常人好?要看是什么样的英雄和什么样的常人。

岂曰无衣,与子同袍

汉外151班　罗圆圆

怎么能说没有衣裳,我和你同披一件战袍?

——题记

地点：沈阳火车站　　天气：小雨

雨,似紧凑的鼓点,噼噼啪啪砸向地面。

从地面升起的寒气如附骨之疽,不由得让每个拎着大包小包赶路的人拢了拢身上厚重的棉衣。

人流涌动。下火车的人艰难地从车厢里拖拽出行李,一步化作两步穿过拥挤的缝隙。湿冷的空气里充斥着人们张嘴呵出的白色雾气,与这冷色调的车站形成一种怪异的对比。

"这天气,挤火车可真是遭罪!"一个裤脚带泥的中年男人拖着行李埋怨道。他低沉的声音透过嘴边呵出的白气传到雷锋耳中。东北,真是难见这样的天气。他也这样想。

雷锋跟着下车的人流沉默不言,除了火车站内嘈杂的人声便只听到他脚上的橡胶靴子踏在地板上的啪嗒声。然而,鲜有人注意到他。所有的赶路人,默契地如同一队驼群，只听到行路的声音如驼铃声声。

还得再转一趟车。

到检票口了。

排在前面的人将手中的行李放下靠在脚边，腾出一只手来从大衣内侧费劲地翻找车票。快到雷锋了，他也放下行李，伸出手来到口袋摸出车票，攥在手心。目光扫过前排检票员接过火车票的手，他只觉得有些激动。下一站，就该到了吧。他似乎还有些紧张，手微微颤抖着，却并不红。显然，不是冻的。他的目光开始在车站内游走。这个地方还是要多看看，指不定哪天才得回来哟！他看见火车车身的漆皮泛着灰暗的白光。火车顶上方横斜的电线上挂满了一粒粒晶亮饱满的雨珠，有的不时落下，砸在车厢玻璃上往下滑，露出一道道清晰的痕迹，隐约看见车窗里模糊的人脸。他又扭头看向一边，排队买票的人、坐在行李上候车的人、吆喝卖报的年轻报童，还有……一对母女。

那女人瘫坐在湿冷的地上，眼光有些呆滞。背上背着的女童也在哇哇地哭闹着。这是，怎么了？他有些微微皱眉，脚步向前挪了几步。他又看了看前后的人，似乎，人们的注意力都在检票员身上，无暇顾及周围的一切。那对母女周围的人似乎也没有看到她们。大家都神色淡然，拢紧衣领，脚来回地跺着。

"那，不问了吧。马上，就要到我检票了。"他扭头，跟着等待的队伍向前挪动几步。眼光重新回到检票员手上。

火车的鸣笛响起，白雾腾腾。几条轨道之外的一列火车即将开动。他有些喘不过气来。那蒸汽仿佛伸出手来将他的脖子掐住，然后带着某种神秘力量似的慢慢缩小两手间的距离。他只感觉呼吸都困难起来。

"不，我该去的！"他猛地转头，快步朝那对母女走去。脚边的行李因为没有了支撑，"嘭"的一声倒在了地上，发出沉闷的声响。而他感觉极为舒坦，因为那双手松开了，在他快步朝那对母女走去时。他只感觉脚底生风，血液也变得畅通起来，而且正"突突"地冒着气泡，升到足以让人沸腾的温度。

他在那女人面前蹲下来。"大姐，您遇到什么困难了？没事的，我一定会帮忙的。"他的声音略微颤抖着,但带着不容置疑的坚定。那女人抬起头来,眸子里开始有了生气。

"我从山东吉林要去沈阳看丈夫,到了车站要检票了才发现钱和车票不知道在什么时候已经丢了……这,这可怎么办才好?我和孩子回也回不去,要走也走不了了啊……"女性的脆弱在这一刻彰显无遗。她背上的孩子压弯了她的腰,而如今她又如此窘迫。她光华不在的脸上写满了风霜,此时还带了些许的菜色和羞愧之色,看得让人叹息。她让雷锋想到了自己的母亲,一样是这样质朴的劳动农民,一样是这样将其一生都奉献给家人的劳动妇女。他想起母亲长满老茧的双手,他想起母亲过早衰老的脸庞,他想起母亲直不起来的腰身……他不再继续想。他低下头,从大衣里摸出几张还带着体温的纸币。

"大姐!您等着我!"

他撂下这句话便跑开了。回来时,他的手心正紧紧攥着一张火车票。那女人看着站在眼前的这位年轻小伙子,二十出头的样子,浓黑的眉毛,晶亮的眼睛,皓白的牙齿……她,看不清了……

"大姐,这是去吉林的车票,您拿着去找您丈夫吧!"说完,小伙子朝她咧嘴一笑,露出皓白的牙齿。

她不知说些什么好,激动地握住他的手,话语,有些哽咽了:"大兄弟,你叫什么名字?是哪个单位的?"

他依旧一脸憨厚的微笑:"我叫解放军,我住在中国!"

说罢,他不再看那妇人的脸,转身冲向检票口……

后来的故事……后来的故事我也不知道。我只是做了一个文人常做的事,将前人记录下来的事渲染开来罢了。人非圣贤,孔孟所言圣人的境界实在难以达到。而那些我们称之为伟人的人,也只是做到克服内心的阴暗面而总体呈现向上的姿态而已。然而仅仅这一点,就是我们这些普通人需要用一辈子去修行的功课。人之初,性本善。愿世人如此,无论在尘世修行,还是在庙宇读经,唯望不失本心,保持生命最初便有的善意。那其他的看法也罢,大抵都是仁者见仁智者见智了，永垂不朽的，不过一个词两个字——精神——而已。这便是我眼中的，雷锋。

2015年12月21日，一位老人在我前方摔倒。有声音在我心间响起，有善意在我胸中燃起。然而有人快我一步，一个二十来岁的年轻小伙子早在我之前，小心翼翼地扶起老人。

"谢谢你啊，小伙子，你叫什么名字？"似曾相识的对话穿越老去的历史又回响在我耳边。

"大兄弟，你叫什么名字？是哪个单位的？""我叫解放军，我住在中国。"那人微笑，露出皓白的牙齿。

怎么能说没有衣裳，我和你同披一件战袍？

谁言无后继？岂曰无衣，与子同袍。

师评·智匠创作微论

借《诗经》中的一句古诗，讲述一个同题却不同情、不同境、不同时、不同人的故事，"岂曰无衣，与子同袍"。叙述的视角不同，叙述者不同。同一件事，就是不同的故事，正如这样的《雷锋故事》。

以想象微雕一个名字响彻华夏的人的故事——雷锋。

"后来的故事……后来的故事我也不知道。我只是做了一个文人常做的事，将前人记录下来的事渲染开来罢了。人非圣贤，孔孟所言圣人的境界实在难以达到。而那些我们称之为伟人的人，也只是做到克服内心的阴暗面而总体呈现向上的姿态而已。然而仅仅这一点，就是我们这些普通人需要用一辈子去修行的功课。人之初，性本善。愿世人如此，无论在尘世修行，还是在庙宇读经，唯望不失本心，保持生命最初便有的善意。那其他的看法也罢，大抵都是仁者见仁智者见智了，永垂不朽的，不过一个词两个字——精神——而已。这便是我眼中的，雷锋。"

"'我叫解放军，我住在中国。'那人微笑，露出皓白的牙齿。

怎么能说没有衣裳，我和你同披一件战袍？

谁言无后继？岂曰无衣，与子同袍。"

共生于这片热土，便是同胞手足。

肆 情归何处

"人生自是有情痴,此恨不关风与月。"

"问世间情为何物?直教人生死相许!"

无论是幻念情深,抑或情深不永,世间最累,自是痴情人。

悲伤的故事

中文151班 韩辉

总是爱为看到的东西编就属于它们的故事，因为我觉得它们都有我们不知道的过去。

夜，很黑。

只有一轮圆月，周围没有一颗星星，就如那个成语：月明星稀。

我默默地看着她，想象着她有怎样的故事。

她是一轮新月，她将皎洁的月光撒向黑暗的大地，许多星星赞美她的明亮，她的美丽……然而，却没有星辰愿意在她身边，原因很简单——她的明亮会掩盖他们的璀璨。她孤独地待在夜空中。她多么想哭泣，但一滴泪落下，她身上就掉下一块明亮的碎片，消失在无尽的黑暗中。她停止了哭泣，原来月亮的眼泪就是生命的消逝。从那刻起，她开始明白自己必须学会坚强，哪怕要面对千万年的孤独。

不知道过了多久，在她麻木到忘了时间的时候，一颗星辰来到了她的身边。

"你不怕别人看不到你的光芒吗？"她忧郁地问道。

"只要能在你身边就够了。"他温柔而又坚定地说。

她笑了，那天的月亮格外明亮。

时间就这样消逝，他发现自己开始摇晃起来，他马上明白自己剩下的时间不多了。他并不惧怕死亡，只是担心她，担心她会哭，担心她因为自己而消逝。

"我要走了。"他平静地说。

"怎么会。"

"就是这样，请你不要哭泣。"

她不再说话。

他剧烈地晃动起来，脱离了她的身边，划过天际。

他听到了她的声音："既然星辰已去，月亮何必再留。"他看见了，无数个明亮的碎片洒落，黑暗的大地上。

一个小女孩拉着妈妈说："看，妈妈，月亮哭了。"

他微笑着，闭上了眼睛。

此刻，大地陷入黑暗。

一个悲伤的故事，却是完美的结局。

师评·智匠创作微论

人为什么会悲伤，怨憎会，爱别离，求不得？正如幸福的相似，不幸的不同，悲伤各有不同。不同的悲伤，不同的结局。星月有传奇，人生更是传奇。每一个人的喜怒哀乐，有幸福的故事，也会有悲伤的故事，汇成人间的故事。

微雕一场深情的陪伴，甘愿因此而消逝自己。

"总是爱为看到的东西编就属于它们的故事，因为我觉得它们都有着我们所不知道的过去"。悲伤的含义是什么？正如幸福是一种感觉，悲伤亦是。所以，当你看到一个悲伤的故事时，或许，在故事的经历者心中，却正是自己所求的结局。就如，这轮明月，因爱人的逝去而悲伤，因悲伤而失去光芒，因失去光芒而与相爱的人永恒陪伴。"一个悲伤的故事，却是完美的结局。"问世间情为何物？正如这是悲伤的故事，也是完美的结局？

木偶

中文152班　潘恋

一位技艺卓绝的机关大师做了一副木偶。这个木偶巧夺天工、宛若真人，久而久之，竟化而为灵，有了自己的意识。木偶在镜中打量着自己的容颜，懵懂地看着这个陌生的世界。

木偶走出了大师的家。她走过市集，穿过喧闹的人群。不知道走了多久后，她走到了一座山上，山上的草木气息使她生出了天然的亲切感，木偶决定留在这里。

她在山上发现了一座竹屋，里面住着一个书生。书生每天只写字画画，偶尔从竹林间的小道经过，前往山下的镇子。他是她在竹林中遇到的唯一一个人类。木偶躲在林间，透过竹子的缝隙观察着这个男人。

终于，书生发现了她。他把她带回家，温柔呵护，教她识字。他喜欢在安静的夜晚轻轻奏出一曲悠扬的笛声。木偶沉醉于他温和的笑容，沉醉于这温馨静谧的时光，她对男子的眷恋也越发浓烈。

就像传统的话本一样，人妖相恋总会遇到一些挫折。木偶是化灵而生，它因这份灵力从木偶变得与普通人别无二致，但从她化为人形的那一刻，身体中的灵力就在不断散逸消失。这一天终究还是到了，木偶的肢体变得无力，衣袖下的触感也逐渐变得冷硬，她仿佛还能听见自己关节运转发出的咯吱声。在她意识逐渐消逝之时，她看到了书生仓惶的背影，口中只能颤抖着低喃："你，你……不要害怕……"

木偶用最后的意志把自己肢解。等她再次醒来时，发现自己回到了机关大师的身边，他叹息着说："你的核心部件损坏得太厉害，连我也不能修复如初。好孩子，以后莫要乱跑，好好跟在我身边吧。"

由于灵力所剩无几，核心部件也已经损坏，木偶再也没有恢复当初的模样。她的脑子混沌，除了稍微活动自己的身体和残存的一点意识，她就像一个普通的木偶一样一直跟在大师身边。

她忘记了所有语言，忘记了过去。只是偶尔会在恍惚间看到一个穿着青衣的男子：他带着温和的笑，手上执着笔……

第一次见到她的时候，我就知道她不是普通人。她跌坐在林间，斑驳的竹影打在身上，容貌昳丽，眼神却像个不谙世事的孩子。前几日我便猜测有人在屋外徘徊，却没想到是这样一个姑娘。

我把她带回家，忍不住照顾这个不该出现在俗世的孩子。她没有家人，独自在山上待了这么久，也没有人来找过她，她也不是镇子上的人。我不知道她是谁，但在相处中我知道，她天然纯净，不是个坏人。

我们度过了一段美好的时光，琴瑟和鸣，心意相通……但她的身体逐渐变差，她的脸逐渐变得苍白，经常失神，有时甚至听不清我在说什么。我悄悄为她煮了药膳，却发现几无效果。直到有一天，我在她午睡时为她把脉，才发现：她……没有脉搏……

民间常有山上的精怪化成人形的传说，自那日起，我开始留心这些异人异闻。

最后见到她的那天，我准备哄她一起去见一位道长。那位道长道行高深，或许有办法为她解除当前困局。

推开门的一刹那,我知道,她也许不能和我一起下山了,我只得先行下山求道长与我同来。我没有想到,回来之时却要面对那样的场景。

原来她并非精怪,而是灵体。我抱着她找到世上最厉害的机关大师,为她求来能保住最后一丝灵力的指环,戴在她颈间。

明日,我要启程去往蓬莱,听说那里有能补充灵力的灵草,希望我再见到她时,她能再活过来。那时,我要亲自为她画一幅画……

师评·智匠创作微论

木偶,常常是被人操控的意象,而这篇《木偶》,却是一个凄美的爱情故事。人非草木,岂能无情?草木亦可幻化,因为世间深情最美。木偶、花卉、灵狐……都可是一个多情者,为爱而生而死,成就一段凄美的故事。

微雕一个木偶,以深深的真情几许!

"木偶沉醉于他温和的笑容,沉醉于这温馨静谧的时光,她对男子的眷恋也越发浓烈。

就像传统的话本一样,人妖相恋总会遇到一些挫折。木偶是化灵而生,它因这份灵力从木偶变得与普通人别无二致,但从她化为人形的那一刻,身体中的灵力就在不断散逸消失。这一天终究还是到了,木偶的肢体变得无力,衣袖下的触感也逐渐变得冷硬,她仿佛还能听见自己关节运转发出的咯吱声。在她意识逐渐消逝之时,她看到了书生仓惶的背影,口中只能颤抖着低喃:'你,你……不要害怕……'"

"原来她并非精怪,而是灵体。我抱着她找到世上最厉害的机关大师，为她求来能保住最后一丝灵力的指环，戴在她颈间。

　　明日，我要启程去往蓬莱，听说那里有能补充灵力的灵草，希望我再见到她时，她能再活过来。那时，我要亲自为她画一幅画……"

　　智匠微雕一个令人感慨唏嘘的故事，世间的相爱未必都会天长地久。而相爱的人，也未必都能心心相印。

前世今生

汉外151班　刘东杭

或许从那天开始，我就一直没有忘记过他。生命中的种种在脑海中浮现，仿佛一切都在昨天。

天涯海角有一座无名岛，岛上树木葱郁，鸟语花香。似乎刚下过雨，满目都是晶莹剔透的水珠。岛上湿漉漉的空气被海风一吹，冷得连鸡皮疙瘩都起来了。咦，等一下，话说我没有鸡皮疙瘩这种东西的。因为我是一朵花，一朵平凡的小野花。岛上都是我的小伙伴，我们自由自在地生活在这座孤岛上，每天看着日出日落，日子像是没有尽头一样。

今天是个艳阳天，我和我的同伴们都在说着昨天的那场雨。岛上好多树都被风吹断了，真是可惜，幸好我们长得矮小，抓泥抓得牢。这时候，岛的边上传来一阵脚步声。我们屏着呼吸想看看到底是谁。要知道几百年了，这座岛上从来没有人来过。

那个人缓缓走来，伴着满身细碎的阳光，就这样闯进了我的视线里。湿透的衣衫和头发掩不住这人一身的光华，这是一个很好看的人。我想作为一朵小野花，是不应夹杂任何情绪的。但此刻，我的心，跳动了一下。这一定就是所谓的一见钟情。但是我知道自己只是小野花而已,所以我只能看着他走过我们身边,遥远而且悲伤。

我扭过身子往后看,他白皙的手伸向小果树。小果树从未被人摘过果实,所以一脸不情愿地抬高它的枝头,不想让那个人碰到。

我情不自禁地对着小果树说:"别那么小气嘛!你就让他摘些果子嘛!"果树听了我的话,或许是不想当小气鬼,或许是为了别的什么原因,终是让那个人摘下了果子。

那个人,估计是饿坏了,十几个野果一下子被吃完了。阳光透过树木撒在他的脸上,美好的让人舍不得把眼睛移开。那个人站了起来,从黑色靴子中拿出一把匕首,匕首上面镶了很多宝石,亮闪闪的。然后他开始脱靴子,解衣服的袋子,露出光洁的上身。我从来没有见过这样的人,光天化日之下宽衣解带,真是……太好看了!胸膛的肌肉线条很是美好,我不知道为什么我竟然会对人的身体流口水。他把衣服晾在果树的枝干上,自己坐在地上闭眼休息。一阵风吹过,他冷得打了几个喷嚏。我从来没有不满自己是朵小野花,可是这一刻,我多希望自己是一个人,能够帮他找一件干净的衣服穿上,虽然我根本就没有衣服。我常常想把自己整个埋进土里,但是我的同伴们都很享受这样的海风,说是舒适得很。

那个人在岛上坐了很久,除了找东西吃以外就是原地坐在那里,不出声音。他坐着,我就看着,眼里心里满满的都是那个人,果树跟我说话我也不想搭理。我这应该是病了,生了相思之病。

又过了十几天,那个人已经像个野人了。这让我觉得很开心,因为我们有了共同点:他像野人,我是野花。他喝着岛上的露水,吃着野果和生鱼。他每天都会在地上坐很久,偶尔也起来动一动,像是在练习什么武功。我这样看了他一日又一日。

突然有一天早上醒来,我发现自己浑身不舒服,风吹在脸上的时候身体都不会摇动了。我难道是死了吗?有人在叫我,我眼皮重得睁不开。小果树,是你吗?阳光很刺眼,眼前的人让我吓了一跳。是他,是那个岛上唯一的人。为什么他在和我说话，为什么我听得懂他说的话？

他说："姑娘，你怎么了？为什么会出现在这里？你的家人呢？你是怎么到这岛上来的？你有没有伤到哪里？"

我看着他，然后看了看自己：一样的手，一样的脚，身上还有绿色的裙摆摇曳着——我变成了一个人！我想说我是一朵小野花；我想说公子我看着你很久了；我想说公子别担心我没事；可是我什么都说不出来。我只好指指自己的嘴巴摇了摇头。他把我扶起来，捧了水给我喝。也许是知道我是个哑巴，他没再问我什么了。

我开心得整夜睡不着。可以作为人的样子待在他身边，可以让他看见我，就算什么也说不了，这也足够了。我能够感觉到他的体温，在寒冷的夜里温暖得让我想落泪。他抱着我窝在小果树下，絮絮叨叨地说，幸好我出现了，就算我是哑巴也没有关系，至少让他觉得自己不是一个人。他说一个人实在是太可怕了，幸好我出现了。他说我一定是上天派来陪他的仙女。我摇了摇头，仙女姐姐们一定比我漂亮得多，一定比我厉害得多，我不敢冒充仙女。我们相互依偎在一起，尽管我的体温并没有他的高。我开始帮他找水源，摘野果，用树叶织衣服；他教我抓鱼，跟我说人的趣事，抱着我一起安眠。整整五天，我都寸步不离地跟着他。小果树知道是我，跟我说让我回到本体上去，不要做这种没有意义的事情。他说，人花殊途。我假装听不见，还是沉浸在自己的快乐里。

五天后，岛上来了一艘船，走下来好多好多人。我看见一大堆人跪在他的面前大呼太子千岁千岁千千岁，太子恕罪，小人救驾来迟。当然，我也看见一个宫装女子投进他的怀抱。他换掉了原来那件灰扑扑的衫子，穿上了一套崭新的明黄色衣袍，披散的头发也重新梳了起来，整个人又变得夺目逼人。可是他看起来再也不像野人了，和我这朵小野花也没有什么交集了。

他放开那个女子，转过身来，牵着我的手，小心翼翼地问我，愿不愿意跟我一起走。很多人在他背后说着，太子殿下万万不可；说我来历不明，孤身一人在荒岛上着实可疑。他固执地又问了一遍。我也不知道，我该以什么身份跟他走。那个哭泣的女子紧紧地搂着他的手臂，依偎在他身边，真是郎才女貌天生一对。

我算什么呢？但是，该死的我为什么这么想跟他一起走，一辈子就这样在一起不要分离？我想点点头，我想跟他走。

那一天，阳光还是一样明媚，和他来的那天一样，岛上依旧是鸟语花香。载着一大群人的船慢慢开走了，我站在沙滩看着他，他站在船尾看着我。或许，他看的不是我，只是岛而已。

我回到小果树下，小果树生我气了，不管我怎么和他说话他都不理我了。我说，小果树，怎么办，我的这里很痛，左边胸腔疼得不行了。虽然我知道我没有心，但是那个地方还是疼得我要哭出来。然后我假装哭了，小果树慌了，手忙脚乱地安慰我。我不知道怎么回到本体，我一个人也不知道该做什么好，就这样在小果树下面待了三天三夜。我觉得我要死了，难受得要死了。我说，小果树，我多想自己还是一朵小花，无忧无虑，自由自在，我还想做回以前快乐的小野花。可惜，我回不去了，怎么办？我真的要死了，连阳光雨露海风都感觉不到了，甚至轻飘飘的，飘荡在空气里，我这是要去哪里？

我漂过海洋，飘过高山，飘进了富丽堂皇的宫殿。那个明媚的人坐在高高的龙椅上，下面是一排排穿着五颜六色春衫薄衣的女子。他勾起嘴角，点了一个穿绿裙子的女子，女孩子战战兢兢地跪下去磕头，被封了花昭仪。你看，没有我，他还是会有别人的。不怪他不好，不怪命运不公，只怪我只是一朵野花，不该遇上他，不该喜欢上不该喜欢的人。我不后悔在一起的那些日子，在岛上的简单的日子。我不过是有点难过而已，因为花儿不会哭泣，所以我哭不出来。

来生，我想做一朵没有思想的花。那样，就不会难过了吧！

师评·智匠创作微论

前世，是一株摇曳海风的小野花，与小果树为伴，无忧无虑；今生,是一个多情痴情的女子,渴望与明媚的太子相随相依。正如一株开花的树,或许是佛,让"我们结一段尘缘",但是终究要面对分离。前世可以是一朵花、一株树、一只燕子;今生要做一个多情的女,和相爱的人,演绎一段凄美的故事。

　　微雕一朵小野花的痴痴情意。"或许从那天开始,我就一直没有忘记过他。生命中的种种在脑海中浮现,仿佛一切都在昨天。"天涯海角的无名岛,一朵平凡的小野花,看日出日落,自由自在,无忧无虑。只是爱上了"美好"的公子,幻化为一名女子,和太子快乐地"相互依偎在一起"。但人花殊途,太子最终离开小岛,"来生,我想做一朵没有思想的花。那样,就不会难过了吧!"

　　智匠微雕,追问人世间那些地位与处境悬殊的爱情,是否应该得到祝福?

人生若只如初见

汉外 151 班　梁丁尹

人生若只如初见，何事秋风悲画扇。

若一切从一开始就如初见般美好，那该多好啊！可是，一切都会随着时间的流逝而慢慢消散。即使是你的情、你的意也是一样，当日的温存我也只能当作是怀念。我们也曾像唐明皇与杨玉环一般在长生殿许下那生生世世的誓言，但最终，美好的爱情也只能留在我们的心中了。

还记得锣鼓喧嚣的那一天，你在喜轿中，我在高马上。我们从未见过彼此，只是在政治的束缚下，我们相遇了。我从未怨过自己的命，因为我自知这是我本该承受的。官宦之子或许本该如此。震耳的鞭炮声，宾客你来我往地相互迎合着。大家都在说，恭喜公子获得一位美娇娘。我从未见过她的面，如何得知她的相貌美与否。对于这样的迎合，我已经麻木。这，也是我本该承受的命运。

这，本是我该接受的，无论如何我都该接受的。可是在踏进喜房的那一刻，我却如同一个孩子般期待我本该承受的一切。我看到了坐在喜床上的你，双手拼命地揉搓着。我知道你跟我有一样的期待，不过你更多的可能是如何面对我的焦虑。我掀起了你的盖头，映入我眼帘的是一张温柔的脸。在那一刹那，我知道我一头栽进了我所该承受的命运。

你是我的知己，与你相守的每一分每一刻，对我来说都是弥足珍贵的时光。我们把政治的束缚变成了月老的红绳，即使在这有诸多礼节的大家庭里，我们依然如普通的夫妻一般享受着我们的乐趣。真想，与你就这样一起白头偕老，相伴一生。可是，命运为什么却又如此残酷？无情的病魔将你从我的身边带走。这，也是我的命运本该承受的吗？享受过幸福就必须要承受痛苦吗？我不甘心，可是我又有什么办法？在这种时刻，我却也只能流下无助的泪水、不舍的泪水，祈求上天不要将你从我的身边带走。

没有你的日子，生活像炼狱。无限的相思只能用酒去寄托，只有在酒中才能没有那么想你。可是，酒醉又令我沉睡，睡梦中的你，依然有着那么温柔的脸。一个痛苦的夜晚，枕巾又湿了大半。好想，逃离这无情的命运。

或许是这痛苦我已承受不来，我开始幻想如果当初没有遇见你该多好。若人生只如初见该多好！我们拥有的欢乐时光，如今对我来说却是枷锁。我的命运本该如此吗？

罢了罢了，怀念从前的虚妄又如何？我该往前走了，人生若只如初见，这只是一种美好的幻想。可是这样的幻想却使我快乐。初见你，凤披霞衣，那是我一生所见过最美的场景。它会永远留在我的心中，因为它使我欢喜，因为那是我爱你的开始。

师评·智匠创作微论

"人生若只如初见，何事秋风悲画扇。"以一句古诗，想象着演绎一段凄美的爱情故事的细节。正如"去年今日此门中"一样，"人面不知何处去"时，百转千回的故事已经开始。

以一句诗，微雕一份深情：人生若只如初见。

"若一切从一开始就如初见般美好，那该多好啊！可是，一切都会随着时间的流逝而慢慢消散。即使是你的情、你的意也是一样，当日的温存我也只能当作是怀念。我们也曾像唐明皇与杨玉环一般在长生殿许下那生生世世的誓言，但最终，美好的爱情也只能留在我们的心中了。"

世事无常，深情几许，却又有多少痴情多情难共白头的遗憾？

无归

汉外151班 马昕

01

当她把剑架在他颈边时,她知道,一切都毁了。他和她,不会再有所谓的平静,他们再也回不去了。

竹林里,风萧萧地吹过,好似讥笑着暮雪的过往,陆景行的与世无争。

"第一之名和现在的日子,你择其一。"陆景行说话的时候,眼中神色难辨。他不喜欢浮世喧闹,脱离江湖剑影来到这乡下小镇,所求的也不过就是一片竹林、一栋竹屋、一柄竹箫和一个相伴观竹的人罢了。没想到,连这微小的心愿最后都无法实现。

而暮雪没有半刻犹豫,将剑架在陆景行颈边,眼神坚定。

"师父,我要离开。"

她自幼孤苦,流离市井,虽然被他捡回耐心教导,但骨子里的不安分让她只相信力量。任何人,包括他,都不如手中的武器值得信任。

闻言,他一怔,吐出一个"好"字后黯然转身离开,发带在转身时触到锋利的剑锋断了。陆景行乌黑的长发在风中散开,衣袂飘飘,走得决绝,如同他将剑架起时的凌厉。

黑发黑袍在夜雨中飘飞缭乱，脊背挺得很直，退隐的剑客仍然有着摄人的傲气，只是眼神寂寥。雷光下的背影让暮雪觉得他的剑丢了剑鞘，四处无边的孤独裹挟了他，将他染透，把他推离了自己。

"你我师徒，到此为止吧。"这是他给她最后的成全。

我成全你，我只要你快乐。

她看着他离开，微微敛额，情绪莫名。她似乎听到自己身上什么东西碎裂的声音，低下头去看，却什么都没有。

那一年，十六岁的她如愿得到"第一剑"之名。可是，她发现自己并没想象中的开心。

"她的剑法，怎么和陆景行那么像？"

"陆景行？你是说隐退竹林的那个？"

"是啊，这个人性冷，怎么就教了她剑法呢？"

"难道陆景行动情了？"

动情？听到他人的议论，暮雪的眉皱起，带着一丝迷茫两分不信三分震惊四分骇然。

她从不相信陆景行会动情。他们是师徒，他性子淡漠，她最清楚。

02

五年后，她在江湖上混得风生水起，却渐渐厌倦那里，最后还是回了那片竹林。她小心翼翼地躲在竹屋外的窗台边，看见陆景行正专注地教人抚琴。那是个和自己一般大的小姑娘，笑起来很甜美，像阳光一般让人不自觉地喜欢。听见他们对话，她不知道为什么突然难过了起来，捂住眼睛快步离开。

我独战天下，赢了世人，可输了你。

"阿景有没有喜欢过别的姑娘啊？说实话哦！"

"有吧。"

"我知道了，是不是暮雪姐姐？我在你房间看到过你的丹青，画的是她呢！"

"是她啊。"陆景行起身揉了揉那人的柔发。

"阿景看来很喜欢雪姐姐呢！那她现在在哪呢？"

"……"

陆景行沉默无言，他沉思。是啊，那个倔强着不肯叫自己师傅的女孩子，十年师徒，到最后才叫了自己师傅的女孩子，她去哪了呢？

"是喜欢吧……"我爱她啊。

"那你一直在这里，是不是在等她呢？"

忽然，外面有雪花飘进来，小姑娘欣喜不已。这可是自己这几年来第一次看见下雪呢。

陆景行的手伸向窗外，有一片雪花落在温热的掌心中化了。他的手一颤，像是被冰到了一样收回了手。他走出屋门，抬起头微微叹气，气息在寒雪天的夜晚成了白雾。没了星星，没有月亮，也没有你。

"我没有在等，谁也不会回来……"看着外面小径上浅浅的脚印低声轻叹。

03

暮雪踉跄着前行，雪被泪水融化，被一齐抛在身后。终于，她不再跑了，倚靠着一棵竹子滑落在地，从不娇嫩的手覆在脸上，眼中的泪水连成串一样从指缝间滑落。她呜咽的哭着，像一只被人遗弃的小狗。

她后悔了，可却再没有人摸着她的头给她一块桂花糕了。

04

"师傅，你别不开心啦！雪儿没事的！"她擦干净嘴角的血，蹦蹦跶跶地跑过来想要抚平他皱起的眉，却在接近的那一刻晕了过去。

"蠢徒……"他嘴上淡淡的嫌弃，剑客的手轻轻拨弄她额前湿透的发。

他平生第一次多管闲事，是捡回了她。

他平生第一次柔和浅笑也给了她。

原来，在那个年岁里，曾经有过一份那样真的感情，可是被她错过。而如今，她只能继续在那个浑浊的地方挣扎，因为再也无人可等，无处可归。

05

多年之后，暮雪收了一个徒弟，她叫他阿景。

又是一年冬雪，又是那曾经相似的场景。暮雪跟徒儿举伞站在桥上，她看着远处城外明灭模糊的房子静静地出神，飘下的雪悄悄落满了肩头，她都不知。

"师傅，您来这里做什么啊？"

暮雪轻轻一笑，抬起头看着天空，低头看自己徒儿鼻子红得不像话。

"来这里观雪，不是很好吗？"

"是很好！呐，师傅，您有什么亲人吗？"

被小徒弟的话问得一愣，暮雪闭上眸子，睫毛微微颤抖。

"亲人倒是有……唯一的亲人，只有一个师傅……"

"那你为什么不去找他呢？"

暮雪愕然，一时间竟无言。

"我……"

"你在这是不是在等谁啊？"

暮雪睁开眼，竟然想到了当初那女孩儿问陆景行的情景。

"我谁也没等……谁也不会回来……"

雪风中传来远处他的声音和箫声。

"我谁也没等，谁也不会回来……"落寞的女声似乎比这寒夜更冷。

柳絮飞时别洛阳，梅花发后到三湘。世情已随浮云散，离恨空随江水长。

师评·智匠创作微论

　　无归，一个痴痴等待又空空等待的意象。"第一之名和现在的日子，你择其一。"人生常常会面临这样的选择，你是不甘寂寞的暮雪？还是所求只是一片竹林、一栋竹屋、一柄竹箫和一个相伴观竹的人的陆景行？不同的选择，就有不同的故事和结局。

　　微雕一场深爱，却因深深的隐忍不言而不能相伴相随。无归，是一柄剑，是一份情，还是一颗心？世上总有年少轻狂的错过，也总有百转愁肠的不舍。而过往，只合随风。

　　"'我没有在等，谁也不会回来……'看着外面小径上浅浅的脚印低声轻叹。""'我谁也没等，谁也不会回来……'落寞的女声似乎比这寒夜更冷。""原来，在那个年岁里，曾经有过一份那样真的感情，可是被她错过。而如今，她只能继续在那个浑浊的地方挣扎，因为再也无人可等，无处可归。"

　　面对真情，究竟该如何？是深藏，抑或是明心见意？谁也没等，却一生都在等……无归。

月凉未央

中文153班 郭捷

卫子夫

　　未央宫的月亮又大又亮，难道因为这是皇宫，所以才有这么好看的月亮？这是刚入宫时我同屋的女孩子说的。其实，月华是凭借太阳显现的光，是短暂的、森冷的。

　　我是卫子夫，"生男无喜，生女无怒，独不见卫子夫霸天下"的卫子夫。我出身贫寒，也未想贪求一辈子的富贵荣华。但我万万没想到，我的死期来得如此之快。

　　很多年前，在公主府，公主让我唱歌给陛下听，我便唱了。我的歌舞在平阳府的一众歌女中是顶出色的，但我表演了许久，陛下依旧不疾不徐地饮酒。直到我一曲终了，他才淡淡开口道："不错。"公主立即喜上眉梢，因为我得到了侍寝的机会。

　　后来，公主把我送入了宫中，但直到我都可以出宫了，才再见到陛下一面。他一人端坐在高处，而我站在下方一群美丽的宫女中。我看不清他的神情，却看到他睥睨了我一眼。随后,一群宫女都出去了,大殿上只有我和他。

"你是姐姐府中的?"我只能称是。"你知道我为什么宠幸你吗?"我低着头,耳边响起公主的话:"若你不能成事,也不要再回公主府了。"我慢慢地回道:"因为我是平阳长公主的人。"我听到头顶上方传来一声哂笑,"不愧是阿姊调教出的人。以后就由你服侍朕。"从此,我便卷入了这权力的漩涡,再无法抽身。

我被封为皇后那天,前皇后在长门宫哭闹不休,几乎整个皇宫都能听到。后来,皇帝派人堵住了她的口,我的册封才得以顺利进行。那天晚上,皇帝在我的寝宫过夜,他问我:"你知道我最喜欢你哪一点吗?"我回说,不知道。其实我很清楚,我最大的优势就是我无依无靠,什么都没有。而陈皇后,虽然她与皇帝青梅竹马,但她那权势滔天的母家和她与皇族纠缠不清的关系,都为皇帝深深忌惮。所以,她与她的母亲对我使出各种明枪暗箭时,皇帝都尽量保护着我,虽然决不只是为了枕边躺个省心的人。

皇后,是个危险的位置。我的弟弟卫青,因军功被拜为大将军;我的外甥数挫匈奴,受封冠军侯,我卫氏一族,皆受荫庇;卫氏的势力开始膨胀。民间开始传出有关我的歌谣:生男无喜,生女无怒,独不见卫子夫霸天下。民谣传到我耳朵里那天,我做了一个梦,梦见了我老死在长门宫的情敌——陈皇后。她的脸庞竟然依旧娇俏,明媚一如往昔,她依旧像往常那样漠然地从我身边走过。而就在那一瞬间,我看到大片的鲜血在她脸上蔓延,她的眼睛里有刻骨的恨意。她在向我宣告:卫子夫,马上就轮到你了。

巫蛊之祸来得如此之快,我和我的孩子都猝不及防。但我知道,这都是必然的。皇帝的疑心伴随着他的衰老已经越来越盛,卫氏的势力之大,太子的威望之高,早就成为他心中的一颗毒瘤。所以,他不肯听我的任何辩解和哀求。我脱去凤冠和所有钗饰,在甘泉宫前跪了一整夜,换来的却是臣子带来的收回皇后的印玺和绶带的诏谕。我还能做什么?我还要保护我的孩子,他是一个多么优秀懂事的孩子。我不能眼睁睁看着他沦为政治斗争的牺牲品。

我坐在空荡荡的椒房殿里。我发现，我一无所有地进宫，几十年宫海沉浮，结果我还是无所依傍。我在宫梁上悬了一尺白绫，然后用它了结了我不由自主的一生。

汉武帝

我原叫刘彘，从这个名字你就能看出我父王有多不看重我，后来我改名彻。我不受宠爱的母亲为了我和善于兴风作浪的姑姑结盟，以一场互利的联姻做担保，助我登上帝位。可我没有想到，自此，我的人生和天下，却要因此受制于妇人。

我的奶奶辅佐了我的祖父和父亲，她要干政；我的母亲为了培养她自己的外戚势力，她要干政；我的姑姑和我娶的皇后为着她们助我登位的贡献，一心要干政。我真是恨透了妇人干政。更令我疲惫和愤懑的是，姑姑竟然利用我给她的特权和财帛，公然地培养自己的实际势力，以使她女儿的后位更稳固。这已经超出了我忍耐的界限。

卫子夫是姐姐送给我的礼物，却没想到她是如此好用的棋子。因为她，我平衡了后宫的格局，打击了姑姑窦太主的势力，使姑姑和阿娇自乱阵脚，我得以寻得借口，废黜了陈阿娇的后位。卫子夫无依无靠，那我便是她的依靠，她也只能依凭于我。可惜，这只是在她做皇后前。

当她开始执掌六宫之事，当卫家在朝中的势力一天天坐大，她忘记了这一切都是我给她的。她开始忤逆我，她不再是一个听话的、好控制的傀儡。她为我生了一个聪颖的孩子，大臣们常在我面前夸奖他的才华出众，我总是含笑听着。可渐渐地，看着他一天天长大，手中握有外戚强大的势力，羽翼逐渐丰满，我开始笑不出了。

江充告诉我巫蛊这件事的时候，我竟然不觉得诧异。我异常冷静地发布了命令，捕杀叛逆。虽然我知道，这道政令会令我们父子永远背离。卫子夫自杀了，她的贴身宫女替她传了最后一次话。我以为她会画蛇添足，为太子说情，没想到竟然是一句：妾实羡李娃焉。

　　李娃是我生命中最珍惜的女人。她有倾国之貌，她守礼节、知进退，我没有见到她死前最后一面。她用手帕遮面，说想在我心里留下最后的美丽。在病床上，她拉着我的手，恳求我照顾她的兄长，但只愿平安富足，不求高位厚禄。她有一头乌黑如缎的长发，她最爱的便是把头枕在我的肩上任长发铺泄下来，静静地说，我是她全部的依靠。她实让人心疼。

　　至于卫子夫，我已经不想再回忆她。

刘弗陵

　　世人都说母妃怀了十四个月才生下我，我会成为像尧那样杰出的君主。我是父皇最小的儿子。他常说我像少年的他，头脑聪明、身体好，但我没想到我会因此失去母妃。

　　母妃是位神奇的女子。她天生手握成拳，不能自然伸展，直到她遇到父皇。他将母妃的手轻轻一掰，母妃的手便展开了，且露出了一只小小的玉钩。母妃自此被世人称为钩弋夫人。

　　母妃出事的那天，我一时淘气，跟在她身后溜进了父皇的甘泉宫。父皇和母妃说话，我便躲在帷幕后面。可是，我却突然听到父皇说要处罚母妃，我看到母妃被侍从拖走押入了监狱。我无法控制自己，从帷幕后钻出来大声责问父皇为什么这么做。父皇深深地看我一眼说，这都是为了你，朕只能指望你了。后来，母妃在狱中离奇暴毙。再后来，我明白了父亲的话。我坐在正殿的皇位上，感觉到异样的孤独。

　　母妃因主少母壮而死，废后陈氏因外戚势力被废，卫皇后因巫蛊之祸、外戚势大被牵连，只有李夫人独得父皇的疼惜与呵护。父皇为她写下了《秋风辞》，只因她未曾染指父皇的权势。

　　朝中老臣屡屡进谏，让我为未央宫择定新的女主人。但我觉得还是空着吧，毕竟，未央宫的月亮那么凉。

刘病已

我长于掖庭，我是罪人的孙子。我的爷爷本是无辜的，可这一点也不影响我是罪人的孙子。当我站在掖庭宫中，看着天上的月亮，我会想起母亲可亲却模糊的脸庞。我的亲人都死得很惨，惨到让我觉得我的呼吸都是一种罪孽。我自小听惯了惨叫与呜咽，所以我从来不哭，哭是没有用的。

我登基那天，见到了6岁入宫的太后，她对我颔首。她自此便永远是一个人了。未央宫的月光凉如水，也不知尚属盛年的她是否禁得住？

我16岁成婚，暴室啬夫许广汉的女儿便是我的发妻。她待我很好，人也很温柔，虽然岳母对我的出身有诸多抱怨和成见，但她却未曾放在心上。我原以为我们可以相守一生，却没想到，她怀着我们的第二个孩子死在了我怀里。我知道她是为何而死，可我不能发作。我只能在漆黑的夜里抱着她，抱着我们的孩子，很久很久……后来，我的两鬓有了白发，我知道那是未央宫的月光染白的。

平君刚死，霍光的女儿便送进了宫。我封她婕妤，我很宠她。

霍氏日盛，而我韬光养晦，终于等到了除掉霍家的时机。霍成君哭着求我开恩，于是整个霍家便只留了她一人，虽然她已是昭台废后。我就是要她体会一下被剩下的感觉、只有自己一个人的感觉，像我幼时那样，像平君离开我时那样。

后来，我常常去看望太皇太后。她是个有智慧的女人，仿佛能洞悉一切。她跟我讲了昭帝的很多事情，对我讲，她幼年入宫，如果没有昭帝悉心照拂，她的生命会愈加寂寞和寡淡。当她追忆昭帝的时候，向来如枯井的眼睛里竟充满温柔的熠熠光彩，我觉得那光彩不能对视。

有一天，她忽然对我说："以后你不要来了，这里不是救赎你的地方。"

我回道："我只是拿回了属于我自己的东西。"

她幽幽地一笑，递来一个物什："皇帝，这是阿平给我请安时落在我这儿的。"

我看着这做给小孩穿的上衣，精细的工脚，还有她素爱绣的荷花，眼泪便落在那上面。

为了皇位，我杀了人。

为了皇位，我失去至亲。

又一次。

未央宫的月亮升起来了。

师评·智匠创作微论

月，或圆或缺，总不如太阳来的暖。凉，给所有的故事一个基调。而未央，则是那个发生了很多波折故事的西汉帝国大朝正宫，汉朝的政治中心和国家象征。自未央建成后，西汉皇帝都居住在这里，成为汉帝国200余年间的政令中心，所以在后世人的文字中，未央宫也成为汉宫的代名词。月＋凉＋未央，每一个曾在这里居住过的人，都有一个或无数个不为人知的故事。

微雕一份深情，一场争斗。"未央宫的月亮又大又亮，难道因为这是皇宫，所以才有这么好看的月亮？这是刚入宫时我同屋的女孩子说的。其实，月华是凭借太阳显现的光，是短暂的、森冷的。"卫子夫、汉武帝、刘弗陵、刘病已，虽然只是四个人的故事，未央的森冷，仍历历在目。"我坐在空荡荡的椒房殿里。我发现，我一无所有地进宫，几十年宫海沉浮，结果我还是无所依傍。我在宫梁上悬了一尺白绫，然后用它了结了我不由自主的一生。"智匠启迪，深深追问，在未央，在权力的中心，哪一个人的一生，是可以自主的呢？

意外

中文153班 玛尕尔依发·木尔扎拜

那个时候正下着雨,我刚好放学回家,手提着大提琴,背着小背包,站在站牌旁等待着公交车的到来。

雨下得越来越大了,下得肆无忌惮,看样子似乎是不会停了。正愁着怎么回家时,突然有一辆很高大上的黑色大车向我开来。我仿佛有了一线希望,心里顿时愉悦起来。车刚好停在了我的前面,车主人戴着一副黑色墨镜,穿着一身黑色西装。

他面带微笑,对我说:"嗨,小美女!我叫杰克,我想你是不会搭我的车的,况且你我不熟,你可能觉得我是个绑匪,反正不是好人。所以,我想你可以把你的大提琴装我车里。快跟我说,你这个大概值多少钱?我给你钱。"

"您好,我叫吉米。"我笑着对他说。我被这雨淋得满身都是湿的,最后我还是对他说,我可以上车吗?他说:"当然可以。小美女!"

于是,我就上了他的车。我俩就好像以前见过一样,没有一点陌生的距离,开始长谈,说个没完没了。就在那么一刻,他在我耳边滔滔不绝,我目光如炬。望着他,那是一种阳光般的刚强气息,是一种内在的刚毅外化为孔武的独特气质，是一种能给人安全感的安心，是一种男子汉所独有的巨大魅力。我顿时觉得我对他一见钟情，深深地爱上了他。有时候，爱情无关乎年龄，我知道他比我大，但我的少女心被他俘虏了。总觉得越看他越吸引人，他是那样绅士、气度非凡。

那一天，我们聊了很久，就像是多年没见的好朋友一样，非常有默契。他送我到家门口，我俩说好下次在一家咖啡厅见面。我回到家默默地回忆刚刚在车里的情景，我突然发出笑声，对自己说，这就是一见钟情吧。

约定见面的那一天，他开着黑色大车过来接我，显得格外帅气！我看到他兴奋地蹦蹦跳跳。

"我可以进来吗？"

"当然！"

我爸妈也都在家，因为是星期天。爸妈看到他，便开始互相自我介绍！爸妈聊得如此开心，看样子，是很喜欢他。他很幽默，说话很风趣，他的这一点也很吸引我。

我们开着黑色车来到了我常去的咖啡厅。老板娘的口头禅又在我耳边回荡，"小姐！您来啦！小姐今天很美。"我对她微微一笑，就坐到我每次来坐的地方。

"你是不是常来？看似这些人都跟你很熟！"

"是的！我常常来这里喝咖啡，每次来，我都会把我的大提琴带上，顺便给他们奏一曲我最喜欢的曲子。这里的人都很善良，都喜欢听我弹的曲子。"

他很欣慰的样子，对我说："我也想听听你弹的曲子，就现在你弹一首怎么样？"我莞尔一笑，答应了他。

我一般都会随身带着大提琴，因为我喜欢它，它是我生命的一部分。我奏了自己最喜欢的一曲给他听。他听得很认真，闭上眼睛，随着乐谱左右晃荡。他是那样投入，那样神秘。他说那首曲子是他今生听过的最动听、最有魅力的曲子，很另类也很喜欢。我发现自己越来越喜欢他了。就这样我们天天联系，他不时会开着车过来接送我。我爸妈也不反对我跟他来往，反而更喜欢他。

日子过得飞快，我俩交往一年多了。他决定娶我，我也很乐意成为他的妻子。

那是一个黑色的星期三，我们约好去那家咖啡厅。他因为有事，说就不过来接我了。我一大早起来，把自己打扮得美美的，就去了咖啡厅，等待着他的到来。

他说过，那天是个特殊的日子，他和我都很特殊，他会给我幸福。我想到这些，心里美滋滋的！我坐在窗户旁边，喝着热乎乎的咖啡，眺望窗外，等待他的到来。

突然，我看到他手上持着一束玫瑰花往咖啡店走来，我对他莞尔一笑，他也看到我了。但是，就在我们彼此对望的瞬间，有一辆卡车驶过来撞向他。他的身体飞了出去，手中的花也飞出去了。我在心中呼喊着他的名字，不敢相信这一切，便晕了过去。

他就这样告别了这个世界，告别了我，一切发生得那样突然。

今天我来这家咖啡店回想一切。他永远地离开了这个世界，只留下这家咖啡馆里孤独的我。一切都发生得很意外。以意外地偶遇他开始，以意外地离开他结束。

师评·智匠创作微论

意外，成就了这个悲伤的爱情故事。一切都未曾预料，世事无常。每一个意外，都会给某个人带来难以想象的影响，喜悦、震惊、悲痛、怀念，不经意的开始，突然的结束……

微雕一场悲怆的爱。世上的有缘，就是这样由陌生的路人，意外遇见，成为朋友，相谈甚欢，到成为恋人，彼此相爱，谈婚论嫁，到他的意外离开。一切都那样突然。人生际遇难知，有梦也应草草。

"今天我来这家咖啡店回想一切。他永远地离开了这个世界，只留下这家咖啡馆里孤独的我。一切都发生得很意外。以意外地偶遇他开始，以意外地离开他结束。"

命运无常，唯有珍惜。

雪

中文153班　金博年

北京的冬夜飘起了雪，月亮在黑夜的影子里若隐若现。在老街街角的茶馆里，秦明无数次幻想过在许多年后与她重逢的场景，就像他许多年前幻想她成为他新娘的那一刻。

茶馆里的灯光昏暗，装潢显得古旧却不失高雅。墙壁上挂着不知是哪朝哪代的水墨山水画，花梨木桌上铺着一张茶壶垫，上面立一只紫砂壶，壶旁整齐摆放着两只紫砂茶杯，还有两只摆在桌子的两边。此刻，秦明正在摩挲着其中一只。这么多年的沉浮，早已使他在任何情况下都能够泰然自若。无论是为牵扯到上亿财产案件的公司辩护，还是为无辜受害者平反昭雪，每一场官司他都能做到波澜不惊、从容不迫。可是今天，秦明明显感觉到自己的手有些发冷，他不由得又把手揣进口袋里。

秦明的对面坐着一个女人，她穿着一身黑色大衣，却仍能显出她极其窈窕的身姿；柔顺的长发像温顺的猫慵懒地披在身后；天鹅般的白皙脖颈生长出一张精致小巧的脸；樱桃色的朱唇吐气如兰，像饱满诱人的桃子。最让人着迷的，是她的眼睛，微微上翘的睫毛下掩盖着一双透如清泉的黑亮珍珠，闪烁之间似乎跳动着灵跃的光。她安静地坐在那里，美得像一个艺术家未完成的雕像。他没有说话，刻意避开她的视线，看看四周墙壁的画，再看向窗外。外面还在下着雪，街上寥寥几个行人，一片沉寂。

秦明犹豫着，想要说点什么来打破这尴尬的局面，他揣进口袋里的手已经微微湿润。他们之间的距离只有一步之遥，可秦明觉得关乎他们之间的记忆却是那么遥远，遥远到十几年前一个周末的午后，男孩骑着单车，女孩坐在他的身后。也是像现在这样的沉默，两个人没有话语，空气中弥漫着浓浓的暧昧。女孩紧紧抱住男孩的腰，把头靠在他结实的后背上，男孩回头宠溺地摸摸她的脑袋。六月的暖风拂过栽满梧桐的林荫路。喋喋不休的知了纵情地鸣叫，声音中浸透着夏天的热情与渴望，那是青春的烈日在恣意燃烧。

对面的女人动了。她用纤细而修长的手指捏起茶杯，缓缓地饮下，再缓缓地放回。秦明终于鼓起勇气，他伸手去取茶壶。

"我帮你倒茶。"

"谢谢。"秦明的手微微颤了一下，倒进茶杯里的液体溅了出来。

"抱歉。"女人只是淡然一笑。

"你现在……过得怎么样？"

"挺好的。"

"是吗？那就好。"

秦明不知道该说什么，但他怕刚刚缓和的气氛再次变得沉默。面对她，就像是面对一盒被遗忘的点心，他害怕当他打开盒子，里面的东西已经变质发霉。但他对此还抱有小小的希望，他不想放弃。

秦明拿起杯，他看见杯中映着自己略显沧桑的脸，不由回想起了这十多年来的事。为了挣钱，他一个人在陌生的城市里拼命工作，每天过着令人窒息的生活。在夜深人静的时候，他会靠在窄小的窗边俯瞰这个城市，只有在那他才觉得自己是自由且独立的存在。渐渐，他得到了更多人的认可，他成了律师所的精英，同行口中无所不能的榜样，前辈眼里后来居上的能人。许多大公司争先恐后聘请他打官司。但他却在声名鹊起时，选择离开了那所城市，回到北京，在这里开了一家很小的茶馆。虽然还是有那么多人慕名请他出山，但他再也没有出现在法庭上。这么多年，他始终独来独往，称得上要好的朋友也是凤毛麟角。他习惯了一个人生活，偌大的房子里只有一个人的呼吸声，静得可怕。

"你来这里找我，不会只是想喝茶吧？"女人轻启红唇，面若冰霜。

"只是好久不见了，你还记得这里吗？"

"这里？怎么了？"她用指尖托着下巴，漠然地看向窗外。

"没什么，可能是我记错了。"秦明勉强地笑了笑。也许吧。他拿起了茶杯，一饮而尽。窗外的雪似乎越下越大，纷飞的雪花像飘落的柳絮，整个世界白茫茫的一片。

她真的忘记了吗？

秦明记得那是个雨天，雨下得很大。他们出门时都忘记带伞了，于是在慌乱中跑到了一家店的门前避雨。两个人看着街上的大雨，像是看着另一个世界。女孩忽然紧紧地抱住他。

"你会离开我吗？"女孩抬起头，用慌张的眼神看着男孩。

"不会的。"他抚摸她的头发，如同抚摸一只温顺的猫。

他迎上她的目光。有那么一瞬，他仿佛又看到了曾经依偎在他身边的那个人。她的眼睛里闪着只有他熟悉的光，那里面有童话，有人鱼，有她所爱的一切——她有着世间最耀眼的双眸。但秦明知道，他已经无法挽救，从他看向她眼神的那一刻开始，他就知道，那双明亮的黑珍珠早已被时间蒙上了一层灰。她的心已然住进高空，无论他跋涉多么远的路，跨过多么长的河，他终究无法抵达那里。他们之间相隔的是一个世界的荒芜。

在时光的隧道里，他们在昏黄的路灯下分别，没有怨恨也没有挽留，自此数年未见。但他清楚地记得离别时的对话。

"我会让你嫁给我，一定。"

"也许吧。"

雪忽然停了，窗外又是一片寂静。他们一起走出了茶馆。

"再见。"他说。

"再见。"她说。

秦明看着她的背影渐渐远去，直到在前方的一个转角没了踪影。他转身沿着扫雪人扫出的道路走，在转过一个路口的地方，他从口袋里拿出了一个精致的小盒子。他打开看了一眼盒子里的东西，然后将它扔进了白茫茫的雪地里。

过了许久，扫雪人在雪地里捡到一个盒子。他打开它，里面是一枚戒指，在月光下闪着耀眼的光。戒指的内侧上刻着一行字母：

"For my love."

师评·智匠创作微论

雪，一个字，却可以是一幅画，可以是一首歌，也可以是一篇散文，还可以是一首诗。而这里，雪，是一个凄婉的爱情故事。我心依然深爱，你心已然远行。飘雪的夜发生的爱情故事，有着别样的凄冷。流年荏苒，不经意间，已是往昔不再，物是人非。

"秦明明显感觉到自己的手有些发冷，他不由得又把手揣进口袋里。

秦明的对面坐着一个女人，她穿着一身黑色大衣，却仍能显出她极其窈窕的身姿；柔顺的长发像温顺的猫慵懒地披在身后；天鹅般的白皙脖颈生长出一张精致小巧的脸；樱桃色的朱唇吐气如兰，像饱满诱人的桃子"

"'你找我来这里，不会只是想喝茶吧？'女人轻启红唇，面若冰霜。

'只是好久不见了，你还记得这里吗？'

'这里？怎么了？'她用指尖托着下巴，漠然地看向窗外。

'没什么，可能是我记错了。'"

如果，相向而坐，欲言又止，就是彼此的咫尺天涯。

爱与自尊，钱与权力，到底哪一个更重要？微雕人心人性，看见多情与薄情。

未央冰凌花

中文152班 李石

未央冰凌花，长于深海之中，状若冰凌，于每年七八月在深海海沟中开放，花身散发寒气，应寒流而生，遇暖流则化。传说取其花食之，便可羽化升仙。

七月的海风总是最热的，海浪也是懒懒地拍打着沙滩，昨天的海潮将不少漂亮的贝壳冲上了海滩。一个十七八岁左右的小姑娘一路拾着贝壳走来，还唱着海村独有的民歌。她不时地用鱼叉叉躺在海边晒太阳的蚌，手脚麻利地将它们丢到背后的篓子里。今天，她的运气不错，不一会儿就收得满满一篮子。这下，这个月的吃穿不用愁了，女孩这么想着，脸上也不觉多出了许多笑意。

上官婉媛是这个渔村的渔女，每天海水退潮后她就会到海滩上弄一些海货回去卖，她家的收入多半来源于此。他父亲是常年在海上抢劫渔船的海盗，终日在刀口上谋生，时不时也会从海上寄些钱回来补贴家用，日子就过得清淡了些，但总算还可以支撑。

"卖海瓜子啰！新鲜的海瓜子！"婉媛大声地吆喝着，时不时有路过的人停下来看看她的海瓜子，有的就买上一些回家炒了吃。

一个身穿青衣的男子停在了她的小摊子前。婉媛抬起头打量着男子，男子二十多岁左右，面貌也还算俊朗。

婉媛问："哥哥，要买一些吗？海瓜子是新鲜的，炒了吃挺嫩的。"

男子摇了摇头，蹲下来问："小姑娘，知道黑潮渊在哪吗？"

婉媛猛地抬起头来问道："你要问那干吗？"

男子说道："不知道就算了。"说罢转身就走了。

婉媛愣了一会儿，丢下摊子朝男子走的方向奔去……

两个人并肩坐在海崖上。婉媛说："黑潮渊是位于东海最深处的海渊，太平洋黑潮流经那条海渊，为那里带来了丰富的鱼群。同时，千岛寒流从那里经过，所以渊内极其寒冷，生长着那种传说中的未央冰凌花。"

她淡淡地描述着，却不知当她说到未央冰凌的时候，旁边静静听着的男子眼睛突然一亮，看向她："哈哈哈！未央冰凌花！我终于找到了，哈哈哈！"他的声音里充满了激动，但女孩却不觉得有一丝惊讶，好像早就知道他是来寻找未央冰凌花一样。

她说："如果你是来找未央冰凌的话，我劝你最好现在就放弃吧。"

男子大声叫道："怎么能放弃？不能，不能。"

婉媛的眼睛看着远方那片冷冷的海域，那片连海鸟都不会飞过的海域。到底还有多少妄想成仙的人会葬身在那里？

她继续说道："冰凌花在海渊的最深处，平常人能游到那里都算是奇迹了。再往渊里游的话，不是被海底冰冷的暗流卷走，就是被藏在海渊里的妖怪吞噬。"

男子睁大眼睛看着她说："那里还有妖怪？"

婉媛点点头说："小时候我也曾不听娘亲的话，游到渊里去，结果差点被妖怪吃了。还好娘亲救了我。我是被救了，可是娘亲却成了妖怪的饲料。娘亲说过，那片海很邪门，加上渊里不见光，终年冰冷，容易滋生一些冷性的妖物。这几年来，我见过不少为了成仙来这里找花的人，但没见有一个活着出来的。"

女孩说完后，朝海里扔了一颗石子，石子掉到海里，立刻被海的碧波淹没，荡漾起了一圈一圈的水纹。

男子看着那些水波，目光像风中即将被吹灭的残烛，木然说道："我也不想成仙，我只是想要自己的命啊……"

话还没说完，一个粗壮的男音响起："程简，你还不滚下海里去给老子找！不想要命了，是不是？快！"

被唤作程简的男子抬起头说："你没听到吗？渊里有妖怪，怎么拿？"语气里有着满满的无奈。

大胡子男人叫道："别忘了，你体内中毒的解药还在我这。别说妖怪了，就算有神仙，你也要给老子下海去拿。"

上官婉媛站起来说："我帮你拿。天黑后在这里等我们，我拿花给你，你把解药给他。"说着就拉起程简往自己的小屋里走，程简用不可置信的眼光看着她。

她淡淡地说："我只是不想看到你在我面前死去而已。"

大胡子用暧昧的眼光看着他们，对程简大声叫道："你小子艳福不错，还有这个妞帮你。说好了，就在这交易。"说完便大笑着走了。

"为什么要帮我？"程简的语气里有掩不住的惊讶。

上官婉媛没有回答，只是默默地在找着什么。不一会儿，她拿出了两个赤红色的丹药和一方金黄色的印章。

她说："这两颗是用火焰珊瑚做的，可以抵挡寒流；这个金印，是上古留下的，可以驱除妖物。当年母亲就是用这两样东西把我救出来的。"

程简看着，突然伸手敲了一下婉媛的头，说："臭丫头，有这些都不告诉我。"

媛婉看了他一眼说："这些是父亲常年在海上打劫送来的，怎么可能轻易拿出来？"

说着，两个人一起向大海走去。

今天海水的颜色很特别，透出诡异的黑，有鱼从他们的小舟旁游过。

上官婉媛看着海面，说："马上就要九月了，到时候暖流一到，冰凌花就会化掉"。

撑着船的程简说："到了，我们下去吧。"

上官婉嫒拿起一个丹药吃下去，又递了一颗给程简，然后跳入了海里。体内的丹药一到海里就起了作用，这么冰凉的海水不仅不觉得凉，反而有些温热。出身渔家的婉嫒自小精通水性，而程简的水性也不错，纵使这样他们依然游了半天才到黑潮渊。渊口阴森森的，宛如一只张口的巨兽，会将他们都吞噬。快下潜到渊底时，他们都不由惊讶：海水透着蓝色的光，日光居然能透过万丈深渊照到这里。

到了渊底，他们看到了那些失踪的人。他们都成了骸骨，堆在那，垒成一座小山。阴影中有无数双碧绿的眼睛注视着他们，那是海妖，但由于婉嫒身上的金印使它们不敢靠近。传说中的未央冰凌花出现在他们面前，如冰晶一样的植物，在天光下折射出幽蓝的光，时时刻刻，魅惑人心。程简当机立断拔了花，就和婉嫒一起游了上去。

时间正好是晚上，大胡子早就等得不耐烦了。看到程简手中散发着寒气的冰凌花，大叫道："把它给我，快。"

程简说："把解药拿来。"

汉子气急了，一把抓住了上官婉嫒，说："你要不给我，我就了结了这丫头。"

"婉嫒！"程简大叫道。

"不要过来，拿着冰凌花走啊！不然他不会把药给你的。"

"哼，要女人还是花？你选吧。"

程简想也没想就把冰凌花丢了出去。于是大汉将婉嫒放开，拿到了冰凌花，大笑道："哈哈哈，吃了它，我就成神了，谁也不能阻止我！"

他带着近乎疯狂的笑声吃下了冰凌花，说："程简，我不会放过你的。你还得为我卖命，哈哈哈！"

刚说完，便有些支撑不住的样子。不一会儿，他口吐鲜血，倒在地上，不动了。他们走上前来看，汉子吐出的血都已经凝固成了红色的冰晶，心脉都被冻成了冰块。

"看来，传说不一定是真的。对了，你刚才为什么救我？"

程简笑了笑说:"直觉吧!我觉得你比它们都重要。"上官婉嫒微微地笑着靠在了程简身上。

"婉儿,你说我们去哪?"男子笑着问,"不管去哪儿,我都会陪你去的。"女子笑着,有一丝羞涩。

"婉儿你真好!"男子笑着把她搂到了怀里。他们的身影消失在了碧蓝的海中。

"你们听说了吗?黑潮渊里有一株冰凌花,吃了可以羽化升仙。"

"是吗?那我们快去找啊。"

"快走。"

师评·智匠创作微论

美丽的名字也常常会伴着一个美丽的传说,就像"未央冰凌花"。而所有的美好事物的获得,都并非轻而易举,就像冰凌花需要冒着生命危险,到极冷的黑潮渊去摘取一样。美丽的冰凌花,勇敢的摘花人,生死相与的爱情,就是一个美好的故事。

"未央冰凌花,长于深海之中,状若冰凌,于每年七八月在深海海沟中开放,花身散发寒气,应寒流而生,遇暖流则化。传说取其花食之,便可羽化升仙。""你刚才为什么救我?""直觉吧!我觉得你比它们都重要。""男子笑着把她搂到了怀里。他们的身影消失在了碧蓝的海中。"微雕爱情,正如遇见一个人,觉得你的生命比其他的一切更重要,便是最深情的告白。

伍　巷语众生

一只草鞋的旅程，
一场窥探的邻里，
一个心结的探寻，
一份诱惑的险意。
世间百态，纷纭众生，
对与错，虚与实，
只为一个故事，一声唏嘘。

一只草鞋的独白

中文 151 班　张冬梅

没有闪亮的光芒,也没有傲人的形状,我只是跟着人上路。一直沉默,一直沉默,就那么一直跟着。走了那么长的路,翻山越岭,我的身体已经被磨损得不像话。没错,我就是一只草鞋,一只想跟你讲讲我的故事的草鞋。

那么,接下来就听听我的人生吧。

其实,在我经历这一切之前,我一直以为我会是一只平凡的草鞋,而我以后的人生,也大概和我身边的朋友大同小异。我有许许多多跟我长得相像的朋友,我们出自同一个工人之手,那是一位满脸愁容的老妇人。我至今都记得她的手触碰我的身体时那厚厚的茧子跟我摩擦的感觉。把我做好之后,我被她放进一个箱子里,封上口,四周变得漆黑,老妇人停留在我身体上的温度也逐渐消失了。寒冷中,无意间听到朋友说:现在国家的局势危险,两大党派斗争,老妇人的儿子加入军队战斗,但已经数月没有家书,不得消息。想必这也是她愁容满面的原因吧。

但此时此刻,相比深究老妇人愁容满面的原因,我更想知道的是外面的世界是怎样的。当箱子被打开以后,外面是不是都是雾啊、花啊、雪啊,都是浪漫情节……我想着想着便进入了梦乡……

等我醒了之后，已经不知自己身在何方。

昏暗的煤油灯，军装打扮的人们，木制的长条桌子，似乎是在商议什么重大的事情。而我已经被穿在一个年轻帅气的官兵的脚上了。不谙世事的我不，能理解他们在说什么，只隐隐约约记得他们要从所在的江西省跨越到很远很远的大西北地区，说是要保卫家园之类的……

后来的日子啊，你问我怎么样了？

我啊，我的浪漫幻想全都被打破了。

没有我想象的乌托邦，没有走过迷人风景留下美丽心情的时光。我陪他淌过波浪极大的湘江，那冰冷的温度至今仍觉得刺骨。我陪他见到因为把自己的棉衣给了他人，冻死在寒冷的雪地里，僵硬的尸体靠在树上的军人。他冲那座丰碑敬了一个标准的军礼。我陪他在崎岖陡峭的山路上跑步前进，一昼夜奔袭120公里，按时到达泸定桥西岸，飞夺泸定桥。我陪他一上一下翻越过70里路的雪山，高山缺氧，积雪终年不化，翻越十分困难，有些人坐下休息就再也起不来，可是他坚持下来了。我陪他走过泥泞的草地，翻草地时提心吊胆，战战兢兢，因为草地的泥潭无处不在，许多的战士都在此丧命……我胆战心惊，觉得那是我人生中离死亡最近的一次了……

好在后来，我又熬过来了。

其实与其说是我熬过来了，倒不如说是他撑住了。一次次的困难他都咬紧牙关，无数次死里逃生。他的兄弟们一个个牺牲，可是剩下的这些，越是活到后来的，就变得越坚强。他们发誓一定要到达那个大西北的地方，一定要为拯救人民的目标奋斗终生。你一定觉得他是一个硬汉吧。后来我发现，他也有温情的时候啊。在晚上熟睡的时候，他总会拿出一张照片来细细地看，每晚都是。照片已经泛黄，破损厉害，看起来有些年头了。一个女人抱着一个小孩，那个小孩眉眼像极了他。那个女人的面孔，十分面熟，似乎是在哪里见过。

我不再陪他了。

我已经磨损到没有力气再陪他。他需要，也值得一双更好的鞋子陪他一起走过那些未知的路。

我即将在不知名的一个荒郊地里度过余生。

此时，距离我脱离老妇人厚厚的茧子的温度，已经一年多的时光了。

他一定会成功的吧，我想。我所在的地方已经听不到战火，人民牵着牛，开始播种耕地。他们的笑声有时候甚至能传到我的耳朵里。

而那个老妇人，她还在愁容满面吗？

师评·智匠创作微论

"一只草鞋的独白"，从它的产生，到跟随一个年轻的战士爬雪山、过草地，转战南北，到最后，在一个不知名的荒郊中度过余生，就是它所有的轨迹和际遇。一只草鞋、一件衣裳、一支笔、一本书……所有那些不会和人一样言语的事物，都可以开口说话，就像这只草鞋的独白。你若没有一只草鞋，你肯定有一支铅笔……

"草鞋"，看到这个词语，你脑海中的下一个词语是不是"红军"？是的，没错，这确实是一只属于红军的草鞋。爬雪山、过草地、飞夺泸定桥……的二万五千里长征，是这只草鞋的历程。无数次的惊险，终于熬过来了。一个愁容满面的老妇人，一个年轻的军人，是草鞋的编织者和使用者。栩栩如生的场景，就是戎马倥偬的悲欢人生。

"他一定会成功的吧，我想。我所在的地方已经听不到战火，人民牵着牛，开始播种耕地。他们的笑声有时候甚至能传到我的耳朵里。

而那个老妇人，她还在愁容满面吗？"

> 如此，微雕一只草鞋，辗转飘零。他和她，还有它，是人间美格的明证，是值得我们每个人怀念和铭记的无名英雄。

邻居

中文151班 谭霖

壹﹝情侣﹞

杜淳家对面的楼房搬来了一个新的住户。很凑巧的,两栋相隔不远的楼,连窗户都相对而望。开始时的前几天,她都只能看见装修工人的动作,粉饰墙壁,安装地板。她在午睡的间隙还会听见锤子之类的声音。

咚、咚、咚。

都快把耳膜敲破了。

等一切终于完工十几天后,她终于看见了那两名住户。一个是瘦高身材的男人,而另一个则是个妆容精致的女人。因为还是有一定距离,即使把眼镜戴上了,杜淳还是不能将两人的表情看清楚,只能根据双方的肢体动作来揣测对话。女人明显比较激动,因为她总是走来走去地观看着崭新的一切。她会用手摩挲沙发,将半个身子贴近墙壁。她甚至打开了窗户往楼下看去。

杜淳被她的动作吓了一跳。偷窥失败的害怕和惊慌使得原本坐在椅子上的她迅速地站起了身。椅子被粗暴地挤动后退,发出尖锐的声响。依旧惊魂未定的她只有通过不断急促地呼吸来调整,杜淳自己都能清晰地听得见心跳的声音。

始作俑者显然也发现了她，但对方竟然朝着这边的窗户伸出了手。当然没能触碰得到。悬在空中的手下是川流不息的车辆，是形形色色的路人。好像她只要一握紧就能抓住全部，又好像松开了手只能捕捉到触不可及的空气。她迟疑了良久，终究因为没能得到回音而将手收了回去。

　　杜淳没有回应她。她看见了女人精致的妆容，纤瘦的手臂；看见她转回房中和男人对话；看见了两个人一同朝着这边走近。她看不清楚整个房间的布局，只知道墙壁被涂上的是粉红色。她看着那对显然是情侣的两人走近窗户，但没有打开。她也早已镇静了下来，选择重新坐回了椅子。

　　她看见那边的人正朝她挥动着手臂，像是在表示友好，又害怕再次惊扰。杜淳也回了个礼。尔后突然又想起来什么，她把抽屉里的油性笔和纸都翻找了出来，开始在上面写字，认真描摹却还是有点歪歪扭扭。她写得很大，一张纸仅写了一个字。随后她将纸张一一撕下，轻巧地爬上了桌子，用两只手分别将三张纸按在窗户玻璃上。

　　"你""们""好"。

　　因为被挡住了视线，她半跪着，将头往另一边偏去。她看见对面的两个人好像很开心地笑着，之后谈了会儿话。这样的局面坚持到杜淳感觉到手酸脚麻了方才停止。她最后一眼看见男人去接了一个电话。

　　没过多久，对面那对情侣突然悄无声息地搬走了。杜淳第二天看到的，是一个明显还是学生的女孩。

贰「女学生」

　　自从对面的女学生搬进来后，杜淳的夜晚总是过得不太安宁。每个夜晚，对方都会找来三五个人，大肆高歌，大声说笑。

　　因此，她偶尔能听见对面讨论的话题。有时候谈论男生，丑陋的、帅气的，似乎只要认识的和有话题的，就总逃脱不了被说上几句。比如某个女生做梦梦到了哪个男生，扑朔迷离的唯一交集。又某某班的女生喜欢上了哪个班的男生，上学放学特意搭乘同一次地铁，找来几个好朋友要到联系方式。又其中某某女生失恋了，一边大声号哭一边痛斥着对方的不是。旁边当然是一群安慰的，一群数落的。这些都是杜淳无意间听见的，模模糊糊，数不清的、平凡普通的、关于恋爱的心事。

而有时则是关于学校和家庭里的事。课业的繁重和枯燥，哪个老师今天的所作所为，家里的烦琐事，无话不谈。

也有提及偶像和其他娱乐的。有的女生听见某个消息还会惊叫不已。但都比较零散和模糊，只能根据关键字来猜测今天的话题走向。

她坐在书桌前，用手撑着头向对面望去。依旧是粉红色的墙壁，但对象换作了三五成群的学生。她们会挤打作一团，会一起追电视剧，一起席地而睡，深聊到凌晨，不想做饭就叫几份外卖。

对面的一切都好似杜淳以后会有的生活。但她有时不太了解她们交流的话题，某某明星尚且可以，某某剧目、某某游戏等就真的一头雾水。而且她能看见她们的时候不多。双方都有课要上，有事要忙，时间好像都能轻易错开。况且到了深夜，对面就会将窗帘都拉上。她只能看着她们的影子，没有面目表情的、黑漆漆的一团一团在动，但还是能大致猜出在做什么动作。偶尔还是会有几声压抑不住的尖利声音突破玻璃的阻隔传过来。笑声、哭声、咒骂声、赞扬声，杂糅在一起有时会成为杜淳的梦魇，所以辗转反侧，迟迟不敢入眠，害怕梦境里被惊醒。

有好几次的梦里，她都变成了对面的女学生，而且还把所有她做过的事都经历了一遍。欢愉的、苦涩的、热辣的、甜蜜的、烦恼的，关于青春的一切事件，磨合在了几个夜晚的非现实世界里。

杜淳合上作业本，利用社交软件和朋友聊了会儿天，又跑到客厅去和爸爸看了会儿电视，最后被妈妈催促着喝了一杯热牛奶后又被叫回了房间睡觉。她看见对面的灯光依旧亮着，人影在帘后不停动作、飘荡，间或有几声欢笑和吵闹传来。

她突然就想，下次一定要打上招呼。

叁「母子」

女学生大概是在一年后搬走的，那时正值高考结束。但她走后，一段时间内，对面的房间都处于空置状态。杜淳看着晚上对面黑黢黢的一片，没有了光影晃动，起初倒显得不太适应。

好在几天以前，一对大概是母子的两个人匆匆搬了进去。儿子是走路还有点磕磕碰碰的年纪，母亲看起来则显得不年轻也不至于苍老。而让杜淳忍不住多看几眼的，是女人的长相。

他们的行李不多，杜淳那天正好没事闲在家里。她就看着她从包里拿出一些小孩用的东西，随后应该是进入了卧室，打算放衣服之类的物件。小孩则在地上欢快地蹦来蹦去。

看着对面的小男孩在跳动，不知怎么的，杜淳的身体也似乎受到了牵引，虽然没有夸张到站立起来学步，但双脚却像踩着鼓点一样带着节奏地点地。不知是谁放响了音乐，甜蜜得像偷吃了母亲藏的糖果。她偶然间又想起了前几天课上的画，色彩斑斓，线条交织。她乐得不行，乒乒乓乓地敲打着窗户，希望引起对方的注意。

结果小孩专注于自己的世界，直到他的母亲从房间里出来，他也没有往杜淳这边看过来。她略微感到失望，把画找出来又涂鸦了几笔，清晰的线条和色彩的轮廓变得模糊，出现了些黑灰的融杂。但孩子的母亲却在打扫房屋的间隙发现了她。

那时的杜淳就是这么干看着，什么事也不做，看的时候什么也不想。她就看着隔着两扇窗户的那间屋子，它现在的女主人正在做大扫除，她的孩子被她安置在了沙发上。小孩总是有点多动症，自己一个人就玩得很开心。

在女主人准备把窗户擦拭一下的瞬间，两个人的目光意外地撞在了一起。对方显得有点惊讶和失措，但最后也只是对着杜淳笑了一下，就又开始忙自己的事，似乎不大在乎杜淳的窥视。倒是杜淳自己，先感觉到了羞耻，于是笨拙地将目光转移，不敢再多看一眼。不过略微遗憾的是，杜淳最终没有和小孩打上招呼。

但好在男孩还是发现了她。

那时杜淳再次爬上了书桌。在此之前，她早已经把书本全部转移到了床上。杜淳是站着的，个子还是没有达到天花板的高度，但为了能够看见对面，她不得不微微弓着背脊。她看见男孩在向这边摇摇晃晃地走近，但两个人之间的距离越近，杜淳就越发看不见男孩。他实在是太年幼了，身高远远够不到窗口。尽管杜淳站得高了，甚至于几乎把脸整个挤在了窗户上，却也没有丝毫的作用。

杜淳于是放松了下来，但还不想过早地接近陆地。她改站为坐，面朝着房门，摇晃着双腿，突然哼起歌来：

> 太阳总下到山的那一边
> 　没有人能够告诉我
> 山里面有没有住着神仙
> 　多少的日子里总是
> 一个人面对着天空发呆
> 　　就这么好奇
> 　　就这么幻想
> 　这么孤单的童年

她打开了窗户，但风很少经过。两栋建筑之间的距离太近，但她还是不能穿过防盗窗到达对面。男孩又回到了原地，期间他们有过目光的相遇。她不知道他能否感受到，能否听到。

你好。我的邻居。

肆「女孩」

被人窥视也是有过的。小的时候走在路上被陌生人注视，牵着母亲的手，眼泪鼻涕流在了一起，因为走路不平稳而摔伤的膝盖在隐隐作痛。也有因为偶然被街上的东西吸引住的时候，站立良久，发现母亲的背影已经看不见，不敢走动，害怕迟迟不被发现的情况。大声哭喊的时候，被行人注目。

杜淳是在不断被人窥视，又不断窥视别人的生活中逐渐成长的。

升高中以后，她独自一人住在离学校很近的出租房里，在整理行李的时候偶然朝对面望去，正好和这边的楼层重合。杜淳看见了一个小女孩俯首在书桌前，不知道在干些什么。她想起了自己，于是第二天就从学校里邀请了几个同学回来，一起聊天吃饭写作业。就像模拟场景，她很清楚地知道对面有人在看着她们。一个人的生活被完全暴露在了另一个人的眼中。对方以为自己恍然不知，而自己却对这种窥视有所沉沦。

但夜晚的时候，杜淳还是选择了将窗帘拉上。灯光通明，她努力做着一些幅度很大的动作，努力把说话的声音高扬，努力找着话题。然后在脑中就出现了女孩望着这边的画面。以前没有被注意到的负面情绪一下消失殆尽，就像是复仇成功了一样。可是哪里有仇可报？杜淳仔细想了很久，对面无论是什么人，她都不认识，没有打过招呼，没有说过话，甚至生活之中也没有交集。

所以那并不是别人的错。

大学毕业以后，同男朋友一起租了间房子，两个人在去看住宿条件时过程中意外发现房间里的一切都是崭新的。在和房东的通话中最后才得知，原本这本是给新婚的儿子和媳妇买的一套新房，结果两个人却选择了去国外定居，房子也就被闲置了下来了。

看着这一切些微熟悉的场面，杜淳忽然想伸出手去触摸一下所有的事物。她触摸着沙发，贴近着墙壁，甚至打开窗户往下眺望。楼层不算太高，但即使这样，行人是什么模样，车辆究竟多大，也还是分辨不出来的。听见后面男朋友的声音，杜淳收回视线，抬起头的瞬间，发现了对面女孩的注视。她看起来很慌张，杜淳仔细想着，发现自己并不知道是从哪个环节开始的。

她想安抚一下女孩。于是她伸出了手，做了一个像是握手的动作。她看向女孩，对面已经平复了惊讶，看着她的动作，迟疑了一会儿。在杜淳准备收回手的时候，她脑中很清楚这件事情有多么荒唐，对方却走近了窗户，同样地，伸出了手。

像真正的握手了一样。杜淳的内心被满足感充盈着，被不停摇晃的汽水此时正翻腾着气泡。她最后做了一个再见的手势，女孩显得有些失望，但也还是同她道了别。

后来，杜淳因为各种原因，选择了和丈夫离婚。她一个人带着孩子，为了节省点钱，就租了一间房。那是一间许久没有出租出去过的屋子，家具都蒙了层灰。她先将地板和沙发擦拭了几遍。等终于感觉到足够干净了，才让孩子坐下。她叮嘱他，不要乱跑，小心磕到。看着男孩坚定地点了点头，她才稍微放心离开他去整理房间。

刚一进门的时候，杜淳就已经发现了对面的情况。熟悉的场面再次从记忆中被抽出，这次带了点尴尬和不堪。因为对方只是一个窥视者，只是一个窥视了她人生某一片段的路人，而这一个片段却正好是她所不想被人看见的。于是她选择不去在意，任由对方注视。她清楚明白，也曾清楚感受，女孩的注意力并不在自己身上。

她会和自己的孩子挥舞着手臂，她会把画作展示给他看，她甚至会朝着这边大声呼喊："你好呀——"

你好呀！

杜淳那刻觉得，自己的脸难看得就像要哭出来一样。所有委屈、不堪竟然被一个陌生的不谙世事的女孩所窥见，像是重重的一拳打在了棉花上，使不上劲，却连心也慢慢变得柔软。

她将孩子抱起来，对着窗户那边的女孩摇晃着小手臂。她的耳朵逐渐听不进任何声音，倒是有一首歌从深处忽远忽近地传来，清晰又模糊，怀念又难过。

太阳总下到山的那一边

没有人能够告诉我

　　　　　　山里面有没有住着神仙

　　　　　　多少的日子里总是

　　　　　　一个人面对着天空发呆

两种人，活在不同世界，过着不同生活。偶尔偷窥得到，偶尔渴望得到。你也曾这样窥视过吧。

师评·智匠创作微论

　　邻居，不是隔壁，而是对面。故事讲述的，不是生活中的日常交往，而是隔窗相望的悄无声息。谁是杜淳？对面的邻居又是谁？作者以巧妙的叙事和结构又一次体现出了汉语词汇内涵的丰富性。你有没有邻居？或近在咫尺，或相向而望？那些不经意间的一举一动，无不是可书可写的故事。

　　微雕一场不为人知的窥视。"有好几次的梦里，她都变成了对面的女学生，而且还把所有她做过的事都经历了一遍。欢愉的、苦涩的、热辣的、甜蜜的、烦恼的，关于青春的一切事件，磨合在了几个夜晚的非现实世界里。""杜淳是在不断被人窥视，又不断窥视别人的生活中逐渐成长的。""两种人，活在不同世界，过着不同生活。偶尔偷窥得到，偶尔渴望得到。你也曾这样窥视过吧。"正如张爱玲《传奇》的封面，人生是否应该警觉？是否要具有"象征主义意味，有一种生活在时时刻刻被窥视的紧张感"？

这就是江湖

中文151班 宋幸泽

傍晚，在氤氲的小湖边，鹈鹕不断俯冲下来吃鱼。一个老人正在垂钓，好像一切本该如此。氛围如此和谐，让人不忍心去破坏。

老人突然用他沙哑的声音说："你来了，呵呵！不甘心啊，真的不甘心啊！"树林中的身影一闪而过，只能瞧见那一袭惹人注目的白衣。

"哥哥，哥哥，你慢点走，昭儿跟不上你了。"一个粉雕玉琢的小女孩可怜地捏着前方英俊少年郎的衣角。

少年蹙眉看着小女孩，心中万千感慨，说道："走开，别妨碍我练武，一边凉快去。"说完，闪烁之间就跑没影了。女孩哭着跌跌撞撞追了上去。转角，少年郎泪湿两行。

十年之后，场景仿佛相同，不过两人都已经长大了。女孩亭亭玉立、落落大方，男孩刀削的脸庞刚毅俊朗。

女孩轻声说："明天我就要成亲了，希望你以后还能记得有个叫昭儿的女孩喜欢过你。"

"嗯。"男孩不温不火地回答道，"保重。"

"哈……嘿……哈哈……"男孩又开始练拳了,好像一切事都与他无关。他的世界里只有武功。

第二天,家族里张灯结彩,好不热闹。往来宾客祝贺声不断,家里的仆人也在交头接耳:"你听说了吗,大小姐要跟城主的二公子成亲。"

"不会吧,那个恶霸?唉,可惜了大小姐这么好的人了,还有——"

"嘘,小声点,说那个人干吗?你不想活了,快走快走。"

树后面出来了个人影,原来是那个少年郎。他低头沉默不语,苦笑着摇了摇头。

"一拜天地!"

突然,新娘一把扯开了红盖头。唤作昭儿的少女面色发寒地颤声向坐在高位的父亲质问道:"父亲,为什么?为什么要让我嫁给这个纨绔?你还是我的父亲吗?"转眼看着新郎,面色苍白,一对三角眼和玩世不恭的表情显得极度猥琐。

"就凭我王二麻子是城主的儿子,可以让你们的家族继续苟延残喘地活在城中!哈哈,美人儿,就从了吧!"

突然,少女昭儿从怀中拿出了一把匕首架在自己的脖子上。

"父亲,你知道我喜欢的人是谁。这也是我最后一次喊你父亲!再见了,再见了我的爱人!"她说完便自刎了,鲜血喷到地上,就像紫罗兰花一样娇艳。

躲在人群后面的少年郎寒声道:"昭儿,我刘博宇发誓,此生绝对要杀了城主狗贼一家。我不但要报了杀父之仇,还要让他们对你逼婚付出代价。"

从此以后,少年比以前更加努力,不断折磨着自己,让自己进步。少年不断进步,挑战了无数高手,渐渐被世上的人们称为"最耀眼的新星"。可是,他还没有忘记这仇恨。

终于,他趁着皇上调离城主府的大半兵力,潜入府中下毒迷晕了所有的家眷和守卫,就剩下城主和他的二儿子不见踪影。当少年找到王二麻子时,发现他正在与一女子苟且,便一刀斩了他。最后城主被他发现于后山的小湖边。城主好像早就知道他要来一样,对着空气自言自语:"我王大麻子一生作恶无数,唯一让我后悔的一件事就是，杀了自己的好兄弟一家之后却留下了后患，就是你这个唯一的活口！哈哈，报应不爽啊！"

少年冷声道："在你杀我全家，还有逼婚昭儿时，就该想到会有这一天。如今，你还债的时候到了，去下面忏悔吧！"

扑哧！血柱喷涌，城主的头颅滚了下来。

大仇得报的少年无牵无挂，从此流浪江湖，遇见不平之事便拔刀相助，铸就了一段传世佳话。

师评·智匠创作微论

江湖，有无数个传说，这只是其中的一个。刀光剑影，爱恨情仇。所谓江湖险恶，不过是人心险恶，这就是江湖。江湖的故事丰富多彩，江湖的传说摇曳多姿。江湖的情感血泪深藏。

以爱恨情仇微雕一个小小的江湖，为名为势，绝情弃义？

"傍晚，在氤氲的小湖边，鹈鹕不断俯冲下来吃鱼，一个老人正在垂钓，好像一切本该如此。氛围如此和谐，让人不忍心去破坏。

老人突然用他沙哑的声音说：'你来了，呵呵！不甘心啊，真的不甘心啊！'树林中的身影一闪而过，只能瞧见那一袭惹人注目的白衣。"

"大仇得报的少年无牵无挂，从此流浪江湖，遇见不平之事便拔刀相助，铸就了一段传世佳话。"

智匠微雕，细寻切问，果报不爽，疾恶如仇，哪一个，才是江湖？

老汉治病

中文153班 陈艺希

赵老汉在郑州打工多年：先是干了几年窑厂的活，接着又开了几年超市，最后卖起钢材来。由于劳累过度，最终积劳成疾，老汉发现他真的病了。因为老汉的心思每天都沉迷在赚钱的字眼里，所以当他发现自己生病的时候，已是到了相当严重的地步——大便严重带血！但他一点儿也没有病重的意识。

说起老汉看病的过程，还真有点儿意思，不过更带着一些警示——老汉每次说起来还津津有味，只是有些气愤。

老汉说，他先到了县里的一家中医院去看病。2005年十二月X医院给他开了三天中药，吃完后大便已经不显血了。老汉心里特别高兴，心想只花了80多元就找着病根了——值！

2006年正月份的一天，不料血又多了起来。老汉又在X医院开了三天中药，吃了后血又不显了！

哪知不到一个星期的时间，大便带血又多了起来。老汉这个气呀又到了X医院做了胃镜。结果，慢性胃炎和十二指肠糜烂！医生按方抓药，老汉期待着，又一下领了好多天的中药。

这次老汉真的打心里偷着乐——一连几个月大便不再显血。

一天，老汉喝了两瓶冰凉矿泉水，不料又拉起肚子来。

他来到了较有名气的一家乡下C医院看医生，买了点药就吃好了。

一天，老汉称体重，不禁大吃一惊——体重猛降了10多斤！

老汉不得已，又到了县人民医院的胃肠科做检查。医院的一名医生根据老汉所述，就猛地给他输起液来。结果老汉住院11天，只输液不吃东西，难受得差点要死，共花了三千多元。

回家一个星期后，老汉就觉得不对劲，又重去W医院做检查，大便依然带血厉害。没办法的医生建议他赶快去大医院做检查。

老汉只得来到驻马店某家较好的军医院胃肠科做检查。

军医院的一位医生先让他喝下一种白色液体，然后就根据液体的流动为他做透视——老汉心情相当激动，急切地盼望着结果。

没想到，医生给了他一个有想象余地的猜测出来的结果：上半截没事，下半截没问题，中间结肠部分一片黑，弄不清什么原因。很可能是结肠癌——真正的原因，等一个星期后白色药液彻底消失才能查得出来。

老汉正思考着是否要等检查结果，他的父亲便为他做了一个果断的决定：赶快去郑州做检查！

听从父亲的指示，老汉很快来到了郑州人民路一家有名的胃肠专科附院做检查。

医院的医生很快便精心地为老汉做了检查：果然不出军医院那位医生所料，是严重的结肠癌！

老汉随后就接到了做手术的通知，老汉心里有些打鼓，因为持刀医生说，他最多活不过三个月。

还是朋友为他讲了一个安慰性的故事让他横了心，这也是一个看病的悲剧故事：一位生病的妇女在一家小医院打了10天葡萄液后，又去大医院做检查。结果医生说她是糖尿病晚期，说她是第三例，前面两例已经死亡，让她准备后事——结果还没见到儿子的面,她就去了——可怜的人呢!

老汉开刀很顺利,切除了大部分癌细胞,缝制上长达八公分的伤口,接着又做了近半个月的化疗,杀死那些未能切除的少量的癌细胞——老汉竟奇迹般地好了起来!

老汉一回到家里,就打算找在县人民医院开的药单子,准备让那家医院作相应的赔偿。可惜他没能找到单子!

老汉活了好几年还健健康康的,只是一直后悔把药单子给弄丢了,便宜了那家该死的医院,自己白白蒙受了罪!

老汉还一直警告别人:"看病一定要到好医院,千万不要马虎自己的病情。多花冤枉钱事小,耽误了自己病情才是大事!"

师评·智匠创作微论

老汉治病,是一个过程。一个过程有什么稀奇?因为这是一个能够给人警醒的过程。生病了,要到好的医院。这是给自己的教训,也是给世人的警醒。每一件事的完成都是一个过程,只是每个过程都能告诉人一个道理,细思细想,一定会有不一样的收获。看病的过程,求学的过程,考试的过程,即使是一天普通的生活过程,不妨试一试,想一想,写一写。

钱、命、医、病,微雕一个普通人积劳成疾、问医求药的波折际遇。

"赵老汉在郑州打工多年:先是干了几年窑厂的活,接着又开了几年超市,最后卖起钢材来。由于劳累过度,最终积劳成疾,老汉发现他真的病了。因为老汉的心思每天都沉迷在赚钱的字眼里,所以当他发现自己生病的时候,已是到了相当严重的地步——大便严重带血!但他一点儿也没有病重的意识。"

生命比生活更重要。"老汉活了好几年还健健康康的,只是一直后悔把药单子给弄丢了,便宜了那家该死的医院,自己白白蒙受了罪!

老汉还一直警告别人:'看病一定要到好医院,千万不要马虎自己的病情。多花冤枉钱事小,耽误了自己病情才是大事!'"

智匠微雕,生命无价,到底便宜了谁?

逃

中文152班　钱心源

我又一次失业了。秋天的风在我的骨头里流窜，我徒劳地裹紧了自己的外套，脚底摩擦着地面向前挪动。

已经好几个月没有往家里寄钱了。虽然父母并不缺钱花，但是对于一个已过而立，还有点大男子主义的男人来说，不能挑起家里的大梁，无疑是一种耻辱。我这么一想，感觉越发冷了。

兜里的手机突然震动，我掏出一看显示是个陌生号码。原来我是绝对不会理会的。但是今天，不管是什么，只要能够让我分散一下注意力都好。我按下了接听键。

电话那头是有些熟悉的男声："喂，老肖，我高谦。"

我愣了几秒，终于反应过来高谦是谁了——我们俩高中那会儿是同桌，要好非常，后来考了不同省市的大学又分别出门找工作才渐渐没了联系。现在他在这种时候主动给我电话，无疑是个天大的惊喜。

感叹我们二人缘分的神奇，我的语气也热情起来："谦哥，你怎么想起来给我打电话了？"

"是这样的,我回老家的时候正好遇见肖家妈妈,她和我说你在外面过得不太如意。我这里正好有个不错的差事,就来给你老兄打电话了。"

这简直是雪中送炭。我的情绪顿时高涨起来:"是什么样的工作?在哪里呀?"

"H市,帮一个老板算账。"

我盘算了一下,H市离这里并不远,坐火车也只要两个小时,便装着思索的语气答应下来:"这样吧,我请两天假,算上周末一共四天时间,我去你那边看一下。"

"好啊,那就这么说定了!"

当天晚上我就收拾了行李买了第二天的票,在候车室坐了一夜,却依旧不觉困倦。我看着外面一点一点升起的太阳,仿佛看见了自己衣食无忧的未来。高谦大概是不会坑我的,他说不错那就是不错。

出了火车站,我打电话给高谦,根据他的指示走到一个路口,不多一会儿就有一辆车开过来,是很普通的小轿车,上面走下来两个男人,一胖一瘦。瘦的那个脸上挂着我熟悉的笑容,过来用力抱了我一下,就是高谦。另一个胖子在一边也是笑着看着我俩,却在这个有些冰冷的深秋流了一头的汗。高谦给我介绍说这就是老板,因为我是他推荐的人,所以特意过来看我一眼。我有些惭愧,和老板握了下手。这老板还真不错,一点架子都没有。我们三人一起坐上了车,高谦说要带我去参观一下他们的厂房。

厂房有点偏,但大多数厂子都是如此。我们一路上谈天说地,很快就到了。我下了车,却没听见什么干活的声音。高谦说这会儿是午休,带我走进了员工宿舍楼。

楼里走廊上散乱放着各种瓢盆和热水瓶,我们在其间跳着前进,时不时能看见一张或是几张好奇地打量我的脸在窗户中闪现。我看着窗上安着的铁栏杆,心中奇怪,走廊上的窗户安栏杆就算了,房间的窗怎么也这样?却没有问出口。

高谦一直把我带到最里面的房间,"这是之前那个算账的房间,他回家之后就一直空着了。你这几天就住这里吧，虽然条件差点，但是省了住旅馆的钱。"我自然是没有意见，进去放下行李。虽然是没人住的房间却没有落灰，我以为是高谦提前为我弄过卫生，心里更加感激了。

下午参观了厂房，虽然规模比不上我之前工作的那家，但是大家的友爱和老板的亲善度都高了不止一个档次，我感觉非常高兴。晚上大家一起出去吃饭，气氛也是热闹非常。

晚上回到员工宿舍楼休息，高谦突然道："我记得高中住校那会儿，你是没有起夜的习惯吧？"我点点头，有些不明所以。他接着解释说："你看这边厕所蛮远的，晚上这里灯少，怕你出来摔了。最好还是别起夜。"我不说话，只是点头。

可惜晚上酒喝多了，我还是有了起夜的需要。我晃晃悠悠地去开门，却拧不开门把手。我以为是我拧错方向了，换个方向，可依旧拧不开。我开始清醒起来，意识到了不对劲。我更加用力地拧门把手，可门还是纹丝不动。

我被锁起来了！可是为什么？我坐在床边默默地思索：过分热情的老板，我走到哪里跟到哪里的员工（他们说怕我迷路，可就算迷路，我还有手机啊），被装上栏杆的房间窗，还有被锁起来的门。难道是传销？

我努力让自己冷静下来，从钱包里取出差不多够买车票的钱塞进袜子里，躺回床上，尽量让自己放松。

结果必然是一夜无眠。第二天一早，高谦来找我去感受他们的企业文化时，我更加坚信我被他拖入了传销组织。台上的老板一改昨日的平和，慷慨激昂地展示了他们企业的宏图壮志，期间目光频频看向我，观察我的反应。我装出一副热切向往的样子。

晨训结束，我和高谦说去门口的小卖部买水。不出意外，又有一个人远远地跟着我去了，这下我完全确定了。于是，中午吃饭时，我提议和高谦出去吃，顺便两个人好好聊聊，他自然是同意的。中途我又说要上厕所，只有两个人他自然不会提出要一起。我趁他不注意立刻溜进厨房，迅速从后门跑了出去。

直到坐上回家的火车我的心脏都还在尖叫——我分明看见高谦和老板冲过来的身影。他们在叫喊些什么我听不清，可是我知道我安全了。

车上旁边位子的人正在套近乎聊天，我只听见小姑娘说："我老乡叫我去的。听说是有好活计可以做，到了看看再说。"

师评·智匠创作微论

"逃"，汉字的微妙，就在于一个字可以是无数个故事，就像"逃"。从哪里逃？逃到哪里？一定是自己不愿意在的地方。逃开传销，也逃开曾经的故人那别有企图的伪善热情。你有没有经历过一场惊心动魄的"逃离"？至今想起是否依然心有余悸？

以一个"逃"字，微雕一个当下让很多人受害上当的骗局——传销。"我又一次失业了。秋天的风在我的骨头里流窜，我徒劳地裹紧了自己的外套，脚底摩擦着地面向前挪动。""这简直是雪中送炭。我的情绪顿时高涨起来：'是什么样的工作？在哪里呀？'""我更加坚信我被他拖入了传销组织。""车上旁边位子的人正在套近乎聊天，我只听见小姑娘说：'我老乡叫我去的。听说是有好活计可以做，到了看看再说。'"

智匠微雕，警示告诫，那些欺骗你的人，有时是你最信赖的人。微雕一个故事，警醒每一个在社会中打拼的人。

迷途

中文152班 李言欣

选择,往往只是一念之差,但结果肯定截然不同。选择做桃树还是雪松,决定了你将来要走的路;而选择以什么样的方式走,也定格了你未来的人生旅途。

——题记

皮箱和行李从长途汽车卸下来的时候,万希抬头看了看眼前的这座过于简陋的砖瓦房,眉头蹙在一起。

经过日月的侵蚀,房子早就变得破旧不堪。万希缓缓俯下身子,放下皮箱和行李,走到门前,站立许久,最终还是推开了门。屋内的模样依旧,现在却是人去楼空。秋天的阳光依旧明媚,即使到了傍晚,夕阳也是如火如荼地烧着。可是,窗户怎么也透不进一丝光,空荡荡的房间只有他自己和那破败的家具以及积满了厚厚的灰尘。

万希面无表情地看了看四周,目光最终定格在屋内角落里的一个脱了漆的四层木柜上。于是,他挪了挪脚步,拿起柜子上的相框,用手拭去落在上面的灰尘，想要看清相片中人的模样。望着相片中大家脸上洋溢着的笑脸，万希努力了好久，才勉强挤出了一点点微笑。

那年万希在他十八岁生日那天，迎来了人生中第一次挑战——高考，最后满怀希望考进了大学。母亲为他做了一桌子的菜，父亲还特地跑到镇里为他添置了新衣，而万希也认为这将是他新生活的开始。

步入大学生活后，万希靠着兼职与助学金来维持生活费，尽量不给家里增添负担。日子一天天地过去，平静如水。

咯吱！半掩着的门被风吹得声声作响，一下子将万希拉回了现实。万希长叹一声，放下手中的相片，转身离开了老房子。

晚霞消退后，等待人们的是银灰色的天空。乳白的炊烟和灰色的暮霭交融在一起，覆盖于整个小镇，若隐若现。万希独自一人在乡间的小道上徘徊着，时不时抬头仰望天空。初升的月亮爬上山顶上空，散发出的白光又为小镇增添了一分安详。微风掠过万希的脸庞，两旁的树叶窸窣作响。似乎听见后面有人叫他，转头一看，是同村的阿志。

阿志气喘吁吁跑来，拍着万希的肩膀，说："万希，给你一个赚钱的机会，要不要？"万希先是愣住，心想，也许这是能帮助家里减轻负担的机会，去试试吧。

"是什么？"万希小心翼翼地问道。

阿志环顾了四周，确定没人后，才说："我有个朋友开了一家建筑公司，需要一个工程造价专业的大学生。你成绩那么优异，能力方面肯定没问题，工资方面好说。去试试吧？"万希当时也没多想，第二天便答应跟着去了那家建筑公司。

由于路途遥远，一路摇摇晃晃，晚上才到达目的地。阿志拍醒睡着了的万希，示意他下车。万希睡眼惺忪跟着阿志下了车，眼前的场景让万希吓了一跳。门前一个长满铁锈的大门，推开门之后，走进了像是一个四合院的地方，里面杂草丛生，到处是流水的声音。一个看似领头的陌生男人向万希和阿志走来，很有礼貌地问候，表示欢迎新人的到来，便吩咐带万希去房间里休息。万希跟着前面的男人走进一间客房里。刚踏进房间，男人就把门给拉上了。奔波了一整天的万希也没多想什么，倒头就睡着了。

第二天，一睁开眼，万希就被眼前的阵势给吓住了。又是端洗脸水的，又是提鞋的，洗漱完毕后就被众人带去了另一个房间。才走到门口，便有四个人冲上来与万希握手，说一路辛苦了，很是热情，还问他从哪儿来的，做什么来的。万希被搞得一头雾水。阿志忙上前去解释，说是大家为他的到来举行了一个欢迎仪式，叫他不要拘束，就像一家人一样。可是没多久，万希便注意到，门口站着一个长得很壮的男人，双手插在身前，前门也站了一个，面部看似很凶神恶煞。万希感觉不对劲儿，悄声问阿志怎么一回事。谁知阿志三两句就给敷衍过去了。

万希觉得屋内闷得慌，想出去走走，没想到被门口一大汉当场拦住，不让出去。万希越发觉得不对，争吵着要离开。

这时一个穿着黑色西装的男子走了进来，对万希说："小伙子，别着急。听我说完再走也不迟啊！"万希停住脚步，静静听他说。男人接着讲："一条河，如果没有人过去，你过不去，是河的问题；如果有人过去过，你过不去，是你自身的问题。这里是你新人生的开始，是你发家致富的起源，你去还是留，任你选择。"万希仔细一想，觉得很有道理，最后决定留下来，一心发展自己的所谓即将成功的事业。

万希中途也想过放弃，可是，每天的培训对他灌输的思想让他选择了继续走着这场没有尽头的路。他内心里也痛苦地挣扎过，可是想要创业致富的梦想让他舍弃了往日平淡的大学生活。

你想要成功吗？你能成功吗？你敢于成功吗？只要你一直坚持下去，就一定能成功。万希每天重复着这几句话，深陷其中，不能自拔。从一个优秀的高才生沦落为一个整天做白日梦的傻小子。

几年后，随着抵制传销力度的加大，万希受到牵连被抓进了监狱，彻底结束了他的致富梦。万希这才猛然发现自己错了。

从监狱出来之后，他发现自己除了老房子，真的就没有什么地方可以去了。当时得知事情真相后，母亲心脏病急发，在送去医院的路上抢救无效去世了；父亲一时接受不了疯了，后来跑到河边溺水身亡。

万希努力地昂着头，不让眼眶里的泪水留下来。想想以前幸福的日子，再看看自己现在竟这般模样。蹲下，失声，抱头痛哭。

月亮越升越高，只剩下万希一个人，留下的只有那孤独的身影和漫长的思念。

师评·智匠创作微论

迷途，最好的结果是知返。正如万希的生活。人生路途有千条万条，一旦走错，该何去何从？怎样选择？你有没有哪次选择是错误的？有没有哪一程路曾经偏离了正确的轨迹？如何选择，结果如何？是抒写一个自己的或他人的关于人生旅途或选择的故事，也是思考一段人生的轨迹。

"选择，往往只是一念之差，但结果肯定截然不同。选择做桃树还是雪松，决定了你将来要走的路；而选择以什么样的方式走，也定格了你未来的人生旅途。"

"万希中途也想过放弃，可是，每天的培训对他灌输的思想让他选择了继续走着这场没有尽头的路。他内心里也痛苦地挣扎过，可是想要创业致富的梦想让他舍弃了往日平淡的大学生活。

你想要成功吗？你能成功吗？你敢于成功吗？只要你一直坚持下去，就一定能成功。万希每天重复着这几句话，深陷其中，不能自拔。

从一个优秀的高才生沦落为一个整天做白日梦的傻小子。"

"月亮越升越高,只剩下万希一个人,留下的只有那孤独的身影和漫长的思念。"

智匠微雕,每个人的选择不会都是正确的,只要能够幡然悔悟,迷途知返,一定可以继续前行。